ROBERT LOUIS STEVENSON

EL EXTRAÑO CASO DEL DOCTOR JEKYLL Y EL SEÑOR HYDE

(Y OTROS RELATOS DE LOCURA)

EL EXTRAÑO CASO DEL DOCTOR JEKYLL Y EL SEÑOR HYDE (Y OTROS RELATOS DE LOCURA)
ROBERT LOUIS STEVENSON

©Colección Erandique
Supervisión Editorial: Óscar Flores López
Diseño de portada: Andrea Rodríguez
Administración: Tesla Rodas
Director Ejecutivo: José Azcona Bocock
Primera Edición
Tegucigalpa, Honduras—Noviembre de 2024

CONTENIDO

PRIMERA PARTE: EL EXTRAÑO CASO DEL DOCTOR JEKYLL Y EL SEÑOR HYDE

CAPÍTULO 1: HISTORIA DE LA PUERTA

Utterson, el notario, era un hombre de cara arrugada, jamás iluminada por una sonrisa. De conversación escasa, fría y empachada, retraído en sus sentimientos, era alto, flaco, gris, serio y, sin embargo, de alguna forma, amable. En las comidas con los amigos, cuando el vino era de su gusto, sus ojos traslucían algo eminentemente humano; algo, sin embargo, que no llegaba nunca a traducirse en palabras, pero que tampoco se quedaba en los mudos símbolos de la sobremesa, manifestándose sobre todo, a menudo y claramente, en los actos de su vida.

Era austero consigo mismo: bebía ginebra, cuando estaba solo, para atemperar su tendencia a los buenos vinos, y, aunque le gustase el teatro, hacía veinte años que no pisaba uno. Sin embargo era de una probada tolerancia con los demás, considerando a veces con estupor, casi con envidia, la fuerte presión de los espíritus vitalistas que les llevaba a alejarse del recto camino. Por esto, en cualquier situación extrema, se inclinaba más a socorrer que a reprobar.

—Respeto la herejía de Caín —decía con agudeza—. Dejo que mi hermano se vaya al diablo como crea más oportuno.

Por este talante, a menudo solía ser el último conocido estimable, la última influencia saludable en la vida de los hombres encaminados cuesta abajo; y en sus relaciones con éstos, mientras duraban las mismas, procuraba mostrarse mínimamente cambiado.

Es verdad que, para un hombre como Utterson, poco expresivo en el mejor sentido; no debía ser difícil comportarse de esta manera.

Para él, la amistad parecía basarse en un sentido de genérica, benévola disponibilidad. Pero es de personas modestas aceptar sin más, de manos de la casualidad, la búsqueda de las propias amistades; y éste era el caso de Utterson.

Sus amigos eran conocidos desde hacía mucho o personas de su familia; su afecto crecía con el tiempo, como la yedra, y no requería idoneidad de su objeto.

La amistad que lo unía a Richard Enfield, el conocido hombre de mundo, era sin duda de este tipo, ya que Enfield era pariente lejano su—yo; resultaba para muchos un misterio saber qué veían aquellos dos uno en el otro o qué intereses podían tener en común. Según decían los que los encontraban en sus paseos dominicales, no intercambiaban ni una palabra, aparecían particularmente deprimidos y saludaban con visible alivio la llegada de un amigo. A pesar de todo, ambos apreciaban muchísimo estas salidas, las consideraban el mejor regalo de la semana, y, para no renunciar a las mismas, no sólo dejaban cualquier otro motivo de distracción, sino que incluso los compromisos más serios.

Sucedió que sus pasos los condujeron durante uno de estos vagabundeos, a una calle de un barrio muy poblado de Londres. Era una calle estrecha y, los domingos, lo que se dice tranquila, pero animada por comercios y tráfico durante la semana. Sus habitantes ganaban bastante, por lo que parecía, y, rivalizando con la esperanza de que les fuera mejor, dedicaban sus excedentes al adorno, coqueta muestra de prosperidad: los comercios de las dos aceras tenían aire de invitación, como una doble fila de sonrientes vendedores. Por lo que incluso el domingo, cuando velaba sus más floridas gracias, la calle brillaba, en contraste con sus adyacentes escuálidas, como un fuego en el bosque; y con sus contraventanas recién pintadas, sus bronces relucientes, su aire alegre y limpio atraía y seducía inmediatamente la vista del paseante.

A dos puertas de una esquina, viniendo del oeste, la línea de casas se interrumpía por la entrada de un amplio patio; y, justo al lado de esta entrada, un pesado, siniestro edificio sobresalía a la calle su frontón triangular. Aunque fuera de dos pisos, este edificio no tenía ventanas: sólo la puerta de entrada, algo más abajo del nivel de la calle, y una fachada ciega de revoque descolorido. Todo el edificio, por otra parte, tenía las señales de un prolongado y sórdido abandono. La puerta, sin aldaba ni campanilla, estaba rajada y descolorida; vagabundos encontraban cobijo en su hueco y raspaban fósforos en las hojas, niños comerciaban en los escalones, el escolar probaba su navaja en las molduras, y nadie había aparecido, quizás desde hace una generación, a echar a aquellos indeseables visitantes o a arreglar lo estropeado.

Enfield y el notario caminaban por el otro lado de la calle, pero, cuando llegaron allí delante, el primero levantó el bastón indicando:

—¿Se han fijado en esa puerta? —preguntó. Y añadió a la respuesta afirmativa del otro—: Está asociada en mi memoria a una historia muy extraña.

—¿Ah, sí? —dijo Utterson con un ligero cambio de voz—. ¿Qué historia?

—Bien —dijo Enfield—, así fue. Volvía a casa a pie de un lugar allá en el fin del mundo, hacia las tres de una negra mañana de invierno, y mi recorrido atravesaba una parte de la ciudad en la que no había más que las farolas. Calle tras calle, y ni un alma, todos durmiendo. Calle tras calle, todo encendido como para una procesión y vacío como en una iglesia. Terminé encontrándome, a fuerza de escuchar y volver a escuchar, en ese particular estado de ánimo en el que se empieza a desear vivamente ver a un policía. De repente vi dos figuras: una era un hombre de baja estatura, que venía a buen paso y con la cabeza gacha por el fondo de la calle; la otra era una niña, de ocho o diez años, que llegaba corriendo por una bocacalle.

"Bien, señor —prosiguió Enfield—, fue bastante natural que los dos, en la esquina, se dieran de bruces. Pero aquí viene la parte más horrible: el hombre pisoteó tranquilamente a la niña caída y siguió su camino, dejándola llorando en el suelo. Contado no es nada, pero verlo fue un infierno. No parecía ni siquiera un hombre, sino un vulgar Juggernaut… Yo me puse a correr gritando, agarré al caballero por la solapa y lo llevé donde ya había un grupo de Personas alrededor de la niña que gritaba.

"Él se quedó totalmente indiferente, no opuso la mínima resistencia, me echó una mirada, pero una mirada tan horrible que helaba la sangre. Las personas que habían acudido eran los familiares de la pequeña, que resultó que la habían mandado a buscar a un médico, y poco después llegó el mismo. Bien, según este último, la niña no se había hecho nada, estaba más bien asustada; por lo que, en resumidas cuentas, todo podría haber terminado ahí, si no hubiera tenido lugar una curiosa circunstancia. Yo había aborrecido a mi caballero desde el primer momento; y también la familia de la niña, como es natural, lo había odiado inmediatamente. Pero me impresionó la actitud del médico, o boticario que fuese.

"Era —explicó Enfield—, el clásico tipo estirado, sin color ni edad, con un marcado acento de Edimburgo y la emotividad de un tronco. Pues bien, señor, le sucedió lo mismo que a nosotros: lo veía palidecer de náusea cada vez que miraba a aquel hombre y temblar por las ganas de matarlo. Yo entendía lo que sentía, como él entendía lo que sentía yo; pero, no siendo el caso de matar a nadie, buscamos otra solución. Habríamos montado tal escándalo, dijimos a nuestro prisionero, que su nombre se difamaría de cabo a rabo de Londres: si tenía amigos o reputación que perder lo habría perdido. Mientras nosotros, por otra parte, lo avergonzábamos y lo marcábamos a fuego, teníamos que controlar a las mujeres, que se le echaban encima como arpías. Jamás he visto un círculo de caras más enfurecidas. Y él allí en medio, con esa especie de mueca negra y fría.

"Estaba también asustado, se veía, pero sin sombra de arrepentimiento. ¡Les seguro, un diablo!

Al final nos dijo: "¡Pagaré, si es lo que quieren! Un caballero paga siempre para evitar el escándalo. ¿Cuánto es?".

"La cantidad fue de cien esterlinas para la familia de la niña, y en nuestras caras debía haber algo que no presagiaba nada bueno, por lo que él, aunque estuviese claramente quemado, lo aceptó.

"Ahora había que conseguir el dinero. Pues bien, ¿dónde creéis que nos llevó? Precisamente a esa puerta.

"Sacó la llave —continuó Enfield—, entró y volvió al poco rato son diez esterlinas en contante y el resto en un cheque. El cheque era del banco Coutts, al portador y llevaba la firma de una persona que no puedo decir, aunque sea uno de los puntos más singulares de mi historia. De todas las formas se trataba de un nombre muy conocido, que a menudo aparece impreso; si la cantidad era alta, la Firma era una garantía suficiente siempre que fuese auténtica, naturalmente. Me tomé la libertad de comentar a nuestro caballero que toda la historia me parecía apócrifa: porque un hombre, en la vida real, no entra a las cuatro de la mañana por la puerta de una bodega para salir, unos instantes después, con el cheque de otro hombre por valor de casi cien esterlinas. Pero él, con su mueca impúdica, se quedó perfectamente a sus anchas. "No se preocupen —dijo—, me quedaré aquí hasta que abran los bancos y cobraré el cheque personalmente". De esta forma nos pusimos en marcha el médico, el padre de la niña, nuestro amigo y yo, y fuimos todos a esperar a mi casa. Por la mañana, después del desayuno, fuimos al banco todos juntos. Presenté yo mismo el cheque, diciendo que tenía razones para sospechar que la firma era falsa. Y sin embargo, nada de eso. El cheque era auténtico".

—¡Huy, huy! —dijo Utterson.

—Veo que opinas igual que yo —dijo Enfield—. Sí, una historia sucia. Porque mi hombre era uno con el que nadie querría saber nada, un condenado; mientras que la persona que firmó el cheque es honorable, persona de renombre, además de ser (esto hace el caso aún más deplorable) una de esas buenas personas que "hacen el bien", como suele decirse…

Chantaje, supongo: un hombre honesto obligado a pagar un ojo de la cara por algún desliz de juventud. Por eso, cuando pienso en la casa tras la puerta, pienso en la Casa del Chantaje. Aunque esto, ya sabéis, no es suficiente para explicar todo… —concluyó perplejo y quedándose luego pensativo.

Su compañero le distrajo un poco más tarde, y le preguntó algo bruscamente:

—¿Pero sabes si el firmante del cheque vive ahí?

—Un lugar poco probable, ¿no crees? —replicó Enfield—. Pues, no. He tenido ocasión de conocer su dirección y sé que vive en una plaza, pero no recuerdo en cuál.

—¿Y no os habéis informado nunca sobre… , sobre la casa tras la puerta?

—No, señor, me pareció poco delicado — fue la respuesta—. Siempre tengo miedo de preguntar; me parece una cosa del día del juicio. Se empieza con una pregunta, y es como mover una piedra: vos estáis tranquilo arriba en el monte y la piedra empieza a caer, desprendiendo otras, hasta que le pega en la cabeza, en el jardín de su casa, a un buen hombre (el último en el que habríais pensado), y la familia tiene que cambiar de apellido. No, señor, lo tengo por norma: cuanto más extraño me parece algo, menos pregunto.

—Norma excelente —dijo el notario.

—Pero he estudiado el lugar por mi cuenta —retomó Enfield—. Realmente no parece una casa. Hay sólo una puerta, y nadie entra ni sale nunca, a excepción, y en contadas ocasiones, del caballero de mi aventura. Hay tres ventanas en el piso superior, que dan al patio, ninguna en la primera planta; estas tres ventanas están siempre cerradas, pero los cristales están limpios. Y hay una chimenea de la que normalmente sale humo, por lo que debe vivir alguien.

Pero no está muy claro el hecho de la chimenea, ya que dan al patio muchas casas, y resulta difícil decir dónde empieza una y termina otra.

Y los dos siguieron paseando en silencio.

—Enfield —dijo Utterson después de un rato—, vuestra norma es excelente.

—Sí, así lo creo —replicó Enfield.

—Sin embargo, a pesar de todo —continuó el notario—, hay algo que me gustaría pediros. Querría saber cómo se llama el hombre que pisoteó a la niña.

—¡Bah! dijo Enfield—, no veo qué mal hay en decíroslo. El hombre se llamaba Hyde.

—¡Huy! —hizo Utterson—. ¿Y qué aspecto tiene?

—No es fácil describirlo. Hay algo que no encaja en su aspecto; algo desagradable, algo; sin duda, detestable. No he visto nunca a ningún hombre que me repugnase tanto, pero no sabría decir realmente por qué. Debe ser deforme, en cierto sentido; se tiene una fuerte sensación de deformidad, aunque luego no se logre poner el dedo en algo concreto. Lo extraño está en su conjunto, más que en los particulares. No, señor, no consigo empezar; no logro describirlo. Y no es por falta de memoria;

porque, incluso, puedo decir que lo tengo ante mis ojos en este preciso instante.

El notario se quedó absorto y taciturno, como si siguiera el hilo de sus reflexiones.

—¿Estás seguro de que tenía la llave? —dijo al final.

—Pero ¿y esto? —dijo Enfield sorprendido.

—Si, lo sé —dijo Utterson—, lo sé que parece extraño. Pero mira, Richard, si no te pregunto el nombre de la otra persona es porque ya lo conozco. Tu historia… ha dado en el blanco, si se puede decir. Y por esto, si hubieras sido impreciso en algún punto, te ruego que me lo indiques.

—Me molesta que no me lo hayas advertido antes —dijo el otro con una pizca de reproche—. Pero soy pedantemente preciso, usando tus palabras. Aquel hombre tenía la llave. Y aún más, todavía la tiene: he visto cómo la usaba hace menos de una semana.

Utterson suspiró profundamente, pero no dijo ni una palabra más. El más joven, después de unos momentos, reemprendió:

—He recibido otra lección sobre la importancia de estar callado. ¡Me avergüenzo de mi lengua demasiado larga!… Pero escucha, hagamos un pacto de no hablar más de esta historia.

—De acuerdo, Richard —dijo el notario—. No hablaremos más.

CAPÍTULO 2: EN BUSCA DEL SEÑOR HYDE

Cuando por la noche volvió a su casa de soltero, Utterson estaba deprimido y se sentó a la mesa sin apetito. Los domingos, después de cenar, tenía la costumbre de sentarse junto al fuego con algún libro de árida devoción en el atril, hasta que el reloj de la cercana iglesia daba las campanadas de medianoche. Después ya se iba sobriamente y con reconocimiento a la cama.

Aquella noche, sin embargo, después de quitar la mesa, cogió una vela y se fue a su despacho. Abrió la caja fuerte, sacó del fondo de un rincón un sobre con el rótulo "Testamento del Dr. Jekyll", y se sentó con el ceño fruncido a estudiar el documento.

El testamento era ológrafo, ya que Utterson, aunque aceptó la custodia a cosa hecha, había rechazado prestar la más mínima asistencia a su redacción. En él se establecía no sólo que, en caso de muerte de Henry Jekyll, doctor en Medicina, doctor en Derecho, miembro de la Sociedad Real, etc., todos sus bienes pasarían a su "amigo y benefactor Edward Hyde", sino que, en caso de que el doctor Jekyll "desapareciese o estuviera inexplicablemente ausente durante un periodo superior a tres meses de calendario"; el susodicho Edward Hyde habría entrado en posesión de todos los bienes del susodicho Henry Jekyll, sin más dilación y con la única obligación de liquidar unas modestas sumas dejadas al personal de servicio.

Este documento era desde hace mucho tiempo una pesadilla para Utterson. En él ofendía no sólo al notario, sino al hombre de costumbres tranquilas, amante de los aspectos más familiares y razonables de la vida, y para el que toda extravagancia era una inconveniencia. Si, por otra parte, hasta entonces, el hecho de no saber nada de Hyde era lo que más le indignaba, ahora, por una casualidad, el hecho más grave era saberlo. La situación ya tan desagradable hasta que ese nombre había sido un puro nombre sobre el que no había conseguido ninguna información, aparecía ahora empeorada cuando el nombre empezaba a revestirse de atributos odiosos, y que de los vagos, nebulosos perfiles en los que sus ojos se habían perdido saltaba imprevisto y preciso el presentimiento de un demonio.

—Pensaba que fuese locura —dijo reponiendo en la caja fuerte el deplorable documento—, pero empiezo a temer que sea deshonor.

Apagó la vela, se puso un gabán y salió. Iba derecho a Cavendish Square, esa fortaleza de la medicina en que, entre otras celebridades, vivía y recibía a sus innumerables pacientes el famoso doctor Lanyon, su amigo. "Si alguien sabe algo es Lanyon", había pensado.

El solemne mayordomo lo conocía y lo recibió con deferente premura, conduciéndolo inmediatamente al comedor, en el que el médico estaba sentado solo saboreando su vino.

Lanyon era un caballero de aspecto juvenil y con una cara rosácea llena de salud, bajo y gordo, con un mechón de pelo prematuramente blanco y modales ruidosamente vivaces. Al ver a Utterson se levantó de la silla para salir al encuentro y le apretó calurosamente la mano, con efusión quizás algo teatral, pero completamente sincera. Los dos, en efecto, eran viejos amigos, antiguos compañeros de colegio y de universidad, totalmente respetuosos tanto de sí mismos como el uno del otro, y, algo que no necesariamente se consigue, siempre contentos de encontrarse en mutua compañía.

Después de hablar durante unos momentos del más y del menos, el notario entró en el asunto que tanto le preocupaba.

—Lanyon —dijo—, tú y yo somos los amigos más viejos de Henry Jekyll, ¿no?

—Ojalá fuéramos amigos menos viejos —dijo Lanyon riendo—, pero me parece que efectivamente es así. ¿Por qué? Tengo que decir que hace mucho tiempo que no lo veo.

—¿Ah, sí? Creía que teníais muchos intereses comunes —dijo Utterson.

—Los teníamos —fue la respuesta—, pero luego Henry Jekyll se ha convertido en demasiado extravagante para mí. De unos diez años acá ha empezado a razonar, o más bien a desrazonar, de una forma extraña; y yo, aunque siga más o menos sus trabajos, por amor de los viejos tiempos, como se dice, hace ya mucho que prácticamente no lo veo… ¡No hay amistad que aguante —añadió poniéndose de repente rojo— ante ciertos absurdos pseudocientíficos!

Utterson se turbó algo con este desahogo.

"Habrán discutido por algún tema de carácter científico", pensó; y siendo, como era, ajeno a las pasiones científicas (salvo en materia de traspasos de propiedad), añadió: "¡Y si no es esto!". Luego le dejó al amigo tiempo para recuperar la calma, antes de soltarle la pregunta por la que había venido:

—¿Nunca has encontrado u oído hablar de un tal… protegido de Jekyll, llamado Hyde?

—¿Hyde? —repitió Lanyon—. No. Nunca lo he oído nombrar. Lo habrá conocido más tarde.

Estas fueran las informaciones que el notario se llevó a casa y al amplio, oscuro lecho en el que siguió dando vueltas ya de una parte, ya de otra, hasta que las horas pequeñas de la mañana se hicieron grandes.

Fue una noche en la que no descansó su mente, que, asediada por preguntas sin respuesta, siguió cansándose en la mera oscuridad.

Cuando se oyeron las campanadas de las seis en la iglesia tan oportunamente cercana, Utterson seguía inmerso en el problema. Más aún, si hasta entonces se había empeñado con la inteligencia, ahora se encontraba también llevado por la imaginación. En la oscuridad de su habitación de pesadas cortinas repasaba la historia de Enfield ante los ojos como una serie de imágenes proyectadas por una linterna mágica. He aquí la gran hilera de farolas de una ciudad de noche; he aquí la figura de un hombre que avanza rápido; he aquí la de una niña que va a llamar a un doctor; y he aquí las dos Figuras que chocan, he ahí ese Juggernaut humano que arrolla a la niña y pasa por encima sin preocuparse de sus gritos.

Otras veces, Utterson veía el dormitorio de una casa rica y a su amigo que dormía tranquilo y sereno como si sonriera en sueños; luego se abría la puerta, se descorrían violentamente las cortinas de la cama, y he aquí, allí de pie, la figura a la que se le había dado todo poder; incluso el de despertar al que dormía en esa hora muerta para llamarlo a sus obligaciones.

Tanto en una como en la otra serie de imágenes, aquella figura siguió obsesionando al notario durante toda la noche. Si a ratos se adormecía, volvía a verla deslizarse más furtiva en el interior de las casas dormidas, o avanzar rápida, siempre muy rápida, vertiginosa, por laberintos cada vez mayores de calles alumbradas por farolas, arrollando en cada cruce a una niña y abandonándola a su llanto en la calle.

Y sin embargo la figura no tenía un rostro, tampoco los sueños tenían rostro, o tenían uno que se desvanecía, se deshacía, antes de que Utterson consiguiera fijarlo. Así creció en el notario una curiosidad muy fuerte, diría irresistible, por conocer las facciones del verdadero Hyde. Si hubiese podido verlo al menos una vez, creía, se habría aclarado o quizás disuelto el misterio, como sucede a menudo cuando las cosas misteriosas se ven de cerca. Quizás habría conseguido explicar de alguna forma la extraña inclinación (o la siniestra dependencia) de su amigo, y quizás también esa incomprensible cláusula de su testamento. De todas las formas era un rostro que valía la pena conocer: el rostro de un hombre sin entrañas de piedad, un rostro al que había bastado con mostrarse para suscitar, en el frío Enfield, un persistente sentimiento de odio.

Desde ese mismo día Utterson empezó a vigilar esa puerta, en esa calle de comercios. Muy de mañana, antes de la hora de oficina; a mediodía, cuando el trabajo era abundante y el tiempo escaso por la noche bajo la velada cara de la luna ciudadana; con todas las luces y a todas horas solitarias o con gentío se podía encontrar allí al notario, en su puesto de guardia.

"Si él es el señor Hyde —había pensado—, yo seré el señor Seek[1].

Y, por fin, fue recompensada su paciencia.

Era una noche serena, seca, con una pizca de hielo en el aire; las calles estaban tan limpias como la pista de un salón de baile; y las farolas con sus llamas inmóviles, por la ausencia total de viento, proyectaban una precisa trama de luces y sombras. Después de las diez, cuando cerraban los comercios, el lugar se hacía muy solitario y, a pesar del ruido sordo de Londres, muy silencioso. Los más pequeños sonidos llegaban en la distancia, los ruidos domésticos de las casas se oían claramente en la ca— lle, y si un peatón se acercaba el ruido de sus pasos lo anunciaba antes de que apareciera a la vista.

Utterson estaba allí desde hacía unos minutos, cuando, de repente, se dio cuenta de unos pasos extrañamente rápidos que se acercaban.

En el curso de mis reconocimientos nocturnos ya se había acostumbra— do a ese extraño efecto por el que los pasos de una persona, aún bastante lejos, resonaban de repente muy claros en el vasto, confuso fondo de los ruidos de la ciudad. Pero su atención nunca había sido atraída de un mo— do tan preciso y decidido como ahora, y un fuerte, supersticioso presen— timiento de éxito llevó al notario a esconderse en la entrada del patio.

Los pasos siguieron acercándose con rapidez, y su sonido creció de re— pente cuando, desde un lejano cruce, entraron en la calle. Utterson pudo ver en seguida, desde su puesto de observación en la entrada, con qué ti— po de persona tenía que enfrentarse. Era un hombre de baja estatura y de vestir más bien ordinario, pero su aspecto general, incluso desde esa dis— tancia, era de alguna forma tal, que suscitaba una inclinación para nada benévola respecto a él. Se fue derecho a la puerta, atravesando diagonal— mente para ganar tiempo y, al acercarse, sacó del bolso una llave, con el gesto de quien llega a su casa.

El notario se adelantó y le tocó en el hombro.

—El señor Hyde, supongo.

Hyde se echó para atrás, aspirando con una especie de silbido. Pero se recompuso inmediatamente y, aunque no levantase la cara para mirar a Utterson, respondió con bastante calma:

—Hyde es mi nombre. ¿Qué desea?

—Veo que va a entrar —contestó el notario—. Soy un viejo amigo del doctor Jekyll: Utterson, de Gaunt Street. Quizás le suene mi nombre,

---

[1] Hyde se pronuncia igual que hide, y significa esconder en inglés. Seek es buscar.

supongo, y pienso que podríamos entrar dentro, ya que nos encontramos aquí.

—Si busca a Jekyll, ha salido; no está casa —respondió Hyde metiendo la llave. Luego preguntó de repente, sin levantar la cabeza—: ¿Cómo me ha reconocido?

¿Me haría usted un favor? —dijo Utterson

—¿Cómo no? —contestó Hyde. ¿Qué favor?

—Déjeme mirarlo a la cara.

Hyde pareció dudar, pero luego, como en una decisión imprevista, levantó la cabeza con aire de desafío, y los dos se quedaron mirándose durante unos momentos.

—Así podré reconocerle —dijo Utterson—. Podrá resultarme útil para la próxima.

—Sí —contestó Hyde—. Es mejor que nos hayamos conocido. Y apropósito, quiero dejarle mi dirección. Y le dio el número de una calle de Soho.

"¡Demonios! —pensó el notario—. ¿Habrá pensado él también en el testamento?".

Pero se guardó esta sospecha y se limitó, con un murmullo, a tomar la dirección.

— Y ahora dígame —dijo el otro—. ¿Cómo es que me ha reconocido?

—Alguien hizo una describió —fue la respuesta.

—¿Quién?

—Tenemos amigos comunes —dijo Utterson.

—¿Amigos comunes? —hizo eco Hyde con una voz un poco ronca—. ¿Y quiénes serían?

—Jekyll, por ejemplo —señaló el notario.

—¡Él no le ha dicho nunca nada —gritó Hyde de repente con un ataque de ira—. ¡Creí que no tendría la desfachatez de mentirme!

—Vamos, vamos, no se debe hablar así — dijo Utterson.

Hyde enseñó los dientes con una carcajada salvaje, y un instante después, con extraordinaria rapidez, ya había abierto la puerta y había desaparecido dentro.

El notario se quedó un momento como Hyde lo había dejado. Parecía el retrato del desconcierto. Luego empezó a subir lentamente a la calle, pero parándose cada pocos pasos y llevándose una mano a la frente, como el que se encuentra en el mayor desconcierto. Y de hecho su problema parecía irresoluble.

Hyde era pálido y muy pequeño, daba una impresión de deformidad aunque sin malformaciones concretas, tenía una sonrisa repugnante, se comportaba con una mezcla viscosa de pusilanimidad y arrogancia, hablaba con una especie de ronco y roto susurro: todas cosas, sin duda, negativas, pero que aunque las sumáramos, no explicaban la inaudita aversión, repugnancia y miedo que habían sobrecogido a Utterson.

"Debe haber alguna otra cosa, más aún, estoy seguro de que la hay —se repetía perplejo el notario—. Sólo que no consigo darle un nombre. ¡Ese hombre, Dios me ayude, apenas parece humano! ¿Algo de troglodítico? ¿O será la vieja historia del Doctor Fell? ¿O la simple irradiación de un alma infame que transpira por su cáscara de arcilla y la transforma? ¡Creo que es esto, mi pobre Jekyll! Si alguna vez una cara ha llevado la firma de Satanás, es la cara de tu nuevo amigo".

Al fondo de la calle, al dar la vuelta a la esquina, había una plaza de casas elegantes y antiguas, ahora ya decadentes, en cuyos pisos o habitaciones de alquiler vivía gente de todas las condiciones y oficios: pequeños impresores, arquitectos abogados más o menos dudosos, agentes de oscuros negocios. Sin embargo, una de estas casas, la segunda de la esquina, no estaba todavía dividida y mostraba todas las señales de confort y lujo, aunque en ese momento estuviese completamente a oscuras, a excepción de la media luna de cristal por encima de la puerta de entrada. Utterson se paró ante esta puerta y llamó.

Un mayordomo ya anciano y bien vestido abrió la puerta.

—¿Está en casa el doctor Jekyll, Poole?

—Voy a ver, señor Utterson —dijo Poole, mientras hacía entrar al visitante a un amplio atrio con el techo bajo y con el pavimento de piedra, calentado (como en las casas de campo) por una chimenea que sobresalía, y decorado con viejos muebles de roble—. ¿Desea esperar aquí, junto al fuego, señor? ¿O le enciendo una luz en el comedor?

—Esperaré, aquí, gracias —dijo el notario acercándose a la chimenea y apoyándose en la alta repisa.

De ese atrio, orgullo de su amigo Jekyll, Utterson solía hablar como del salón más acogedor de todo Londres. Pero esta noche un escalofrío le duraba en los huesos. La cara de Hyde no se le iba de la memoria. Sentía (algo extraño en él) náusea y disgusto por la vida. Y con esta oscura disposición de ánimo le parecía leer una amenaza en los reflejos del fuego en la lisa superficie de los muebles o en la vibración insegura de las sombras en el techo. Se avergonzó de su alivio cuando Poole, al poco tiempo, volvió para anunciar que el doctor Jekyll había salido.

—He visto al señor Hyde entrar por la puerta de la vieja sala anatómica —dijo—. ¿Es normal, cuando el doctor Jekyll no está en casa?

—Completamente normal, señor Utterson. El señor Hyde tiene la llave.

—Me parece que tu amo deposita mucha confianza en ese joven, Poole —comentó el notario con una mueca.

—Sí, señor. Efectivamente, señor —dijo Poole—. Todos nosotros tenemos orden de obedecerle.

—Yo no lo he visto aquí nunca, ¿verdad? —preguntó Utterson.

—Pues, claro que no, señor —dijo el otro—. El no viene nunca a comer, y no se hace ver mucho en esta parte de la casa. Al máximo viene y sale por el laboratorio.

—Bien, buenas noches, Poole.

—Buenas noches, señor Utterson.

El notario se dirigió a su casa con el corazón en un puño.

¡Pobre Harry Jekyll —pensó—, tengo la corazonada de que esté realmente metido en un buen lío! De joven, tenía un temperamento fuerte, y, aunque haya pasado tanto tiempo, ¡vete a saber! La ley de Dios no conoce prescripción… Por desgracia, debe ser así: el fantasma de una vieja culpa, el cáncer de un deshonor escondido y el castigo que llega, después de años que la memoria ha olvidado y que el amor de sí ha condonado el error.

Y el abogado, alterado por este pensamiento, se puso a analizar su propio pasado, buscando en todos los recovecos de la memoria y casi esperándose que de allí, como de una caja de sorpresas, saltase de repente alguna vieja iniquidad.

En su pasado no había nada de reprochable, pocos podrían haber deshojado con menor aprensión los registros de su vida. Sin embargo

¿Utterson se reconoció muchas culpas y sintió una profunda humillación, apoyándose sólo, con sobrio y timorato reconocimiento, en el recuerdo de muchas otras en las que había estado a punto de caer, pero que, por el contrario había evitado.

Volviendo a los pensamientos de antes, concibió un rayo de esperanza.

"A este señorito Hyde —se dijo—, si se le estudia de cerca, se le deberían sacar sus secretos: secretos negros, a juzgar por su apariencia, al lado de los cuales también los más oscuros de Jekyll resplandecerían como la luz del sol. Las cosas no pueden seguir así. Me da escalofríos pensar en ese ser bestial que se desliza como un ladrón hasta el lecho de Harry… ¡Pobre Harry, qué despertar! Y un peligro más: porque, si ese Hyde sabe o sos— pecha lo del testamento, podrá impacientarse por heredar… ¡Ah, si Jekyll al menos me permitiese ayudarle! ¡Sí! ¡Si al menos me lo permitiese!", se repitió.

Porque, una vez más, aparecían ante sus ojos, claras hasta la transparencia, las extrañas cláusulas del testamento.

CAPÍTULO 3: LA TRANQUILIDAD DEL DOCTOR JEKYLL

Un par de semanas después, cuando por una casualidad que Utterson juzgó providencial, el doctor Jekyll reunió en una de sus agradables comidas a cinco o seis viejos compañeros, todos excelentes e inteligentes personas además de expertos en buenos vinos; y el notario aprovechó para quedarse una vez que los otros se fueron.

No resultó extraño porque sucedía muy a menudo, ya que la compañía de Utterson era muy estimada, donde se le estimaba. Para quien le invitaba era un placer retener al taciturno notario, cuando los demás huéspedes, más locuaces e ingeniosos, ponían el pie en la puerta; era agradable quedarse todavía un rato con ese hombre discreto y tranquilo, casi para hacer práctica de soledad y fortalecer el espíritu de su rico silencio, después de la fatigosa tensión de la alegría.

Y el doctor Jekyll no era una excepción a esta regla; y si lo mirábamos sentado con Utterson junto al fuego —un hombre alto y guapo, sobre los cincuenta, de rasgos finos y proporcionados que reflejaban quizás una cierta malicia, pero también una gran inteligencia y bondad de ánimo— se veía con claridad que sentía un afecto cálido y sincero por el notario.

—¡Escucha, Jekyll, hace tiempo que quería hablar contigo! —dijo Utterson—. ¿Recuerdas aquel testamento tuyo?

El médico, como habría podido notar un observador atento, tenía pocas ganas de entrar en ese tema, pero supo salir con gran desenvoltura.

—¡Mi pobre Utterson —dijo—, eres desafortunado al tenerme como cliente! ¡No he visto a nadie tan afligido como tú por ese testamento mío, si quitamos al insoportable pedante de Lanyon por ésas que él llama mis herejías científicas! Sí, ya sé que es una buena persona, no me mires de esa forma. Una buenísima persona. Pero es un insoportable pedante, un pedante ignorante y presuntuoso. Nadie me ha desilusionado tanto como Lanyon.

—Ya sabes que siempre lo desaprobé —insistió Utterson sin dejarle escapar del asunto.

—¿Mi testamento? Sí, ya lo sé —asintió el médico con una pizca de impaciencia—. Me lo has dicho y repetido.

—Bien, te lo repito de nuevo —dijo el notario —. He sabido algunas cosas sobre tu joven Hyde.

El rostro cordial del doctor Jekyll palideció hasta los labios, y por sus ojos pasó como un rayo oscuro.

—No necesito escuchar más —dijo—. Habíamos decidido, creo, dejar a un lado este asunto.

—Las cosas que he oído son abominables —dijo Utterson.

—No puedo hacer nada ni cambiar nada. Tú no puedes comprender mi posición —repuso nervioso el médico. Me encuentro en una situación penosa, Utterson, y en una posición extraña…, muy extraña. Es una de esas Cosas que no se arreglan hablando.

—Jekyll, tú me conoces y sabes que puedes fiarte de mí —dijo el notario—. Explícate, dime todo en confianza, y estoy seguro de poderte sacar de este lío.

—Mi querido Utterson —dijo el médico—, esto es verdaderamente amable, extraordinariamente amable de tu parte. No tengo palabras para agradecértelo. Y te aseguro que no hay persona en el mundo, ni siquiera yo mismo, de la que me fiaría más que de ti, si tuviera que escoger. Pero, de verdad, las cosas no están como crees, la situación no es tan grave. Para dejar en paz a tu buen corazón te diré una cosa: podría liberarme del señor Hyde en cualquier momento que quisiera. Te doy mi palabra. Te lo agradezco infinitamente una vez más pero, sabiendo que no te lo tomarás a mal, también añado esto: se trata de un asunto estrictamente privado, por lo que te ruego que no volvamos sobre el mismo.

Utterson reflexionó unos instantes, mirando al fuego:

—De acuerdo, no dudo que tú tengas razón —dijo por fin levantándose.

—Pero, dado que hemos hablado y espero que por última vez —retomó el médico—, hay un punto que quisiera que tú entendieses.

Siento un tremendo afecto por el pobre Hyde. Sé que os habéis visto, me lo ha dicho, y tengo miedo que no haya sido muy cortés. Pero, repito, siento un tremendo afecto por ese joven, y, si yo desapareciese, tú prométeme, Utterson, que lo tolerarás y que tutelarás sus legítimos intereses. No dudo que lo harías, si supieras todo, y tu promesa me quitaría un peso de encima.

—No puedo garantizarte —dijo el notario— que conseguiré alguna vez hacerlo a gusto.

Jekyll le puso la mano en el brazo.

—No te pido eso —dijo con calor—. Te pido sólo que tuteles sus derechos y te pido que lo hagas por mí, cuando yo ya no esté.

Utterson no pudo contener un profundo suspiro.

—Bien —dijo—. Te lo prometo.

CAPÍTULO 4: EL CASO DEL HOMICIDIO CAREW

Casi un año después, en octubre de 18… Londres fue conmovido por un crimen singularmente atroz y tuvo todavía más eco por el alto nivel social de la víctima. Las particularidades que se conocieron fueron pocos, pero atroces.

Hacia las once, una camarera que vivía sola en una casa no muy lejos del río, había subido a su habitación para ir a la cama. A esa hora, aunque más tarde una cerrada niebla envoliese la ciudad, el cielo estaba aún despejado, y la calle a la que daba la ventana de la muchacha estaba muy iluminada por el plenilunio.

Hay que suponer que la muchacha tuviese inclinaciones románticas, ya que se sentó en el baúl, que tenía arrimado al alféizar, y se quedó allí soñando y mirando a la calle.

Nunca (como luego repitió entre lágrimas, al contar esa experiencia), nunca se había sentido tan en paz con todos ni mejor dispuesta con el mundo. Y he aquí que, mientras estaba sentada, vio a un anciano y distinguido señor de pelo blanco que subía por la calle, mientras otro señor más bien pequeño, y al que prestó poca atención al principio, venía por la parte opuesta. Cuando los dos llegaron al punto de cruzarse (y esto precisamente debajo de la ventana), el anciano se desvió hacia el otro y se acercó, inclinándose con gran cortesía. No tenía nada importante que decirle, por lo que parecía; probablemente, a juzgar por los gestos, quería sólo preguntar por la calle; pero la luna le iluminaba la cara mientras hablaba, y la camarera se encantó al verlo, por la benignidad y gentileza a la antigua que parecía despedir, no sin algo de estirado, como por una especie de bien fundada complacencia de sí.

Dirigiendo luego la atención al otro paseante, la muchacha se sorprendió al reconocer a un tal señor Hyde, que había visto una vez en casa de su amo y no le había gustado nada. Este tenía en la mano un bastón pesado, con el que jugaba, pero no respondía ni una palabra y parecía escuchar con impaciencia apenas contenida.

Y luego, de repente, estalló en un acceso de cólera, dando patadas en el suelo, blandiendo su bastón y comportándose (según la descripción de la camarera) absolutamente como un loco.

El anciano caballero dio un paso atrás, con aire de quien está muy extrañado y también bastante ofendido; a esto el señor Hyde se desató del todo y lo tiró al suelo de un bastonazo. Inmediatamente despúes con la furia de un mono, saltó sobre él pisoteándolo y descargando encima una lluvia de golpes, bajo los cuales se oía cómo se rompían los huesos y el cuerpo resollaba en la calle. La camarera se desvaneció por el horror de lo visto y de lo oído.

Eran las dos cuando volvió en sí y llamó a la policía. El asesino hacía ya tiempo que se había ido, pero la víctima estaba todavía allí en medio de la calle, en un estado horrible. El bastón con el que le habían matado, aunque de madera dura y pesada, se había partido en dos en el desencadenamiento de esa insensata violencia; y una mitad astillada había rodado hasta la cuneta, mientras la otra, sin duda, se había quedado en manos del asesino. El cadáver llevaba encima un monedero y un reloj de oro, pero ninguna tarjeta o documento, a excepción de una carta cerrada y franqueada, que la víctima probablemente llevaba a correos y que ponía el nombre y la dirección del señor Utterson.

El notario estaba aún en la cama cuando le llevaron esta carta, pero, apenas la tuvo bajo sus ojos y le informaron de las circunstancias, se quedó muy serio.

—No diré nada hasta haber visto el cadáver —dijo—, pero tengo miedo de tener que darles una pésima noticia. Tengan la cortesía de esperar a que me vista.

Con el aspecto serio, después de un rápido desayuno, dijo que le pidieran un coche de caballos y se hizo conducir a la comisaría, adonde habían llevado el cadáver. Al verlo, admitió:

—Sí, lo reconozco —dijo—, y me duele anunciaros que se trata de Sir Danvers Carew.

—¡Dios mío!, ¿pero cómo es posible? —exclamó consternado el funcionario. Luego sus ojos se encendieron de ambición profesional.

Es un delito que hará mucho ruido. ¿Vos podríais ayudarnos a encontrar a ese Hyde? —dijo.

Y, referido brevemente el testimonio de la camarera, mostró el bastón roto.

Utterson se había quedado pálido al oír el nombre de Hyde, pero al ver el bastón ya no tenía dudas; por roto y astillado que estuviera, era un bastón que él mismo había regalado a Henry Jekyll, hacía muchos años.

—¿Ese Hyde es una persona de baja estatura? —pregunté.

—Muy pequeño y de aspecto mal encarado, al menos es lo que dice la camarera.

Utterson reflexionó un instante con la cabeza gacha, luego miró al funcionario.

—Tengo un coche ahí fuera —dijo—. Si gusta, puede venir conmigo, creo que puedo llevarlo a su casa.

Eran ya las nueve de la mañana y la primera niebla de la estación pesaba sobre la ciudad como un gran manto color chocolate. Pero el viento batía y demolía continuamente esos contrafuertes de humo; de tal forma que Utterson, mientras avanzaba el coche lentamente de calle en calle, podía contemplar crepúsculos de una sorprendente diversidad de gradación y matices: aquí dominaba el negro de una noche ya cerrada, allí se encendían resplandores de oscura púrpura, como un extenso y extraño incendio, mientras más adelante, lacerando un momento la niebla, una imprevista y lívida luz diurna penetraba entre las deshilachadas cortinas. Visto en estos cambiantes escorzos, con sus calles fangosas y sus paseantes desaliñados, con sus farolas no apagadas desde la noche anterior o encendidas de prisa para combatir esa nueva invasión de oscuridad, el oscuro barrio de Soho se le aparecía a Utterson como recortado en una ciudad de pesadilla. Sus mismos pensamientos, por otra parte, eran de tintes oscuros, y, si miraba al funcionario que tenía al lado, sentía que le sobrecogía ese terror que la ley y sus ejecutores infunden a veces hasta en los más inocentes.

Cuando el coche se paró en la dirección indicada, la niebla se levantó un poco descubriendo un miserable callejón negruzco, un equívoco restaurante francés, una tienducha de verduras y periódicos de un sueldo, niños piojosos agachados en las puertas y muchas mujeres de distinta nacionalidad que se iban, con la llave de casa en mano, a beber su ginebra matutina. Un instante después la niebla había caído de nuevo, negra como la tierra de sombra, aislando al notario de esos miserables contornos.

¡Aquí vivía el favorito de Henry Jekyll, el heredero de un cuarto de millón de esterlinas!

Una vieja de cara de marfil y cabellos de plata vino a abrir la puerta. Tenía mala pinta, de una maldad suavizada por la hipocresía, pero sus modales eran educados. Sí, dijo, el señor Hyde vive aquí, pero no está en casa; había vuelto muy tarde por la noche y apenas hacía una hora que había salido de nuevo; en esto no había nada de extraño, ya que sus costumbres eran muy irregulares y a menudo estaba ausente; por ejemplo, antes de ayer ella no le había visto desde hacía dos meses.

—Bien, entonces querríamos ver sus habitaciones —dijo el notario y, cuando la mujer se puso a protestar que era imposible, cortó por lo sano—: El señor viene conmigo, os lo advierto, es el inspector Newcomen, de Scotland Yard.

Un relámpago de odiosa satisfacción iluminó la cara de la mujer, que dijo: ¡Ah, metido en líos! ¿Qué ha Hecho?

Utterson y el inspector intercambiaron una mirada.

—Parece que es un tipo que no goza de muchas simpatías —observó el funcionario—.

—Y ahora, buena mujer, déjenos a este caballero y a mí echar un vistazo.

De toda la casa, en la que, aparte de la mujer no vivía nadie más, Hyde se había reservado sólo un par de habitaciones; pero éstas estaban amuebladas con lujo y buen gusto. En una alacena había vinos de calidad, los cubiertos eran de plata, los manteles muy finos; había colgado probablemente, pensó Utterson, un regalo de Henry Jekyll, que era un amante del arte); y las alfombras, muchísimas, eran de colores agradablemente variados.

Sin embargo, las dos habitaciones estaban patas arriba y mostraban que habían sido bien registradas. En el suelo se amontonaba ropa con los bolsillos al revés; varios cajones habían quedado abiertos; y en la chimenea, donde parecía que habían quemado muchos papeles, había un montón de ceniza del que el inspector recuperó el canto y las matrices quemadas de un talonario verde de cheques. Detrás de una puerta se encontró la otra mitad del bastón, con complacencia del inspector, que así tuvo en la mano una prueba decisiva. Y una visita al banco, donde aún había en la cuenta del asesino unos miles de esterlinas, completó la satisfacción del funcionario.

—¡Ya lo tengo cogido, estad seguro, señor! —dijo a Utterson—. Pero debe haber perdido la cabeza, al haber dejado allí el bastón, y, aún más, al haber quemado el talonario de cheques. Eh, sin dinero no puede seguir! Así que no nos queda nada más que esperarlo en el banco y enviar mientras tanto su descripción.

Pero el optimismo del inspector se revelaría excesivo. A Hyde le conocían pocas personas (el mismo amo de la camarera testigo del delito lo había visto dos veces en total), y de su familia no se encontró rastro; nunca se le había fotografiado; y los pocos que le habían encontrado dieron descripciones contradictorias, como a menudo sucede en estos casos. En algo estaban todos de acuerdo: el fugitivo dejaba una impresión de monstruosa pero inexplicable deformidad.

CAPÍTULO 5: EL INCIDENTE DE LA CARTA

Ya anochecía cuando Utterson se presentó en casa del doctor Jekyll, donde Poole, por pasillos contiguos a la cocina y luego a través de un patio que un tiempo había sido jardín, lo acompañó hasta la baja construcción llamada el laboratorio o también, indistintamente, la sala anatómica. El médico había comprado la casa, efectivamente, a los herederos de un famoso cirujano, e, interesado por la química más que por la anatomía, había cambiado destino al rudo edificio del fondo del jardín.

El notario, que era la primera vez que venía recibido en esta parte de la casa, observó con curiosidad la tétrica estructura sin ventanas, y miró alrededor con una desagradable sensación de extrañeza atravesando el teatro anatómico, un día abarrotado de enfervorizados estudiantes y ahora silencioso, abandonado, con las mesas atestadas de aparatos químicos, el suelo lleno de cajas y paja de embalar y una luz gris que se filtraba a duras penas por el lucernario polvoriento. En una esquina de la sala, una pequeña rampa llevaba a una puerta forrada con un paño rojo; y por esta puerta entró finalmente Utterson en el cuarto de trabajo del médico.

Este cuarto, un alargado local lleno de armarios y cristaleras, con un escritorio y un espejo grande inclinable en ángulo, recibía luz de tres polvorientas ventanas, protegidas con verjas, que daban a un patio común. Pero ardía el fuego en la chimenea y ya estaba encendida la lámpara en la repisa, porque también en el patio la niebla ya empezaba a cerrarse. Y allí, junto al fuego, estaba sentado Jekyll con un aire de mortal abatimiento. No se levantó para salir al encuentro de su visitante, sino que le tendió una mano helada, dándole la bienvenida con una voz alterada.

—¿Y ahora? —dijo Utterson apenas se fue Poole—. ¿Has oído la noticia? Jekyll se estremeció visiblemente.

—Estaba en el comedor —murmuró—, cuando he oído gritar a los vendedores de periódicos en la plaza.

—Sólo una cosa —dijo el notario—. Carew era cliente mío, pero también tú lo eres y quiero saber cómo comportarme. ¡No serás tan loco que quieras ocultar a ese individuo!

—Utterson, lo juro por Dios —gritó el médico—, juro por Dios que ya no lo volveré a ver.

Te prometo por mi honor que ya no tendré nada que ver con él en este mundo. Ha terminado todo. Y por otra parte él no tiene necesidad de mi ayuda, tú no lo conoces como yo; está a salvo, perfectamente a salvo; puedes creerme si te digo que nadie jamás oirá hablar de él.

Utterson lo escuchó con profunda perplejidad. No le gustaba nada el aire febril de Jekyll.

—Espero por ti que así sea —dijo—. Saldría tu nombre, si se llega a procesarlo.

—Estoy convencido de ello —dijo el médico, aunque no pueda contarte las razones.

Pero hay algo sobre lo que me podrías aconsejar. He…, he recibido una carta, y no sé si debo enseñársela a la policía. Quisiera dártela y dejarte a ti la decisión; sé que de ti me puedo fiar más que de nadie.

—¿Tienes miedo de que la carta pueda poner a la policía tras su pista?

—No, he acabado con Hyde y ya no me importa él —dijo con fuerza Jekyll—. Pero pienso en el riesgo de mi reputación por este asunto abominable.

Utterson se quedó un momento rumiando.

Le sorprendía y aliviaba a la vez el egoísmo del amigo.

—Bien —dijo al final—, veamos la carta.

La carta, firmada "Edward Hyde" y escrita en una extraña caligrafía vertical, decía, en pocas palabras, que el doctor Jekyll benefactor del firmante, pero cuya generosidad tan indignamente había sido pagada, no tenía que preocuparse por la salvación del remitente, en cuanto éste disponía de medios de fuga en los que podía confiar plenamente.

El notario encontró bastante satisfactorio el tenor de esta carta, que ponía la relación entre los dos bajo una luz más favorable de lo que hubiese imaginado; y se reprochó haber nutrido algunas sospechas.

—¿Tienes el sobre? —preguntó.

—No —dijo Jekyll—. Lo quemé sin pensar en lo que hacía. Pero no traía matasellos. Fue entregada en mano.

—¿Quieres que me lo piense y la tenga mientras tanto?

—Haz libremente lo que creas mejor —fue la respuesta—. Yo ya he perdido toda confianza en mí.

—Bien, lo pensaré —replicó el notario—. Pero dime una cosa: ¿Esa cláusula del testamento, sobre una posible desaparición tuya, te la dictó Hyde?

El médico pareció encontrarse a punto de desfallecer, pero apretó los dientes y admitió.

—Lo sabía —dijo Utterson—. ¡Tenía intención de asesinarte. ¡Te has escapado de buena!

—¡Ya me he escapado, Utterson! He recibido una lección... ¡Ah, qué lección! dijo Jekyll con voz rota, tapándose la cara con las manos.

Al salir, el notario se paró a intercambiar unas palabras con Poole.

—Por cierto —dijo—, sé que han traído hoy, en mano, una carta. ¿Quién la trajo?

Pero ese día no había llegado otra correspondencia que la de correos, afirmó resueltamente Poole.

—Y sólo circulares —añadió.

Con esta noticia el visitante sintió que reaparecían todos sus temores. Han entregado la carta, pensó mientras se iba, en la puerta del laboratorio; más aún, se había escrito en el mismo laboratorio; y si las cosas eran así, había que juzgarlo de otra forma y tratarlo con mayor cautela.

"¡Edición extraordinaria! ¡Horrible asesinato de un miembro del Parlamento!", gritaban mientras tanto los vendedores de periódicos en la calle. Es la oración fúnebre por un amigo y cliente, pensó el notario. Y no pudo no temer que el buen nombre de otro terminase metido en el escándalo. La decisión que debía tomar le pareció muy delicada; y, a pesar de que normalmente fuese muy seguro de sí, empezó a sentir la viva necesidad de un consejo. Es verdad, pensó, que no era un consejo que se pudiera pedir directamente, pero quizás lo habría conseguido de una forma indirecta.

Poco más tarde estaba sentado en su despacho, al lado de la chimenea, y delante de él, en el otro lado, estaba sentado el señor Guest, su oficial. En un punto intermedio entre los dos, y a una distancia bien calculada del fuego, estaba una botella de un buen vino añejo, que había pasado mucho tiempo en los cimientos de la casa, lejos del sol. Flujos de niebla seguían oprimiendo la ciudad sumergida, en la que las farolas resplandecían como rubíes y la vida ciudadana, filtrada, amortiguada por esas nubes caídas, rodaba por esas grandes arterias con un ruido sordo, como el viento impetuoso. Pero la habitación se alegraba con el fuego de la chimenea, y en la botella se habían disuelto hacía mucho tiempo los ácidos: el color de vivo púrpura, como el matiz de algunas vidrieras, se había hecho más profundo con los años, y un resplandor de cálido otoño, de dorados atardeceres en los viñedos de la colina, iba a descorcharse para dispersar las nieblas de Londres. Insensiblemente se relajaron los nervios del notario. No había nadie con quien mantuviera menos secretos que con el señor Guest, y no siempre estaba seguro, bueno, de haber mantenido cuantos creía. Guest había ido a menudo donde Jekyll por motivos de trabajo, conocía a Poole, y era difícil que no hubiera oído hablar de Hyde como íntimo de la casa. Ahora habría podido sacar conclusiones.

¿No valía la pena que viese esa carta clarificadora del misterio? Además, siendo un apasionado y un buen experto en grafología, la confianza le habría parecido totalmente natural. El oficial, por otra parte, era persona de sabio consejo; difícilmente habría podido leer ese documento tan extraño sin dejar de hacer una observación: y quizás así, vete a saber, Utterson habría encontrado la sugerencia que buscaba.

—Un triste lío —dijo— lo de Sir Danvers.

—Triste, señor. Y ha levantado una gran indignación dijo el señor Guest—. Ese hombre, naturalmente, era un loco.

—Querría precisamente vuestra opinión; tengo aquí un documento, una carta de su puño y letra —dijo Utterson—. Se entiende que este escrito queda entre nosotros, porque todavía no sé qué voy a hacer con él; un lío feo es lo menos que se puede decir. Pero he aquí un documento que parece hecho aposta para vos: el autógrafo de un asesino.

Le brillaron los ojos al señor Guest, y un instante después ya estaba inmerso en el examen de la carta, que estudió con un apasionado interés.

—No, señor —dijo al final—. No está loco. Pero tiene una caligrafía muy extraña.

—Es extraña desde todos los puntos de vista —dijo Utterson. Justo en ese momento entró un criado con una nota.

—¿Es del doctor Jekyll, señor? Me ha parecido reconocer la caligrafía en el sobre —se interesó el oficial mientras el notario desdoblaba el papel—. ¿Algo privado, señor Utterson?

—Sólo una invitación a comer. ¿Por qué? ¿Quiere verla?

—Sólo un momento, gracias —dijo el señor Guest.

Agarró el papel, lo puso junto al otro y procedió a una minuciosa comparación.

—Gracias —repitió al final devolviendo ambos—. Un autógrafo muy interesante.

Durante la pausa que siguió, Utterson pareció luchar consigo mismo.

—¿Por qué los has comparado, Guest? — preguntó luego, de repente.

—Bien, señor —dijo el otro, hay un parecido muy singular; las dos caligrafías tienen una inclinación distinta, pero por lo demás son casi idénticas.

—Muy curioso —dijo Utterson.

—Es un hecho, como decís, muy curioso — dijo el señor Guest.

—Por lo que yo no hablaría de esta carta.

—No —dijo el señor Guest—. Ni yo tampoco, señor.

Aquella noche, apenas se quedó solo, Utterson metió la carta en la caja fuerte y decidió dejarla allí. "¡Misericordia! —pensó—. ¡Henry Jekyll falsario, a favor de un asesino!".

Y la sangre se le heló en las venas.

CAPÍTULO 6: LA EXTRAÑA AVENTURA DEL DOCTOR LANYON

Pasó el tiempo. Una recompensa de miles de esterlinas pendía sobre la cabeza del asesino (ya que la muerte de Sir Danvers se había sentido como una afrenta a toda la comunidad, pero Hyde seguía escapando a la búsqueda como si no hubiera existido nunca. Muchas cosas de su pasado, y todas abominables, habían salido a la luz: se conocieron sus inhumanas crueldades y vilezas, su vida ignominiosa, sus extrañas compañías, el odio que parecía haber inspirado cada una de sus acciones. Pero no había ni el más mínimo rastro sobre el lugar en que se escondía. Desde el momento en que había dejado su casa de Soho, la mañana del delito, Hyde pura y simplemente había desaparecido.

Así, poco a poco, Utterson empezó a reponerse de las peores sospechas y a recuperar algo la calma. La muerte de Sir Danvers, llegó a pensar, está más que pagada con la desaparición del señor Hyde. Jekyll parecía renacido a nueva vida ahora que ya no sufría esa influencia nefasta. Salido de su aislamiento, volvió a frecuentar a los amigos y a recibirlos con la familiaridad y cordialidad de una vez; y si siempre había sobresalido por sus obras de caridad, ahora se distinguía también por su espíritu religioso. Llevaba una vida activa, pasaba mucho tiempo al aire libre, en su mi— rada se reflejaba la conciencia de quien no pierde ocasión para hacer el bien. Y así, en paz consigo mismo, vivió más de dos meses.

El 8 de enero Utterson había cenado en casa de él con otros amigos, entre ellos también Lanyon, y la mirada de Jekyll había corrido de uno a otro como en los viejos tiempos, cuando los tres eran inseparables. Pero el 12, y de nuevo el 14, el notario pidió inútilmente ser recibido.

El doctor se había cerrado en casa y no quería ver a nadie, dijo Poole.

El 15, tras un nuevo intento y un nuevo rechazo, Utterson empezó a preocuparse. Se había acostumbrado a ver a su amigo casi todos los días, en los últimos dos meses, y esa vuelta a la soledad le preocupaba y entristecía. La noche después cenó con Guest, y la siguiente fue a casa del doctor Lanyon.

Allí, al menos, fue recibido sin ninguna dificultad; pero se aterrorizó al ver cómo había cambiado Lanyon en pocos días: en la cara, escrita con letras muy claras, se leía su sentencia de muerte. Ese hombre de color rosáceo se había quedado térreo, enflaquecido, visiblemente más calvo, más viejo en años; y sin embargo no fueron tanto estas señales de decadencia física las que detuvieron la atención del notario sino una cualidad de su mirada, algunas particularidades del comportamiento, que parecían testimoniar un profundo terror. Era improbable, en un hombre como Lanyon, que ese terror fuese el terror de la muerte; sin embargo Utterson tuvo la tentación de sospecharlo.

Sí —pensó—, es médico, sabe que tiene los días contados, y esta certeza lo trastorna.

Pero cuando, cautamente, el notario aludió a su mala cara, Lanyon con valiente firmeza declaró que sabía que estaba condenado.

—He sufrido un golpe tremendo —dijo—, y sé que no me recuperaré; es cuestión de semanas. Bien, ha sido una vida agradable. Sí, señor, agradable. Vivir me causaba placer. Pero a veces pienso que, si lo supiéramos todo, nos iríamos más contentos.

—También Jekyll está enfermo —dijo Utterson—. ¿Lo has visto? Lanyon cambió la cara y levantó una mano temblorosa.

—No quiero ver —dijo con voz alta enfermiza— ni oír hablar jamás del doctor Jekyll. He terminado definitivamente con esa persona; y te ruego que me ahorres todo tipo de alusiones a un hombre que para mí es como si hubiera muerto.

—¡Bueno! —dijo Utterson. Y luego, tras una larga pausa—: ¿No puedo hacer nada? Somos tres viejos amigos, Lanyon. No viviremos bastante para hacer otros nuevos.

—Nadie puede hacer nada —respondió Lanyon—. Pregúntaselo a él.

—No quiere verme —dijo el notario.

—No me extraña —fue la respuesta—. Un día, Utterson, después de que yo haya muerto, sabrás quizás lo que ha pasado. Yo no puedo contártelo. Pero mientras tanto, si te sientes con fuerzas para hablar de otra cosa, quédate aquí y hablemos; de lo contrario, si no consigues no volver sobre ese maldito asunto, te ruego en nombre de Dios que te vayas, porque no podría soportarlo.

Utterson, nada más volver a casa, escribió a Jekyll quejándose de que ya no le admitieran en su casa y preguntando la razón de la infeliz ruptura con Lanyon. Al día siguiente le llegó una larga respuesta, de aire muy patético en algunos puntos oscuros y ambiguo en otros. La desavenencia con Lanyon era definitiva.

"No culpo a nuestro viejo amigo —escribía Jekyll—, pero tampoco yo lo quiero ver nunca. De ahora en adelante, por otra parte, llevaré una vida muy retirada. Tú, por tanto, no te extrañes y no dudes de mi amistad si mi puerta permanece a menudo cerrada incluso para ti. Deja que me vaya por mi oscuro camino. He atraído sobre mí un castigo y un peligro que no puedo contarte. Si soy el peor de los pecadores pago también la peor de las penas. Nunca habría pensado que en esta tierra se pudieran dar sufrimientos tan inhumanos, terrores tan atroces. Y lo único que puedes hacer, Utterson, para aliviar mi destino, es respetar mi silencio".

El notario se quedó consternado. Cesado el oscuro influjo de Hyde, el médico había vuelto a sus antiguas ocupaciones y amistades; hace una semana le sonreía el futuro, sus perspectivas eran las de una madurez serena y honorable; y ahora había perdido sus amistades, se había destruido su paz y se había perturbado todo el equilibrio de su vida. Un cambio tan radical e imprevisto hacía pensar en la locura, pero, consideradas las palabras y la postura de Lanyon, debía haber otra razón más oscura.

Una semana más tarde el doctor Lanyon tuvo que meterse en la cama, y murió en menos de quince días. La noche del funeral, al que había asistido con profunda tristeza, Utterson se cerró con llave en su despacho, se sentó a la mesa, y a la luz de una melancólica vela sacó y puso delante de sí un sobre lacrado. El sello era de su difunto amigo, lo mismo que el rótulo, que decía: "Reservado. Para entregar PERSONALMENTE en mano a G. J. Utterson, EXCLUSIVAMENTE, y para que sea destruido sin ser leído".

Frente a una orden tan solemne, el notario renunció casi a seguir adelante. "He enterrado hoy a un amigo —pensó— ¿y quién sabe si esta carta no puede costarme otro?", Pero luego, leal a sus obligaciones y condenando su miedo, rompió el lacre y abrió el sobre. Dentro había otro, también éste lacrado y con el rótulo siguiente: "No abrirse nada más que después de la muerte o desaparición del doctor Henry Jekyll".

Utterson no creía a sus ojos. Sin embargo, la palabra era de nuevo "desaparición", como en el loco testamento que desde hacía ya un tiempo había restituido a su autor. Una vez más, la idea de desaparición y el nombre de Henry Jekyll aparecían unidos. Pero en el testamento la idea había nacido de una siniestra sugerencia de Hyde, por un fin demasiado claro y horrible; mientras aquí, escrita de puño de Lanyon, ¿qué podía significar? El notario sintió tal curiosidad, que por un instante pensó saltarse la prohibición e ir inmediatamente al fondo de esos misterios. Pero el honor profesional y la lealtad hacia un amigo muerto eran obligaciones demasiado apremiantes; y el sobre se quedó durmiendo en el rincón más alejado de su caja fuerte privada.

Sin embargo, una cosa es mortificar la propia curiosidad y otra es vencerla; y se puede dudar de que Utterson, desde ese día en adelante, desease tanto la compañía de su amigo superviviente. Pensaba en él con afecto, pero sus pensamientos eran distraídos e inquietos.

Aunque iba a visitarlo, sentía quizás alivio cuando no lo recibía; en el fondo, quizás, prefería charlar con Poole a la entrada, al aire libre y en medio de los ruidos de la ciudad, más bien que ser recibido en aquella casa de prisión voluntaria y sentarse a hablar con su inescrutable recluso. Poole, por otra parte, no tenía noticias agradables que dar. El médico, por lo que parecía, estaba cada vez más a menudo confinado en la habitación de encima del laboratorio, donde incluso a veces dormía; estaba constantemente deprimido y taciturno, ni siquiera leía, parecía presa de un pensamiento que no le dejaba nunca. Utterson se acostumbró tanto a estas noticias, invariablemente desalentadoras, que poco a poco espació sus visitas.

CAPÍTULO 7: EL EPISODIO DE LA VENTANA

Sucedió que un domingo, cuando Utterson y su amigo, en su paseo habitual, volvieron a pasar por aquella calle, al llegar ante aquella puerta, ambos se detuvieron a mirarla.

—Bien —dijo Enfield—, afortunadamente se acabó aquella historia. Ya no veremos nunca al señor Hyde.

—Esperemos —dijo Utterson—. ¿No te conté que una vez lo vi y que tuve tus mismos sentimientos de repulsión?

—Imposible verlo sin detestarlo —replicó Enfield—. Pero, ¡qué burro me habréis juzgado! ¡No saber que esa puerta es la de atrás de la casa de Jekyll! Luego lo he descubierto, y, en parte, por culpa vuestra.

—¿Así que lo habéis descubierto? —dijo Utterson—. Pues, si es así, venga, ¿por qué no entramos en el patio y echamos un vistazo a las ventanas? De verdad, me preocupa mucho el pobre Jekyll, y pienso que una presencia amiga le pueda hacer bien, incluso desde fuera.

El patio estaba frío y húmedo, ya invadido por un precoz crepúsculo, aunque el cielo, en lo alto, estuviese iluminado por el ocaso. Una de las tres ventanas estaba medio abierta; y sentado allí detrás, con una expresión de infinita tristeza en la cara, como un prisionero que toma aire entre rejas, Utterson vio al doctor Jekyll.

—¡Eh! ¡Jekyll! —gritó—. ¡Espero que estés mejor!

—Estoy muy decaído, Utterson —respondió lúgubre el otro—, muy decaído. Pero no me durará mucho, gracias a Dios.

—Estás demasiado en casa —dijo el notario—. Deberías salir, caminar, activar la circulación como hacemos nosotros dos. (¡El señor Enfield, mi primo! ¡ El doctor Jekyll!). ¡Venga, ponte el sombrero y ven a dar una vuelta con nosotros!

—¡Eres muy amable! —suspiró el médico—. Me gustaría, pero… No, no, no, es imposible; no me atrevo. Pero, de verdad, Utterson, estoy muy contento de verte. Es realmente un gran placer. Y te pediría que subieras con el señor Enfield, si os pudiera recibir aquí. Pero no es el lugar adecuado.

—Entonces nosotros nos quedamos abajo y mejor hablamos desde aquí —dijo cordialmente Utterson—. ¿No?

—Iba a proponéroslo yo —dijo el médico con una sonrisa.

Pero, apenas había dicho estas palabras, desapareció la sonrisa de golpe y su rostro se contrajo en una mueca de tan desesperado, abyecto terror, que los dos en el patio sintieron helarse. Lo vieron sólo un momento, porque instantáneamente Se cerró la ventana, pero bastó ese momento para morirse de miedo; se dieron media vuelta y dejaron el patio sin una palabra. Siempre en silencio cruzaron la calle, y sólo después de llegar a una más ancha, donde incluso los domingos había más animación, Utterson se volvió por fin y miró a su compañero. Ambos estaban pálidos y en sus ojos había el mismo susto.

—¡Dios nos perdone! ¡Dios nos perdone! —dijo Utterson.

Pero Enfield se limitó gravemente a asentirlo con la cabeza, y continuó caminando en silencio.

CAPÍTULO 8: LA ÚLTIMA NOCHE

Utterson estaba sentado junto al fuego una noche, después de cenar, cuando recibió la inesperada visita de Poole.

—¡Qué sorpresa, Poole! ¿Cómo por aquí? — exclamó. Luego, mirándolo mejor, preguntó con aprensión—: ¿Qué pasa? ¿El doctor está enfermo?

—Señor Utterson —dijo el criado—, hay algo que no me gusta, que no me gusta nada.

—¡Siéntese y tranquilícese! Bueno, tome usted un vaso —dijo el notario—. Y ahora dígame con claridad qué pasa.

—Bien, señor —dijo Poole—, usted sabe cómo es el doctor y cómo estaba siempre encerrado allí, en la habitación de encima del laboratorio. Pues bien, la cosa no me gusta, señor, que yo me muera si me gusta. Tengo miedo, señor Utterson.

—¡Pero explíquese, buen hombre! ¿De qué tiene miedo?

—Tengo miedo desde hace unos días, quizás desde hace una semana —dijo Poole eludiendo obstinadamente la pregunta—, y ya no aguanto más.

El criado tenía un aire que confirmaba estas palabras; había perdido sus modales irreprochables, y salvo un instante, cuando había declarado por primera vez su terror, no había mirado nunca a la cara al notario. Ahora estaba allí con su vaso entre las rodillas, sin haber bebido un sorbo, y miraba fijo a un rincón del suelo.

—No aguanto más —repitió.

—¡Venga, venga! —dijo el notario. Veo que tiene en sus manos buenas razones, Poole, veo que, de verdad, tiene que ser algo serio. Intentad explicarme de qué se trata.

—Pienso que se trata… , pienso que se ha cometido un delito —dijo Poole con voz ronca.

—¡Un delito! —gritó el notario asustado, y por consiguiente propenso a la irritación—. ¿Pero qué delito? ¿Qué queréis decir?

—No me atrevo a decir nada, señor —fue la respuesta—. ¿Pero no querríais venir conmigo y verlo vos mismo?

Utterson, por respuesta, fue a coger sombrero y gabán; y, mientras se disponían a salir, le impresionó tanto el enorme alivio que se leía en la cara del mayordomo como, quizás aún más, el hecho de que el vaso se hubiera quedado lleno.

Era una noche fría y ventosa de marzo, con una hoz de luna que se apoyaba de espaldas, como volcada por el viento, entre una fuga de nubes deshilachadas y diáfanas. Las ráfagas que azotaban la cara, haciendo difícil hablar, parecían haber barrido casi a toda la gente de las calles. Utterson no se acordaba de haber visto nunca tan desierta esa parte de Londres. Precisamente ahora deseaba todo lo contrario. Nunca en su vida había tenido una necesidad tan profunda de sus semejantes, de que se hicieran visibles y tangibles a su alrededor, ya que por mucho que lo intentara no conseguía sustraerse a un aplastante sentimiento de desgracia. La plaza, cuando llegaron, estaba llena de aire y polvo, con los finos árboles del jardín central que gemían y se doblaban contra la verja. Poole, que durante todo el camino había ido uno o dos pasos delante, se paró en medio de la acera y se quitó el sombrero, a pesar del frío, para secarse la frente con un pañuelo rojo. Aunque hubiese caminado de prisa, aquel sudor era de angustia, no de cansancio. Tenía la cara blanca, y su voz, cuando habló, estaba rota y ronca.

—Bien, señor, ya estamos —dijo—. ¡Quiera Dios que no haya pasado nada!

—Amén, Poole —dijo Utterson.

Luego el mayordomo llamó cautamente y la puerta se entreabrió, pero sujeta con la cadena.

—¿Eres tú, Poole? —preguntó una voz desde dentro.

—Sí, soy yo, abran la puerta —dijo Poole.

El atrio, cuando entraron, estaba brillantemente iluminado, el fuego de la chimenea ardía con altas llamaradas y todo el servicio, hombres y mujeres, estaba reunido allí como un rebaño de ovejas. Al ver a Utterson, La camarera rompió en lamentos histéricos, y la cocinera gritando: "¡Bendito sea Dios! ¡Es el señor Utterson!", se lanzó como si fuera a abrazarlo.

—¡Y esto? ¿Esto? ¡Están todos aquí! —dijo el notario con severidad—. ¡Muy mal! ¡Muy inconveniente! ¡A su amo no le gustaría nada!

—Tienen todos miedo —dijo Poole.

Nadie rompió el silencio para protestar. El llanto de lamentos de la camarera de repente se hizo más Fuerte.

—¡Cállate un momento! —le gritó Poole con un acento agresivo, que traicionaba la tensión de sus nervios.

Por otra parte todos, cuando la muchacha había levantado el tono de sus lamentos, habían mirado con sobresalto a la puerta del fondo, con una especie de amedrentada expectación.

—Y ahora —continuó el mayordomo dirigiéndose al mozo de cocina—, dame una vela, y vamos a ver si ponemos en orden esta situación.

Luego rogó a Utterson que le siguiera, y le abrió camino atravesando el jardín por atrás.

—Ahora , señor —dijo mientras llegaban al laboratorio—, venga detrás lo más despacio que pueda. Quiero que oiga s sin que le oigan. Y otra cosa, señor: si por casualidad le pidiesen entrar allí con él, no lo haga.

El notario, ante esta insospechada conclusión tropezó tan violentamente que casi pierde el equilibrio; pero se superó y siguió en silencio al criado, por la sala anatómica, hasta la corta rampa que llevaba arriba. Aquí Poole le hizo señas de ponerse a un lado y escuchar, mientras él, posada la vela y recurriendo de forma visible a todo su valor, subió las escaleras y llamó, con mano algo insegura, a la puerta forrada con paño rojo.

—Señor, el señor Utterson solicita verlo —dijo. E hizo de nuevo enérgicamente señas al notario que escuchara.

Una voz, desde el interior, respondió lastimosamente:

—Dígale que no puedo ver a nadie.

—Gracias señor —dijo Poole con un tono que era casi de triunfo. Y cogiendo la vela, recondujo al notario por el patio y por la enorme cocina, en la que estaba apagado el fuego y las cucarachas correteaban por el suelo—. Bien —preguntó mirando al notario a los ojos—, ¿era esa la voz de mi amo?

—Parecía muy cambiada —replicó Utterson con la cara pálida, pero devolviendo la mirada con fuerza.

—¿Cambiada, señor? ¡Más que cambiada! ¡No me habré pasado veinte años en casa de este hombre para no reconocer su voz! No, la verdad es que mi amo ya no está, lo han matado hace ocho días, cuando le hemos oído por última vez que gritaba e invocaba el nombre de Dios. ¡Y no sé quién está ahí dentro en su lugar, y por qué se queda ahí, pero es algo que grita venganza al cielo, señor Utterson!

—Escuche, Poole —dijo Utterson mordiéndose el índice—, esta historia suya es realmente muy extraña, diría de locura. Porque suponiendo…, o sea suponiendo, como supone usted, que el doctor Jekyll haya sido… , sí, que haya sido asesinado, ¿qué razón podría tener el asesino para quedarse aquí?. No, es absurdo, es algo que no se tiene absolutamente en pie.

—Bueno, señor Utterson, no se puede decir que seas usted fácil de convencer, pero lo conseguiré —dijo Poole—. Tiene que saber que, durante toda la última semana el hombre… o lo que sea… que vive en esa habitación ha estado importunando día y noche para obtener una medicina que no conseguimos encontrarle. Sí, también él…, mi amo, quiero decir… también él algunas veces escribía sus órdenes en un trozo de papel, que tiraba después en la escalera. Pero de una semana para acá no tenemos nada más que esto: trozos de papel, y una puerta cerrada que se abría sólo a escondidas, cuando no había nadie que viese quién cogía la comida que dejábamos allí delante. Pues bien, señor, todos los días, incluso dos o tres veces al día, había nuevas órdenes y quejas que me mandaban a dar vueltas por todas las farmacias de la ciudad.

Cada vez que volvía con esos encargos, otro papel me decía que no servía, que no era puro, por lo que, de nuevo, debía ir a buscarlo a otra farmacia. Debe tener una necesidad verdaderamente extraordinaria para lo que le sirva.

—¿Tiene un trozo de papel de ésos? —preguntó Utterson .

Poole metió la mano en el bolsillo y sacó un papel arrugado, que el notario, agachándose sobre la vela, examinó atentamente. Se trataba de una carta dirigida a una casa farmacéutica, así concebida: "El doctor Jekyll saluda atentamente a los Sres. Maw y comunica que la última muestra que le ha sido enviada no responde para lo que se necesita, ya que es impura. El año 18… el Dr. J. adquirió de los Sres. M. una notable cantidad de la sustancia en cuestión. Se ruega, por tanto, que miren con el mayor escrúpulo si tienen aún de la misma calidad, y la envíen inmediatamente. El precio no tiene importancia tratándose de algo absolutamente vital para el Dr. J.".

Hasta aquí el tono de la carta era bastante controlado; pero luego, con un repentino golpe de pluma, el ansia del que escribía había tomado la delantera con este añadido: "¡Por amor de Dios, encontradme de la misma!".

—¡Es carta extraña! —dijo Utterson—. Pero —añadió luego bruscamente—, ¿pero cómo la ha abierto?

—La ha abierto el dependiente de Maw, señor —dijo Poole—. Y se ha enfadado tanto, que me la ha tirado como si fuera papel usado.

—La caligrafía es del doctor Jekyll, ¿os habéis Fijado? —retomó Utterson.

—Pienso que se parece —contestó el criado con alguna duda. Y cambiando la voz añadió— : ¿Pero qué importa la caligrafía? ¡Yo le he visto a él!

—¿Que le has visto? —repitió el notario—. ¿Y entonces?

—Pues, entonces —dijo Poole—. Entonces sucedió así. Yo he entrado en la sala anatómica por el jardín, y él, por lo que parece, había bajado a buscar esa medicina o lo que sea, ya que la puerta de arriba estaba abierta; y efectivamente se encontraba allí en el rincón buscando en unas cajas. Ha levantado la cabeza, cuando he entrado, y con una especie de grito ha echado a correr, ha desaparecido en un instante de la habitación. ¡Ah, lo he visto sólo un momento, señor, pero se me han erizado los pelos de la cabeza! ¿Por qué, si ése era mi amo, por qué llevaba una máscara en la cara? Si era mi amo, ¡por qué ha gritado como una rata y ha huido así, al verme? He estado a su servicio tantos años, y ahora...

El mayordomo se interrumpió con aire tenebroso, pasándose una mano por la cara.

—En realidad son circunstancias muy extrañas —dijo Utterson—. Pero diría que por fin empiezo a ver un poco de claridad. Vuestro amo, Poole, evidentemente ha cogido una de esas enfermedades que no sólo torturan al paciente, sino que lo desfiguran. Esto, por cuanto sé, puede explicar perfectamente la alteración de la voz; y explica también la máscara, explica el hecho de que no quiera ver a nadie, explica su ansia de encontrar esa medicina con la que espera aún poder curarse. ¡Y Dios quiera que así sea, pobrecillo! Esta es mi explicación, Poole. Es una explicación muy triste, ciertamente, muy dolorosa de aceptar, pero es también simple, clara, natural, y nos libra de peores temores.

—Señor —dijo el otro mientras se tapaba de una especie de palidez a capas—, esa cosa no era mi amo, y ésta es la verdadera verdad. ¡Mi amo aquí el mayordomo miró alrededor —y bajó la voz casi hasta un susurro— es alto y fuerte, y eso era casi un enano!... Ah —exclamó interrumpiendo al notario, que intentaba protestar—, ¿piensa que no habría reconocido a mi amo después de veinte años? ¡Piensa que no sé dónde llega con la cabeza, pasando por una puerta, después de haberlo visto todas las mañanas de mi vida? No, señor, esa cosa enmascarada no ha sido nunca el doctor Jekyll. ¡Dios sabe lo que es, pero no ha sido nunca el doctor Jekyll! Para mí, os lo repito, lo único seguro es que aquí ha habido un delito.

—Y bien —dijo Utterson—. Y si así lo cree, mi obligación es ir al fondo de las cosas. En cuanto entiendo respetar la voluntad de vuestro amo, en cuanto su carta parece probar que está todavía vivo, es mi obligación echar abajo esa puerta.

—¡Ah, así se habla! —gritó el mayordomo.

—Pero veamos. ¿Quién la va a echar abajo?

—Pues bien, usted y yo, señor —fue la firme respuesta.

—Muy bien dicho —replicó el notario—. Y suceda lo que suceda, Poole, no tendrá nada de que arrepentiros.

—En la sala anatómica hay un hacha — continuó el mayordomo—, y usted podrá coger el atizador.

El notario agarró con la mano ese rústico y fuerte instrumento y lo sopesó.

—¿Sabe, Poole —dijo levantando la cabeza—, que nos enfrentamos a un cierto peligro?

—Sí, señor, lo sé.

—Entonces hablemos con franqueza. Los dos pensamos más de lo que hemos dicho. ¿Ha reconocido a esa figura enmascarada que ha visto?

—Mire. Ha desaparecido tan de prisa, y corría tan encorvada, que no podría realmente jurarle… Pero, si me pregunta si creo que fuese el señor Hyde, entonces tengo que deciros que sí. Tenía el mismo cuerpo y el mismo estilo ágil de moverse. ¿Y después de todo quién, si no él, habría podido entrar por la puerta del laboratorio? No hay que olvidar que cuando asesinó a Sir Danvers tenía aún la llave. Pero no es eso todo. ¿No sé si usted, señor Utterson, lo ha encontrado con el señor Hyde?

—Sí —dijo el notario—. He hablado con él una vez.

—Entonces se habrá dado cuenta, como todos nosotros, de que tenía algo de horriblemente…, no sé cómo decir…, algo que le helaba la médula.

—Sí, debo decir que también yo he tenido una sensación de ese tipo.

Vale, señor. Pues bien, cuando esa cosa enmascarada, que estaba allí rebuscando entre las cajas, se marchó como un mono y desapareció en la habitación de arriba, yo sentí que me corría por la espalda un escalofrío de hielo. ¡Ah, ya sé que no es una prueba, señor Utterson, pero un hombre sabe lo que siente, y yo juraría sobre la Biblia que ése era el señor Hyde!

—Tengo miedo que tenga usted razón —dijo Utterson—. Ese maldito vínculo, nacido del mal, no podía llevar más que a otro mal. Ya, por desgracia, le creo. También yo pienso que el pobre Harry ha sido asesinado y que el asesino está todavía en esa habitación, Dios sabe por qué. Pues bien, que nuestro nombre sea venganza. Llame a Bradshaw.

El camarero llegó nervioso y palidísimo.

—¡Tranquilícese, Bradshaw! —dijo el notario—. Esta espera os ha sometido a todos a una dura prueba, lo entiendo, pero ya hemos decidido terminar. Poole y yo iremos al laboratorio y forzaremos esa puerta. Si nos equivocamos, tengo anchas espaldas para responder de todo. Pero mientras tanto, si por caso en realidad se ha cometido un crimen y el criminal intenta huir por la puerta de atrás, usted y el muchacho de cocina vayan allí y colóquense de guardia con dos buenos garrotes. Les damos diez minutos para alcanzar sus puestos —concluyó mirando el reloj—. Y nosotros vayamos a los nuestros —dijo luego a Poole, retomando el atizador y saliendo el primero al patio.

Nubes más densas tapaban la luna, la noche se había oscurecido, y el viento, que en la profundidad del patio llegaba sólo a ráfagas, hacía que la llama de la vela oscilase. Llegados por fin a cubierto en el laboratorio, los dos se sentaron en muda espera. Londres hacía oír alrededor su sordo murmullo, pero en el laboratorio todo era silencio, a excepción de un rumor de pasos que iban de arriba abajo en la habitación de arriba.

—Así pasea todo el día, señor —murmuró Poole—, y también durante casi toda la noche.

Sólo cuando le traía una muestra de ésas tenía un poco de reposo. ¡Ah, no hay peor enemigo del sueño que la mala conciencia! ¡Hay sangre derramada en cada uno de esos pasos! Pero escuche bien, escuche mejor, señor Utterson, y dígame: ¿Son los pasos del doctor?

Los pasos, aunque lentos, eran extrañamente elásticos y ligeros, bien distintos de esos seguros y pesados de Henry Jekyll.

—¿Y no ha oído nada más? —preguntó el notario.

Poole admitió.

—Una vez —susurró—, una vez le he oído llorar.

—¿Llorar? —dijo Utterson sintiendo llenarse de nuevo horror—. ¿Cómo?

—Llorar como una mujer, como un alma en pena —dijo el mayordomo. Tanto que, cuando me fui, casi lloraba también yo, por el peso que tenía en el corazón.

Casi habían pasado los diez minutos. Poole agarró el hacha de un montón de paja de embalaje, puso la vela de forma que alumbrase la puerta, y ambos, encima de la escalera, se acercaron conteniendo la respiración, mientras los pasos seguían de arriba abajo, de abajo arriba, en el silencio de la noche.

—¡Jekyll, pido verte! —gritó fuerte Utterson. Y después de haber esperado una respuesta que no llegó, continuó—: Te advierto que ya sospechamos lo peor, por lo que tengo que verte, y te veré o por las buenas o por las malas. ¡Abre!

—¡Utterson, por el amor de Dios, ten piedad!—dijo la voz.

—¡Ah, éste no es Jekyll —gritó entonces el notario—, ésta es la voz de Hyde! Abajo la puerta, Poole!

Poole levantó el hacha y lanzó un golpe que retronó en toda la casa, arrancando casi la puerta de los goznes y de la cerradura. De dentro vino un grito horrible, de puro terror animal.

De nuevo cayó el hacha, y de nuevo la puerta pareció saltar del marco. Pero la madera era gruesa, los herrajes muy sólidos, y sólo al quinto golpe la puerta arrancada cayó hacia dentro sobre la alfombra.

Los sitiadores se retrajeron un poco, impresionados por su propia bulla y por el silencio total que siguió, antes de mirar dentro. La habitación estaba alumbrada por la luz tranquila de la vela, y un buen fuego ardía en la chimenea, donde la tetera silbaba su débil motivo. Un par de cajones estaban abiertos, pero los papeles estaban en orden en el escritorio, y en el rincón junto al fuego estaba preparada una mesita para el té. Se podría hablar de la habitación más tranquila de Londres, e incluso de la más normal, aparte los armarios de cristales con sus aparatos de química. Pero allí en medio, en el suelo, yacía el cuerpo dolorosamente contraído y aún palpitante de un hombre. Los dos se acercaron de puntillas y, cautamente, lo dieron vuelta sobre la espalda: era Hyde. El hombre vestía un traje demasiado grande para él, un traje de la talla de Jekyll, y los músculos de la cara todavía le temblaban como por una apariencia de vi da. Pero la vida ya se había ido, y por la ampolla rota en la mano contraída, por el olor a almendras amargas en el aire, Utterson supo que estaba

mirando el cadáver de un suicida.

—Hemos llegado demasiado tarde —dijo bruscamente— tanto para salvar como para castigar. Hyde se ha ido a rendir cuentas, Poole, y a nosotros no nos queda más que encontrar el cuerpo de vuestro amo.

El edificio comprendía fundamentalmente la sala anatómica, que ocupaba casi toda la planta baja y recibía luz por una cristalera en el techo, mientras la habitación de arriba formaba un primer piso por la parte del patio. Entre la sala anatómica y la puerta de la calle había un corto pasillo, que comunicaba con la habitación de arriba mediante una segunda rampa de escaleras.

Luego había varios trasteros y un amplio sótano. Todo esto, ahora, se registró a fondo. Para los trasteros bastó un vistazo, porque estaban vacíos y, a juzgar por el polvo, nadie los había abierto desde hacía tiempo. En cuanto al sótano, estaba lleno de trastos, ciertamente de tiempos del cirujano que lo había habitado antes que Jekyll; y, de todas formas, se comprendió en seguida que buscar allí era inútil por el tapiz de telarañas que bloqueaba la escalera. Pero no se encontraron en ningún sitio rastros de Jekyll ni vivo ni muerto.

Poole pegó con el pie en las losas del pasillo.

—Debe estar sepultado aquí —dijo escuchando a ver si el suelo resonaba a vacío.

—¿Puede haber huido por allí —dijo Utterson indicando la puerta de la calle.

Se acercaron a examinarla y la encontraron cerrada con llave. La llave no estaba, pero luego la vieron en el suelo allí cerca, ya oxidada. Poole la recogió.

—Tiene pinta de que no la han usado hace mucho —dijo el notario.

—¿Usado? —dijo Poole—. Si está rota, señor, ¿no lo ve? ¡Como si la hubieran pisoteado!

—También la rotura está oxidada —observó el otro. Los dos se quedaron mirándose asustados.

—Esto supera toda comprensión. Volvamos arriba, Poole —dijo por fin Utterson.

Subieron en silencio y, con una mirada amedrentada al cadáver, procedieron a un examen más minucioso de la habitación. En un banco encontraron los restos de un experimento químico, con montoncitos de sal blanca ya dosificados en distintos tubos y que se habían quedado allí, como si el experimento hubiese sido interrumpido.

—Es la misma sustancia que le he traído siempre —dijo Poole.

En ese momento, con rumor que les hizo estremecer, el agua hirviendo rebosó la tetera, atrayéndoles junto al fuego. Aquí estaba todo preparado para el té en la mesita cerca del sillón; estaba hasta el azúcar en la taza. En la misma mesa había un libro abierto, cogido de una estantería cercana, y Utterson lo hojeó desconcertado: era un libro de devoción que Jekyll le había comentado que le gustaba, y que llevaba en sus márgenes increíbles blasfemias de su puño y letra.

Continuando su inspección, los dos llegaron ante el alto espejo inclinable, y se pararon a mirar con instintivo horror en sus profundidades.

Pero el espejo, en su ángulo, reflejaba sólo el rojizo juego de resplandores del techo, el centelleo del fuego cien veces repetido en los cristales de los armarios, y sus mismos rostros pálidos y asustados, agachados a mirar.

—Este espejo debe haber visto cosas extrañas, señor —susurró Poole con voz atemorizada.

—Pero ninguna más extraña que él mismo —dijo el notario en el mismo tono—. Pues Jekyll, ¿para qué… ?

Se interrumpió, como asustado de su misma pregunta.

—Pues Jekyll —añadió—, ¿para qué lo quería aquí?

—Es lo que quisiera saber también yo, señor —dijo Poole.

Pasaron a examinar el escritorio. Aquí, entre los papeles bien ordenados, había un sobre grande con este rótulo de puño y letra del médico:

"Para el Sr. Utterson". El notario lo abrió y sacó una hoja, mientras otra hoja y un sobre lacrado se caían al suelo.

La hoja era un testamento, y estaba redactado en los mismos términos excéntricos del que Utterson le había devuelto seis meses antes, o sea, debía servir de testamento en caso de muerte, y como acto de donación en caso de desaparición. Pero, en lugar de Edward Hyde, como nombre del beneficiario, el notario tuvo la sorpresa de leer: Gabriel John Utterson. Miró asustado a Poole, luego de nuevo la hoja y por fin al cadáver en el suelo.

—No entiendo —dijo—. ¡Ha estado aquí todo este tiempo, libre de hacer lo que quisiera, y no ha destruido este documento! Y sin embargo debe haber tragado rabia, porque yo más bien no le caía bien.

Recogió la otra hoja, una nota escrita también de puño y letra de Jekyll.

—¡Ah, Poole, estaba vivo y hoy estaba aquí! —gritó leyendo la fecha—. ¡No han podido matarlo y haberlo hecho desaparecer en tan poco tiempo, de— be estar vivo, debe haber huido! ¿Huir por qué? ¿Y cómo? ¿Y no podría darse el caso que en realidad no haya sido un suicidio? ¡Ah, tenemos que estar muy atentos! ¡Podríamos encontrar a vuestro amo metido en un lío terrible!

—¿Por qué no lee la nota, señor?

—Porque tengo miedo —dijo pensativo Utterson—. Quiera Dios que no haya razón alguna!

Y puso los ojos en el papel, que decía:

"Mi querido Utterson:

Cuando leas estas líneas yo habré desaparecido. No sé prever con precisión, cuándo, pero mi instinto, las mismas circunstancias de la indescriptible situación en la que me encuentro me dicen que el final es seguro y que no podrá tardar. Tú, en primer lugar, lee tu carta que Lanyon me dijo que te había escrito. Y si luego tienes todavía ganas de saber más, lee la confesión de tu indigno y desgraciado amigo,

HENRY JEKYLL ".

—¿No había alguna cosa más? —preguntó Utterson cuando lo leyó.

—Esto, señor —dijo Poole, entregando un sobre lacrado en varios puntos. El notario metió en el bolso el sobre y dobló la nota,

—No diré nada de esta nota —recomendó— Si su amo ha escapado y está muerto, podremos al menos salvar su reputación. Ahora son las diez. Voy a casa a leer estos documentos con calma, pero volveré antes de medianoche. Y entonces pensaremos si conviene llamar a la policía.

Salieron y cerraron tras sí la puerta del laboratorio. Luego Utterson, dejando de nuevo todo el servicio reunido en el atrio, volvió a pie a su casa, para leer los documentos que habrían aclarado el misterio.

CAPÍTULO 9: EL RELATO DEL DOCTOR LANYON

El nueve de enero, hace cuatro días, recibí con la correspondencia de la tarde una carta certificada, enviada por mi colega y antiguo compañero de estudios Henry Jekyll. Fue algo que me sorprendió bastante, ya que no teníamos la costumbre de escribirnos cartas. Por otra parte había visto a Jekyll la noche anterior, más aún, había estado cenando en su casa, y no veía qué motivo pudiese justificar entre nosotros la formalidad de un certificado. He aquí lo que decía:

10 de diciembre de 18...

Querido Lanyon:

Tú eres uno de mis más viejos amigos, y no recuerdo que nuestro afecto haya sufrido quiebra alguna, al menos por mi parte, aunque hayamos tenido divergencias en cuestiones científicas. No ha habido un día en el que si tú me hubieras dicho: "Jekyll, mi vida y mi honor, hasta mi razón dependen de ti", yo no habría dado mi mano derecha para ayudarte. Lanyon, mi vida, mi honor y mi razón están hoy en tus manos; si esta noche no me ayudas tú, estoy perdido. Después de este preámbulo, sospecharás que quiero pedirte algo comprometedor. Juzga por ti mismo. Lo que te pido en primer lugar es que aplaces cualquier compromiso de esta noche, aunque te llamasen a la cabecera de un rey. Te pido luego que solicites un coche de caballos, a no ser que tengas el tuyo en la puerta, y que te desplaces sin tardar hasta mi casa. Poole, mi mayordomo, tiene ya instrucciones: lo encontraras esperándote con un herrero, que se encargará de forzar la cerradura de mi despacho encima del laboratorio. Tú entonces tendrás que entrar solo, abrir el primer armario con cristalera a la izquierda (letra E) y sacar, con todo el contenido como está, el cuarto cajón de arriba, o sea (que es lo mismo) el tercer cajón de abajo. En mi extrema agitación, tengo el terror de darte indicaciones equivocadas; pero aunque me equivocase, reconocerás sin duda el cajón por el contenido: unos polvos, una ampolla, un cuaderno. Te ruego que cojas este cajón y, siempre exactamente como está, me lo lleves a tu casa de Cavendish Square.

Esta es la primera parte del encargo que te pido. Ahora viene la segunda. Si vas a mi casa nada más recibir esta carta, estarías de vuelta en tu casa mucho antes de medianoche. Pero te dejo este margen, tanto por el temor de un imprevisible contratiempo, como porque, en lo que queda por hacer, es preferible que el servicio ya se haya ido a la cama. A medianoche, por lo tanto, te pido que hagas entrar tú mismo y recibas en tu despacho a una persona que se presentará en mi nombre, y a la que entregarás el cajón del que te he hablado. Con esto habrá terminado tu parte y tendrás toda mi gratitud. Pero cinco minutos más tarde, si insistes en una explicación, entenderás también la vital importancia de cada una de mis instrucciones: simplemente olvidándose de una, por increíble que pueda parecer, habrías tenido sobre la conciencia mi muerte o la destrucción de mi razón. A Pesar de que sé que harás escrupulosamente lo que te pido, el corazón me falla y me tiembla la mano simplemente con pensar que no sea así. Piensa en mi, Lanyon, que en esta hora terrible espero en un lugar extraño, presa de una desesperación que no se podría imaginar más negra, y, sin embargo, seguro de que se hará precisamente como te he dicho, todo se resolverá como al final de una pesadilla. Ayúdame, querido Lanyon.

Tu amgo,

H.J.

PS. Iba a enviarlo, cuando me ha venido una nueva duda. Puede que el correo me traicione y la carta no te llegue untes de mañana. En este caso, querido Lanyon, ocúpate del cajón cuando te venga mejor en el trascurso del día, y de nuevo espera a mi enviado a medianoche. pero podría ser demasiado tarde entonces. En ese caso ya no vendrá nadie, y sabrás que nadie volverá a ver a Henry Jekyll.

No dudé, cuando acabé de leer, que mi colega estuviera loco, pero mientras tanto me sentí obligado a hacer lo que me pedía. Cuanto menos entendía ese confuso mensaje menos capacidad tenía de juzgar la importancia; pero una llamada en esos términos no podía ser ignorada sin grave responsabilidad. Me di prisa en llamar a un coche y fui inmediatamente a casa de Jekyll.

El mayordomo me estaba esperando. También él había recibido instrucciones por carta certificada aquella misma tarde, y ya había mandado llamar a un herrero y a un carpintero. Los dos artesanos llegaron mientras estábamos aún hablando, y todos juntos pasamos a la sala anatómica del doctor Denman, desde la cual (como ya sabrás) se accede por una escalera al cuarto de trabajo de Jekyll. La puerta era muy sólida con un excepcional herraje, y el carpintero advirtió que si hubiera tenido que romperla habría encontrado dificultades. El herrero se desesperó con esa cerradura durante casi dos horas, pero conocía su oficio, y al final consiguió abrirla. Respecto al armario marcado con la

E, no estaba cerrado con llave. Cogí por tanto el cajón, lo envolví en un papel de embalar después de llenarlo con paja, y me volví con él a Cavendish Square.

Aquí procedí a examinar mejor el contenido. Los polvos estaban en papeles muy bien envueltos, pero debía haberlos preparado Jekyll, ya que les Faltaba esa precisión del farmacéutico. Al abrir uno, encontré lo que me pareció simple sal cristalizada, de color blanco. La ampolla estaba a medio llenar de una tintura rojo sangre, de un olor muy penetrante, que debía contener fósforo y algún éter volátil, entre otras sustancias que no pude identificar. El cuaderno era un cuaderno vulgar de apuntes y contenía principalmente fechas. Estas, por lo que noté, cubrían un periodo de muchos años, pero se interrumpían bruscamente casi un año antes; algunas iban acompañadas de una corta anotación, o más a menudo de una sola palabra, "doble", que aparecía seis veces entre varios cientos, mientras junto a una de las primeras fechas se leía "Fracaso total" con varios signos de exclamación.

Todo esto excitaba mi curiosidad, pero no me aclaraba nada. Una ampolla, unas sales y un cuaderno de apuntes sobre una serie de experimentos que Jekyll (a juzgar por otras investigaciones suyas) habría hecho sin algún fin práctico. ¿Cómo era posible que el honor de mi extravagante colega, su razón, su misma vida dependiesen de la presencia de esos objetos en mi casa? Si el enviado podía ir a tomarlos en un lugar, ¿por qué no a otro? E incluso, si por cualquier motivo no podía, ¿por qué tenía que recibirlo en secreto? Cuanto más reflexionaba más me convencía de que estaba frente a un desequilibrado: Por lo que, aunque mandé a la cama al servicio, cargué un viejo revólver, por si tenía necesidad de defenderme.

Apenas habían dado las doce campanadas de medianoche en Londres, oí que llamaban muy suavemente a la puerta de entrada. Fui a abrir yo mismo, y me encontré a un hombre bajo, de cuerpo diminuto, medio agazapado contra una de las columnas.

—¿Venís de parte del doctor Jekyll? —pregunté.

Lo admitió con un gesto empachado, y mientras le decía que pasara miró furtivamente para atrás. Algo lejos, en la oscuridad de la plaza, había un guardia que venía con una linterna, y me pareció que mi visitante se sobresaltó al verlo, apresurándose a entrar.

Tengo que decir que todo esto me causó una pésima impresión, por lo que le abrí camino teniendo una mano en el revólver. Luego, en el despacho bien iluminado, pude por fin mirarlo bien. Estaba seguro de que no lo había visto antes nunca. Era pequeño, como he dicho, y particularmente me impresionó la extraña asociación en él de una gran vivacidad muscular con una evidente deficiencia de constitución.

Me impresionaron también su expresión malvada y, quizás aún más, el extraordinario sentido de escalofrío que me daba su simple presencia. Esta sensación particular, semejante de algún modo a un principio de rigidez histérica y acompañada por una notable reducción del pulso, la atribuí entonces a una especie de idiosincrasia mía, de mi aversión personal, y me extrañé sólo de la agudeza de los síntomas; pero ahora pienso que la causa hay que buscarla mucho más profundamente en la naturaleza del hombre, y en algo más noble que en el simple principio del odio.

Esa persona (que, desde el principio, me había henchido, si así se puede decir, de una curiosidad llena de disgusto) estaba vestida de un modo que habría hecho reír, si se hubiera tratado de una persona normal. Su traje, aunque de buena tela y elegante hechura, era desmesuradamente grande para él; los anchísimos pantalones estaban muy arrebujados, pues de lo contrario los iría arrastrando; y la cintura de la chaqueta le llegaba por debajo de las caderas, mientras que el cuello se le caía por la espalda. Pero, curiosamente, este vestir grotesco no me causó risa. La anormalidad y deformidad esencial del individuo que tenía delante, y que suscitaba la extraordinaria repugnancia que he dicho, parecía convenir con esa otra extrañeza, y resultaba reforzada. Por lo que añadí a mi interés por el personaje en sí una viva curiosidad por su origen, su vida, su fortuna y su condición social.

Estas observaciones, tan largas de contar, las hice en pocos segundos.

Mi visitante ardía con una ansiedad amenazadora.

—¿Lo tienes? ¿Lo tienes? —gritó, y en su impaciencia hasta me echó una mano al brazo.

Lo rechacé con un sobresalto. El contacto de esa mano me había hecho estremecer.

—Venga, señor —dije—, olvida que todavía no he tenido el gusto de conocerlo. Le pido que se sienta.

Le di ejemplo sentándome yo y buscando asumir mi comportamiento habitual, como con un paciente cualquiera, en la medida en que me lo consentía la hora insólita, la naturaleza de mis preocupaciones y la repugnancia que me inspiraba el visitante.

—Tiene razón y le pido que me disculpe, doctor Lanyon —dijo bastante cortésmente—. La impaciencia me ha tomado la mano. Pero estoy aquí a instancias de vuestro colega el doctor Jekyll, por un asunto muy urgente. Por lo que tengo entendido…

Se interrumpió llevándose una mano a la garganta y me di cuenta de que estaba a punto de un ataque de histeria, aunque luchase por mantener la compostura.

—Por lo que tengo entendido —reanudó con dificultad—, se trata de un cajón que…

Pero aquí tuve piedad de su angustia y quizás un poco también de mi creciente curiosidad.

—Ahí está, señor —dije señalando el cajón que estaba en el suelo detrás de una mesa, aún con su embalaje.

Lo cogió de un salto y luego se paró con una mano en el corazón; podía oír el rechinar de sus dientes, por la contracción violenta de sus mandíbulas, y la cara era tan espectral que temía tanto por su vida como por su razón.

—Intente calmarse —dije.

Me dirigió una sonrisa horrible, y con la fuerza de la desesperación deshizo el embalaje.

Cuando luego vio que todo estaba allí, su grito de alivio fue tan fuerte que me dejó de piedra. Pero en un instante se calmó y recobró el control de la voz.

—¿Tiene un vaso graduado? —preguntó.

Me levanté con cierto esfuerzo y me fui a buscar lo que pedía.

Me lo agradeció con una inclinación, y midió una dosis de la tintura roja, a la que añadió una de las papelinas de polvos. La mezcla, al principio rojiza, según se iban disolviendo los cristales se hizo de un color más vivo, entrando en audible efervescencia y emitiendo vapores. Luego, de repente, y a la vez, cesó la ebullición y se hizo de un intenso rojo púrpura, que a su vez lentamente desapareció dejando su lugar a un verde acuoso.

Mi visitante, que había seguido atentamente estas metamorfosis, sonrió de nuevo y puso el vaso en la mesa escrutándome con aire interrogativo.

—Y ahora —dijo—, veamos lo demás. ¿Quiere ser prudente y seguir mi consejo? Entonces deje que yo agarre este vaso y me vaya sin más de su casa. ¿O su curiosidad es tan grande, que la quiere saciar a cualquier costo? Piénselo, antes de contestar, porque se hará como usted decida. En el primer caso se quedará como está ahora, ni más rico ni más sabio que antes, a no ser que el servicio prestado a un hombre en peligro de muerte pueda contarse como una especie de riqueza del alma. En el otro caso, nuevos horizontes del saber y nuevas perspectivas de fama, de poder se abrirán de repente aquí ante vosotros, porque asistiréis a un prodigio que sacudiría la incredulidad del mismo Satanás.

—Señor —respondí manifestando una frialdad que estaba lejos de poseer—, dado que habla con enigmas, no le extrañará que lo haya escuchado sin convencimiento. Pero he ido demasiado lejos en este camino de encargos inexplicables, para pararme antes de ver dónde llevan .

—Como quiera —dijo mi visitante. Y añadió—: Pero recuerda tu juramento, Lanyon: ¡lo que vas a ver está bajo el secreto de nuestra profesión! Y ahora tú, que durante mucho tiempo has estado parado en los puntos de vista más restringidas y materiales, tú, que has negado las virtudes de la medicina transcendental, tú, que te has reído de quien te era superior, ¡mira!

Se llevó el vaso a los labios y se lo bebió de un trago. Luego gritó, vaciló, se agarró a la mesa para no caerse, y agarrado así se quedó mirándome jadeante, con la boca abierta y los ojos inyectados de sangre. Pero de alguna Forma ya había cambiado, me pareció, y de repente pareció hincharse, su cara se puso negra, sus rasgos se alteraron como si se fundieran…

Un instante después me levanté de un salto y retrocedí contra la pared con el brazo doblado como si quisiera defenderme de esa visión increíble.

—¡Dios!… —grité. Y aún perturbado por el terror—: ¡Dios!… ¡Dios!… Porque allí, delante de mí, pálido y vacilante, sacudido par un violento temblor, dando manotazos como si saliera del sepulcro, estaba Henry Jekyll.

Lo que me dijo en la hora que siguió no puedo decidirme a escribirlo. He visto lo que he visto, he oído lo que he oído, y tengo el alma deshecha. Sin embargo, ahora que se ha alejado esa visión, me pregunto si en realidad me lo creo y no sé qué responderme. Mi vida ha sido sacudida desde las raíces; el sueño me ha abandonado, y el más mortal de los terrores me oprime en cada hora del día y de la noche; siento que tengo los días contados, pero siento que moriré incrédulo. Respecto a las obscenidades morales que ese hombre me reveló, no sabría recordarlas sin horrorizarme de nuevo. Te diré sólo una cosa, Utterson, y si puedes creerlo será suficiente: ese ser que se escurrió en mi casa aquella noche, ése, por admisión del mismo Jekyll, era el ser llamado Hyde y buscado en todos los rincones del país por el asesinato de Carew.

HASTIE LANYON

CAPÍTULO 10: LA CONFESIÓN DE HENRY JEKYLL

He nacido en 18..., heredero de una gran fortuna y dotado de excelentes cualidades. Inclinado por naturaleza a la laboriosidad, ambicioso sobre todo por conseguir la estima de los mejores, de los más sabios entre mis semejantes, todo parecía prometerme un futuro brillante y honrado. El peor de mis defectos era una cierta impaciente vivacidad, una inquieta alegría que muchos hubieran sido felices de poseer, pero que yo encontraba difícil de conciliar con mi prepotente deseo de ir siempre con la cabeza bien alta, exhibiendo en público un aspecto de particular seriedad.

Así fue como empecé muy pronto a esconder mis gustos, y que cuando, llegados los años de la reflexión, puesto a considerar mis progresos y mi posición en el mundo; me encontré ya encaminado en una vida de profundo doble. Muchos incluso se habrían vanagloriado de algunas ligerezas, de algunos desarreglos que yo, por la altura y ambición de mis miras, consideraba por el contrario una culpa y escondía con vergüenza casi morbosa. Más que defectos graves, fueron por lo tanto mis aspiraciones excesivas a hacer de mí lo que he sido, y a separar en mí, más radicalmente que en otros, esas dos zonas del bien y del mal que dividen y componen la doble naturaleza del hombre. Mi caso me ha llevado a reflexionar durante mucho tiempo y a fondo sobre esta dura ley de la vida, que está en el origen de la religión y también, sin duda, entre las mayores fuentes de infelicidad.

Por doble que fuera, no he sido nunca lo que se dice un hipócrita. Los dos lados de mi carácter estaban igualmente afirmados: cuando me abandonaba sin freno a mis placeres vergonzosos, era exactamente el mismo que cuando, a la luz del día, trabajaba por el progreso de la ciencia y el bien del prójimo.

Pero sucedió que mis investigaciones científicas, decididamente orientadas hacia lo místico y lo transcendental, confluyeron en las reflexiones que he dicho, derramando una viva luz sobre esta conciencia de guerra perenne de mí conmigo mismo. Tanto en el plano científico como en el moral, fui por lo tanto gradualmente acercándome a esa verdad, cuyo parcial descubrimiento me ha conducido más tarde a un naufragio tan tremendo: el hombre no es verazmente uno, sino verazmente dos. Y digo dos, porque mis conocimientos no han ido más allá. Otros seguirán, otros llevarán adelante estas investigaciones, y no hay que excluir que el hombre, en último análisis, pueda revelarse una mera asociación de suje— tos distintos, incongruentes e independientes. Yo, por mi parte, por la naturaleza de mi vida, he avanzado infaliblemente en una única dirección.

Ha sido por el lado moral, y sobre mi propia persona, donde he aprendido a reconocer la fundamental y originaria dualidad del hombre. Considerando las dos naturalezas que se disputaban el campo de mi conciencia, entendí que se podía decir, con igual verdad, ser una como ser otra, era porque se trataba de dos naturalezas distintas; y muy pronto, mucho antes que mis investigaciones científicas me hicieran lejanamente barruntar la posibilidad de un milagro así, aprendí a cobijar con placer, como en un bonito sueño con los ojos abiertos, el pensamiento de una separación de los dos elementos. Si éstos, me decía, pudiesen encarnarse en dos identidades separadas, la vida se haría mucho más soportable. El injusto se iría por su camino, libre de las aspiraciones y de los remordimientos de su más austero gemelo; y el justo podría continuar seguro y voluntarioso por el recto camino en el que se complace, sin tenerse que cargar de vergüenzas y remordimientos por culpa de su malvado socio. Es una maldición para la humanidad, pensaba, que estas dos incongruentes mitades se encuentren ligadas así, que estos dos gemelos enemigos tengan que seguir luchando en el fondo de una sola y angustiosa conciencia.

¿Pero cómo hacer para separarlos?

Estaba siempre en este punto cuando, como he dicho, mis investigaciones de laboratorio empezaron a echar una luz inesperada sobre la cuestión. Empecé a percibir, mucho más a fondo de lo que nunca se hubiese reconocido, la trémula inmaterialidad, la vaporosa inconsistencia del cuerpo, tan sólido en apariencia, del que estamos revestidos. Descubrí que algunos agentes químicos tenían el poder de sacudir y soltar esa vestidura de carne, como el viento hace volar las cortinas de una tienda.

Tengo dos buenas razones para no entrar demasiado en particulares en esta parte científica de mi confesión. La primera es que nuestro destino y el fardel de nuestra vida, como he aprendido a mi costa, están atados siempre a la espalda: si intentamos liberarnos, nos los encontramos delante de una forma nueva y todavía más insoportable. La segunda razón es que mi descubrimiento, como por desgracia resultará evidente por este escrito, ha quedado incompleto. Me limitaré a decir, por tanto, que no sólo reconocí en mi cuerpo, en mi naturaleza física, la mera emanación o efluvio de algunas facultades de mi espíritu, sino que elaboré una sustancia capaz de debilitar esa facultad y suscitar una segunda forma corpórea, no menos connatural en mí en cuanto expresión de otros poderes, aunque más viles, de mí misma alma.

Dudé bastante antes de pasar de la teoría a la práctica. Sabía bien que arriesgaba la vida, porque estaba clara la peligrosidad de una sustancia tan potente que penetrase y removiese desde los cimientos la misma fortaleza de la identidad personal: habría bastado el mínimo error de dosificación, la mínima contraindicación, para borrar completamente ese inmaterial tabernáculo que intentaba cambiar. Pero la tentación de aplicar un descubrimiento tan singular y profundo era tan grande, que al final vencí todo miedo. Había preparado mi tintura desde hacía ya bastante; adquirí entonces en una casa Farmacéutica una cantidad importante de una determinada sal, que, según mostraban mis experimentos, era el último ingrediente necesario, y aquella noche maldita preparé la poción. Miré el líquido que bullía y humeaba en el vaso, esperé que terminara la efervescencia, luego me armé de valor y bebí.

Inmediatamente después me entraron espasmos atroces: un sentido de quebrantamiento de huesos, una náusea mortal, y un horror, y una revulsión del espíritu tal, que no se podría imaginar uno mayor ni en la hora del nacimiento o de la muerte. Pero pronto cesaron estas torturas, y recobrando los sentidos me encontré como salido de una enfermedad gra— ve. Había algo extraño en mis sensaciones, algo indescriptiblemente nue— vo y por esto mismo indescriptiblemente agradable. Me sentí mas joven, más ágil, más feliz físicamente, mientras en el ánimo tenía conciencia de otras transformaciones: una terca temeridad, una rápida y tumultuosa corriente de imágenes sensuales, un quitar el freno de la obligación, una desconocida pero no inocente libertad interior. E inmediatamente, desde el primer respiro de esa nueva vida, me supe llevado al mal con ímpetu decuplicado y completamente esclavo de mi pecado de origen. Pero este mismo conocimiento, en ese momento, me exaltó y deleitó como un vino. Alargué los brazos, exultando con la frescura de estas sensaciones, y me di cuenta de repente de ser diminuto de estatura.

No había entonces un espejo en aquella habitación (éste que está ahora frente a mí mientras escribo lo puse ahí después para controlar mis trans— formaciones). La noche estaba muy avanzada; por oscuro que estuviese, la mañana estaba cerca de concebir el día, y el servicio estaba cerrado y pertrechado en las horas más rigurosas del sueño. Decidí por tanto, exaltado como estaba por la esperanza y por el triunfo, aventurarme con esta nueva forma hasta mi dormitorio.

Atravesé el patio suscitando (quizás pensé así) la maravilla de las constelaciones, a cuya insomne vigilancia se descubría el primer ser de mi especie. Me escurrí por los pasillos, extraño en mi propia casa. Y al llegar a mi dormitorio contemplé por primera vez la imagen de Edward Hyde.

Pero aquí, para intentar una explicación de los hechos puedo confiar sólo en la teoría. El lado malo de mi naturaleza, al que había transferido el poder de plasmarme, era menos robusto y desarrollado que mi lado bueno, que poco antes había destronado. Mi vida, después de todo, se había desarrollado en nueve de sus diez partes bajo la influencia del segundo, y el primero había tenido raras ocasiones para ejercitarse y madurar. Así explico que Edward Hyde fuese más pequeño, más ágil y más joven que Henry Jekyll. Así como el bien transpiraba por los trazos de uno, el mal estaba escrito con letras muy claras en la cara del otro.

El mal además (que constituye la parte letal del hombre, por lo que debo creer aún) había impreso en ese cuerpo su marca de deformidad y corrupción. Sin embargo, cuando vi esa imagen espeluznante en el espejo, experimenté un sentido de alegría de alivio, no de repugnancia. También aquél era yo. Me parecí natural y humano. A mis ojos, incluso, esa encarnación de mi espíritu pareció más viva, más individual y desprendida, del imperfecto y ambiguo semblante que hasta ese día había llamado mío. Y en esto no puedo decir que me equivocara. He observado que cuando asumía el aspecto de Hyde nadie podía acercárseme sin estremecerse visiblemente; y esto, sin duda, porque, mientras que cada uno de nosotros es una mezcla de bien y de mal, Edward Hyde, único en el género humano, estaba hecho sólo de mal.

No me detuve nada más que un momento ante el espejo. El segundo y concluyente experimento todavía lo tenía que intentar. Que daba por ver si no habría perdido mi identidad para siempre, sin posibilidad de recuperación; en ese caso, antes de que se hiciera de día, tendría que huir de esa casa que ya no era mía.

Volviendo de prisa al laboratorio, preparé y bebí de nuevo la poción; de nuevo pasé por la agonía de la metamorfosis; y volviendo en mí me encontré con la cara, la estatura, la personalidad de Henry Jekyll.

Esa noche había llegado a una encrucijada fatal. Si me hubiera acercado a mi descubrimiento con un espíritu más noble, si hubiera arriesgado el experimento bajo el dominio de aspiraciones generosas o pías, todo habría ido de forma muy distinta. De esas agonías de muerte y resurrección habría podido renacer ángel, en lugar de demonio. La droga por sí misma no obraba en un sentido más que en otro, no era por sí ni divina ni diabólica; abrió las puertas que encarcelaban mis inclinaciones, y de allí, como los prisioneros de Filipos, salió corriendo quien quiso. Mis buenas inclinaciones entonces estaban adormecidas; pero las malas vigilaban, instigadas por la ambición, y se desencadenaron: la cosa proyectada fue Hyde. Así, de las dos personas en las que me dividí, una fue totalmente mala, mientras la otra se quedó en el antiguo Henry Jekyll, esa incongruente mezcla que no había conseguido reformar. El cambio, por tanto, fue completamente hacia peor.

Aunque ya no fuera joven, yo no había aún perdido mi aversión por una vida de estudio y de trabajo. A veces tenía ganas de divertirme.

Pero, como mis diversiones eran, digamos así, poco honorables, y como era muy conocido y estimado, además de tener una edad respetable, la incongruencia de esa vida me pesaba cada día más. Principalmente por esto me tentaron mis nuevos poderes, y de esta manera quedé esclavo. Sólo tenía que beber la poción, abandonar el cuerpo del conocido profesor y vestirme, como con un nuevo traje, con el de Edward Hyde.

La idea me sonreía y la encontré, entonces, ingeniosa. Hice mis preparativos con el máximo cuidado. Alquilé y amueblé la casa de Soho, donde luego fue la policía a buscar a Hyde; tomé como gobernanta a una mujer que tenía pocos escrúpulos y le interesaba estar callada. Y por otra parte advertí a mis criados que un tal señor Hyde, del que describí su aspecto, habría tenido de ahora en adelante plena libertad y autoridad en mi casa; para evitar equívocos, para que en casa se familiarizaran con él, me hizo visita en mi nuevo aspecto. Luego escribí y te confié el testamento que tanto desaprobaste, de tal forma que, si le hubiera ocurrido algo al doctor Jekyll, habría podido sucederle como Hyde. Y así precavido (en cuanto suponía) en todos los sentidos, empecé a aprovecharme de las extrañas inmunidades de mi posición.

Hace un tiempo, para cometer delitos sin riesgo de la propia persona y reputación, se pagaban y se mandaban a matones. Yo fui el primero que dispuse de un "matón" que mandaba por ahí para que me proporcionase satisfacciones. Fui el primero en disponer de otro yo mismo que podía en cualquier momento desembridarse para gozar de toda libertad, como un chiquillo de escuela en sus escapadas, sin comprometer mínimamente la dignidad y la seriedad de mi figura pública.

Pero también en el impenetrable traje de Hyde estaba perfectamente al seguro. Si pensamos, ¡ni existía! Bastaba que, por la puerta de atrás, me escurriese en el laboratorio y engullese la poción (siempre preparada para esta eventualidad), porque Edward Hyde, hiciera lo que hiciera, desaparecía como desaparece de un espejo la marca del aliento; y porque en su lugar, inmerso tranquilamente en sus estudios al nocturno rayo de la vela, había uno que se podía reír de cualquier sospecha: Henry Jekyll.

Los placeres que me apresuré a encontrar bajo mi disfraz eran, como he dicho, poco decorosos (no creo que deba definirlos con mayor dureza); pero en las manos de Edward Hyde empezaron pronto a inclinarse hacia lo monstruoso. A menudo a la vuelta de estas excursiones, consideraba con consternado estupor mi depravación vicaria. Esa especie de familiar mío, que había sacado de mi alma y mandaba por ahí para su placer, era un ser intrínsecamente malo y perverso; en el centro de cada pensamiento suyo, de cada acto, estaba siempre y sólo él mismo. Bebía el propio placer, con avidez bestial, de los atroces sufrimientos de los demás. Tenía la crueldad de un hombre de piedra.

Henry Jekyll a veces se quedaba congelado con las acciones de Edward Hyde, pero la situación estaba tan fuera de toda norma, de toda ley ordinaria que debilitaba insidiosamente su conciencia. Hyde y sólo Hyde, después de todo, era culpable. Y Jekyll, cuando volvía en sí, no era peor que antes: se encontraba con todas sus buenas cualidades inalteradas; incluso procuraba, si era posible, remediar el mal causado por Hyde. Y así su conciencia podía dormir.

No me pararé a describir las infamias de las que de esta forma me hice cómplice (ya que no sabría admitir, ni siquiera ahora, que las he cometido yo); diré simplemente por qué caminos y tras qué advertencias llegó por fin mi castigo. Sin embargo hay un incidente que debo recordar, aunque no tuviera consecuencias. Un acto mío de crueldad con una niña provocó la intervención de un paseante, que he reconocido el otro día en la persona de tu primo Enfield; se unieron a él el médico y los familiares de la pequeña, y hubo momentos en los que temí por mi vida; por fin, para aplacar su justa ira, Hyde les llevó hasta la puerta del laboratorio y pagó con un cheque firmado por Jekyll.

Para evitar cualquier contratiempo, entonces abrí una cuenta a nombre de Edward Hyde en otro banco; y cuando, cambiando la inclinación de mi caligrafía, hube provisto a Hyde también de una firma, me creí a cubierto de cualquier imprevisto del destino.

Dos meses antes del asesinato de Sir Danvers había estado fuera por una de mis aventuras y había vuelto a casa muy tarde. Al día siguiente me desperté en la cama con un sentido de curiosa extrañeza. Pero en vano miré alrededor, en vano examiné el mobiliario elegante y las proporciones de mi habitación con sus altas ventanas a la plaza; en vano reconocí las cortinas y la caoba de mi cama de columnas; algo seguía haciéndome pensar que no fuese yo, que no me hubiese despertado en el lugar donde parecía que me encontraba, sino en la habitacioncilla de Soho en la que por regla general dormía cuando estaba en el pellejo de Hyde. Esa especie de ilusión era tan extraña que, aunque me sonriera, y recayese a ratos en el duermevela de la mañana, me puse a estudiarla en mi habitual interés por todo fenómeno psicológico. Lo estaba todavía analizando, cuando por casualidad, en un intervalo más lúcido en mi despertar, la mirada cayó en una de las manos.

Ahora, las manos de Henry Jekyll (recuerdo que tú hiciste esa observación una vez) eran típicas manos de médico, grandes, blancas y bien hechas. Pero la mano que vi en el embozo de la sábana, a la luz amarillenta de la mañana londinense, era nudosa y descarnada, de una palidez grisácea, muy recubierta de pelos oscuros: era la mano de Edward Hyde.

Me quedé mirándola al menos medio minuto, estupefacto por la sorpresa, antes de que él terror me explotase en el pecho con el estruendo de un golpe de platillos en una orquesta. Me levanté de la cama, corrí al espejo, la evidencia me heló: sí, me había dormido Jekyll y me había despertado Hyde. "¿Como había podido ser posible?", me pregunté. E inmediatamente después, con un nuevo sobresalto de terror: "¿Como remediarlo?".

Ya se había hecho de día, los criados se habían levantado y lo que necesitaba para la poción estaba en la habitación encima del laboratorio; esto significaba un largo viaje por dos rampas de escaleras, los pasillos detrás de la cocina, el patio abierto y la sala anatómica.

Podría haberme tapado la cara, ¿pero para qué serviría si no podía esconder mi estatura? Luego me acordé con tremendo alivio que los criados se habían acostumbrado a ese ir venir de mi otro yo. Me vestí, como mejor pude con esa ropa muy ancha: atravesé la casa con el susto de Bradshaw, que se echó para atrás al ver al señor Hyde a esas horas y tan extrañamente vestido, y diez minutos más tarde el doctor Jekyll, reconquistada su propia apariencia, se sentaba con la frente fruncida fingiendo desayunar.

No se puede decir efectivamente que tuviese apetito. Ese incidente inexplicable, ese vuelco de mis anteriores experiencias me parecía una profecía de desgracia, como las letras que trazó en la pared el dedo babilónico.

Empecé entonces a reflexionar, con más seriedad de la que había puesto hasta ahora, sobre las dificultades y los peligros de mi doble existencia. Esa otra parte de mí, que tenía el poder de proyectar, había tenido tiempo de ejercitarse y afirmarse cada vez más; me había parecido, últimamente, que Hyde hubiera crecido, y en mis mismas venas (cuando tenía esa forma) había sentido que fluía la sangre más abundantemente. Percibí el peligro que me amenazaba. Si seguían así las cosas, el equilibrio de mi naturaleza habría terminado por trastocarse: no habría tenido ya el poder de cambiar y me habría quedado prisionero para siempre en la piel de Hyde.

Mi preparado no se había demostrado siempre con la misma eficacia. Una vez, todavía al principio, no había tenido casi efecto; otras veces había sido obligado a doblar la dosis, y hasta en un caso a triplicarla, con un riesgo muy grave de la vida. Pero después de ese incidente me di cuenta de que la situación había cambiado: si al principio la dificultad consistía en desembarazarme del cuerpo de Jekyll desde hace algún tiempo gradual pero decididamente el problema era al revés. O sea, todo indicaba que yo iba perdiendo poco a poco el control de la parte originaria y mejor de mí mismo, y poco a poco identificándome con la secundaria y peor.

Entonces sentí que tenía que escoger entre mis dos naturalezas. Estas tenían en común la memoria pero compartían en distinta medida el resto de las facultades. Jekyll, de naturaleza compuesta, participaba a veces con las más vivas aprensiones y a veces con ávido deseo en los placeres y aventuras de Hyde; pero Hyde no se preocupaba lo más mínimo de Jekyll, al máximo lo recordaba como el bandido de la sierra recuerda la cueva en la que encuentra refugio cuando lo persiguen. Jekyll era más interesado que un padre, Hyde más indiferente que un hijo. Elegir la suerte de Jekyll era sacrificar esos apetitos con los que hace un tiempo era indulgente, y que ahora satisfacía libremente; elegir la de Hyde significaba renunciar a miles de intereses y aspiraciones, convertirse de repente y para siempre en un desecho, despreciado y sin amigos.

Parecía que se iba a imponer la primera elección, pero hay que colocar algo más en la balanza. Mientras Jekyll hubiese sufrido con agudeza los escozores de la abstinencia, Hyde ni siquiera se habría dado cuenta de lo que había perdido. Aunque las circunstancias fuesen singulares, los términos del dilema eran, sin embargo, banales y tan antiguos como el hombre: todo pecador tembloroso, en la hora de la tentación, se encuentra frente a las mismas adulaciones y a los mismos miedos, y luego éstos tiran los dados por él. Por otra parte, lo que me sucedió, como casi siempre sucede, fue que escogí el mejor camino, pero sin tener luego la fuerza de quedarme en él.

Sí, preferí al maduro médico insatisfecho e inquieto, pero rodeado de amigos y animado por honestas esperanzas; y di un decidido adiós a la libertad, a la relativa juventud, al paso ligero, a los fuertes impulsos y secretos placeres de los que gocé en la persona de Hyde. Hice esta elección, quizá, con alguna desconocida reserva. No cancelé el arrendamiento de la casa de Soho, no destruí las ropas de Hyde, que tenía en la habitación de encima del laboratorio. Durante dos meses, sin embargo, me mantuve firme en mi resolución; durante dos meses llevé la vida más austera que jamás hubiera llevado, y tuve como recompensa las satisfacciones de una conciencia tranquila. Pero mis miedos, con el tiempo, se debilitaron; las alabanzas de la conciencia, con la costumbre, perdieron eficacia; empecé, por el contrario, a ser atormentado por impulsos y deseos angustiosos, como si el mismo Hyde estuviera luchando para liberarse y al final, en un momento de flaqueza moral, de nuevo preparé y bebí la poción.

No creo que el borracho, cuando razona consigo de su vicio, se preocupe alguna vez realmente de los peligros a los que se expone en su estado de embrutecimiento. Tampoco yo nunca, aunque a veces hubiese reflexionado sobre mi situación, había tenido suficientemente en cuenta la completa insensibilidad moral y la enloquecida predisposición al mal, que eran los rasgos dominantes de Hyde. Por esto me vino el castigo.

Mi demonio había estado encerrado mucho tiempo en la jaula y escapó rugiendo. Inmediatamente fui consciente, incluso antes de haber terminado la poción de una más desenfrenada y furiosa voluntad de mal. Y esto quizás explica la tempestad de intolerancia, de irresistible aversión, que desencadenaron en mí las maneras correctas y corteses de mi víctima. Pues al menos puedo declarar ante Dios: que ningún hombre mentalmente sano habría podido reaccionar con un delito semejante a una provocación tan inconsistente; y que no había en mí más luz de razón, cuando golpeé, de la que hay en un niño que rompe con impaciencia un juguete. Yo, por otra parte, me había despojado voluntariamente de todos esos instintos que, haciendo por así decir de contrapeso, permiten incluso a los peores entre nosotros resistir en alguna medida a las tentaciones. Ser tentado, para mí, significaba caer.

Se desencadenó entonces un verdadero espíritu del infierno. Me enfurecí mucho con el hombre ya en el suelo, saboreando con júbilo cada golpe que le daba; y sólo cuando el cansancio sucedió al furor, todavía en pleno delirio, de golpe me heló el terror. Una niebla se disipó. Entendí que ya hasta mi vida estaba en peligro y hui temblando del lugar de mi crueldad.

Pero temblaba de miedo y de exaltación a la vez, igualmente enfurecido en la voluntad de vivir y en la, apenas satisfecha y mucho más estimulada, de hacer el mal. Fui corriendo a la casa de Soho y para mayor seguridad rompí mis papeles; luego me encaminé por las calles alumbradas por las farolas, siempre en ese contrastado éxtasis del espíritu, complaciéndome cruelmente de mi delito, ya proyectando alegremente cometer otros, y sin embargo dándome prisa y con oído atento por el temor de oír detrás de mí los pasos del vengador.

Hyde tenía una canción en los labios, mientras preparaba la mezcla, y bebió brindando por el que había matado. Pero nada más cesar los dolores de la metamorfosis, Henry Jekyll, de rodillas, invocaba a Dios con lágrimas de gratitud y de remordimiento. El velo del amor de sí se había rasgado de arriba abajo, y en ese momento tuve delante toda mi vida: podía seguirla desde los días de la infancia, cuando paseaba agarrado de la mano de mi padre, hasta las luchas y sacrificios de mi vida de médico; pero sólo para volver siempre de nuevo con el mismo sentido de irrealidad, a los condenados horrores de aquella noche.

Habría querido gritar. Intenté esconderme implorando y llorando por el tropel de sobrecogedoras imágenes y sonidos que la memoria me suscitaba en contra mía, pero, entre las pausas de mis invocaciones, la cara de mi iniquidad volvía a examinarme amenazadoramente.

Por fin el remordimiento se hizo menos agudo, y poco a poco le sucedió un sentido de liberación. El problema de mi conducta estaba resuelto. Hyde, de ahora en adelante, ya no habría sido posible y yo, quisiera o no, habría quedado confinado en la parte mejor de mi existencia. ¡Qué alegría experimenté con este pensamiento! ¡Con qué voluntariosa humildad acepté de nuevo las restricciones de la vida ordinaria! ¡Con qué espíritu de sincera renuncia cerré la puerta por la que tan a menudo había ido y vuelto, y pisoteé la llave con el tacón!

Al día siguiente se supo que había testigos del asesinato, que no había dudas sobre la culpabilidad de Hyde y que la víctima era una personalidad muy conocida. No había sido sólo un delito, sino una trágica locura. Y creo que me alegré de saberlo, que me alegré de que el terror del patíbulo me confirmase y fortificase en mis mejores impulsos. Jekyll era ahora mi puerto de asilo: si Hyde se arriesgaba a salir un instante, las manos de todos se le habrían echado encima para agarrarlo y hacer justicia.

Decidí que mi conducta futura rescataría mi pasado, y puedo decir honestamente que mi resolución trajo algún fruto. Sabes también con qué celo, en los últimos meses del año pasado, yo me dediqué a aliviar los dolores y sufrimientos; sabes que pude ser de ayuda para muchos; y sabes que pasé unos días tranquilos y felices. No puedo decir, con honradez, que esa vida inocente y benéfica acabase aburriéndome; creo que cada día gozaba más. Pero no había conseguido liberarme de la maldita duplicidad de mi carácter. Cuando la voluntad de expiación se atenuó, la peor parte de mí, secundada durante mucho tiempo y ahora tan mortificada, empezó a rebullir y a reclamar.

No es que pensase resucitar a Hyde. Esa simple idea bastaba para que cayese en el temor.

No, Fui yo en cuanto Jekyll, en mi misma persona, el que jugó de nuevo con mi conciencia; y fue como cualquier pecador clandestino que cede por fin a los asaltos de la tentación. Pero todo tiene un límite; la medida mayor se colma; y bastó ese fugaz extravío para destruir el equilibrio de mi espíritu.

En ese mismo momento sin embargo no me alarmé: la caída me había parecido natural, como una vuelta a los viejos tiempos antes de mi descubrimiento. Era una bonita, clara mañana de enero, con la tierra húmeda por la escarcha deshecha, pero ni una nube en el cielo; Regent's Park estaba lleno de invernales piares y olores casi primaverales. Yo estaba sentado al sol en un banco, y mientras el animal en mí lamía un resto de memorias, mi conciencia soñaba prometiéndose penitencia, pero sin ninguna prisa por empezar. Después de todo, reflexioné, no era distinto de mis semejantes; pero luego sonreí comparando mi celo, mi laboriosa buena voluntad, con la perezosa crueldad de la negligencia de ellos.

Estaba pavoneándome con este pensamiento cuando me asaltaron atroces espasmos acompañados de náuseas y temblorosas convulsiones.

Fue una crisis tan fuerte, aunque no durara mucho, que me dejó casi desvanecido. Cuando, más tarde, poco a poco me recuperé, me di cuenta de un cambio en mi forma de pensar: mayor audacia, desprecio del peligro, desligadura de toda obligación. Bajé los ojos: la ropa me colgaba informe en mis miembros contraídos, la mano que apoyaba en una rodilla era huesuda y peluda. ¡Era otra vez Edward Hyde!

Un momento antes gozaba de la estima de todos, era rico y querido, una mesa preparada me esperaba en mi casa… y ahora no era más que un proscrito, sin casa y sin refugio, un asesino al que todos perseguían, carne de horca.

Mi razón vaciló, pero no me faltó del todo.

Ya he dicho que mis facultades parecían agudizarse y mi espíritu se hacía más tenso, más rápido, cuando estalla en mi segunda encarnación. Y así, mientras Jekyll, en ese punto, habría quizás abandonado la partida, Hyde sin embargo supo adecuarse a la peligrosidad del momento. Los ingredientes para la poción estaban en un armario de la habitación encima del laboratorio: ¿cómo llegar allí? Este era el problema que debía hacer un esfuerzo por resolver y sin perder un minuto de tiempo. Yo mismo había cerrado la puerta de atrás. Si hubiera intentado entrar por la puerta principal, los mismos criados me habrían llevado al verdugo. Vi que tenía que echar mano de otro, y acudí a Lanyon. ¿Pero cómo podría llegar a Lanyon? ¿Y cómo persuadirlo? Admitiendo que pudiese escapar de ser apresado por la calle, ¿cómo hacerme admitir a su presencia?

¿Como habría podido yo, visitante desconocido y desagradable, convencer al ilustre médico que saqueara el despacho de su colega, el doctor Jekyll? Luego me acordé que conservaba algo de la persona de Jekyll: la caligrafía; y vi entonces con claridad el camino que debía seguir.

Me arreglé la ropa que llevaba encima lo mejor que pude, y llamé un coche para que me condujera a una posada de la que recordaba el nombre, en Portland Street. Llevaba una ropa tan ridícula (aunque trágico fuese el destino que cubría), que el cochero no pudo contener una sonrisa de desprecio; yo rechiné los dientes en un arrebato de furia salvaje, y desapareció su sonrisa, felizmente para él, aunque más feliz para mí, ya que un instante después sin duda lo habría tirado del pescante. Luego en la posada, cuando entré, tenía un aire tan tétrico, que sirvientes y camareros, temblando de miedo, no osaron intercambiar una sola mirada en mi presencia, sino que, obedeciendo exquisitamente mis órdenes, me condujeron a una sala privada, a la que me trajeron todo lo que necesitaba para escribir.

Hyde en peligro de vida era una bestia que aún no había aprendido a conocer. Sacudido por una rabia tremenda, preso de una furia homicida, animado sólo por deseos de violencia, supo sin embargo dominarse y obrar con astucia. Escribió dos cartas de calculada gravedad, una a Lanyon, otra a Poole, y, para estar seguro de que las llevarían a correos, ordenó que se mandaran certificadas. Luego se quedó todo el día junto al fuego, mordiéndose las uñas, y cenó solo en la sala privada, servido por un camarero visiblemente amedrentado. Bien entrada la noche se fue y tomó un coche cerrado, que le llevó de arriba abajo por las calles de la ciudad.

Luego temiendo que el cochero empezase a sospechar de él —sigo diciendo él, porque en realidad no puedo decir yo: ese hijo del infierno no tenía nada de humano, ya estaba hecho sólo de odio y de miedo— despidió el coche y se aventuró a pie, entre los paseantes nocturnos, objeto de la curiosidad por su grotesco vestir y siempre empujado, como en una tempestad, por esas dos únicas bajas pasiones. Caminaba de prisa, mascullando entre sí, buscando las calles menos frecuentadas, contando los minutos que lo separaban de la medianoche. A un cierto punto se le acercó una mujer, creo que para venderle fósforos, y él la echó de un manotazo.

Cuando, en casa de Lanyon, volví en mí, el horror de mi viejo amigo debió sin duda conmoverme, pero no sé hasta qué punto; ésa fue sólo una gota, probablemente, que me sumergió en el mar del horror mientras consideraba la situación. Lo que ahora me perturbaba no era ya el terror de la horca, sino él de reconvertirme en Hyde. Escuché casi en sueños las palabras de condena de Lanyon, y casi en sueños volví a casa y me metí en la cama. Me dormí en seguida, por lo postrado que estaba, y dormí con sueño largo e ininterrumpido, aunque poblado de pesadillas.

Por la mañana me desperté bastante descansado. Estaba todavía agitado y débil y no había olvidado los tremendos peligros del día anterior; el pensamiento del bruto que dormía en mí seguía llenándome de horror; pero estaba en mi casa, disponía de los ingredientes para la poción, y mi gratitud por el desaparecido peligro tenía casi los colores de la esperanza.

Estaba atravesando sin prisa el patio, después de desayunar, y respiraba con placer el aire fresco cuando de nuevo se apoderaron de mí esas indescriptibles sensaciones que anunciaban la metamorfosis. Tuve apenas tiempo de refugiarme en mi habitación de encima del laboratorio, antes de encontrarme una vez más en la piel de Hyde, inflamado por sus furores y helado por sus miedos. Esta vez se necesitó una doble dosis para hacerme volver en mí. Y por desgracia seis horas después, mientras me sentaba tristemente a mirar el fuego, volvieron los espasmos y tuve que volver a tomar la poción.

En breve, a partir de ese día, fue sólo un esfuerzo atlético, y sólo bajo el estímulo inmediato de la mezcla pude a intermitencias mantenerme en la persona de Jekyll. Los escalofríos premonitores podían asaltarme en cualquier hora del día y de la noche; pero sobre todo bastaba que me durmiese o que echara una simple cabeceada en mi butaca para que al despertar me encontrase Hyde.

Esta amenaza siempre inminente, y el insomnio al que yo mismo me condenaba más allá de los límites humanamente soportables, me redujeron pronto, en mi persona, a una especie de animal devorado y vaciado por la fiebre, debilitado tanto en el cuerpo como en la mente, y ocupado con un solo pensamiento: el horror de ese otro yo mismo. Pero cuando me dormía, o cuándo cesaba el efecto de la poción, caía casi sin transición (ya que la metamorfosis en este sentido era siempre menos laboriosa) en la esclavitud de una fantasía rebosante de imágenes de terror, de un alma que hervía de odios sin motivo y de un cuerpo tan lleno de energías vitales que parecía incapaz de contenerlas.

Parecía que, al disminuir las fuerzas de Jekyll, las de Hyde aumentaran; pero el odio que las separaba era ya de la misma intensidad.

Para Jekyll era una cuestión de instinto vital: ya conocía en toda su deformidad al ser con el que compañía algunos de los fenómenos de la conciencia, y con el que habría compartido la muerte, pero, aparte del horror y de la tragedia de este lazo, Hyde, con toda su energía vital, ya le parecía algo no sólo infernal, sino inorgánico. Esto era lo que más horror le producía: que ese fango de pozo pareciese emitir gritos y voces; que ese polvo amorfo gesticulase y pecase; que una cosa muerta, una cosa informe, pudiera usurpar las funciones de la vida. Y más aún: que esa insurgente monstruosidad fuese más cercana que una mujer, más íntima que un ojo, anidada como estaba en él y enjaulada en su misma carne, donde la oía murmurar y luchar para nacer; y que en algún momento de debilidad, o en la confianza del sueño, ella pudiese prevalecer contra él y despojarlo de la vida.

Hyde odiaba a Jekyll por otras razones distintas. Su terror a la horca le empujaba siempre de nuevo al suicidio temporal, a abandonar provisionalmente la condición de persona para entrar en el estado subordinado de parte. Pero aborrecía esta necesidad, aborrecía la inercia en la que había caído Jekyll, y la cambiaba por la aversión con la que se sabía considerado.

Esto explica las burlas simiescas que Hyde empezó a tomarme, como escribir blasfemias de mi puño y letra en las páginas de mis libros, quemar mis papeles o destruir el retrato de mi padre. Incluso creo que, si no hubiera sido por el miedo a morir, ya hace tiempo que se habría arruinado a sí mismo para arrastrarme en su ruina. Pero su amor a la vida era extraordinario.

Diré más: yo que me quedo helado y aterrorizado sólo con pensarlo, yo, sin embargo, cuando reflexiono sobre la abyección y pasión de ese apego a la vida, y cuando lo veo temblar asustado, desencajado, por la idea de que yo puedo eliminarlo con el suicidio, acabo por sentir hasta piedad.

Es inútil alargar esta descripción, sobre todo porque el tiempo ya aprieta terriblemente. Bastaría decir que nadie jamás ha sufrido semejantes tormentos, si no hubiese que añadir que también a éstos la costumbre ha dado no digo alivio, sino disminución debida a un incierto encallecimiento del alma, a una cierta aquiescencia de la desesperación. Y mi castigo habría podido durar años si no hubiera tenido lugar una circunstancia imprevista, que dentro de poco me separará para siempre de mi propio aspecto y de mi naturaleza originaria. Mi provisión de sales, que no había nunca renovado desde los tiempos del primer experimento, últimamente ha empezado a escasear. Y cuando he mandado a buscar más y he preparado con ellas la mezcla, he conseguido la ebullición y el primer cambio de color, pero no el segundo. Y la poción no ha surtido ya efecto alguno. Poole te contará que le he enviado a buscar estas sales por todo Londres, pero sin conseguirlas. Ahora estoy convencido de que la primera cantidad debía ser impura, y precisamente de esta desconocida impureza dependía su eficacia.

Ha pasado desde entonces una semana, y estoy terminando este escrito gracias a la última dosis de las viejas sales. Esta, por lo tanto, a no ser un por milagro, es la última vez que Henry Jekyll puede pensar sus propios pensamientos y ver su cara (¡que tristemente ha cambiado!) en el espejo que tiene delante. Ni puedo tardar mucho en concluir, porque sólo gracias a mi cautela, y a la suerte, estas hojas han escapado hasta ahora de la destrucción. Hyde, si la metamorfosis se produjese mientras estoy aún escribiendo, las haría inmediatamente pedazos. Si, por el contrario tengo tiempo de ponerlas aparte, su extraordinaria capacidad de pensar únicamente en sí mismo, la limitación de su interés por sus circunstancias inmediatas las salvarán quizás de su simiesco despecho.

Pero en realidad el destino que nos aplasta a ambos ha cambiado e incluso domado a él.

Quizás, dentro de media hora, cuando encarne de nuevo y para siempre a ese ser odiado, sé que me pondré a llorar y a temblar en mi sillón, o que volveré a pasear de arriba abajo por esta habitación (mi último refugio en esta tierra) escuchando cada ruido en un paroxismo de miedo, pegando desesperadamente el oído a cualquier sonido de amenaza.

¿Morirá Hyde en el patíbulo? ¿encontrará, en el último instante, el valor de liberarse? Dios lo sabe, a mí no me importa. Esta es la verdadera hora de mi muerte, y la continuación de esto no me concierne ya a mí, sino a otros. Aquí, pues, cuando deje la pluma y selle mi confesión pongo fin a la vida de Henry Jekyll.

SEGUNDA PARTE: OTROS RELATOS DE TERROR

EL LADRÓN DE CADÁVERES

Todas las noches del año nos sentábamos los cuatro en el pequeño reservado de la posada George en Debenham: el empresario de pompas fúnebres, el dueño, Fettes y yo. A veces había más gente; pero tanto si hacía viento como si no, tanto si llovía como si nevaba o caía una helada, los cuatro, llegado el momento, nos instalábamos en nuestros respectivos sillones. Fettes era un viejo escocés muy dado a la bebida; culto, sin duda, y también acomodado, porque vivía sin hacer nada. Había llegado a Debenham años atrás, todavía joven, y por la simple permanencia se había convertido en hijo adoptivo del pueblo. Su capa azul de camelote era una antigüedad, igual que la torre de la iglesia. Su sitio fijo en el reservado de la posada, su conspicua ausencia de la iglesia y sus vicios vergonzosos eran cosas de todos sabidas en Debenham. Mantenía algunas opiniones vagamente radicales y cierto pasajero escepticismo religioso que sacaba a relucir periódicamente, dando énfasis a sus palabras con imprecisos manotazos sobre la mesa.

Bebía ron: cinco vasos todas las veladas; y durante la mayor parte de su diaria visita a la posada permanecía en un estado de melancólico estupor alcohólico, siempre con el vaso de ron en la mano derecha. Le llamábamos el doctor, porque se le atribuían ciertos conocimientos de medicina y en casos de emergencia había sido capaz de entablillar una fractura o reducir una luxación, pero, al margen de estos pocos detalles, carecíamos de información sobre su personalidad y antecedentes.

Una oscura noche de invierno —habían dado las nueve algo antes de que el dueño se reuniera con nosotros— fuimos informados de que un gran terrateniente de los alrededores se había puesto enfermo en la posada, atacado de apoplejía, cuando iba de camino hacia Londres y el Parlamento; y por telégrafo se había solicitado la presencia, a la cabecera del gran hombre, de su médico de la capital, personaje todavía más famoso. Era la primera vez que pasaba una cosa así en Debenham (hacía muy poco tiempo que se había inaugurado el ferrocarril) y todos estábamos convenientemente impresionados.

—Ya ha llegado —dijo el dueño, después de llenar y de encender la pipa.

—¿Quién? —dije yo—. ¿No querrá usted decir el médico?

—Precisamente —contestó nuestro posadero.

—¿Cómo se llama?

—Doctor Macfarlane —dijo el dueño.

Fettes estaba acabando su tercer vaso, sumido ya en el estupor de la borrachera, unas veces asintiendo con la cabeza, otras con la mirada perdida en el vacío; pero con el sonido de las últimas palabras pareció despertarse y repitió dos veces el apellido "Macfarlane": la primera con entonación tranquila, pero con repentina emoción la segunda.

—Sí —dijo el dueño— así se llama: doctor Wolfe Macfarlane.

Fettes se serenó inmediatamente; sus ojos se aclararon, su voz se hizo más firme y sus palabras más vigorosas. Todos nos quedamos muy sorprendidos ante aquella transformación, porque era como si un hombre hubiera resucitado de entre los muertos.

—Les ruego que me disculpen —dijo—; mucho me temo que no prestaba atención a sus palabras. ¿Quién es ese tal Wolfe Macfarlane?

Y añadió, después de oír las explicaciones del dueño:

—No puede ser, claro que no; y, sin embargo, me gustaría ver a ese hombre cara a cara.

—¿Le conoce usted, doctor? —preguntó boquiabierto el empresario de pompas fúnebres.

—¡Dios no lo quiera! —fue la respuesta—. Y, sin embargo, el nombre no es nada corriente, sería demasiado imaginar que hubiera dos. Dígame, posadero, ¿se trata de un hombre viejo?

—No es un hombre joven, desde luego, y tiene el pelo blanco; pero sí parece más joven que usted.

—Es mayor que yo, sin embargo; varios años mayor. Pero —dando un manotazo sobre la mesa—, es el ron lo que ve usted en mi cara; el ron y mis pecados. Este hombre quizá tenga una conciencia más fácil de contentar y haga bien las digestiones. ¡Conciencia! ¡De qué cosas me atrevo a hablar! Se imaginarán ustedes que he sido un buen cristiano, ¿no es cierto? Pues no, yo no; nunca me ha dado por la hipocresía. Quizá Voltaire habría cambiado si se hubiera visto en mi caso; pero, aunque mi cerebro —y procedió a darse un manotazo sobre la calva cabeza—, aunque mi cerebro funcionaba perfectamente, no saqué ninguna conclusión de las cosas que vi.

—Si este doctor es la persona que usted conoce —me aventuré a apuntar, después de una pausa bastante penosa—, ¿debemos deducir que no comparte la buena opinión del posadero?

Fettes no me hizo el menor caso.

—Sí —dijo, con repentina firmeza—, tengo que verlo cara a cara.

Se produjo otra pausa; luego una puerta se cerró con cierta violencia en el primer piso y se oyeron pasos en la escalera.

—Es el doctor —exclamó el dueño—. Si se da prisa podrá alcanzarle.

No había más que dos pasos desde el pequeño reservado a la puerta de la vieja posada George; la ancha escalera de roble terminaba casi en la calle; entre el umbral y el último peldaño no había sitio más que para una alfombra turca; pero este espacio tan reducido quedaba brillantemente iluminado todas las noches, no solo gracias a la luz de la escalera y al gran farol debajo del nombre de la posada, sino también debido al cálido resplandor que salía por la ventana de la cantina. La posada llamaba así convenientemente la atención de los que cruzaban por la calle en las frías noches de invierno. Fettes se llegó sin vacilaciones hasta el diminuto vestíbulo y los demás, quedándonos un tanto retrasados, nos dispusimos a presenciar el encuentro entre aquellos dos hombres, encuentro que uno de ellos había definido como "cara a cara".

El doctor Macfarlane era un hombre despierto y vigoroso. Sus cabellos blancos servían para resaltar la calma y la palidez de su rostro, nada desprovisto de energía por otra parte. Iba elegantemente vestido con el mejor velarte y la más fina holanda, y lucía una gruesa cadena de oro para el reloj y gemelos y anteojos del mismo metal precioso. La corbata, ancha y con muchos pliegues, era blanca con lunares de color lila, y llevaba al brazo un abrigo de pieles para defenderse del frío durante el viaje. No hay duda de que lograba dar dignidad a sus años envuelto en aquella atmósfera de riqueza y respetabilidad; y no dejaba de ser todo un contraste sorprendente ver a nuestro borrachín —calvo, sucio, lleno de granos y arropado en su vieja capa azul de camelote— enfrentarse con él al pie de la escalera.

—¡Macfarlane! —dijo con voz resonante, más propia de un heraldo que de un amigo.

El gran doctor se detuvo bruscamente en el cuarto escalón, como si la familiaridad de aquel saludo sorprendiera y en cierto modo ofendiera su dignidad.

—¡Toddy Macfarlane! —repitió Fettes.

El londinense casi se tambaleó. Lanzó una mirada rapidísima al hombre que tenía delante, volvió hacia atrás unos ojos atemorizados y luego susurró con voz llena de sorpresa:

—¡Fettes! ¡Tú!

—¡Yo, sí! —dijo el otro—. ¿Creías que también yo estaba muerto? No resulta tan fácil dar por terminada nuestra relación.

—¡Calla, por favor! —exclamó el ilustre médico—. ¡Calla! Este encuentro es tan inesperado… Ya veo que te has ofendido. Confieso que al principio casi no te había conocido; pero me alegro mucho… me alegro mucho de tener esta oportunidad. Hoy solo vamos a poder decirnos hola y hasta la vista; me espera el calesín y tengo que coger el tren; pero debes… veamos, sí… debes darme tu dirección y te aseguro que tendrás muy pronto noticias mías. Hemos de hacer algo por ti, Fettes. Mucho me temo que estás algo apurado; pero ya nos ocuparemos de eso "en recuerdo de los viejos tiempos", como solíamos cantar durante nuestras cenas.

—¡Dinero! —exclamó Fettes—. ¡Dinero tuyo! El dinero que me diste estará todavía donde lo arrojé aquella noche de lluvia.

Hablando, el doctor Macfarlane había conseguido recobrar un cierto grado de superioridad y confianza en sí mismo, pero la desacostumbrada energía de aquella negativa lo sumió de nuevo en su primitiva confusión. Una horrible expresión atravesó por un momento sus facciones casi venerables.

—Mi querido amigo —dijo—, haz como gustes; nada más lejos de mi intención que ofenderte. No quisiera entrometerme. Pero sí que te dejaré mi dirección…

—No me la des… No deseo saber cuál es el techo que te cobija —le interrumpió el otro—. Oí tu nombre; temí que fueras tú; quería saber si, después de todo, existe un Dios; ahora ya sé que no. ¡Sal de aquí!

Pero Fettes seguía en el centro de la alfombra, entre la escalera y la puerta; y para escapar, el gran médico londinense iba a verse obligado a dar un rodeo. Estaban claras sus vacilaciones ante lo que a todas luces consideraba una humillación. A pesar de su palidez, había un brillo amenazador en sus anteojos; pero, mientras seguía sin decidirse, se dio cuenta de que el cochero de su calesín contemplaba con interés desde la calle aquella escena tan poco común y advirtió también cómo le mirábamos nosotros, los del pequeño grupo del reservado, apelotonados en el rincón más próximo a la cantina. La presencia de tantos testigos le decidió a emprender la huida. Pasó pegado a la pared y luego se dirigió hacia la puerta con la velocidad de una serpiente. Pero sus dificultades no habían terminado aún, porque antes de salir Fettes le agarró del brazo y, de sus labios, aunque en un susurro, salieron con toda claridad estas palabras:

—¿Has vuelto a verlo?

El famoso doctor londinense dejó escapar un grito ahogado, dio un empujón al que así le interrogaba y con las manos sobre la cabeza huyó como un ladrón cogido in fraganti. Antes de que a ninguno de nosotros se nos ocurriera hacer el menor movimiento, el calesín traqueteaba ya camino de la estación La escena había terminado como podría hacerlo un sueño; pero aquel sueño había dejado pruebas y rastros de su paso. Al día siguiente la criada encontró los anteojos de oro en el umbral, rotos, y aquella noche todos permanecimos en pie, sin aliento, junto a la ventana de la cantina, con Fettes a nuestro lado, sereno, pálido y con aire decidido.

—¡Que Dios nos tenga de su mano, señor Fettes! —dijo el posadero, al ser el primero en recobrar el normal uso de sus sentidos—. ¿A qué obedece todo esto? Son cosas bien extrañas las que usted ha dicho…

Fettes se volvió hacia nosotros; nos fue mirando a la cara sucesivamente.

—Procuren tener la lengua quieta —dijo—. Es arriesgado enfrentarse con el tal Macfarlane; los que lo han hecho se han arrepentido demasiado tarde.

Después, sin terminarse el tercer vaso, ni mucho menos quedarse para consumir los otros dos, nos dijo adiós y se perdió en la oscuridad de la noche después de pasar bajo la lámpara de la posada.

Nosotros tres regresamos a los sillones del reservado, con un buen fuego y cuatro velas recién empezadas; y, a medida que recapitulábamos lo sucedido, el primer escalofrío de nuestra sorpresa se convirtió muy pronto en hormiguillo de curiosidad. Nos quedamos allí hasta muy tarde; no recuerdo ninguna otra noche en la que se prolongara tanto la tertulia. Antes de separarnos, cada uno tenía una teoría que se había comprometido a probar, y no había para nosotros asunto más urgente en este mundo que rastrear el pasado de nuestro misterioso contertulio y descubrir el secreto que compartía con el famoso doctor londinense. No es un gran motivo de vanagloria, pero creo que me di mejor maña que mis compañeros para desvelar la historia; y quizá no haya en estos momentos otro ser vivo que pueda narrarles a ustedes aquellos monstruosos y abominables sucesos.

De joven, Fettes había estudiado medicina en Edimburgo. Tenía un cierto tipo de talento que le permitía retener gran parte de lo que oía y asimilarlo en seguida, haciéndolo suyo. Trabajaba poco en casa; pero era cortés, atento e inteligente en presencia de sus maestros.

Pronto se fijaron en él por su capacidad de atención y su buena memoria; y, aunque a mí me pareció bien extraño cuando lo oí por primera vez, Fettes era en aquellos días bien parecido y cuidaba mucho de su aspecto exterior. Existía por entonces fuera de la universidad un cierto profesor de anatomía al que designaré aquí mediante la letra K. Su nombre llegó más adelante a ser tristemente célebre. El hombre que lo llevaba se escabulló disfrazado por las calles de Edimburgo, mientras el gentío, que aplaudía la ejecución de Burke, pedía a gritos la sangre de su patrón. Pero el señor K estaba entonces en la cima de su popularidad; disfrutaba de la fama debido en parte a su propio talento y habilidad, y en parte a la incompetencia de su rival, el profesor universitario. Los estudiantes, al menos, tenían absoluta fe en él y el mismo Fettes creía, e hizo creer a otros, que había puesto los cimientos de su éxito al lograr el favor de este hombre meteóricamente famoso. El señor K era un bon vivant además de un excelente profesor; y apreciaba tanto una hábil ilusión como una preparación cuidadosa. En ambos campos Fettes disfrutaba de su merecida consideración, y durante el segundo año de sus estudios recibió el encargo semioficial de segundo profesor de prácticas o subasistente en su clase.

Debido a este empleo, el cuidado del anfiteatro y del aula recaía de manera particular sobre los hombros de Fettes. Era responsable de la limpieza de los locales y del comportamiento de los otros estudiantes y también constituía parte de su deber proporcionar, recibir y dividir los diferentes cadáveres. Con vistas a esta última ocupación —en aquella época asunto muy delicado—, el señor K hizo que se alojase primero en el mismo callejón y más adelante en el mismo edificio donde estaban instaladas las salas de disección. Allí, después de una noche de turbulentos placeres, con la mano todavía temblorosa y la vista nublada, tenía que abandonar la cama en la oscuridad de las horas que preceden a los amaneceres invernales, para entenderse con los sucios y desesperados traficantes que abastecían las mesas. Tenía que abrir la puerta a aquellos hombres que después han alcanzado tan terrible reputación en todo el país. Tenía que recoger su trágico cargamento, pagarles el sórdido precio convenido y quedarse solo, al marcharse los otros, con aquellos desagradables despojos de humanidad. Terminada tal escena, Fettes volvía a adormilarse por espacio de una o dos horas para reparar así los abusos de la noche y refrescarse un tanto para los trabajos del día siguiente.

Pocos muchachos podrían haberse mostrado más insensibles a las impresiones de una vida pasada de esta manera bajo los emblemas de la moralidad. Su mente estaba impermeabilizada contra cualquier consideración de carácter general. Era incapaz de sentir interés por el destino y los reveses de fortuna de cualquier otra persona, esclavo total de sus propios deseos y rastreras ambiciones. Frío, superficial y egoísta en última instancia, no carecía de ese mínimo de prudencia, a la que se da equivocadamente el nombre de moralidad, que mantiene a un hombre alejado de borracheras inconvenientes o latrocinios castigables. Como Fettes deseaba además que sus maestros y condiscípulos tuvieran de él una buena opinión, se esforzaba en guardar las apariencias. Decidió también destacar en sus estudios y día tras día servía a su patrón impecablemente en las cosas más visibles y que más podían reforzar su reputación de buen estudiante. Para indemnizarse de sus días de trabajo, se entregaba por las noches a placeres ruidosos y desvergonzados; y cuando los dos platillos se equilibraban, el órgano al que Fettes llamaba su conciencia se declaraba satisfecho.

La obtención de cadáveres era continua causa de dificultades tanto para él como para su patrón. En aquella clase con tantos alumnos y en la que se trabajaba mucho, la materia prima de las disecciones estaba siempre a punto de acabarse; y las transacciones que esta situación hacía necesarias no solo eran desagradables en sí mismas, sino que podían tener consecuencias muy peligrosas para todos los implicados. La norma del señor K era no hacer preguntas en el trato con los de la profesión. "Ellos consiguen el cuerpo y nosotros pagamos el precio", solía decir, recalcando la aliteración; "quid pro quo". Y de nuevo, y con cierto cinismo, les repetía a sus asistentes que "No hicieran preguntas por razones de conciencia".

No es que se diera por sentado implícitamente que los cadáveres se conseguían mediante el asesinato. Si tal idea se le hubiera formulado mediante palabras, el señor K se habría horrorizado; pero su frívola manera de hablar tratándose de un problema tan serio era, en sí misma, una ofensa contra las normas más elementales de la responsabilidad social y una tentación ofrecida a los hombres con los que negociaba. Fettes, por ejemplo no había dejado de advertir que, con frecuencia, los cuerpos que le llevaban habían perdido la vida muy pocas horas antes. También le sorprendía una y otra vez el aspecto abominable y los movimientos solapados de los rufianes que llamaban a su puerta antes del alba; y, atando cabos para sus adentros, quizá atribuía un significado demasiado inmoral y demasiado categórico a las imprudentes advertencias de su maestro. En resumen: Fettes entendía que su deber constaba de tres apartados: aceptar lo que le traían, pagar el precio y pasar por alto cualquier indicio de un posible crimen.

Una mañana de noviembre esta consigna de silencio se vio duramente puesta a prueba. Fettes, después de pasar la noche en blanco debido a un atroz dolor de muelas — paseándose por su cuarto como una fiera enjaulada o arrojándose desesperado sobre la cama—, y caer ya de madrugada en ese sueño profundo e intranquilo que con tanta frecuencia es la consecuencia de una noche de dolor, se vio despertado por la tercera o cuarta impaciente repetición de la señal convenida. La luna, aunque en cuarto menguante, derramaba abundante luz; hacía mucho frío y la noche estaba ventosa, la ciudad dormía aún, pero una indefinible agitación preludiaba ya el ruido y el tráfago del día. Los profanadores habían llegado más tarde de lo acostumbrado y parecían tener aún más prisa por marcharse que otras veces.

Fettes, muerto de sueño, les fue alumbrando escaleras arriba. Oía sus roncas voces, con fuerte acento irlandés, como formando parte de un sueño; y mientras aquellos hombres vaciaban el lúgubre contenido de su saco, él dormitaba, con un hombro apoyado contra la pared; tuvo que hacer luego verdaderos esfuerzos para encontrar el dinero con que pagar a aquellos hombres. Al ponerse en movimiento sus ojos tropezaron con el rostro del cadáver. No pudo disimular su sobresalto; dio dos pasos hacia adelante, con la vela en alto.

—¡Santo cielo! —exclamó—. ¡Si es Jane Galbraith!

Los hombres no respondieron nada pero se movieron imperceptiblemente en dirección a la puerta.

—La conozco, se lo aseguro —continuó Fettes—. Ayer estaba viva y muy contenta. Es imposible que haya muerto; es imposible que hayan conseguido este cuerpo de forma correcta.

—Está usted completamente equivocado, señor—dijo uno de los hombres.

Pero el otro lanzó a Fettes una mirada amenazadora y pidió que se les diera el dinero inmediatamente.

Era imposible malinterpretar su expresión o exagerar el peligro que implicaba. Al muchacho le faltó valor. Tartamudeó una excusa, contó la suma convenida y acompañó a sus odiosos visitantes hasta la puerta. Tan pronto como desaparecieron, Fettes se apresuró a confirmar sus sospechas. Mediante una docena de marcas que no dejaban lugar a dudas identificó a la muchacha con la que había bromeado el día anterior. Vio, con horror, señales sobre aquel cuerpo que podían muy bien ser pruebas de una muerte violenta. Se sintió dominado por el pánico y buscó refugio en su habitación. Una vez allí reflexionó con calma sobre el descubrimiento que había hecho; consideró fríamente la importancia de las instrucciones del señor K y el peligro para su persona que podía derivarse de su intromisión en un asunto de tanta importancia; finalmente, lleno de angustiosas dudas, determinó esperar y pedir consejo a su inmediato superior, el primer asistente.

Era este un médico joven, Tolfe Macfarlane, gran favorito de los estudiantes temerarios, hombre inteligente, disipado y absolutamente falto de escrúpulos. Había viajado y estudiado en el extranjero. Sus modales eran agradables y un poquito atrevidos. Se le consideraba una autoridad en cuestiones teatrales y no había nadie más hábil para patinar sobre el hielo ni que manejara con más destreza los palos de golf; vestía con elegante audacia y, como toque final de distinción, era propietario de un calesín y de un robusto trotón. Su relación con Fettes había llegado a ser muy íntima; de hecho sus cargos respectivos hacían necesaria una cierta comunidad de vida; y cuando escaseaban los cadáveres, los dos se adentraban por las zonas rurales en el calesín de Macfarlane, para visitar y profanar algún cementerio poco frecuentado y, antes del alba, presentarse con su botín en la puerta de la sala de disección.

Aquella mañana Macfarlane apareció un poco antes de lo que solía. Fettes le oyó, salió a recibirle a la escalera, le contó su historia y terminó mostrándole la causa de su alarma. Macfarlane examinó las señales que presentaba el cadáver.

—Sí —dijo con una inclinación de cabeza—; parece sospechoso.

—¿Qué te parece que debo hacer? —preguntó Fettes.

—¿Hacer? —repitió el otro—. ¿Es que quieres hacer algo? Cuanto menos se diga, antes se arreglará, diría yo.

—Quizá la reconozca alguna otra persona —objetó Fettes—. Era tan conocida como el Castle Rock.

—Esperemos que no —dijo Macfarlane—, y si alguien lo hace… bien, tú no la reconociste, ¿comprendes?, y no hay más que hablar. Lo cierto es que esto lleva ya demasiado tiempo sucediendo. Remueve el cieno y colocarás a K en una situación desesperada; tampoco tú saldrías muy bien librado. Ni yo, si vamos a eso. Me gustaría saber cómo quedaríamos, o qué demonios podríamos decir si nos llamaran como testigos ante cualquier tribunal. Porque, para mí, ¿sabes?, hay una cosa cierta: prácticamente hablando, todo nuestro "material" han sido personas asesinadas.

—¡Macfarlane! —exclamó Fettes.

—¡Vamos, vamos! —se burló el otro—. ¡Como si tú no lo hubieras sospechado!

—Sospechar es una cosa…

—Y probar otra. Ya lo sé; y siento tanto como tú que esto haya llegado hasta aquí —dando unos golpes en el cadáver con su bastón—. Pero colocados en esta situación, lo mejor que puedo hacer es no reconocerla; y —añadió con gran frialdad— así es: no la reconozco. Tú puedes, si es ese tu deseo. No voy a decirte lo que tienes que hacer, pero creo que un hombre de mundo haría lo mismo que yo; y me atrevería a añadir que eso es lo que K esperaría de nosotros. La cuestión es ¿por qué nos eligió a nosotros como asistentes? Y yo respondo: porque no quería viejas chismosas.

Aquella manera de hablar era la que más efecto podía tener en la mente de un muchacho como Fettes. Accedió a imitar a Macfarlane. El cuerpo de la desgraciada joven pasó a la mesa de disección como era costumbre y nadie hizo el menor comentario ni pareció reconocerla.

Una tarde, después de haber terminado su trabajo de aquel día, Fettes entró en una taberna muy concurrida y encontró allí a Macfarlane sentado en compañía de un extraño. Era un hombre pequeño, muy pálido y de cabellos muy oscuros, y ojos negros como carbones. El corte de su cara parecía prometer una inteligencia y un refinamiento que sus modales se encargaban de desmentir, porque nada más empezar a tratarle, se ponía de manifiesto su vulgaridad, su tosquedad y su estupidez. Aquel hombre ejercía, sin embargo, un extraordinario control sobre Macfarlane; le daba órdenes como si fuera el Gran Bajá; se indignaba ante el menor inconveniente o retraso, y hacía groseros comentarios sobre el servilismo con que era obedecido. Esta persona tan desagradable manifestó una inmediata simpatía hacia Fettes, trató de ganárselo invitándolo a beber y le honró con extraordinarias confidencias sobre su pasado. Si una décima parte de lo que confesó era verdad, se trataba de un bribón de lo más odioso; y la vanidad del muchacho se sintió halagada por el interés de un hombre de tanta experiencia.

—Yo no soy precisamente un ángel —hizo notar el desconocido—, pero Macfarlane me da ciento y raya… Toddy Macfarlane le llamo yo. Toddy, pide otra copa para tu amigo.

O bien:

—Toddy, levántate y cierra la puerta.

—Toddy me odia —dijo después—. Sí, Toddy, ¡claro que me odias!

—No me gusta ese maldito nombre, y usted lo sabe —gruñó Macfarlane.

—¡Escúchalo! ¿Has visto a los muchachos tirar al blanco con sus cuchillos? A él le gustaría hacer eso por todo mi cuerpo —explicó el desconocido

—Nosotros, la gente de medicina, tenemos un sistema mejor —dijo Fettes—. Cuando no nos gusta un amigo muerto, lo llevamos a la mesa de disección.

Macfarlane le miró enojado, como si aquella broma fuera muy poco de su agrado.

Fue pasando la tarde. Gray, porque tal era el nombre del desconocido, invitó a Fettes a cenar con ellos, encargando un festín tan suntuoso que la taberna entera tuvo que movilizarse, y cuando terminó le mandó a Macfarlane que pagara la cuenta. Se separaron ya de madrugada; el tal Gray estaba completamente borracho. Macfarlane, sereno sobre todo a causa de la indignación reflexionaba sobre el dinero que se había visto obligado a malgastar y las humillaciones que había tenido que soportar. Fettes, con diferentes licores cantándole dentro de la cabeza, volvió a su casa con pasos inciertos y la mente totalmente en blanco. Al día siguiente

Macfarlane faltó a clase y Fettes sonrió para sus adentros al imaginárselo todavía acompañando al insoportable Gray de taberna en taberna. Tan pronto como quedó libre de sus obligaciones, se puso a buscar por todas partes a sus compañeros de la noche anterior. Pero no consiguió encontrarlos en ningún sitio; de manera que volvió pronto a su habitación, se acostó en seguida y durmió el sueño de los justos.

A las cuatro de la mañana le despertó la señal acostumbrada. Al bajar a abrir la puerta, grande fue su asombro cuando descubrió a Macfarlane con su calesín y dentro del vehículo uno de aquellos horrendos bultos alargados que tan bien conocía.

—¡Cómo! —exclamó—. ¿Has salido tú solo? ¿Cómo te las has apañado?

Pero Macfarlane le hizo callar bruscamente, pidiéndole que se ocupara del asunto que tenían entre manos. Después de subir el cuerpo y de depositarlo sobre la mesa, Macfarlane hizo primero un gesto como de marcharse. Después se detuvo y pareció dudar.

—Será mejor que le veas la cara —dijo después lentamente, como si le costara cierto trabajo hablar—. Será mejor —repitió, al ver que Fettes se le quedaba mirando lleno de asombro.

—Pero ¿dónde, cómo y cuándo ha llegado a tus manos? —exclamó el otro.

—Mírale la cara —fue la única respuesta.

Fettes titubeó; le asaltaron extrañas dudas. Contempló al joven médico y después el cuerpo; luego volvió otra vez la vista hacia Macfarlane. Finalmente, dando un respingo, hizo lo que se le pedía. Casi estaba esperando el espectáculo con que se tropezaron sus ojos, pero de todas formas el impacto fue violento. Ver, inmovilizado por la rigidez de la muerte y desnudo sobre el basto tejido de arpillera, al hombre del que se había separado dejándolo bien vestido y con el estómago satisfecho en el umbral de una taberna, despertó, hasta en el atolondrado Fettes, algunos de los terrores de la conciencia. El que dos personas que había conocido hubieran terminado sobre las heladas mesas de disección era un *cras tibi* que iba repitiéndose por su alma en ecos sucesivos. Con todo, aquellas eran solo preocupaciones secundarias. Lo que más le importaba era Wolfe. Falto de preparación para enfrentarse con un desafío de tanta importancia, Fettes no sabía cómo mirar a la cara a su compañero. No se atrevía a cruzar la vista con él y le faltaban tanto las palabras como la voz con que pronunciarlas.

Fue Macfarlane mismo quien dio el primer paso. Se acercó tranquilamente por detrás y puso una mano, con suavidad pero con firmeza, sobre el hombro del otro.

—Richardson —dijo— puede quedarse con la cabeza.

Richardson era un estudiante que desde tiempo atrás se venía mostrando muy deseoso de disponer de esa porción del cuerpo humano para sus prácticas de disección. No recibió ninguna respuesta, y el asesino continuó:

—Hablando de negocios, debes pagarme; tus cuentas tienen que cuadrar, como es lógico. Fettes encontró una voz que no era más que una sombra de la suya:

—¡Pagarte! —exclamó—. ¿Pagarte por eso?

—Naturalmente; no tienes más remedio que hacerlo. Desde cualquier punto de vista que lo consideres —insistió el otro—. Yo no me atrevería a darlo gratis; ni tú a aceptarlo sin pagar, nos comprometería a los dos. Este es otro caso como el de Jane Galbraith. Cuantos más cabos sueltos, más razones para actuar como si todo estuviera en perfecto orden. ¿Dónde guarda su dinero el viejo K?

—Allí —contestó Fettes con voz ronca, señalando al armario del rincón.

—Entonces, dame la llave —dijo el otro calmosamente, extendiendo la mano.

Después de un momento de vacilación, la suerte quedó decidida. Macfarlane no pudo suprimir un estremecimiento nervioso, manifestación insignificante de un inmenso alivio, al sentir la llave entre los dedos. Abrió el armario, sacó pluma, tinta y el libro diario que descansaban sobre una de las baldas, y del dinero que había en un cajón tomó la suma adecuada para el caso.

—Ahora, mira —dijo Macfarlane—; ya se ha hecho el pago, primera prueba de tu buena fe, primer escalón a la seguridad. Pero todavía tienes que asegurarlo con un segundo paso. Anota el pago en el diario y estarás ya en condiciones de hacer frente al mismo demonio.

Durante los pocos segundos que siguieron la mente de Fettes fue un torbellino de ideas; pero al contrastar sus terrores, terminó triunfando el más inmediato. Cualquier dificultad le pareció casi insignificante comparada con una confrontación con Macfarlane en aquel momento. Dejó la vela que había sostenido todo aquel tiempo y con mano segura anotó la fecha, la naturaleza y el importe de la transacción.

—Y ahora —dijo Macfarlane—, es de justicia que te quedes con el dinero. Yo he cobrado ya mi parte. Por cierto, cuando un hombre de mundo tiene suerte y se encuentra en el bolsillo con unos cuantos chelines extra, me da vergüenza hablar de ello, pero hay una regla de conducta para esos casos. No hay que dedicarse a invitar, ni a comprar libros caros para las clases, ni a pagar viejas deudas; hay que pedir prestado en lugar de prestar.

—Macfarlane —empezó Fettes, con voz todavía un poco ronca—, me he puesto el nudo alrededor del cuello por complacerte.

—¿Por complacerme? —exclamó Wolfe—. ¡Vamos, vamos! Por lo que a mí se me alcanza no has hecho más que lo que estabas obligado a hacer en defensa propia. Supongamos que yo tuviera dificultades, ¿qué sería de ti? Este segundo accidente sin importancia procede sin duda alguna del primero. El señor Gray es la continuación de la señorita Galbraith. No es posible empezar y pararse luego. Si empiezas, tienes que seguir adelante; esa es la verdad. Los malvados nunca encuentran descanso.

Una horrible sensación de oscuridad y una clara conciencia de la perfidia del destino se apoderaron del alma del infeliz estudiante.

—¡Dios mío! —exclamó—. ¿Qué es lo que he hecho? y ¿cuándo puede decirse que haya empezado todo esto? ¿Qué hay de malo en que a uno lo nombren asistente? Service quería ese puesto; Service podía haberlo conseguido. ¿Se encontraría él en la situación en la que yo me encuentro ahora?

—Mi querido amigo —dijo Macfarlane—, ¡qué ingenuidad la tuya! ¿Es que acaso te ha pasado algo malo? ¿Es que puede pasarte algo malo si tienes la lengua quieta? ¿Es que todavía no te has enterado de lo que es la vida? Hay dos categorías de personas: los leones y los corderos. Si eres un cordero terminarás sobre una de esas mesas como Gray o Jane Galbraith; si eres un león, seguirás vivo y tendrás un caballo como tengo yo, como lo tiene K; como todas las personas con inteligencia o con valor. Al principio se titubea. Pero ¡mira a K! Mi querido amigo, eres inteligente, tienes valor. Yo te aprecio y K también te aprecia. Has nacido para ir a la cabeza, dirigiendo la cacería; y yo te aseguro, por mi honor y mi experiencia de la vida, que dentro de tres días te reirás de estos espantapájaros tanto como un colegial que presencia una farsa.

Y con esto Macfarlane se despidió y abandonó el callejón con su calesín para ir a recogerse antes del alba. Fettes se quedó solo con los remordimientos. Vio los peligros que le amenazaban. Vio, con indecible horror, el pozo sin fondo de su debilidad, y cómo, de concesión en concesión, había descendido de árbitro del destino de Macfarlane a cómplice indefenso y a sueldo. Hubiera dado el mundo entero por haberse mostrado un poco más valiente en el momento oportuno, pero no se le ocurrió que la valentía estuviera aún a su alcance. El secreto de Jane Galbraith y la maldita entrada en el libro diario habían cerrado su boca definitivamente.

Pasaron las horas; los alumnos empezaron a llegar; se fue haciendo entrega de los miembros del infeliz Gray a unos y otros, y los estudiantes los recibieron sin hacer el menor comentario. Richardson manifestó su satisfacción al dársele la cabeza; y, antes de que sonara la hora de la libertad, Fettes temblaba, exultante, al darse cuenta de lo mucho que había avanzado en el camino hacia la seguridad. Durante dos días siguió observando, con creciente alegría, el terrible proceso de enmascaramiento.

Al tercer día Macfarlane reapareció. Había estado enfermo, dijo; pero compensó el tiempo perdido con la energía que desplegó dirigiendo a los estudiantes. Consagró su ayuda y sus consejos a Richardson de manera especial, y el alumno, animado por los elogios del asistente, trabajó muy deprisa, lleno de esperanzas, viéndose dueño ya de la medalla a la aplicación.

Antes de que terminara la semana se había cumplido la profecía de Macfarlane. Fettes había sobrevivido a sus terrores y olvidado su bajeza. Empezó a adornarse con las plumas de su valor y logró reconstruir la historia de tal manera que podía rememorar aquellos sucesos con malsano orgullo. A su cómplice lo veía poco. Se encontraban en las clases, por supuesto; también recibían juntos las órdenes del señor K. A veces intercambiaban una o dos palabras en privado y Macfarlane se mostraba de principio a fin particularmente amable y jovial. Pero estaba claro que evitaba cualquier referencia a su común secreto; e incluso cuando Fettes susurraba que había decidido unir su suerte a la de los leones y rechazar la de los corderos, se limitaba a indicarle con una sonrisa que guardara silencio.

Finalmente se presentó una ocasión para que los dos trabajaran juntos de nuevo. En la clase del señor K volvían a escasear los cadáveres; los alumnos se mostraban impacientes y una de las aspiraciones del maestro era estar siempre bien provisto. Al mismo tiempo llegó la noticia de que iba a efectuarse un entierro en el rústico cementerio de Glencorse. El paso del tiempo ha modificado muy poco el sitio en cuestión. Estaba situado entonces, como ahora, en un cruce de caminos, lejos de toda humana habitación y escondido bajo el follaje de seis cedros. Los balidos de las ovejas en las colinas de los alrededores; los riachuelos a ambos lados: uno cantando con fuerza entre las piedras y el otro goteando furtivamente entre remanso y remanso; el rumor del viento en los viejos castaños florecidos y, una vez a la semana, la voz de la campana y las viejas melodías del chantre, eran los únicos sonidos que turbaban el silencio de la iglesia rural.

El Resurreccionista —por usar un sinónimo de la época—no se sentía coartado por ninguno de los aspectos de la piedad tradicional. Parte integrante de su trabajo era despreciar y profanar los pergaminos y las trompetas de las antiguas tumbas, los caminos trillados por pies devotos y afligidos, y las ofrendas e inscripciones que testimonian el afecto de los que aún siguen vivos. En las zonas rústicas, donde el amor es más tenaz de lo corriente y donde lazos de sangre o camaradería unen a toda la sociedad de una parroquia, el ladrón de cadáveres, en lugar de sentirse repelido por natural respeto agradece la facilidad y ausencia de riesgo con que puede llevar a cabo su tarea. A cuerpos que habían sido entregados a la tierra, en gozosa expectación de un despertar bien diferente, les llegaba esa resurrección apresurada, llena de terrores, a la luz de la linterna, de la pala y el azadón. Forzado el ataúd y rasgada la mortaja, los melancólicos restos, vestidos de arpillera, después de dar tumbos durante horas por caminos apartados, privados incluso de la luz de la luna, eran finalmente expuestos a las mayores indignidades ante una clase de muchachos boquiabiertos.

De manera semejante a como dos buitres pueden caer en picado sobre un cordero agonizante, Fettes y Macfarlane iban a abatirse sobre una tumba en aquel tranquilo lugar de descanso, lleno de verdura. La esposa de un granjero, una mujer que había vivido sesenta años y había sido conocida por su excelente mantequilla y bondadosa conversación, había de ser arrancada de su tumba a medianoche y transportada, desnuda y sin vida, a la lejana ciudad que ella siempre había honrado poniéndose, para visitarla, sus mejores galas dominicales; el lugar que le correspondía junto a su familia habría de quedar vacío hasta el día del Juicio Final; sus miembros inocentes y siempre venerables habrían de ser expuestos a la fría curiosidad del disector.

A última hora de la tarde los viajeros se pusieron en camino, bien envueltos en sus capas y provistos con una botella de formidables dimensiones. Llovía sin descanso: una lluvia densa y fría que se desplomaba sobre el suelo con inusitada violencia. De vez en cuando soplaba una ráfaga de viento, pero la cortina de lluvia acababa con ella. A pesar de la botella, el trayecto hasta Panicuik, donde pasarían la velada, resultó triste y silencioso. Se detuvieron antes en un espeso bosquecillo no lejos del cementerio para esconder sus herramientas; y volvieron a pararse en la posada Fisher's Tryst para brindar delante del fuego e intercalar una jarra de cerveza entre los tragos de whisky. Cuando llegaron al final de su viaje, el calesín fue puesto a cubierto, se dio de comer al caballo y los jóvenes doctores se acomodaron en un reservado para disfrutar de la mejor cena y del mejor vino que la casa podía ofrecerles. Las luces, el fuego, el golpear de la lluvia contra la ventana, el frío y absurdo trabajo que les esperaba, todo contribuía a hacer más placentera la comida. Con cada vaso que bebían su cordialidad aumentaba. Muy pronto Macfarlane entregó a su compañero un montoncito de monedas de oro.

—Un pequeño obsequio —dijo—. Entre amigos estos favores tendrían que hacerse con tanta facilidad como pasa de mano en mano uno de esos fósforos largos para encender la pipa.

Fettes se guardó el dinero y aplaudió con gran vigor el sentir de su colega.

—Eres un verdadero filósofo —exclamó—. Yo no era más que un ignorante hasta que te conocí. Tú y K… ¡Por Belcebú que entre los dos harán de mí un hombre!

—Por supuesto que sí —asintió Macfarlane—. Aunque si he de serte franco, se necesitaba un hombre para respaldarme el otro día. Hay algunos cobardes de cuarenta años, muy corpulentos y pendencieros, que se hubieran puesto enfermos al ver el cadáver; pero tú no…. tú no perdiste la cabeza. Te estuve observando.

—¿Y por qué tenía que haberla perdido? —presumió Fettes—. No era asunto mío. Hablar no me hubiera producido más que molestias, mientras que si callaba podía contar con tu gratitud, ¿no es cierto? —y golpeó el bolsillo con la mano, haciendo sonar las monedas de oro.

Macfarlane sintió una punzada de alarma ante aquellas desagradables palabras. Puede que lamentara la eficacia de sus enseñanzas en el comportamiento de su joven colaborador, pero no tuvo tiempo de intervenir porque el otro continuó en la misma línea jactanciosa.

—Lo importante es no asustarse. Confieso, aquí, entre nosotros, que no quiero que me cuelguen, y eso no es más que sentido práctico; pero la mojigatería, Macfarlane, nací ya despreciándola. El infierno, Dios, el demonio, el bien y el mal, el pecado, el crimen, y toda esa vieja galería de curiosidades… quizá sirvan para asustar a los chiquillos, pero los hombres de mundo como tú y como yo desprecian esas cosas. ¡Brindemos por la memoria de Gray!

Para entonces se estaba haciendo ya algo tarde. Pidieron que les trajeran el calesín delante de la puerta con los dos faroles encendidos y una vez cumplimentada su orden, pagaron la cuenta y emprendieron la marcha. Explicaron que iban camino de Peebles y tomaron aquella dirección hasta perder de vista las últimas casas del pueblo; luego, apagando los faroles, dieron la vuelta y siguieron un atajo que les devolvía a Glencorse. No había otro ruido que el de su carruaje y el incesante y estridente caer de la lluvia. Estaba oscuro como boca de lobo aquí y allí un portillo blanco o una piedra del mismo color en algún muro les guiaba por unos momentos; pero casi siempre tenían que avanzar al paso y casi a tientas mientras atravesaban aquella ruidosa oscuridad en dirección hacia su solemne y aislado punto de destino. En la zona de bosques tupidos que rodea el cementerio la oscuridad se hizo total y no tuvieron más solución que volver a encender uno de los faroles del calesín. De esta manera, bajo los árboles goteantes y rodeados de grandes sombras que se movían continuamente, llegaron al escenario de sus impíos trabajos.

Los dos eran expertos en aquel asunto y muy eficaces con la pala; y cuando apenas llevaban veinte minutos de tarea se vieron recompensados con el sordo retumbar de sus herramientas sobre la tapa del ataúd. Al mismo tiempo, Macfarlane, al hacerse daño en la mano con una piedra, la tiró hacia atrás por encima de su cabeza sin mirar. La tumba, en la que, cavando, habían llegado a hundirse ya casi hasta los hombros, estaba situada muy cerca del borde del camposanto; y para que iluminara mejor sus trabajos habían apoyado el farol del calesín contra un árbol casi en el límite del empinado terraplén que descendía hasta el arroyo. La casualidad dirigió certeramente aquella piedra. Se oyó en el acto un estrépito de vidrios rotos; la oscuridad les envolvió; ruidos alternativamente secos y vibrantes sirvieron para anunciarles la trayectoria del farol terraplén abajo, y las veces que chocaba con árboles encontrados en su camino. Una piedra o dos, desplazadas por el farol en su caída, le siguieron dando tumbos hasta el fondo del vallecillo; y luego el silencio, como la oscuridad, se apoderó de todo; y por mucho que aguzaron el oído no se oía más que la lluvia, que tan pronto llevaba el compás del viento como caía sin altibajos sobre millas y millas de campo abierto.

Como casi estaban terminando ya su aborrecible tarea, juzgaron más prudente acabarla a oscuras. Desenterraron el ataúd y rompieron la tapa; introdujeron el cuerpo en el saco, que estaba completamente mojado, y entre los dos lo transportaron hasta el calesín; uno se montó para sujetar el cadáver y el otro, llevando al caballo por el bocado fue a tientas junto al muro y entre los árboles hasta llegar a un camino más ancho cerca de la posada Fisher's Tryst. Celebraron el débil y difuso resplandor que allí había como si de la luz del sol se tratara; con su ayuda consiguieron poner el caballo a buen paso y empezaron a traquetear alegremente camino de la ciudad.

Los dos se habían mojado hasta los huesos durante sus operaciones y ahora, al saltar el calesín entre los profundos surcos de la senda, el objeto que sujetaban entre los dos caía con todo su peso primero sobre uno y luego sobre el otro. A cada repetición del horrible contacto ambos rechazaban instintivamente el cadáver con más violencia; y aunque los tumbos del vehículo bastaban para explicar aquellos contactos, su repetición terminó por afectar a los dos compañeros. Macfarlane hizo un chiste de mal gusto sobre la mujer del granjero que brotó ya sin fuerza de sus labios y que Fettes dejó pasar en silencio. Pero su extraña carga seguía chocando a un lado y a otro; tan pronto la cabeza se recostaba confianzudamente sobre un hombro como un trozo de empapada arpillera aleteaba gélidamente delante de sus rostros. Fettes empezó a sentir frío en el alma. Al contemplar el bulto tenía la impresión de que hubiera aumentado de tamaño. Por todas partes, cerca del camino y también a lo lejos, los perros de las granjas acompañaban su paso con trágicos aullidos; y el muchacho se fue convenciendo más y más de que algún inconcebible milagro había tenido lugar; que en aquel cuerpo muerto se había producido algún cambio misterioso y que los perros aullaban debido al miedo que les inspiraba su terrible carga.

—Por el amor de Dios —dijo, haciendo un gran esfuerzo para conseguir hablar—, por el amor de Dios, ¡encendamos una luz!

Macfarlane, al parecer, se veía afectado por los acontecimientos de manera muy similar y, aunque no dio respuesta alguna, detuvo al caballo, entregó las riendas a su compañero, se apeó y procedió a encender el farol que les quedaba. No habían llegado para entonces más allá del cruce de caminos que conduce a Auchenclinny. La lluvia seguía cayendo como si fuera a repetirse el diluvio universal, y no era nada fácil encender fuego en aquel mundo de oscuridad y de agua. Cuando por fin la vacilante llama azul fue traspasada a la mecha y empezó a ensancharse y hacerse más luminosa, creando un amplio círculo de imprecisa claridad alrededor del calesín, los dos jóvenes fueron capaces de verse el uno al otro y también el objeto que acarreaban. La lluvia había ido amoldando la arpillera al contorno del cuerpo que cubría, de manera que la cabeza se distinguía perfectamente del tronco, y los hombros se recortaban con toda claridad; algo a la vez espectral y humano les obligaba a mantener los ojos fijos en aquel horrible compañero de viaje.

Durante algún tiempo Macfarlane permaneció inmóvil, sujetando el farol. Un horror inexpresable envolvía el cuerpo de Fettes como una sábana humedecida, crispando al mismo tiempo sus lívidas facciones, un miedo que no tenía sentido, un horror a lo que no podía ser se iba apoderando de su cerebro. Un segundo más y hubiera hablado. Pero su compañero se le adelantó.

—Esto no es una mujer —dijo Macfarlane con voz que no era más que un susurro.

—Era una mujer cuando la subimos al calesín —respondió Fettes.

—Sostén el farol —dijo el otro—. Tengo que verle la cara.

Y mientras Fettes mantenía en alto el farol, su compañero desató el saco y dejó la cabeza al descubierto. La luz iluminó con toda claridad las bien moldeadas facciones y afeitadas mejillas de un rostro demasiado familiar, que ambos jóvenes habían contemplado con frecuencia en sus sueños. Un violento alarido rasgó la noche; ambos a una saltaron del coche; el farol cayó y se rompió, apagándose; y el caballo, aterrado por toda aquella agitación tan fuera de lo corriente, se encabritó y salió disparado hacia Edimburgo a todo galope, llevando consigo, como único ocupante del calesín, el cuerpo de aquel Gray con el que los estudiantes de anatomía hicieran prácticas de disección meses atrás.

EL CLUB DE LOS SUICIDAS

I. Historia del joven de las tartas de crema

Durante su residencia en Londres, el eminente príncipe Florizel de Bohemia se ganó el afecto de todas las clases sociales por la seducción de sus maneras y por una generosidad bien entendida. Era un hombre notable, por lo que se conocía de él, que no era en verdad sino una pequeña parte de lo que verdaderamente hizo. Aunque de temperamento sosegado en circunstancias normales, y habituado a tomarse la vida con tanta filosofía como un campesino, el príncipe de Bohemia no carecía de afición por maneras de vida más aventuradas y excéntricas que aquélla a la que por nacimiento estaba destinado. En ocasiones, cuando estaba de ánimo bajo, cuando no había en los teatros de Londres ninguna comedia divertida o cuando las estaciones del año hacían impracticables los deportes en que vencía a todos sus competidores, mandaba llamar a su confidente y jefe de caballerías, el coronel Geraldine, y le ordenaba prepararse para una excursión nocturna.

El jefe de caballerías era un oficial joven, de talante osado y hasta temerario, que recibía la orden con gusto y se apresuraba a prepararse. Una larga práctica y una variada experiencia en la vida le habían dado singular facilidad para disfrazarse; no sólo adaptaba su rostro y sus modales a los de personas de cualquier rango, carácter o país, sino hasta la voz e incluso sus mismos pensamientos, y de este modo desviaba la atención de la persona del príncipe y, a veces, conseguía la admisión de los dos en ambientes y sociedades extrañas. Las autoridades nunca habían tenido conocimiento de estas secretas aventuras; la inalterable audacia del uno y la rápida inventiva y devoción caballeresca del otro los habían salvado de no pocos trances peligrosos, y su confianza creció con el paso del tiempo.

Una tarde de marzo, una lluvia de aguanieve los obligó a cobijarse en una taberna donde se comían ostras, en las inmediaciones de Leicester Square. El coronel Geraldine iba ataviado y caracterizado como un periodista en circunstancias apuradas, mientras que el príncipe, como era su costumbre, había transformado su aspecto por medio de unos bigotes falsos y unas gruesas cejas postizas. Estos adminículos le conferían un aire rudo y curtido, que era el mejor disfraz para una persona de su distinción. De este modo preparados, el jefe y su satélite sorbían su brandy con soda en absoluta seguridad.

La taberna estaba llena de clientes, tanto hombres como mujeres, y aunque más de uno quiso entablar conversación con nuestros aventureros, ninguno de los que lo intentaron prometía resultar interesante en caso de conocerlo mejor. No había nada más que los normales bajos fondos de Londres y algunos bohemios de costumbre. El príncipe había comenzado a bostezar y empezaba a sentirse aburrido de la excursión, cuando los batientes de la puerta se abrieron con violencia y entró en el bar un hombre joven seguido de dos servidores. Cada uno de los criados transportaba una gran bandeja con tartas de crema debajo de una tapadera, que en seguida apartaron para dejarlas a la vista; entonces el hombre joven dio la vuelta por toda la taberna ofreciendo las tartas a todos los presentes con manifestaciones de exagerada cortesía. Unas veces le aceptaron su oferta entre risas, otras se la rechazaron con firmeza y, algunas, hasta con rudeza. En estos casos el recién llegado se comía siempre él la tarta, entre algún comentario más o menos humorístico. Por último, se aproximó al príncipe Florizel.

—Señor —le dijo, haciendo una profunda reverencia, mientras adelantaba la tarta hacia él sosteniéndola entre el pulgar y el índice—, ¿querría usted hacerle este honor a un completo desconocido? Puedo garantizarle la calidad de esta pastelería, pues me he comido veintisiete de estas tartas desde las cinco de la tarde.

—Tengo la costumbre —replicó el príncipe— de no reparar tanto en la naturaleza del presente, como en la intención de quien me lo ofrece.

—La intención, señor —devolvió el hombre joven con otra reverencia—, es de burla.

—¿Burla? —repuso el príncipe—. ¿Y de quién se propone usted burlarse?

—No estoy aquí para exponer mi filosofía —contestó el joven— sino para repartir estas tartas de crema. Si le aseguro que me incluyo sinceramente en el ridículo de esta situación, espero que considere usted satisfecho su honor y condescienda a aceptar mi ofrecimiento. Si no, me obligará usted a comerme el pastel número veintiocho, y le confieso que empiezo a sentirme harto del ejercicio.

—Me ha convencido usted —aceptó el príncipe— y deseo, con la mejor voluntad del mundo, rescatarlo de su problema, pero con una condición. Si mi amigo y yo comemos sus tartas (que no nos apetecen en absoluto), esperamos que en compensación acepte usted unirse a nosotros para cenar.

El joven pareció reflexionar.

—Todavía me quedan unas docenas en la mano —dijo, al fin— y tendré que visitar a la fuerza varias tabernas más para concluir mi gran empresa, en lo cual tardaré un tiempo. Si tienen ustedes mucho apetito…

El príncipe le interrumpió con un cortés ademán.

—Mi amigo y yo le acompañaremos —repuso— pues tenemos un profundo interés por su extraordinariamente agradable manera de pasar la tarde. Y ahora que ya se han sentado los preliminares de la paz, permítame que firme el tratado por los dos.

Y el príncipe engulló la tarta con la mayor gracia imaginable.

—Está deliciosa —dijo.

—Veo que es usted un experto —replicó el joven.

El coronel Geraldine hizo el honor al pastel del mismo modo, y como todos los presentes en la taberna habían ya aceptado o rechazado la pastelería, el joven encaminó sus pasos hacia otro establecimiento similar. Los dos servidores, que parecían sumamente acostumbrados a su absurdo trabajo, le siguieron inmediatamente, y el príncipe y el coronel, cogidos del brazo y sonriéndose entre sí, se unieron a la retaguardia. En este orden, el grupo visitó dos tabernas más, donde se sucedieron escenas de la misma naturaleza de la descrita: algunos rechazaban y otros aceptaban los favores de aquella vagabunda hospitalidad, y el hombre joven se comía las tartas que le eran rechazadas.

Al salir del tercer bar, el joven hizo el recuento de sus existencias. Sólo quedaban nueve tartas, tres en una bandeja y seis en la otra.

—Caballeros —dijo, dirigiéndose a sus dos nuevos seguidores—, no deseo retrasar su cena. Estoy completamente seguro de que tienen ya hambre y siento que les debo una consideración especial. Y en este gran día para mí, en que estoy cerrando una carrera de locura con mi acción más claramente absurda, deseo comportarme lo más correctamente posible con todos aquellos que me ofrezcan su ayuda. Caballeros, no tendrán que aguardar más. Aunque mi constitución esta quebrantada por excesos anteriores, con riesgo de mi vida liquidaré la condición pendiente.

Con estas palabras, se embutió los siete pasteles restantes en la boca y los engulló uno a uno. Después se volvió a los servidores y les dio un par de soberanos.

—Tengo que agradecerles su extraordinaria paciencia —dijo.

Y les despidió con una inclinación. Durante unos segundos, miró el billetero del que acababa de pagar a sus criados, lo lanzó con una carcajada al medio de la calle y manifestó su disponibilidad para ir a cenar.

Se dirigieron a un pequeño restaurante francés, del Soho, que durante algún tiempo había disfrutado de una notoria fama y ahora había empezado a caer en el olvido. Allí los tres compañeros subieron dos tramos de escaleras y se acomodaron en un comedor privado. Cenaron exquisitamente y bebieron tres o cuatro botellas de champán, mientras hablaban de temas intrascendentes. El joven era alegre y buen conversador, aunque reía mucho más alto de lo que era natural en una persona de buena educación; le temblaban violentamente las manos y su voz tomaba matices repentinos y sorprendentes, que parecían escapar a su voluntad. Ya habían dado cuenta de los postres y habían encendido los tres hombres sus puros, cuando el príncipe se dirigió a él en los siguientes términos:

—Estoy seguro de que me perdonará mi curiosidad. Me agrada mucho lo que he visto de usted, pero me intriga más. Y aunque no deseo en absoluto ser indiscreto, debo decirle que mi amigo y yo somos personas muy preparadas para que se nos confíen secretos. Tenemos muchos secretos nuestros, que continuamente revelamos a oídos indiscretos. Y si, como supongo, su historia es una locura, no precisa usted andarse con rodeos pues se encuentra delante de los dos hombres más insensatos de Inglaterra. Mi nombre es Godall, Theophilus Godall, y mi amigo es el mayor Alfred Hammersmith o, al menos, ése es el nombre con el que ha elegido que se le conozca. Dedicamos nuestras vidas a la búsqueda de aventuras extravagantes, y no hay extravagancia alguna que no sea capaz de despertarnos simpatía.

—Me agrada usted, señor Godall —le contestó el joven—, me inspira usted una natural confianza; y tampoco tengo la más mínima objeción respecto a su amigo el mayor, a quien creo un noble disfrazado. Cuando menos, estoy seguro de que no es militar.

El coronel sonrió a aquel halago a la perfección de su arte y el joven continuó hablando con más animación:

—Existen todas las razones posibles para que yo no les cuente mi historia. Quizá sea ésa exactamente la razón por la que se la voy a contar. Parecen ustedes realmente tan bien preparados para escuchar un cuento descabellado que no tengo valor para decepcionarlos. Me reservaré mi nombre, a pesar de su ejemplo. Mi edad no es esencial para la narración. Desciendo de mis antepasados por generaciones normales y de ellos heredé un muy aceptable alojamiento, que todavía ocupo, y una renta de trescientas libras al año. Creo que también me dejaron un carácter atolondrado, al que he cedido siempre con indulgencia. Recibí una buena educación. Toco el violín, casi lo bastante bien como para ganarme la vida en la orquesta de algún teatrillo de variedades, pero no mucho más. Lo mismo se puede aplicar a la flauta y a la trompa de llaves. Aprendí lo bastante de whist como para perder cien libras al año en ese científico juego. Mi dominio del francés era suficiente para permitirme derrochar el dinero en París casi tan fácilmente como en Londres. Resumiendo, soy alguien auténticamente dotado de cualidades masculinas. He tenido todo tipo de aventuras, incluyendo un duelo sin ningún motivo. Hace sólo dos meses, conocí a una joven exactamente conforme a mis gustos en cuerpo y en alma. Sentí que se me deshacía el corazón. Comprendí que me había llegado mi destino y que iba a enamorarme. Pero cuando fui a calcular lo que me quedaba de mi capital, encontré que ascendía a algo menos de ¡cuatrocientas libras! Yo les pregunto, sinceramente, ¿puede un hombre que se respete a sí mismo enamorarse con cuatrocientas libras? Me respondo: ciertamente, no. Abandoné el contacto con mi hechicera y, acelerando ligeramente el ritmo normal de mis gastos, llegué esta mañana a mis últimas ochenta libras. Las dividí en dos partes iguales: reservé cuarenta para un propósito concreto y dejé las restantes cuarenta para gastarlas antes de la noche. He pasado un día muy entretenido y he hecho muchas bromas además de la de las tartas de crema que me ha procurado el placer de conocerles; porque estaba decidido, como les he contado, a llevar una vida de loco a un final todavía más loco; y, cuando me han visto ustedes lanzar mi cartera a la calle, las últimas cuarenta libras se habían acabado. Ahora me conocen ustedes tan bien como me conozco yo mismo: un loco, pero coherente con su locura, y, como les pido que crean, no un quejica ni un cobarde.

Del tono de toda la exposición del joven se desprendía con certeza que albergaba una despreciativa y amarga opinión sobre sí mismo. Sus oyentes dedujeron que su asunto amoroso estaba más presente en su corazón de lo que él admitía y que tenía el propósito de quitarse la vida. La farsa de las tartas de crema empezaba a adquirir el aire de una tragedia disimulada.

—¿No es extraño —empezó Geraldine, lanzando una mirada al príncipe Florizel— que tres compañeros se hayan encontrado por el más puro accidente en este desierto enorme que es Londres, y que se encuentren prácticamente en la misma situación?

—¡Cómo! —exclamó el joven—. ¿También están ustedes arruinados? ¿Es esta cena una locura como mis tartas de crema? ¿Ha congregado el demonio a tres de los suyos para un último festejo?

—El demonio, depende en qué ocasiones, puede comportarse en verdad como un caballero —repuso el príncipe Florizel—. Me siento tan impresionado por esta coincidencia, que, puesto que no nos encontramos exactamente en el mismo caso, voy a acabar con esta diferencia. Que sea mi ejemplo su heroico comportamiento con las últimas tartas de crema.

Y, diciendo esto, el príncipe sacó su billetero y extrajo de él un pequeño manojo de billetes.

—Vea, me encontraba hace una semana aproximadamente detrás de usted, pero deseo alcanzarle para llegar codo con codo a la meta. Esto

—prosiguió, depositando uno de los billetes sobre la mesa— alcanzará para la cuenta. Y el resto…

Lanzó los billetes a la chimenea, y desaparecieron en el fuego en una llamarada.

El joven intentó detener su brazo, pero los separaba la mesa y su gesto llegó demasiado tarde.

—¡Desgraciado! —gritó—. ¡No debía haberlo quemado todo! ¡Debía haber guardado cuarenta libras!

—¡Cuarenta libras! —repitió el príncipe—. ¿Por qué cuarenta libras, en nombre del cielo?

—¿Por qué no ochenta? —inquirió el coronel—. Estoy seguro de que debía haber cien libras en esos billetes.

—Sólo necesitaba cuarenta libras —contestó el joven con bastante tristeza—. Sin ellas no hay admisión posible. La regla es estricta. Cuarenta libras cada uno. ¡Desgraciada vida, en la que no se puede ni morir sin dinero!

El príncipe y el coronel intercambiaron una mirada.

—Explíquese —dijo el último—. Tengo todavía una cartera bien provista y no necesito decir cuán dispuesto estoy a compartir mi riqueza con Godall. Pero debo conocer para qué fin; es preciso que nos explique usted a qué se refiere.

El joven pareció despertar. Miró con inquietud a uno y otro, y su rostro enrojeció.

—¿No se burlan ustedes de mí? —preguntó—. ¿Verdaderamente se encuentran tan arruinados como yo?

—Por mi parte, sí —respondió el coronel.

—También por la mía —aseveró el príncipe—. Le he dado a usted una prueba. ¿Quién, sino un hombre arruinado, tira sus billetes al fuego? La acción habla por sí misma.

—Un hombre arruinado…, sí —repuso el otro con sospecha—, o también un millonario.

—Basta, señor —dijo el príncipe—. He dicho algo y no estoy acostumbrado a que se ponga mi palabra en duda.

—¿Arruinados? —volvió a decir el joven—. ¿Arruinados como yo? ¿Han llegado, tras una vida de molicie, al punto en que sólo pueden concederse un último deseo? ¿Van ustedes…? —Bajó la voz y continuó—. ¿Van ustedes a darse ese deseo? ¿Quieren evitar las consecuencias de su locura por el único camino, fácil e infalible? ¿Huirán del juicio de la conciencia por la única puerta que queda abierta? ¡Aquí, a su salud! —gritó, levantando la copa y bebiendo—. ¡Y buenas noches, mis queridos amigos arruinados!

El coronel Geraldine le agarró del brazo cuando estaba a punto de levantarse.

—No confía usted en nosotros —dijo— y se equivoca. Yo contesto afirmativamente a todas sus preguntas. Pero no soy tan tímido y puedo hablar llanamente en el inglés de la reina. También nosotros, como usted, estamos hartos de la vida y hemos decidido morir. Más tarde o más temprano, solos o juntos, queremos ir en busca de la muerte y desafiarla donde se encuentre. Puesto que le hemos encontrado a usted, y su caso es más urgente, que sea esta noche —y en seguida— y, si lo desea, los tres juntos. Este trío sin un penique —gritó— ¡debe ir del brazo a los umbrales de Plutón, y darse unos a otros apoyo entre las sombras!

Geraldine había acertado exactamente en el tono y los modales que correspondían a la parte que representaba. El mismo príncipe se inquietó y miró a su confidente con una sombra de duda. En cuanto al joven, el rubor le adoró a las mejillas y sus ojos destellaron con una brillante luz.

—¡Ustedes son los hombres que buscaba! —gritó, con extraordinaria alegría—. ¡Choquemos los cinco! —Tenía la mano fría y húmeda—. ¡No saben bien en qué compañía inician el camino! ¡No saben bien en qué feliz momento para ustedes comieron mis tartas de crema! Soy sólo un soldado, pero formo parte de un ejército. Conozco la puerta secreta de la Muerte. Soy uno de sus familiares y puedo mostrarles la eternidad sin ceremonias y sin escándalos.

Los otros le requirieron que se explicase.

—¿Pueden ustedes reunir ochenta libras entre los dos? —les preguntó él.

Geraldine consultó su billetero con ostentación y respondió afirmativamente.

—¡Afortunados seres! —exclamó el joven—. Cuarenta libras es el precio de la entrada en el Club de los Suicidas.

—¿El Club de los Suicidas? —inquirió el príncipe—. ¿Qué demonios es eso?

—Escuchen —dijo el joven—. Ésta es la época de los servicios y tengo que hablarles de lo más perfecto que hay al respecto. Tenemos intereses en distintos sitios y, por este motivo, se inventaron los trenes. Los trenes nos separan, inevitablemente, de nuestros amigos, y por ello se inventaron los telégrafos para que pudiéramos comunicarnos rápidamente a grandes distancias. Incluso en los hoteles tenemos ahora ascensores para ahorrarnos la subida de unos cientos de escaleras. Ahora bien, sabemos que la vida es sólo un escenario para hacer el loco hasta tanto el papel nos divierta. Había un servicio más que faltaba a la comodidad moderna: una manera decente, fácil, de abandonar el escenario; las escaleras traseras a la libertad; o, como he dicho hace un momento, la puerta secreta de la Muerte. Esto, mis dos rebeldes compañeros, es lo que proporciona el Club de los Suicidas. No supongan que estamos solos, ni que somos excepcionales, en el muy razonable deseo que experimentamos. A un gran número de semejantes nuestros, que se han cansado profundamente del papel que se esperaba que representaran, diariamente y a lo largo de toda su vida se abstienen de la huida final por una o dos consideraciones. Algunos tienen familias, que se avergonzarían, y hasta se sentirían culpadas, si el asunto se hiciera público; a otros les falta valor y retroceden ante las circunstancias de la muerte. Hasta cierto punto, ése es mi caso. No puedo ponerme una pistola en la cabeza y apretar el gatillo. Algo más fuerte que yo mismo impide la acción; y, aunque detesto la vida, no tengo fuerza material suficiente para abrazar la muerte y acabar con todo. Para la gente como yo, y para todos los que desean salir de la espiral sin escándalo póstumo, se ha inaugurado el Club de los Suicidas. No estoy informado de cómo se ha organizado, cuál es su historia, ni qué ramificaciones puede tener en otros países; y de lo que sé sobre sus estatutos, no me hallo en libertad de comunicárselo. Sin embargo, puedo ponerme a su servicio. Si de verdad están cansados de la vida, les presentaré esta noche en una reunión; y si no es esta noche, cuando menos en una semana serán ustedes liberados de su existencia con facilidad. Ahora son —consultó su reloj— las once; a las once y media, a más tardar debemos salir de aquí, de manera que tienen ustedes media hora para considerar mi propuesta. Es algo más serio que una tarta de crema — añadió, con una sonrisa—, y sospecho que más apetitoso.

—Más serio, sin duda —repuso el coronel Geraldine—, y como lo es mucho más, le pido que me permita hablar cinco minutos en privado con mi amigo el señor Godall.

—Nada más justo —respondió el joven—. Si me lo permiten, me retiraré.

—Es usted muy amable —dijo el coronel.

—¿Para qué desea esta confabulación, Geraldine? —inquirió el príncipe no bien quedaron solos—. Le veo a usted muy agitado mientras que yo ya me he decidido tranquilamente. Quiero ver el final de todo esto.

—Su Alteza —dijo el coronel, palideciendo—, permítame pedirle que considere la importancia de su vida; no sólo para sus amigos sino para el interés público. Este loco ha dicho: "Si no es esta noche"; pero suponga que esta noche se abatiese sobre su Altísima persona un desastre irreparable, que, permítame decírselo, sería mi desesperación. Imagine el dolor y el perjuicio de un gran país.

—Quiero ver el final de esto —repitió el príncipe en su tono más firme—, y tenga la amabilidad, coronel Geraldine, de recordar y respetar el honor de su palabra de caballero. Bajo ninguna circunstancia, le recuerdo, ni sin mi especial autorización, debe usted traicionar el incógnito que he elegido adoptar. Éstas fueron mis órdenes, que ahora le reitero. Y ahora —acabó—, le ruego que pida la cuenta.

El coronel Geraldine se inclinó en un gesto de acatamiento, pero su rostro estaba muy pálido cuando llamó al joven de las tartas de crema y dio las instrucciones al camarero del restaurante. El príncipe mantenía su apariencia imperturbable y describió al joven suicida una comedia que había visto en el Palais Royal con buen humor y con entusiasmo. Evitó con diplomacia las miradas suplicantes del coronel y eligió otro puro con más cuidado del habitual. Verdaderamente, era el único de los tres que guardaba la serenidad.

Pagaron la cuenta del restaurante, el príncipe dejó todo el cambio al sorprendido camarero y partieron tras tomar un coche de alquiler. No estaban lejos y no tardaron en apearse en la entrada de una callejuela oscura.

Geraldine pagó al cochero y el joven se volvió al príncipe Florizel y le dijo:

—Todavía está usted a tiempo de escapar y retornar a la esclavitud, señor Godall. Y lo mismo usted, mayor Hammersmith. Mediten antes de seguir avanzando, y si su corazón se niega, están en el momento de decidir.

—Muéstrenos el camino, señor —pidió el príncipe—. No soy hombre que incumpla sus palabras.

—Su serenidad me tranquiliza —contestó el guía—. No he visto nunca a nadie tan seguro en este trance, y no es usted la primera persona que acompaño aquí. Más de un amigo mío se me ha adelantado al lugar adonde no voy a tardar en seguirlos. Pero esto no es de su interés. Aguárdenme aquí sólo unos momentos. Volveré en cuanto haya arreglado las cosas para su presentación.

Y, con estas palabras, el joven saludó con la mano a sus compañeros, se dio la vuelta, abrió una puerta y desapareció tras ella.

—De todas nuestras locuras —dijo el coronel Geraldine en voz baja—, ésta es la más salvaje y la más peligrosa.

—Estoy completamente de acuerdo —asintió el príncipe.

—Todavía tenemos un momento para nosotros —prosiguió el coronel—. Déjeme insistir a su Alteza en que aprovechemos esta oportunidad y nos retiremos. Las consecuencias de este paso son tan oscuras y puede, también, que tan graves, que me siento justificado para traspasar un poco la habitual confianza que su Alteza condesciende a permitirme en privado.

—¿Debo entender que el coronel Geraldine está atemorizado? —inquirió su Alteza, quitándose el puro de la boca y mirando penetrantemente el rostro de su amigo.

—Ciertamente, mi temor no es personal —aseguró el coronel, con orgullo—. Es el de que su Alteza esté seguro.

—Lo había supuesto así —repuso el príncipe, con su imperturbable buen humor—, pero no deseo recordarle la diferencia de nuestras posiciones. Basta... basta —añadió, viendo que Geraldine iba a disculparse—. Está usted excusado.

Y continuó fumando plácidamente, apoyado contra una verja, hasta que volvió el joven.

—Bien —preguntó—, ¿se ha solucionado ya nuestro recibimiento?

—Síganme —fue la respuesta—. El presidente los recibirá en su despacho. Y déjenme advertirles que deben ser francos en sus respuestas. Yo los he avalado, pero el club exige efectuar una investigación completa antes de proceder a una admisión, pues la indiscreción de uno solo de los miembros significaría la disolución de la sociedad para siempre.

El príncipe y Geraldine se inclinaron para hablar entre ellos un momento.

"Respáldeme en esto", dijo uno. "Respáldeme usted en esto", pidió el otro. Y como ambos representaban con audacia el papel de gentes que conocían, se pusieron de acuerdo en seguida y pronto estuvieron dispuestos a seguir a su guía hasta el despacho del presidente.

No había grandes obstáculos que traspasar. La puerta de la calle estaba abierta y la del despacho, entreabierta. Entraron en un salón pequeño, pero muy alto, y el joven volvió a dejarlos solos.

—Estará aquí inmediatamente —dijo, con un movimiento de cabeza, mientras se marchaba. Por unas puertas plegables que había en un extremo del salón, les llegaron claramente unas voces desde el despacho. De vez en cuando, el ruido del descorchar de una botella de champán, seguido de un estallido de grandes risas, se introducía entre los murmullos de la conversación. Una pequeña y única ventana se asomaba sobre el río y los muelles y, por la disposición de las luces que veían, juzgaron que no se encontraban lejos de la estación de Charing Cross. Había pocos muebles y estaban forrados con telas muy desgastadas, y no había nada que pudiera moverse, a excepción de una campanilla de plata que estaba en el centro de una mesa redonda y de muchos abrigos y sombreros que colgaban de unos ganchos dispuestos en las paredes.

—¿Qué clase de guarida es ésta? —preguntó el coronel Geraldine.

—Eso es lo que hemos venido a averiguar —repuso el príncipe—. Si esconden demonios de verdad, la cosa puede hacerse muy divertida.

Justo en ese momento, la puerta plegable se entreabrió, sólo lo imprescindible para dar paso a una persona, y, entre el rumor más audible de las conversaciones, entró en el despacho el temible presidente del Club de los Suicidas. El presidente era un hombre de unos cincuenta años pasados; alto y expansivo en sus andares, con unas grandes patillas y una calva en la coronilla, y con unos ojos grises y velados, que, sin embargo, destellaban de tanto en tanto. Fumaba un gran puro, mientras movía continuamente la boca arriba y abajo y de un lado a otro, y observó a los recién llegados con mirada fría y sagaz. Llevaba un traje claro de tweed, una camisa a rayas con el cuello abierto, y, debajo del brazo, un libro de actas.

—Buenas noches —saludó, después de cerrar la puerta a sus espaldas—. Me han dicho que desean ustedes hablar conmigo.

—Estamos interesados, señor, en ingresar en el Club de los Suicidas —dijo el coronel Geraldine.

El presidente dio unas vueltas al puro que llevaba en la boca.

—¿Qué es eso? —preguntó, bruscamente.

—Discúlpeme —repuso el coronel—. Pero creo que usted es la persona más cualificada para darnos información sobre esto.

—¿Yo? —exclamó el presidente—. ¿Un Club de Suicidas? Vamos, vamos, eso es una broma del día de los Inocentes. Puedo disculpar que un caballero se achispe un poco pasándose con el licor, pero acabe ya con esto.

—Llame a su Club como usted quiera —insistió el coronel—. Tras esa puerta hay algunos compañeros con usted, y deseamos unirnos a ellos.

—Señor —replicó el presidente secamente—, está usted en un error. Esto es una casa particular y debe usted abandonarla inmediatamente.

El príncipe había permanecido en silencio en su asiento durante esta breve conversación, pero cuando el coronel volvió la vista hacia él, como diciéndole:

"Ahí tiene su respuesta, vámonos, ¡por el amor de Dios!", se quitó de la boca el habano que fumaba y empezó a hablar.

—Hemos venido aquí —dijo— invitados por uno de sus amigos, que, sin duda, le ha informado de las intenciones con que me presento en su reunión. Permítame recordarle que una persona en mis circunstancias tiene poco ya por lo que contenerse y es muy probable que no tolere en absoluto la mala educación. Habitualmente soy un hombre tranquilo, pero, señor mío, creo que va usted a complacerme en el asunto del que sabe que hablamos o se arrepentirá amargamente de habernos admitido en su antecámara.

El presidente se echó a reír con ganas.

—Ésa es la manera de hablar. Es usted un hombre de verdad. Ha sabido agradarme y podrá hacer conmigo lo que quiera. ¿Le importaría —prosiguió, dirigiéndose a Geraldine—, le importaría aguardar fuera unos minutos? Trataré el asunto primero con su compañero y algunas formalidades del club han de determinarse en privado.

Mientras hablaba, abrió la puerta de un pequeño cuarto contiguo en el que introdujo al coronel.

—Usted me inspira confianza —se dirigió a Florizel, no bien quedaron solos—, pero ¿está usted seguro de su amigo?

—No tanto como de mí mismo, aunque tiene razones de más peso que yo —respondió Florizel—, pero sí lo bastante seguro como para traerlo aquí sin preocupación. Le han ocurrido cosas suficientes para apartar de la vida al hombre más tenaz. El otro día le dieron de baja por hacer trampas en el juego.

—Una buena razón, sí, diría yo —asintió el presidente—. Cuando menos, uno de nuestros socios se halla en el mismo caso y respondo de él. ¿Me permite preguntarle si también usted ha servido en el ejército?

—Lo hice —fue la respuesta—, pero era demasiado vago y lo dejé pronto.

—¿Qué motivos tiene para haberse cansado de la vida? —prosiguió el presidente.

—La misma, en lo que puedo distinguir —contestó el príncipe—: Una holgazanería irredimible.

El presidente dio un respingo.

—¡Caramba! Debe usted tener un motivo mejor.

—Estoy arruinado —añadió Florizel—. Lo cual, sin duda, es también una vejación, que contribuye a llevar mi holgazanería a su punto máximo.

El presidente dio vueltas al puro en la boca durante unos instantes, clavando sus ojos en los de aquel extraño neófito, pero el príncipe soportó su examen con absoluta imperturbabilidad.

—Si no tuviera la gran experiencia que tengo —dijo por último el presidente—, no le aceptaría. Pero conozco el mundo; y he aprendido que las razones más frívolas para un suicidio acostumbran a ser las firmes. Y cuando alguien me resulta simpático, como usted, señor, prefiero saltarme los reglamentos que rechazarla.

Uno tras otro, el príncipe y el coronel fueron sometidos a un largo y particular interrogatorio: el príncipe, en privado, pero Geraldine en presencia del príncipe, de modo que el presidente pudiera observar el semblante de uno mientras interrogaba en profundidad al otro. El resultado fue satisfactorio, y el presidente, tras haber anotado en el registro algunos detalles particulares de cada caso, les presentó un formulario de juramento que debían aceptar. No podía concebirse nada más pasivo que la obediencia que se aseguraba ni términos más estrictos a los que se obligaba el juramentado. El hombre que traicionase una promesa tan terrible difícilmente encontraría el amparo del honor o los consuelos de la religión. Florizel firmó el documento, no sin un estremecimiento, y el coronel siguió su ejemplo con expresión muy deprimida. Entonces el presidente les cobró la cuota de ingreso y sin más dilación los introdujo en el salón de fumar del Club de los Suicidas.

El salón de fumar del Club de los Suicidas tenía la misma altura que el despacho con el que se comunicaba, pero era mucho más grande, y tenía las paredes cubiertas de arriba abajo por unos paneles que imitaban el roble. Un gran fuego que ardía en la chimenea y varias lámparas de gas iluminaban la reunión. El príncipe y su acompañante contaron dieciocho personas. La mayoría fumaban y bebían champán, y reinaba una enfebrecida hilaridad que de tanto en tanto interrumpían unas súbitas y fúnebres pausas.

—¿Es una reunión muy concurrida? —inquirió el príncipe.

—A medias —respondió el presidente—, por cierto, si tenéis algo de dinero, es costumbre invitar a champán. Contribuye a mantener alto el ánimo, y, además, es uno de los pocos beneficios de la casa.

—Hammersmith —indicó Florizel—, le encargo el champán a usted.

Se dio la vuelta y empezó a introducirse entre los presentes. Acostumbrado a hacer de anfitrión en los círculos más selectos, pronto sedujo y dominó a todos a quienes conocía; había algo a la vez cordial y autoritario en sus modales y su extraordinaria serenidad y sangre fría le conferían otro rasgo de distinción en aquel grupo semienloquecido. Mientras se dirigía de unos a otros, observaba y escuchaba con atención y pronto se hizo una idea general de la clase de gente entre la que se encontraba. Como en todas las reuniones, predominaba una clase de gente: eran hombres muy jóvenes, con aspecto de gran sensibilidad e inteligencia, pero con mínimas muestras de la fortaleza y las cualidades que conducen al éxito. Pocos eran mayores de treinta años y bastantes acababan de cumplir los veinte. Estaban de pie, apoyados en las mesas, y movían nerviosamente los pies; a veces fumaban con gran ansiedad y a veces dejaban consumirse los cigarros; algunos hablaban bien, pero otros conversaban sin sentido ni propósito, sólo por pura tensión nerviosa. Cuando se abría una nueva botella de champán, aumentaba otra vez la animación. Sólo dos hombres permanecían sentados. Uno, en una silla situada junto a la ventana, con la cabeza baja y las manos hundidas en los bolsillos del pantalón; pálido, visiblemente empapado en sudor, y en completo silencio, era la viva representación de la ruina más profunda de cuerpo y alma. El otro estaba sentado en un diván, cerca de la chimenea, y llamaba la atención por una marcada diferencia respecto a todos los demás. Probablemente se acercaría a los cuarenta años, pero parecía al menos diez años mayor. Florizel pensó que jamás había visto a un hombre de físico más horrendo ni más desfigurado por los estragos de la enfermedad y los vicios. No era más que piel y huesos, estaba parcialmente paralizado, y llevaba unos lentes tan gruesos que los ojos se veían tras ellos increíblemente enormes y deformados. Exceptuando al príncipe y al presidente, era la única persona de la reunión que conservaba la compostura de la vida normal.

Los miembros del club no parecían caracterizarse por la decencia. Algunos presumían de acciones deshonrosas, cuyas consecuencias les habían inducido a buscar refugio en la muerte, mientras el resto atendía sin ninguna desaprobación. Había un entendimiento tácito de rechazo de los juicios morales; y todo el que traspasaba las puertas del club disfrutaba ya de algunos de los privilegios de la tumba. Brindaban entre sí a la memoria de los otros y de los famosos suicidas del pasado. Explicaban y comparaban sus diferentes visiones de la muerte; algunos declaraban que no era más que oscuridad y cesación; otros albergaban la esperanza de que esa misma noche estarían escalando las estrellas y conversando con los muertos más ilustres.

—¡A la eterna memoria del barón Trenck, ejemplo de suicidas! —gritó uno—. Pasó de una celda pequeña a otra más pequeña, para poder alcanzar al fin la libertad.

—Por mi parte —dijo un segundo—, sólo deseo una venda para los ojos y algodón para los oídos. Sólo que no hay algodón lo bastante grueso en este mundo.

Un tercero quería averiguar los misterios de la vida futura y un cuarto aseguraba que nunca se hubiera unido al club si no le hubieran inducido a creer en Darwin.

—No puedo tolerar la idea de descender de un mono —afirmaba aquel curioso suicida.

El príncipe se sintió decepcionado por el comportamiento y las conversaciones de los miembros del club. "No me parece un asunto para tanto alboroto —pensó—. Si un hombre ha decidido matarse, déjenle hacerlo como un caballero, ¡por Dios! Tanta charlatanería y tanta alharaca están fuera de lugar".

Entre tanto, el coronel Geraldine era presa de los más oscuros temores; el club y sus reglas eran todavía un misterio, y miró por la habitación buscando a alguien que pudiera tranquilizarle. En este recorrido, sus ojos se posaron en el paralítico de los lentes gruesos y, al verlo tan sereno, buscó al presidente, que entraba y salía de la habitación cumpliendo sus tareas, para pedirle que le presentara al caballero sentado en el diván.

El presidente le explicó que tal formalidad era innecesaria entre los miembros del club, pero le presentó al señor Malthus.

El señor Malthus miró al coronel con curiosidad y le ofreció tomar asiento a su derecha.

—¿Es usted un miembro nuevo —dijo— y desea información? Ha venido a la fuente adecuada. Hace dos años que frecuento este club encantador.

El coronel recuperó la respiración. Si el señor Malthus frecuentaba el lugar desde hacía dos años, debía haber poco peligro para el príncipe en una sola noche. Pero Geraldine continuaba asombrado y empezó a pensar que todo aquello era un misterio.

—¿Cómo? —exclamó—. ¡Dos años! Yo creía… bueno, veo que me han gastado una broma.

—En absoluto —repuso con suavidad el señor Malthus—. Mi caso es peculiar. No soy un suicida, hablando con propiedad, sino algo así como un socio honorario. Raramente vengo al club más de un par de veces cada dos meses. Mi enfermedad y la amabilidad del presidente me han procurado estos pequeños privilegios por los que, además, pago una cantidad suplementaria. He tenido una suerte extraordinaria.

—Me temo —dijo el coronel—, que debo pedirle que sea más explícito.

Recuerde que todavía no conozco muy bien las reglas del club.

—Un socio normal, que acude aquí en busca de la muerte como usted —explicó el paralítico—, viene cada noche hasta que la suerte le favorece. Incluso, si están arruinados, pueden solicitar alojamiento y comida al presidente: algo muy agradable y limpio, según creo, aunque, por supuesto, nada de lujos; sería difícil si consideramos lo exiguo (si puedo expresarme así) de la suscripción. Y además la compañía del presidente ya es en sí misma un regalo.

—¿De veras? —exclamó Geraldine—. Yo no he tenido esa impresión.

—¡Oh! No conoce usted al hombre —dijo el señor Malthus—, es el tipo más divertido. ¡Qué anécdotas! ¡Qué cinismo! Es admirable lo que sabe de la vida y, entre nosotros, es probablemente el pícaro más grande de la Cristiandad.

—¿Y también es permanente, como usted, si puedo preguntarlo sin ofenderle? —inquirió el coronel.

—Sí, es permanente es un sentido bastante diferente al mío —respondió el señor Malthus—. Yo he sido graciosamente apartado de momento, pero al final tendré que partir. Él no juega nunca. Baraja parte y reparte para el club, y se ocupa de solucionarlo todo. Este hombre, mi querido señor Hammersmith, es el verdadero espíritu del ingenio. Lleva tres años desarrollando en Londres su vocación, tan beneficiosa y, me atrevería a decir, incluso artística, y no se ha levantado el menor murmullo de sospecha. Personalmente, opino que es un hombre con inspiración. Sin duda recordará usted el célebre caso, ocurrido hace seis meses, del caballero que se envenenó accidentalmente en una farmacia, ¿verdad? Pues fue una de sus ideas menos ricas y menos osadas; ¡cuán sencillo y cuán seguro!

—Me deja usted atónito —dijo el coronel—. ¡Que ese desgraciado caballero fuera una de las... —estuvo a punto de decir "víctimas", pero se contuvo a tiempo—... los socios del club!

En el mismo pensamiento le vino a la mente, como un relámpago, que el señor Malthus no había hablado en absoluto con el tono del que está enamorado de la muerte, y añadió, apresuradamente:

—Pero sigo en la más completa oscuridad. Habla usted de barajar y repartir cartas, ¿con qué finalidad? Y usted me parece tan poco deseoso de morir como todo el mundo, por lo que le confieso que no imagino qué es lo que le trae a usted aquí.

—En verdad no comprende usted nada —replicó el señor Malthus, más animadamente—. Mi querido señor, este club es el templo de la embriaguez. Si mi delicada salud pudiera soportar esta excitación más a menudo, puede estar seguro de que vendría con más frecuencia. Debo recurrir al sentido del deber que me ha desarrollado la costumbre de la enfermedad y el régimen más estricto para evitar los excesos, y puedo decir que el club es mi último vicio. Los he probado todos, señor —continuó, poniendo la mano sobre el hombro de Geraldine—, todos sin excepción, y le aseguro, bajo mi palabra de honor, que no hay ni uno que no se haya sobreestimado grotesca y falsamente. La gente juega al amor. Pues bien, yo niego que el amor sea una profunda pasión. El miedo es la pasión profunda; es con el miedo con lo que debe usted jugar si desea saborear las alegrías más intensas de la vida. Envídieme, envídieme, señor —acabó con una risita—, ¡soy un cobarde!

Geraldine apenas pudo reprimir un movimiento de repulsión ante aquel deplorable individuo, pero se contuvo con un esfuerzo y prosiguió con sus preguntas:

—¿Y cómo, señor —inquirió—, se prolonga tanto tiempo esa excitación? ¿Dónde está el elemento de incertidumbre?

—Voy a contarle cómo se elige a la víctima de cada noche —repuso el señor Malthus—, y no sólo a la víctima, sino a otro miembro del club, que será el instrumento en manos del club y el sumo sacerdote de la muerte en esa ocasión.

—¡Santo Dios! —exclamó el coronel—. Entonces, ¿se matan unos a otros?

—Los problemas del suicidio se solucionan de este modo —asintió Malthus, con un movimiento de cabeza.

—¡Dios Misericordioso! —Casi oró el coronel—. ¿Y puede usted… puedo yo… puede… mi amigo… cualquiera de nosotros ser elegido esta noche como asesino del cuerpo y el alma inmortal de otro hombre? ¿Son posibles tales cosas en hombres nacidos de mujer? ¡Oh! ¡Infamia de infamias!

Estaba a punto de levantarse en su horror, cuando vio los ojos del príncipe. Le miraba fijamente desde el otro extremo de la habitación frunciendo el ceño y con aire de enfado. Geraldine recuperó su compostura en un momento.

—Después de todo —añadió—, ¿por qué no? Y puesto que usted dice que el juego es interesante, vogue la galére, ¡sigo al club!

El señor Malthus había disfrutado con el asombro y la indignación del coronel. Tenía la vanidad de los perversos y le gustaba ver cómo otro hombre se dejaba llevar por un impulso generoso mientras él, en su absoluta corrupción, se sentía por encima de tales emociones.

—Ahora —dijo—, tras su primer momento de sorpresa, está usted en situación de apreciar las delicias de nuestra sociedad. Ya ve cómo se combinan la excitación de la mesa de juego, el duelo y el anfiteatro romano. Los paganos lo hacían bastante bien; admiro sinceramente el refinamiento de su mente; pero se ha reservado a un país cristiano el alcanzar este extremo, esta quintaesencia, este absoluto de la intensidad. Ahora comprenderá qué insípidas resultan todas las diversiones para un hombre que se ha acostumbrado al sabor de ésta. El juego que practicamos —prosiguió— es de una extrema sencillez. Una baraja completa… Pero veo que va a usted a observar la cosa en directo. ¿Me prestaría usted su brazo? Por desgracia, estoy paralizado.

En efecto, justo cuando el señor Malthus iniciaba su descripción, se abrió otra puerta plegable y todos los miembros del club pasaron a la habitación contigua, no sin alguna precipitación. Era igual, en todos los aspectos, a la que acababan de dejar, aunque decorada de modo diferente. Ocupaba el centro una larga mesa verde, a la cual se hallaba sentado el presidente barajando un mazo de cartas con gran parsimonia. Aún con el bastón y del brazo del coronel, el señor Malthus caminaba con tanta dificultad que todo el mundo estaba ya sentado antes de que los dos hombres, y el príncipe, que los había esperado, entraran en la habitación. En consecuencia, los tres se sentaron juntos en el extremo último de la mesa.

—Es una baraja de cincuenta y dos cartas —susurró el señor Malthus—. Vigile el as de espadas, que es la carta de la muerte, y el as de bastos, que designa al oficial de la noche. ¡Ah, felices, felices jóvenes! —añadió—, tienen ustedes buena vista y pueden seguir el juego. ¡Ay! Yo no distingo un as de una dama al otro lado de la mesa.

Y procedió a equiparse con un segundo par de gafas.

—Al menos, he de ver las caras —explicó.

El coronel informó rápidamente a su amigo de todo lo que había aprendido de aquel miembro honorario y de la terrible alternativa que se les presentaba. El príncipe notó un escalofrío mortal y una punzada en el corazón. Tragó saliva con dificultad y miró en derredor como perplejo.

—Una jugada arriesgada —murmuró el coronel— y aún estamos a tiempo de escapar.

Pero la sugerencia hizo al príncipe recuperar el ánimo.

—Silencio —dijo—. Muéstreme que sabe usted jugar como un caballero cualquier apuesta, por seria y alta que sea.

Y miró a su alrededor, de nuevo con aspecto de absoluta naturalidad, a pesar de que el corazón le latía con fuerza y un calor desagradable le inundaba el pecho. Todos los socios permanecían en silencio y atentos; alguno había palidecido, pero ninguno estaba tan pálido como el señor Malthus. Los ojos le salían de las órbitas, movía la cabeza arriba y abajo sin darse cuenta y se llevaba las manos, alternativamente, a la boca, para cubrirse los labios, temblorosos y cenicientos. Estaba claro que el miembro honorífico gozaba de su condición de miembro de manera muy sorprendente.

—Atención, caballeros —solicitó el presidente.

Y empezó a repartir las cartas lentamente por la mesa en dirección inversa, deteniéndose hasta que cada hombre había mostrado su carta. Casi todos vacilaban; y a veces los dedos de algún jugador tropezaban varias veces en la mesa antes de poder volver el terrible pedazo de cartulina. Cuando se acercaba el turno del príncipe, éste experimentó una creciente y sofocante excitación, pero había en él algo de la naturaleza del jugador y reconoció, casi con asombro, cierto placer en aquellas sensaciones. Le cayó el nueve de bastos; a Geraldine le enviaron el tres de espadas y la reina de corazones al señor Malthus, que no fue capaz de reprimir un sollozo de alivio. Casi a continuación, el joven de las tartas de crema dio la vuelta al as de bastos. Quedó helado de horror, con la carta todavía entre los dedos. No había acudido allí a matar sino a ser matado, y el príncipe, en la generosa simpatía que sentía por el joven, estuvo a punto de olvidar el peligro que todavía se cernía sobre él y su compañero.

El reparto empezaba a dar la vuelta otra vez y la carta de la Muerte todavía no había salido. Los jugadores contenían el aliento y respiraban en suaves jadeos. El príncipe recibió otro basto; Geraldine, una de oros; pero cuando el señor Malthus volvió la suya, un ruido horrible, como el de algo rompiéndose, le salió de la boca; y se puso en pie y volvió a sentarse sin la menor señal de su parálisis. Era el as de espadas. El miembro honorario había jugado demasiado a menudo con su terror.

La conversación se reanudó casi al momento. Los jugadores abandonaron sus posturas rígidas, se relajaron y empezaron a levantarse de la mesa y a volver, en grupos de dos o tres, al salón de fumar. El presidente estiró los brazos y bostezó, como el hombre que ha acabado su trabajo del día. Pero el señor Malthus continuaba sentado en su sitio, con la cabeza entre las manos, sobre la mesa, ebrio e inmóvil… una cosa hecha pedazos.

El príncipe y Geraldine escaparon sin perder un instante. En el frío aire de la noche, su horror por lo que habían presenciado se duplicó.

—¡Ay! —exclamó el príncipe—. ¡Estar ligado por juramento a un asunto así! ¡Permitir que prosiga, impunemente y con beneficios, este comercio al por mayor de asesinatos! ¡Si me atreviera a romper mi juramento!

—Eso es imposible para su Alteza —observó el coronel—, cuyo honor es el honor de Bohemia. Pero yo sí me atrevo, y puede que con decencia, a quebrantar el mío.

—Geraldine —dijo el príncipe—, si su honor sufriera en cualquiera de las aventuras en que usted me sigue no sólo no le perdonaría nunca, sino que (y creo que le afectaría mucho más) no me lo perdonaría a mí mismo.

—Recibo las órdenes de su Alteza —repuso el coronel—. ¿Nos vamos de este maldito lugar?

—Sí —dijo el príncipe—. Llame un simón, por el amor del cielo, y trataré de olvidar en el sueño el recuerdo de esta noche desgraciada.

Pero fue evidente que el príncipe leyó atentamente el nombre de la calle antes de alejarse.

A la mañana siguiente, tan pronto como el príncipe se despertó, el coronel Geraldine le trajo el periódico, con la siguiente nota señalada:

TRÁGICO ACCIDENTE

Esta pasada madrugada, hacia las dos, el señor Bartholomew Malthus, residente en 16, Chepstow Place, Westbourne Grove, al regreso a su casa de una fiesta en casa de unos amigos, cayó del parapeto superior de Trafalgar Square, fracturándose el cráneo, así como una pierna y un brazo. La muerte fue instantánea. El señor Malthus, a quien acompañaba un amigo, estaba en el momento del infortunado suceso buscando un coche de alquiler. El señor Malthus era paralítico y se cree que la caída pudo deberse a un síncope. El infortunado caballero era bien conocido en los más respetables círculos, y su pérdida será profundamente llorada.

—Si alguna vez un alma ha ido directamente al infierno —dijo con solemnidad Geraldine— ha sido la del paralítico.

El príncipe enterró el rostro entre las manos y guardó silencio.

—Casi estoy contento de que haya muerto —siguió hablando el coronel—. Pero confieso que me duele el corazón por nuestro joven amigo de las tartas de crema.

—Geraldine —dijo el príncipe, alzando el rostro—, ese infeliz muchacho era anoche tan inocente como usted y como yo; y esta mañana tiene el alma teñida de sangre. Cuando pienso en el presidente, mi corazón enferma dentro de mí. No sé cómo lo haré, pero tendré a ese canalla en mis manos como hay Dios en el cielo. ¡Qué experiencia y qué lección fue ese juego de cartas!

—No debe repetirse nunca —dijo el coronel.

El príncipe permaneció tanto rato sin responder que Geraldine empezó a alarmarse.

—No intente usted volver allá —dijo—. Ya ha sufrido y visto demasiados horrores. Los deberes de su alta posición le prohíben arriesgarse al azar.

—Es muy cierto lo que dice —aseguró el príncipe Florizel— y a mí mismo no me agrada mi decisión. ¡Ay! ¿Qué hay bajo las ropas de los poderosos, más que un hombre? Nunca sentí mi debilidad más agudamente que ahora, Geraldine, pero es algo más fuerte que yo. ¿Puedo acaso desentenderme de la suerte del infeliz joven que cenó con nosotros hace unas horas? ¿Puedo dejar al presidente seguir su nefasta carrera sin impedimento? ¿Puedo iniciar una aventura tan fascinante y no continuarla hasta el final? No, Geraldine, demanda usted del príncipe más que lo puede dar un hombre. Iremos esta noche a sentarnos de nuevo a la mesa del Club de los Suicidas.

El coronel Geraldine se puso de rodillas.

—¿Quiere su Alteza tomar mi vida? —exclamó—. Tómela, pues es suya, pero no me pida que le apoye en una empresa con riesgo tan horrible.

—Coronel Geraldine —respondió el príncipe con altivez—, su vida le pertenece sólo a usted. Lo único que pido es obediencia, y si se me ofrece a desgana, ya no la pediré. Añado sólo una palabra: su importunidad en esta cuestión ya ha sido suficiente.

El caballerizo mayor se incorporó al momento.

—Su Alteza —dijo—, ¿puedo quedar excusado de mi servicio esta tarde? No me atrevo, como hombre honorable que soy, a aventurarme por segunda vez en esa casa fatídica hasta que haya puesto orden en mis propios asuntos. Su Alteza no volverá a encontrar, yo se lo prometo, más oposición en el más devoto de sus servidores.

—Mi querido Geraldine —dijo el príncipe Florizel—, siempre lamento que me obligue usted a recordarle mi rango. Disponga del día como lo considere más conveniente, pero esté aquí antes de las once con el mismo disfraz.

El club no estaba tan concurrido en aquella segunda noche; cuando el príncipe y Geraldine llegaron, apenas había media docena de personas en la sala de fumar. Su Alteza llevó aparte al presidente y le felicitó calurosamente por el fallecimiento del señor Malthus.

—Siempre me gusta —dijo— encontrar eficacia, y ciertamente hallo mucha en usted. Su profesión es de una naturaleza muy delicada, pero veo que está usted cualificado para conducirla con éxito y discreción.

El presidente se sintió bastante afectado por los elogios de alguien tan distinguido como el príncipe y los aceptó casi con humildad.

—¡Pobre Malthy! —dijo—. El club me resulta casi extraño sin él. La mayoría de mis clientes son muchachos, mi querido señor, poéticos muchachos, que no son compañía para mí. No es que Malthy no sintiera cierta poesía, también, pero era del tipo que yo podía comprender.

—Entiendo perfectamente que sintiera usted simpatía por el señor Malthus —repuso el príncipe—. Me pareció un hombre con un carácter muy original.

El joven de las tartas de crema estaba en el salón, pero profundamente deprimido y silencioso. Sus amigos lucharon en vano por entablar una conversación con él.

—¡Cuán amargamente deseo que no les hubiera traído nunca a este infame lugar! —exclamó—. Marchen, mientras tengan limpias ahora las manos. ¡Si hubieran oído gritar al viejo cuando cayó y el ruido de sus huesos al chocar contra el pavimento! ¡Deséenme, si tienen compasión por un ser tan caído, deséenme el as de espadas para esta noche!

A medida que la noche avanzaba, llegaron al club unos cuantos socios más, pero el club no había congregado más que a una docena cuando todos tomaron asiento ante la mesa. El príncipe experimentó otra vez cierto gozo en sus sensaciones de temor, pero lo que le sorprendió fue ver a Geraldine mucho más dueño de sí mismo que la noche anterior. "Es extraordinario, —pensó el príncipe—, que el haber hecho o no testamento influya tanto en el ánimo de un hombre joven".

—¡Atención, caballeros! —pidió el presidente. Y empezó a repartir.

Las cartas dieron la vuelta a la mesa tres veces y ninguno de los naipes señalados había caído todavía de las manos del presidente. La excitación era sobrecogedora cuando empezó la cuarta vuelta. Quedaban las cartas justas para dar una vuelta más a la mesa. El príncipe, que estaba sentado en segundo lugar a la izquierda del presidente, debía recibir, en el orden inverso que se practicaba en el club, la penúltima carta. El tercer jugador dio la vuelta a un as negro… el as de bastos. El siguiente recibió una carta de oros, el siguiente una de corazones, y todavía no había sido entregado el as de espadas. Al final, Geraldine, que se sentaba a la izquierda del príncipe, dio la vuelta a su carta era un as, pero el as de corazones.

Cuando el príncipe vio su suerte delante, sobre la mesa, el corazón se le paró. Era un hombre valiente, pero el sudor le cubría el rostro. Tenía exactamente cincuenta posibilidades sobre cien de estar condenado. Volvió la carta: era el as de espadas. Un rugido sordo le llenó el cerebro y la mesa flotó ante sus ojos. Oyó al jugador sentado a su derecha romper en una carcajada que sonó entre la alegría y la decepción. Vio que el grupo se dispersaba rápidamente, pero su mente estaba sumida en otros pensamientos. Reconocía cuan loca y criminal había sido su conducta. En perfecto estado de salud y en los mejores años de su vida, el heredero de un trono se había jugado a las cartas su futuro y el de un país valiente y leal.

—¡Dios mío! —exclamó—. ¡Que Dios me perdone!

Y con esto, la confusión de sus sentidos desapareció y recuperó el dominio de sí mismo.

Para su sorpresa, Geraldine había desaparecido. En el salón de cartas sólo estaba el carnicero designado que consultaba con el presidente, y el joven de las tartas de crema, que se deslizó hasta el príncipe y le susurró al oído:

—Le daría un millón, si lo tuviera, por su suerte.

Su Alteza no pudo evitar pensar, cuando el joven se alejó, que se la hubiera vendido por una suma mucho más moderada.

La conferencia que se desarrollaba en susurros dio a su fin. El poseedor del as de bastos abandonó la sala con una mirada de inteligencia y el presidente se acercó al infortunado príncipe y le ofreció la mano.

—Me ha encantado conocerle, señor —dijo—, y me ha encantado haber estado en situación de ofrecerle este pequeño servicio. Al menos, no podrá usted quejarse de tardanza. La segunda noche… ¡qué golpe de suerte!

El príncipe se esforzó en vano por articular alguna respuesta, pero tenía la boca seca y la lengua parecía paralizada.

—¿Se siente un poco indispuesto? —preguntó el presidente, con muestras de solicitud—. A la mayoría les ocurre. ¿Le apetece un poco de brandy?

El príncipe señaló afirmativamente y el otro llenó inmediatamente un vaso con un poco de licor.

—¡Pobre viejo Malthy! —lamentó el presidente mientras el príncipe bebía del vaso—. Bebió casi un litro y parece que no le hizo casi efecto.

—Yo soy más susceptible al tratamiento —repuso el príncipe, bastante reanimado—. Ya estoy otra vez sereno, como puede observar. Bueno, déjeme preguntarle, ¿cuáles son mis instrucciones?

—Usted caminará por la acera de la izquierda del Strand en dirección a la City hasta que encuentre al caballero que acaba de salir. Él le dará las siguientes instrucciones y usted será tan gentil de obedecerle. La autoridad del club está investida en esa persona durante esta noche. Y ahora —finalizó el presidente—, le deseo un paseo muy agradable.

Florizel contestó a la despedida bastante secamente y se marchó. Atravesó el salón de fumar, donde el grueso de los jugadores continuaba bebiendo champán de algunas botellas que él mismo había encargado y pagado; y se sorprendió maldiciéndolos desde el fondo de su alma. Se puso el sombrero y el abrigo en el despacho y recogió su paraguas de un rincón. La rutina de estos gestos y el pensamiento de que los hacía por última vez le llevó a soltar una carcajada que le sonó desagradable a sus propios oídos. Sentía renuencia a dejar el despacho y se volvió hacia la ventana. La luz de las farolas y la oscuridad de la calle le hicieron volver en sí.

—Vamos, vamos, debo comportarme como un hombre —pensó— y salir fuera ahora mismo.

En la esquina de Box Court, tres hombres cayeron sobre el príncipe Florizel y sin ninguna ceremonia lo introdujeron en un carruaje, que arrancó y se alejó al instante. Dentro había ya un ocupante.

—¿Me perdonará Su Alteza esta muestra de celo? —inquirió una voz muy familiar.

El príncipe se lanzó al cuello del coronel con un apasionado alivio.

—¿Cómo podré agradecérselo alguna vez? —exclamó—. ¿Y cómo se ha arreglado esto?

Aunque había estado dispuesto a afrontar su suerte, estaba encantado de ceder a una amistosa violencia que le devolvía de nuevo la vida y la esperanza.

—Puede agradecérmelo bastante —repuso el coronel— evitando todos estos peligros de ahora en adelante. Y en relación con su segunda pregunta, todo ha sido dispuesto por los medios más simples. Esta tarde me puse de acuerdo con un famoso detective. Se me ha garantizado el secreto y he pagado por ello. Los propios sirvientes de Su Alteza han sido los principales participantes en el asunto. La casa de Box Court está rodeada desde el atardecer y este coche, que es uno de los suyos, lleva aguardándole casi una hora.

—¿Y la miserable criatura que iba a asesinarme… qué hay de él? —preguntó el príncipe.

—Le capturamos en cuanto salió del club —siguió explicando el coronel

—, y ahora espera su sentencia en el Palacio, donde pronto van a ir a acompañarle sus cómplices.

—Geraldine —dijo el príncipe—, me ha salvado usted en contra de mis órdenes, y ha hecho bien. No sólo le debo mi vida, sino también una lección. Y no sería merecedor de mi título y mi clase si no mostrara mi gratitud a mi maestro. Elija usted el modo de hacerlo.

Se hizo una pausa, durante la cual el carruaje continuó corriendo velozmente por las calles, y los dos hombres se sumieron en sus propios pensamientos. El coronel Geraldine rompió el silencio.

—Su Alteza —dijo— tiene en este momento un número elevado de prisioneros. Hay, al menos, un criminal, de entre todos ellos, con el que se debe hacer justicia. Nuestro juramento nos prohíbe recurrir a la ley, y la discreción nos lo impediría igualmente, aunque se perdiera el juramento.

¿Puedo preguntar qué intenciones tiene Su Alteza?

—Está decidido —contestó Florizel—. El presidente debe caer en duelo.

Sólo queda elegir a su adversario.

—Su Alteza me ha permitido solicitar mi recompensa —dijo el coronel—. ¿Me permite pedirle que nombre a mi hermano? Es una tarea honorable y me atrevo a asegurar a Su Alteza que el muchacho responderá con creces.

—Me pide usted un ingrato favor —repuso el príncipe—, pero no debo negarle nada.

El coronel le besó la mano con el mayor de los afectos. En ese momento, el carruaje pasó bajo los arcos de la espléndida residencia del príncipe.

Una hora más tarde, Florizel, vestido con su traje de ceremonia y cubierto con las órdenes y condecoraciones de Bohemia, recibió a los miembros del Club de los Suicidas.

—Hombres locos y malvados —empezó—, como muchos de ustedes han sido conducidos a este extremo por la falta de fortuna, recibirán trabajo y salario de mis oficiales. Los que sufran del sentimiento de la culpa deberán recurrir a un poderoso más alto y generoso que yo. Siento piedad por todos ustedes, mucho más profunda de lo que imaginan; mañana me contarán sus problemas y, cuanto más francamente me respondan, más dispuesto estaré a remediar sus infortunios. En cuanto a usted —se volvió un poco, dirigiéndose al presidente—, sólo ofendería a una persona de sus méritos ofreciéndole mi ayuda. Pero, en vez de eso, voy a proponerle un poco de diversión. Aquí —puso la mano en el hombro del hermano del coronel Geraldine—, está uno de mis oficiales, que desea realizar un pequeño viaje por Europa; y yo le pido el favor de acompañarle en esa excursión. ¿Sabe usted —siguió, cambiando el tono de voz—, sabe usted disparar bien una pistola? Porque puede que necesite usted este conocimiento. Cuando dos hombres viajan juntos, es conveniente estar preparado para todo. Déjeme añadir que, si por cualquier causa, perdiera usted al joven Geraldine por el camino, siempre tendré otro hombre de mi séquito para poner a su disposición. Y se me conoce, señor presidente, por tener tan buena vista como largo brazo.

Con estas palabras, pronunciadas con gran severidad, el príncipe finalizó su discurso. A la mañana siguiente, fueron rescatados por su generosidad y el presidente emprendió su viaje, bajo la supervisión del joven Geraldine y de un par de fieles ayudas de cámara del príncipe, fieles y bien enseñados. No contento con esto, el príncipe dispuso que dos discretos agentes se instalaran en la casa de Box Court y él personalmente controló todas las cartas, visitantes y dirigentes del Club de los Suicidas.

Aquí (dice mi autor árabe) acaba la HISTORIA DEL JOVEN DE LAS TARTAS DE CREMA, que ahora vive cómodamente en Wigmore Street, Cavendish Square. No ofrecemos el número por razones obvias. Los que deseen seguir las aventuras del príncipe Florizel y el presidente del Club de los Suicidas pueden leer a continuación la HISTORIA DEL MÉDICO Y EL BAÚL MUNDO.

II. Historia del médico y el baúl mundo

El señor Silas O. Scuddamore era un joven norteamericano, de carácter sencillo y apacible, y ello era meritorio, pues había nacido en Nueva Inglaterra, provincia del Nuevo Mundo, no precisamente conocida por estas cualidades. Aunque era inmensamente rico, llevaba siempre la relación de todos sus gastos en una pequeña libreta de notas, y había optado por estudiar las atracciones de París desde el séptimo piso de lo que se conoce como un "hotel amueblado", en el Barrio Latino. Su austeridad se debía mucho a la fuerza de la costumbre, y su virtud, que destacaba mucho entre la gente con la que se relacionaba, estaba basada, sobre todo, en su juventud y su timidez.

La habitación contigua a la suya la ocupaba una señora, de aire muy atractivo y elegante en su indumentaria, a quien había tomado por una condesa cuando llegó. Con el tiempo, se enteró de que se la conocía con el nombre de señora Zéphyrine, y que no era una persona de título, cualquiera que fuese la posición que ocupara en la vida. La señora Zéphyrine, probablemente con la esperanza de atraer al joven americano, acostumbraba a inclinarse gentilmente cuando se cruzaban en las escaleras, diciendo alguna palabra amable o lanzando una mirada arrolladora con sus ojos negros, para desaparecer después entre un murmullo de sedas y el descubrimiento de un pie y un tobillo admirables.

Pero estos intentos no estimulaban al señor Scuddamore sino, que por el contrario, le hundían más en los abismos de la depresión y la timidez. Había ido a verle varias veces para pedirle fuego o disculparse por las imaginarias molestias que le causaba su perrito. Pero la boca del joven quedaba muda en presencia de aquel ser tan superior, su francés le abandonaba en el acto, y sólo podía mirarla fijamente y tartamudear hasta que ella se iba. Lo limitado de aquel intercambio no le impedía lanzar gloriosos comentarios sobre ella cuando estaba solo y seguro con algunos de sus amigos.

La habitación del otro lado de la del americano —pues el hotel tenía tres habitaciones por planta— estaba alquilada por un viejo médico inglés de reputación bastante dudosa. El doctor Noel, pues ése era su nombre, se había visto obligado a abandonar Londres, donde gozaba de una gran e importante clientela, y se aseguraba que aquel cambio de ambiente había sido promovido por la policía. Lo cierto era que aquel hombre, que había sido casi un personaje honorable en los años anteriores de su vida, vivía ahora en el Barrio Latino con gran sencillez y en soledad, dedicado casi todo el tiempo al estudio. El señor Scuddamore había entablado conocimiento con él y los dos hombres cenaban juntos de tanto en tanto, muy frugalmente, en un restaurante del otro lado de la calle.

Silas O. Scuddamore tenía muchos vicios pequeños, aunque de naturaleza respetable y la elegancia no le impedía concedérselos de manera a veces un poco dudosa. De sus debilidades, la mayor era la curiosidad. Era chismoso de nacimiento, y la vida, en especial aquellos aspectos en los que no tenía experiencia, le interesaba con pasión. Era un preguntón incorregible e impertinente y planteaba sus preguntas con gran insistencia y total indiscreción. Cuando había llevado una carta ajena al correo, le habían visto sopesarla en la mano, darle vueltas y vueltas, y estudiar las señas con la mayor atención. Y cuando encontró un agujero en la pared que separaba su habitación de la de la señora Zéphyrine, en lugar de cerrarlo, lo agrandó y mejoró la abertura, y lo utilizó para espiar la vida de su vecina.

Un día, hacia finales de marzo, con la curiosidad cada vez más desarrollada a medida que se abandonaba a ella, agrandó el agujero un poco más, de manera que pudiera ver otra esquina de la habitación. Aquella tarde, cuando fue, como de costumbre, a inspeccionar los movimientos de la señora Zéphyrine, quedó asombrado al encontrar la abertura oscurecida de una extraña manera por el otro lado, y todavía se sintió más avergonzado cuando el obstáculo fue súbitamente retirado y oyó una carcajada. Un poco de yeso debía de haber revelado el secreto de su espionaje y su vecina le había devuelto el cumplimiento de la misma manera. El señor Scudddamore se sintió terriblemente molesto y condenó sin piedad a la señora Zéphyrine; se culpó a sí mismo de lo ocurrido; pero cuando, al día siguiente, comprobó que ella no había tomado medidas para privarle de su entretenimiento favorito, continuó aprovechándose de su descuido y satisfaciendo su vana curiosidad.

Al día siguiente, la señora Zéphyrine recibió una larga visita. Era un hombre alto y desgarbado, de más de cincuenta años, a quien Silas no había visto nunca. Su traje de tweed y su camisa de colores, así como sus gruesas patillas, indicaban que era inglés, pero tenía unos ojos grises y opacos que infundieron en Silas una sensación de frialdad. Estuvo haciendo muecas con la boca, de un lado a otro, y de arriba abajo, durante toda la conversación, que se desarrolló en susurros. Al joven de Nueva Inglaterra le pareció que más de una vez el hombre señalaba con sus gestos hacia su habitación; pero lo único claro que pudo concluir, con toda su escrupulosa atención, fue una frase que dijo en voz un poco más alta, como en respuesta a alguna resistencia u oposición:

—He estudiado sus gustos con la mayor atención, y le digo y le repito que usted es la única mujer de esa clase con la que puedo contar.

La señora Zéphyrine respondió a estas palabras con un suspiro e hizo un ademán de aparente resignación, como quien se rinde ante una indiscutible autoridad.

Esa tarde, el observatorio quedó clausurado definitivamente, cuando en el otro lado se colocó un armario ropero delante. Pero cuando Silas estaba todavía lamentándose de este infortunio, que atribuía a una malévola sugerencia de aquel inglés, el portero le trajo una carta escrita con letra de mujer. Estaba escrita en francés, con una ortografía no muy correcta, no llevaba firma, y en los términos más sugestivos invitaba al joven americano a acudir a un lugar determinado del baile Bullier a las once de aquella noche. La curiosidad y la timidez libraron una larga batalla en su interior; a veces era todo virtud, a veces era todo ardor y osadía. El resultado final fue que, mucho antes de las diez, el señor Silas O. Scuddamore se presentó impecablemente vestido en la puerta del salón de baile Bullier y pagó su entrada con una sensación de temeraria desenvoltura que no carecía de encanto.

Eran los días de carnaval y el salón estaba repleto y ruidoso. Las luces y la muchedumbre intimidaron bastante al principio a nuestro joven aventurero, pero después se le subieron a la cabeza en una especie de embriaguez que le hizo sentirse en posesión de su más íntimo atrevimiento. Se sentía dispuesto a enfrentarse al diablo, y se paseó ostentosamente por el salón con toda la seguridad de un caballero. Mientras efectuaba su recorrido, localizó a la señora Zéphyrine, y a su hombre inglés, que estaban conferenciando detrás de una columna. El espíritu felino de la curiosidad le dominó al momento y fue acercándose cada vez más a la pareja por detrás, hasta que pudo escuchar lo que hablaban.

—Aquél es el hombre —decía el inglés—. Aquél del pelo largo rubio, el que está hablando con la chica vestida de verde.

Silas identificó a un joven muy apuesto, de baja estatura, que era claramente el objeto de aquella designación.

—De acuerdo —dijo la señora Zéphyrine—. Haré todo lo que pueda. Pero recuerde que hasta las mejores podemos fallar en estos asuntos.

—¡Bah! —replicó su compañero—. Respondo del resultado. ¿No la he escogido de entre treinta? Vaya, pero tenga cuidado con el príncipe. No puedo imaginar qué maldita casualidad le ha traído aquí esta noche. Como si no hubiera docenas de bailes en París más merecedores de él que esta escandalera de estudiantes y comerciantes. Mírele donde está sentado: parece más un emperador en su casa que un príncipe de vacaciones.

Silas tuvo otra vez suerte. Pudo ver a un hombre de constitución fuerte, de gran apostura y aire majestuoso y cortés, sentado a una mesa con otro hombre joven también apuesto, varios años más joven, que se dirigía a él con explícita deferencia. El título de príncipe sonó agradablemente a los oídos republicanos de Silas y el aspecto de la persona a quien se aplicaba aquel título ejerció el habitual encanto sobre él. Dejó que la señora Zéphyrine y su inglés se cuidasen el uno al otro y, abriéndose paso entre la multitud, se aproximó a la mesa que el príncipe y su confidente habían honrado con su elección.

—Le digo, Geraldine —decía el primero—, que esta actuación es una locura. Usted mismo (y me complace recordarlo) eligió a su hermano para este arriesgado servicio, y tiene usted el deber de vigilar su conducta. Ha consentido permanecer varios días en París, lo cual ya es una imprudencia considerando el carácter del hombre con el que trata. Y ahora, cuando le faltan cuarenta y ocho horas para la partida, cuando le quedan dos o tres días para la prueba decisiva, le pregunto si éste es el lugar adecuado para pasar el rato. Debería estar practicando en una galería de tiro, durmiendo las horas necesarias y haciendo un ejercicio moderado de paseos; debería seguir una dieta rigurosa, sin vinos blancos ni brandy. ¿Se cree ese chiquillo que estamos representando una comedia? La cosa es mortalmente seria, Geraldine.

—Conozco al muchacho demasiado para entrometerme —dijo el coronel Geraldine— y lo bastante bien como para no alarmarme. Es mucho más precavido de lo que usted imagina y tiene un valor extraordinario. Si hubiera alguna mujer en medio, quizá no lo aseguraría tanto, pero confío al presidente a sus manos y en las de los dos sirvientes, sin la menor aprensión.

—Me alegra enormemente oírlo —replicó el príncipe—, pero no me siento del todo tranquilo. Esos sirvientes son espías muy bien adiestrados y ¿acaso no ha conseguido el bribón eludir su vigilancia en tres ocasiones y dedicar varias horas a asuntos suyos, seguramente peligrosos? Un aficionado podría haberle perdido por casualidad, pero si despistó a Rudolph y Jérome debe de haber sido con un propósito determinado y por un hombre con extraordinaria habilidad y con poderosos motivos.

—Creo que ahora el asunto está entre mi hermano y yo —dijo Geraldine con cierto matiz de ofensa en la voz.

—Me parece bien que sea así, coronel Geraldine —afirmó el príncipe Florizel—. Quizá por esta misma razón debería estar usted más dispuesto a aceptar mis consejos. Pero basta ya. Esa chica de amarillo baila maravillosamente.

Y la conversación derivó a los temas acostumbrados de un salón de baile de París y de la época de carnaval.

Silas recordó entonces dónde estaba y que estaba a punto de dar la hora en que debía encontrarse en el lugar que le habían indicado. Cuanto más reflexionaba sobre ello, menos le agradaba la idea y como en ese momento un empujón de la multitud empezó a llevarle en dirección a la puerta, se dejó llevar sin oponer resistencia. La corriente humana le dejó en una esquina, bajo la galería, y allí les llegó inmediatamente a los oídos la voz de la señora Zéphyrine. Estaba hablando en francés con el joven de la melena rubia que le había señalado el extraño inglés media hora antes.

—Tengo un nombre que proteger —decía ella—. Si no, no pondría más objeciones que las que mi corazón me dictara. Sólo ha de decirle eso al portero y le permitirá pasar sin una palabra más.

—Pero ¿por qué esas palabras de una deuda? —objetó su acompañante.

—¡Santo cielo! —exclamó ella—. ¿Cree usted que no conozco mi propio hotel?

Y se alejó, colgada cariñosamente del brazo de su acompañante.

Esto recordó a Silas su carta. "Diez minutos más —pensó—, y puede que esté paseando con una mujer tan hermosa como ésta, quizá hasta más elegante… puede que una dama verdadera o una aristócrata". Pero entonces recordó la ortografía y se sintió un poco descorazonado. "A lo mejor la ha escrito su doncella", imaginó.

Sólo faltaban ya unos minutos para la hora en el reloj, y esta cercanía le hizo latir el corazón con una rapidez desconocida y hasta cierto punto desagradable. Reflexionó con alivio que no estaba en absoluto obligado a comparecer. La virtud y la cobardía se unían y se dirigió otra vez a la puerta, ahora por su propia decisión, luchando contra el flujo del gentío que ahora se movía en dirección contraria. Quizá esta prolongada resistencia le cansó o se hallaba en ese estado mental en que basta que una determinación se prolongue unos minutos para producir una decisión y un propósito diferentes al original. Finalmente, se dio la vuelta por tercera vez y ya no se detuvo hasta que encontró un lugar donde ocultarse, a pocos pasos del punto de la cita.

Allí sufrió una verdadera agonía y varias veces rogó al Cielo que viniese en su ayuda, pues Silas había sido educado devotamente. No sentía ahora deseo ninguno del encuentro; sólo le impedía escapar el absurdo temor de que se le creyera cobarde; pero ese temor era tan poderoso que se sobreponía a todas las otras razones; y, aunque no le decidía a avanzar, le impedía echar a correr de una vez. Por último, el reloj señaló diez minutos más de la hora. El ánimo del joven Scuddamore empezó a serenarse; escrutó desde donde se encontraba y no vio a nadie en el lugar de la cita; sin duda su anónimo corresponsal se había cansado de esperar y se había marchado. Se sintió tan audaz como antes se había sentido tímido. Le pareció que si acudía finalmente a la cita, aunque fuese tarde, quedaría limpio de cualquier sospecha de cobardía. Empezó a sospechar que le habían gastado una broma y se felicitó a sí mismo de su astucia al haber recelado de sus engañadores. ¡Así de vanidosa es la mente de un muchacho!

Armado con estas reflexiones, avanzó valerosamente desde su rincón y, no había dado dos pasos, cuando una mano le cogió por el brazo. Se volvió y se encontró con una dama, alta, de porte majestuoso y maneras señoriales, pero sin ninguna señal de seriedad en la mirada.

—Veo que es usted un seductor muy seguro de sí mismo —dijo la dama—, puesto que se hace esperar. Pero estaba decidida a encontrarme con usted. Cuando una mujer se olvida tanto de sí misma como para dar el primer paso, deja atrás todas las pequeñas consideraciones del orgullo.

Silas se sintió sobrecogido por el tamaño y los atractivos de su acompañante, así como por la manera súbita en que había caído sobre él. Pero ella pronto lo tranquilizó. Se conducía de manera gentil y afectuosa; le animaba a hacer bromas, que le aplaudía con entusiasmo, y, en muy poco tiempo, entre esas atenciones y un uso abundante de un brandy caliente, ella logró no sólo inducirle a imaginarse enamorado sino incluso a que le declarase su pasión de manera vehemente.

—¡Ay! —exclamó la dama—. No sé si no debería lamentar este momento, por grande que sea el placer que me producen sus palabras. Hasta ahora, yo sufría sola; en adelante, mi pobre muchacho, sufriremos los dos. No soy dueña de mis actos. No me atrevo a pedirle que venga a visitarme a mi casa, pues allí me acechan unos ojos celosos. Veamos —añadió—, soy más mayor que usted, aunque sea mucho más débil; y si bien confío en su valor y determinación, debo utilizar mi conocimiento del mundo y de la vida en provecho de los dos. ¿Dónde vive usted?

Él le respondió que se alojaba en un hotel amueblado y le dio el nombre de la calle y el número. Ella pareció reflexionar unos minutos, haciendo un esfuerzo por pensar.

—Bueno —dijo, finalmente—. Será usted fiel y obediente, ¿no es verdad? Silas le aseguró ansiosamente su fidelidad.

—Mañana por la noche, entonces —prosiguió ella con una sonrisa alentadora—. Debe usted quedarse en casa toda la tarde; si vienen amigos a visitarle, despídalos en seguida con el primer pretexto que se le ocurra. ¿Suelen cerrar el portal a las diez?

—A las once —contestó Silas.

—A las once y cuarto —siguió la dama—, salga de su casa. Llame para que le abran la puerta y, sobre todo no se ponga a conversar con el portero, pues eso lo estropearía todo. Vaya directo a la esquina de los jardines de Luxemburgo con el Boulevard. Me encontrará allí esperándole. Confío en que seguirá mis advertencias punto a punto; recuerde que si me falla, aunque sólo sea en una, acarreará problemas gravísimos a una mujer cuya única falta es haberle visto y haberse enamorado de usted.

—No veo la utilidad de todas estas instrucciones —opinó Silas.

—Me parece que ya empieza usted a tratarme como si fuera mi dueño —exclamó ella, golpeándole suavemente en el brazo con el abanico—. ¡Paciencia, paciencia! Todo llegará a su tiempo. Una mujer quiere que la obedezcan al principio, aunque después su placer es obedecer. Haga lo que le pido, ¡por el amor de Dios!, o no respondo de nada. En realidad, ahora que lo pienso —añadió, como si resolviera de pronto alguna dificultad—, tengo un plan mejor para evitar cualquier visita inoportuna. Dígale al portero que no deje entrar a nadie a visitarle, excepto a una persona que posiblemente acuda esa noche a cobrar una deuda; y hable con sentimiento, como si le diera miedo la visita, de modo que se tome en serio sus palabras.

—Creo que podría usted confiar en que sé protegerme solo de los intrusos —dijo él, con una nota de resentimiento en la voz.

—Me gusta arreglar las cosas así —contestó ella con frialdad—. Conozco a los hombres; no hacen ustedes ningún caso de la reputación de una mujer.

Silas enrojeció y se sintió un poco avergonzado, porque en el panorama que se le presentaba había incluido el vanagloriarse delante de sus amigos.

—Sobre todo no hable con el portero al salir —insistió la mujer.

—¿Por qué? —inquirió él—. De todas sus instrucciones, ésta me parece la menos importante.

—Al principio dudó usted de la conveniencia de algunas de las otras, que ahora entiende muy necesarias —replicó ella—. Créame, esto también tiene su sentido, lo verá a su tiempo. ¿Y qué debo yo pensar de su afecto por mí, si rechaza usted tales trivialidades en nuestro primer encuentro?

Silas se enredó en explicaciones y disculpas, pero a la mitad ella miró el reloj y dio una palmada, ahogando un grito de sorpresa.

—¡Cielos! —exclamó—. ¿De veras es tan tarde? No puedo perder un instante. ¡Ay! ¡Pobres mujeres, cuán esclavas somos! ¿Cuánto no he arriesgado ya por usted?

Y, tras repetirle sus instrucciones, que combinó ampliamente con caricias y miradas de entrega, se despidió de él diciéndole adiós y desapareció entre la multitud.

Durante todo el día siguiente, Silas se sintió embargado, por un sentimiento de gran importancia. Estaba convencido, ahora, de que la dama era una condesa y cuando cayó la tarde siguió minuciosamente todas sus indicaciones y se dirigió a los jardines de Luxemburgo a la hora acordada. No había nadie. Aguardó durante casi media hora, mirando los rostros de todos los que paseaban o deambulando por el derredor. Fue a las esquinas próximas del Boulevard y dio la vuelta completa a las verjas de los jardines, pero no había ninguna hermosa condesa que se arrojara en sus brazos. Finalmente, muy malhumorado, dirigió sus pasos nuevamente de vuelta al hotel. En el camino, recordó las palabras que había oído entre la señora Zéphyrine y el hombre de cabello rubio, y éstas le provocaron un desasosiego infinito. "Parece —pensó—, que todo el mundo tiene que decirle mentiras a nuestro portero".

Tocó el timbre, la puerta se abrió ante él y el portero apareció en pijama ofreciéndole una luz.

—¿Se ha marchado él? —preguntó.

—¿Él? ¿A quién se refiere? —inquirió a su vez Silas, un poco secamente, por su disgusto por la cita.

—No le he visto salir —siguió el portero—, pero espero que le haya pagado usted. En esta casa, no nos gusta tener inquilinos que no pueden cumplir con sus deudas.

—¿De qué demonios está hablando? —preguntó entonces Silas, rudamente—. No entiendo una palabra de toda esta cháchara.

—Del hombre bajo, rubio, que vino a por la deuda —respondió el portero—. Creo que es ése. ¿Quién más podía ser si tenía órdenes suyas de no admitir a nadie más?

—¡Por Dios! Por supuesto que no ha venido nadie.

—Yo creo lo que creo —repuso el portero, componiendo una mueca burlona con la lengua en la mejilla.

—Es usted un condenado pícaro —gritó Silas.

Pero, sintiendo que había hecho el ridículo con su brusquedad, y asaltado a la vez por unas alarmas inconscientes, se dio la vuelta y empezó a subir a toda prisa las escaleras.

—¿Entonces, no quiere la luz? —gritó el portero.

Pero Silas se limitó a subir más deprisa y no se paró hasta que llegó al séptimo piso y a la puerta de su propia habitación. Esperó un momento para recobrar el aliento, asaltado por los peores presentimientos y casi temeroso de penetrar en la habitación.

Cuando al final entró, sintió alivio al encontrarla a oscuras y, en apariencia, sin nadie dentro. Respiró hondo. Estaba otra vez en casa, y a salvo, y aquélla iba a ser su última locura tan cierto como que había sido la primera. Guardaba las cerillas en la mesita de noche y avanzó a ciegas hacia allá. Mientras se movía, volvió a sentirse inquieto, y cuando su pie alcanzó un obstáculo le satisfizo comprobar que no era nada más alarmante que una silla. Al final, tocó las colgaduras del lecho. Por la situación de la ventana, que era claramente visible, supo que estaba a los pies de la cama y que sólo tenía que seguir a tientas un poco más para llegar a la mesita de noche.

Bajó la mano, pero lo que tocó no fue sólo el cobertor; era el cobertor con algo debajo que parecía la forma de una pierna humana. Silas retiró la mano y se quedó petrificado. "¿Qué puede significar todo esto?", se preguntó.

Escuchó con atención, pero no se percibía sonido alguno de respiración. Una vez más, con un tremendo esfuerzo, tocó con la punta del dedo el lugar que había tocado antes. Pero esta vez saltó medio metro atrás, temblando y paralizado de horror. En su cama había algo. No sabía lo que era, pero había algo.

Transcurrieron unos segundos hasta que logró moverse. Luego, guiado por el instinto, fue derecho a las cerillas y, de espaldas a la cama, encendió una vela. Cuando la llama prendió, se dio la vuelta lentamente y miró hacia lo que temía ver. Con seguridad, era lo peor que su imaginación había podido concebir. La sobrecama estaba cuidadosamente estirada sobre las almohadas, pero modelaba la silueta de un cuerpo humano que permanecía inmóvil. Silas dio un salto adelante, apartó de un tirón las sábanas y reconoció al joven del cabello rubio que había visto la noche anterior en el salón de baile Bullier. Tenía los ojos abiertos pero sin vida, el rostro hinchado y negro, y un fino reguero de sangre le corría desde la nariz.

Silas lanzó un prolongado y trémulo gemido, dejó caer la vela y cayó de rodillas junto a la cama. Le despertó del atontamiento en que le había sumido su terrible descubrimiento un tenue golpeteo en la puerta. Tardó unos segundos en recordar su situación y, cuando se precipitó a evitar que nadie entrara en la habitación, era ya demasiado tarde. El doctor Noel, tocado con un alto gorro de dormir y transportando una lámpara que iluminaba sus blancas facciones, empujó lentamente la puerta abierta, entró mirando a uno y otro lado con la cabeza inclinada como un pájaro, y se colocó en el medio de la habitación.

—Creí oír un grito —empezó el doctor—, y, temiendo que no se encontrara usted bien, no he dudado en permitirme esta intrusión.

Silas se mantuvo entre el doctor y el lecho, con la cara roja y notando los latidos de terror de su corazón, pero no encontró voz suficiente para responder.

—Está usted a oscuras —siguió el doctor— y no ha empezado siquiera a prepararse para descansar. No me persuadirá usted fácilmente contra lo que veo con mis propios ojos y su rostro declara con la mayor elocuencia: usted necesita un médico o un amigo. ¿Cuál de las dos cosas será? Déjeme tomarle el pulso, que a menudo nos informa de cómo va el corazón.

Avanzó hacia Silas, que se retrocedió unos pasos, e intentó cogerle la muñeca, pero la tensión nerviosa del joven norteamericano era demasiado grande ya para aguantar más. Evitó al doctor con un movimiento enfebrecido, se tiró al suelo y rompió a llorar a raudales.

En cuanto el doctor Noel percibió la forma del hombre muerto en el lecho se le oscureció la cara. Corrió hacia la puerta, que había dejado abierta, la cerró apresuradamente y le echó doble llave.

—¡Arriba! —gritó, dirigiéndose a Silas con voz estridente—. No es momento de llorar. ¿Qué ha hecho usted? ¿Cómo ha llegado este cuerpo a su habitación? Hable francamente a alguien que puede ayudarle. ¿Imagina usted que voy a hundirle? ¿Cree usted que este pedazo de carne muerta en sus almohadas altera de algún modo la simpatía que siempre me ha inspirado usted? Juventud crédula, el horror con que observa las acciones la ley ciega e injusta no se contagia a los ojos de los que le aprecian de verdad. Si viera a mi mejor amigo volver a mí envuelto en mares de sangre, nada cambiaría en mi afecto. Levántese —siguió—, la bondad y la maldad son una quimera; no hay nada en vida salvo el destino, y cualesquiera sean las circunstancias en que se encuentre, hay alguien a su lado, que le ayudará hasta el final.

Animado de esta manera, Silas consiguió dominarse y, con voz quebrada y auxiliado por las preguntas del doctor, consiguió al final ponerle al corriente de los hechos. Mas omitió la conversación entre el príncipe y Geraldine, pues no había comprendido su sentido y no creía que guardara relación alguna con su desgracia.

—¡Ay! —exclamó el doctor Noel—. O mucho me equivoco o ha caído usted con toda inocencia en las manos más peligrosas de Europa. ¡Pobre chico, qué abismo se le ha abierto por su simpleza! ¡A qué mortal peligro le han conducido sus inconscientes pies! ¿Podría usted describirme a ese hombre —preguntó—, ese inglés a quien vio usted dos veces, del que sospecho es el cerebro de toda la intriga? ¿Era joven o viejo? ¿Bajo o alto?

Pero Silas, que, a pesar de toda su curiosidad no tenía ojos para ver, fue incapaz de proporcionar más que meras generalidades, que hacían imposible reconocer al hombre.

—¡Pondría una asignatura obligatoria en todos los colegios! —gritó, enfadado, el doctor—. ¿De qué sirve tener vista y un lenguaje articulado, si un hombre no es capaz de observar y reconocer los rasgos de su enemigo? Yo, que conozco a todos los gánsteres de Europa, podría haberle identificado y así conseguir nuevas armas para defenderle. Cultive este arte en el futuro, mi pobre muchacho; puede serle de utilidad.

—¡El futuro! —exclamó Silas—. ¿Qué futuro hay para mí, excepto la horca?

—La juventud es una edad cobarde —repuso el doctor—, y los problemas de un hombre parecen más negros de lo que son. Soy ya viejo, y sin embargo no desespero nunca.

—¿Puedo contarle una historia así a la policía? —preguntó Silas.

—Seguro que no —replicó el doctor—. Por lo que ya anticipo de la maquinación en que le han implicado, su caso es desesperado por ese lado. Para las estrechas miras de las autoridades usted será, inevitablemente, el culpable. Y recuerde que sólo conocemos una parte del complot. Sin duda, los mismos infames conspiradores habrán preparado otros muchos detalles que se descubrirían en otra encuesta de la policía y sólo acentuarían más su culpabilidad que su inocencia.

—¡Estoy perdido, entonces! —gritó Silas.

—No he dicho eso —repuso el doctor Noel—, pues soy un hombre prudente.

—¡Pero mire eso! —insistió Silas, señalando el cuerpo—. Mire ese cuerpo en mi cama, y no puedo explicarlo, ni hacerlo desaparecer, ni mirarlo sin horror.

—¿Horror? —exclamó el doctor—. No. Cuando un reloj como éste deja de funcionar, para mí ya no es más que una ingeniosa pieza de maquinaria para ser investigada con el bisturí. Cuando la sangre se enfría y se estanca, deja de ser sangre humana; cuando la carne está muerta ya no es esa carne que deseamos en nuestros amantes y respetamos en nuestros amigos. La gracia, la atracción, el terror, todo se ha desvanecido con el espíritu que los animaba. Acostúmbrese a mirarlo con calma, pues si mi plan puede llevarse a la práctica, tendrá que vivir unos días en la proximidad de eso que ahora tan enormemente le horroriza.

—¿Su plan? —exclamó Silas—. ¿Qué plan? Dígamelo ahora mismo, doctor, porque apenas me resta valor para continuar viviendo.

El doctor Noel se volvió hacia el lecho sin responder y procedió a examinar el cuerpo.

—Muerto, desde luego —murmuró—. Sí, como había supuesto, los bolsillos vacíos. Y también han cortado el nombre de la camisa. Han hecho el trabajo con cuidado y a fondo. Afortunadamente, es de baja estatura.

Silas atendía a sus palabras con extrema ansiedad. Por último, el doctor, finalizado su reconocimiento, se sentó en una silla y se dirigió al joven americano sonriendo.

—Desde que entré en esta habitación —dijo—, aunque he tenido muy ocupados los oídos y la lengua, no he dejado sin trabajar a mis ojos. Hace un momento observé que tiene usted allí, en el rincón, uno de esos artefactos monstruosos que sus compatriotas arrastran con ellos a todas partes del globo: en una palabra, un baúl Saratoga. Hasta este momento no había sido nunca capaz de imaginarme la utilidad de esos muebles, pero empiezo a hacerme una idea. No me decidiría a afirmar si han servido para el comercio de esclavos o para evitar las consecuencias de un uso excesivo del puñal. Pero veo claramente algo: la finalidad de un baúl así es contener un cuerpo humano.

—No me parece —exclamó Silas—, que sea la situación adecuada para bromas.

—Aunque me exprese con cierto humor —replicó el doctor—, mis palabras son absolutamente serias. Y la primera cosa que debemos hacer, mi joven amigo, es vaciar el cofre de todo su contenido.

Silas se puso a disposición del doctor Noel, obedeciendo su autoridad. El baúl Saratoga no tardó en quedar vacío y su contenido desparramado por el suelo. Entonces, Silas tomó el cadáver por los talones y el doctor por los hombros y lo sacaron de la cama. Tras algunas dificultades, lo doblaron y lo introdujeron por entero en el baúl vacío. Con un esfuerzo por parte de ambos, forzaron la tapa y cerraron el baúl sobre aquel extraño equipaje, y el doctor le echó la llave y lo ató en varias vueltas con una cuerda. Mientras tanto, Silas guardó en el armario y la cómoda los objetos que habían sacado.

—Ahora —dijo el doctor—, ya hemos dado el primer paso hacia su salvación. Mañana, o incluso hoy, será su trabajo eliminar las sospechas del portero, pagándole todo lo que le debe; mientras, puede usted confiar en que dispondré todo lo necesario para que las cosas terminen bien. Entre tanto, acompáñeme a mi habitación y le daré un buen narcótico, pues, haga lo que haga, debe usted descansar.

El día siguiente fue el más largo de los que Silas recordaba; parecía que no acabaría nunca. Se negó a ver a sus amigos y se sentó en un rincón con la vista fija en el baúl mundo, en fúnebre contemplación. Sus anteriores indiscreciones se volvían ahora en su contra, pues se dio cuenta de que el observatorio había sido abierto otra vez y de que era continuamente observado desde la habitación de la señora Zéphyrine. Llegó a serle tan desagradable que al final se vio obligado a taponar él mismo el agujero por su lado; y, cuando estuvo seguro de no ser observado, pasó buena parte del tiempo llorando contritamente y rezando.

A última hora de la tarde, el doctor Noel entró en la habitación llevando en la mano un par de sobres cerrados sin dirección, uno de los cuales era bastante grueso, mientras que el otro parecía vacío.

—Silas —empezó, sentándose en la mesa—, ha llegado el momento de que le explique el plan que he forjado para salvarle. Mañana por la mañana, a primera hora, el príncipe Florizel de Bohemia regresa a Londres, tras pasar unos días de diversión en el carnaval de París. Tuve la fortuna, hace bastante tiempo, de prestar al coronel Geraldine, su caballerizo mayor, uno de esos servicios, bastante frecuentes en mi profesión, que nunca se olvidan por ambas partes. No debo explicarle la naturaleza de su compromiso para conmigo; baste decir que sé que está dispuesto a servirme en lo que le sea posible. Ahora bien, es preciso que llegue usted a Londres sin que le abran el baúl. Puede que las aduanas sean un obstáculo fatal, pero he pensado que, por razones de cortesía, el equipaje de una persona como el príncipe pasará sin ser examinado por los oficiales de aduanas. He recurrido al coronel Geraldine y he obtenido una respuesta afirmativa. Si va usted mañana, antes de las seis, al hotel donde se aloja el príncipe, el baúl será recogido como parte de su equipaje y usted mismo hará el viaje como miembro de su séquito.

—Mientras hablaba, he recordado que ya he visto al príncipe y al coronel Geraldine. Incluso escuché, de pasada, parte de su conversación la otra noche, en el baile del Bullier.

—Es muy probable, porque al príncipe le agrada departir con todas las clases sociales —asintió el doctor—. Una vez llegue usted a Londres — prosiguió—, habrá finalizado prácticamente su tarea. En este sobre grueso le entrego una carta a la que no me atrevo a poner dirección; pero en la otra encontrará usted las señas de la casa adonde debe llevar la carta junto con el baúl, que se quedará allí y no volverá a molestarlo.

—¡Ay! —exclamó Silas—. Me gustaría creerle, pero ¿cómo va a ser posible? Me abre usted una halagüeña perspectiva, pero ¿cree que puedo aceptar una solución tan improbable? Sea más generoso, y permítame entender mejor lo que se propone.

El médico pareció dolorosamente impresionado.

—Joven —contestó—, no sabe usted cuán difícil es lo que me pide. Pero sea. Ya estoy habituado a la humillación y no puedo negarle esto después de lo que ya he hecho por usted. Sepa, pues, que aunque ahora ofrezco a una apariencia tan reposada, austera, solitaria, de hombre sólo adicto al estudio, cuando era más joven mi nombre era el grito de guerra de las almas más astutas y peligrosas de Londres; y, aunque en público era objeto de respeto y consideración, mi verdadero poder residía en las relaciones más secretas, terribles y criminales. A una de esas personas que entonces me obedecían es a quien ahora me dirijo para liberarle a usted de su carga. Eran hombres de diferentes naciones y poseedores de las más distintas habilidades, unidos todos por un temible juramento, que trabajaban para el mismo propósito. La finalidad de la asociación era el asesinato; y yo, el que ahora le habla, tan inocente en apariencia, era el jefe de tan despreciable banda.

—¿Cómo? —gritó Silas—. ¿Un asesino? ¿Alguien que comerciaba con el asesinato? ¿Voy a estrecharle la mano? ¿Cómo debo aceptar su ayuda? Viejo siniestro y asesino, ¿va usted a hacerme su cómplice, aprovechándose de mi juventud y mi desgracia?

El doctor rio con amargura.

—Es usted difícil de complacer, señor Scuddamore —dijo—, pero ahora le ofrezco elegir entre la compañía de un asesino o la de un asesinado. Si su conciencia es demasiado exquisita para aceptar mi ayuda, dígalo e inmediatamente le dejaré. De ahora en adelante, puede usted encargarse de su baúl y de lo que contiene como mejor convenga a su intachable conciencia.

—Confieso que me he equivocado —se disculpó Silas—. Debería haber recordado con cuánta generosidad se ofreció usted a protegerme, incluso antes de que yo le convenciera de mi inocencia; seguiré atendiendo sus consejos con gratitud.

—Eso está bien —repuso el doctor—, y me parece advertir que está usted empezando a aprender algunas de las lecciones de la experiencia.

—Al mismo tiempo —continuó el joven americano—, puesto que se confiesa usted mismo acostumbrado a estos trágicos asuntos, y las personas a las que me recomienda son sus antiguos amigos y asociados, ¿no podría encargarse usted mismo del transporte del baúl y librarme de una cuestión tan odiosa?

—Le doy mi palabra —le dijo el doctor— de que le admiro cordialmente. Si no cree usted que ya me he metido bastante en sus intereses, crea que yo opino, de todo corazón, lo contrario. Acepte o rechace mis servicios como se los ofrezco y no me incomode con palabras de gratitud, pues valoro su consideración menos que su inteligencia. Llegará el día, si tiene usted la suerte de vivir muchos años con buena salud, en que recordará todo esto de manera distinta y se sonrojará por su comportamiento de esta noche.

Con estas palabras, el doctor se levantó de la silla, repitió sus instrucciones clara y sucintamente, y salió de la habitación sin dejar tiempo a Silas de responderle.

A la mañana siguiente, Silas se presentó en el hotel, donde fue recibido muy educadamente por el coronel Geraldine y liberado, desde aquel momento, de cualquier preocupación por el baúl y su tétrico contenido.

El viaje transcurrió sin incidentes significativos, aunque el joven se estremeció más de una vez al escuchar a los marineros y mozos de estación del peso inusual del equipaje del príncipe. Silas viajó en el coche con la servidumbre, pues el príncipe decidió viajar solo con su caballerizo mayor.

Una vez a bordo del vapor, sin embargo, Silas atrajo la atención del príncipe por la actitud de melancolía con que miraba el montón de las maletas, pues seguía sintiéndose presa de inquietudes por el futuro.

—Hay un joven —observó el príncipe—, que parece tener motivos de preocupación.

—Es el americano para quien pedí permiso a Su Alteza para viajar con su séquito.

—Me recuerda usted que no he sido bastante cortés con él —dijo el príncipe y, dirigiéndose a Silas, le habló con exquisita condescendencia—: Me ha encantado, joven señor, poder satisfacer el deseo que me hizo llegar a través del coronel Geraldine. Recuerde, por favor, que en cualquier momento me sentiré contento de prestarle un favor más importante.

A continuación, pasó a hacerle algunas preguntas sobre cuestiones políticas de América, que Silas respondió con sensatez y conocimiento.

—Es usted un hombre joven todavía —dijo el príncipe—, pero observo que es demasiado serio para su edad. Quizá dedica su atención a estudios muy duros. Pero, quizá, estoy siendo indiscreto y estoy tocando un tema doloroso.

—En verdad, tengo motivos para sentirme el más desgraciado de los hombres —respondió Silas—. Nunca se ha abusado con tanta injusticia de una persona más inocente.

—No le pediré que se confíe a mí —replicó el príncipe Florizel—, pero no olvide que la recomendación del coronel Geraldine es un salvoconducto infalible; y que no sólo estoy dispuesto, sino posiblemente soy más capaz que muchos otros, para prestarle un servicio.

Silas quedó encantado con la amabilidad del gran personaje, pero su mente volvió pronto a entregarse a sus tristes meditaciones, pues ni el favor de un príncipe con un republicano puede descargar al espíritu abatido de sus ansiedades.

El tren llegó a Charing Cross, donde, como siempre, los funcionarios del Tesoro respetaron el equipaje del príncipe. Los coches más elegantes estaban aguardando y Silas fue conducido, con el resto del séquito, a la residencia del príncipe. Allí, el coronel Geraldine fue a saludarlo y le expresó su satisfacción por haber podido ser de utilidad a un amigo del médico, por quien sentía una extrema consideración.

—Espero —añadió— que no encuentre usted dañada ninguna de sus porcelanas. Se dieron órdenes especiales para tratar con el mayor cuidado las maletas del príncipe.

Después ordenó a los criados que pusieran uno de los coches a la disposición del joven y que cargaran de inmediato el baúl. El coronel le estrechó la mano y se excusó de despedirse, pues debía cumplir sus obligaciones en la casa del príncipe.

Silas entonces rompió el sello del sobre que contenía las señas y ordenó al criado que lo condujeran a Box Court, una calle que salía del Strand. Pareció que el lugar no le era del todo desconocido al hombre, pues le miró con sorpresa y pidió que le repitieran la dirección. Silas subió al lujoso automóvil con el corazón sobresaltado y así siguió mientras le conducían a su destino. La entrada de Box Court era demasiado estrecha para el paso de un coche, pues se trataba de un sencillo sendero flanqueado por dos enrejados, en cada uno de cuyos extremos había un poyo. Un hombre estaba sentado en uno de ellos. Al ver el coche, se levantó y fue a saludar cordialmente al cochero, mientras el sirviente abría la portezuela para que bajara Silas y le preguntaba si debían descargar el baúl y a qué número de la calle transportarlo.

—Por favor, al número tres —contestó Silas.

Ayudó al criado a bajar el baúl y, a pesar de todo, hubieron de colaborar también el cochero y el hombre sentado en el poyo con grandes esfuerzos. Silas advirtió con horror, mientras se dirigía a la puerta de una casa, que un grupo de personas se habían acercado a curiosear alrededor. Intentó mantener la compostura antes de tirar de la campanilla, y cuando le abrieron entregó el segundo sobre al sirviente que acudió a abrirle la puerta.

—El señor se encuentra fuera —informó el criado—, pero si me deja usted la carta y vuelve mañana por la mañana, le informaré de cuándo le recibe. ¿Desea usted, quizá, dejar el baúl?

—¡Naturalmente! —exclamó Silas, arrepintiéndose al momento de su precipitación; dijo, entonces, que prefería llevarse consigo el baúl a un hotel.

Sus dudas provocaron la burla de la gente que se había arremolinado y que le siguió al coche haciendo algunos comentarios despectivos. Silas, tembloroso y asustado, pidió a los criados que le condujesen a algún hotel tranquilo que estuviese cercano.

Los hombres del príncipe dejaron a Silas en el Craven Hotel, en Craven Street, y marcharon inmediatamente, dejándole solo con el personal del hotel. La única habitación vacante era una muy pequeña, situada en el cuarto piso y en la parte trasera. Entre infinitas quejas y dificultades, un par de fornidos porteros transportaron el pesado baúl mundo. No es preciso mencionar que Silas les siguió pegado a sus talones durante la subida, y que a cada vuelta se le salía el corazón del pecho. Un paso en falso, reflexionaba, y el cajón podía caer sobre sus porteadores y lanzar su fatídico contenido, todo al descubierto, sobre el pavimento del vestíbulo.

Cuando se encontró en su habitación, se sentó en el borde de la cama para recuperarse de la agonía que había sufrido. Pero apenas se había sentado cuando la sensación de peligro le alertó otra vez al ver al limpiabotas del hotel, que se había arrodillado junto al baúl y procedía a abrir oficiosamente sus complicados cerrojos.

—¡Déjelo! —exclamó Silas—. No necesitaré nada de dentro mientras esté aquí.

—Entonces, podía haberlo dejado en el vestíbulo —casi gruñó el hombre—. Pesa tanto y es tan grande como una iglesia. No puedo imaginarme qué lleva usted dentro. Si es dinero, es usted un hombre mucho más rico que yo.

—¿Dinero? —repitió Silas, repentinamente perturbado—. ¿Qué quiere decir con dinero? No tengo dinero, no diga usted tonterías.

—A la orden, capitán —replicó el limpiabotas guiñando un ojo—. Nadie tocará el dinero de su señoría. Yo soy tan seguro como el banco —añadió—, pero como el cajón es pesado, no me importaría tomarme algo a la salud de su señoría.

Silas le tendió dos napoleones disculpándose de pagarle en moneda extranjera, y excusándose de ello por su reciente llegada. El hombre, gruñendo con más fervor y mirando malhumoradamente el dinero que tenía en la mano y el baúl del mundo, y luego el baúl del mundo y otra vez el dinero de la mano, consintió finalmente en retirarse.

El cadáver había pasado casi dos días ya en el interior del baúl de Silas y en cuanto el infortunado joven americano se quedó solo, se acercó y empezó a oler todas las rendijas y aberturas con gran atención. Pero hacía un tiempo frío y el baúl mundo todavía mantenía bien su pavoroso secreto.

Silas se sentó en una silla junto al baúl, con la cara entre las manos, y la mente sumida en las más profundas reflexiones. Si alguien no le prestaba ayuda, no había duda de que sería rápidamente descubierto. Solo, en una ciudad extraña, sin amigos ni cómplices, si la carta de presentación del doctor Noel no surtía efecto, sería definitivamente un joven americano perdido. Meditó patéticamente sobre sus ambiciosos proyectos de futuro; ya no se convertiría en el héroe y el portavoz de su ciudad de nacimiento, Bangor, Maine; no podría, como había soñado, ascender de cargo en cargo y de honor en honor; también podía olvidar las esperanzas de algún tiempo de ser elegido presidente de los Estados Unidos y dejar tras de sí una estatua, en el peor estilo artístico posible, que adornara el Capitolio de Washington. Estaba allí, encadenado a un inglés muerto, doblado dentro de un baúl mundo; ¡de quien debía librarse o tendría que renunciar a las crónicas de la gloria nacional!

No osaría reproducir en esta crónica el lenguaje con que el joven se refirió al doctor, al hombre asesinado, a la señora Zéphyrine, al limpiabotas del hotel, a los criados del príncipe; en una palabra, a todos los que habían tenido la más remota conexión con aquella horrible circunstancia.

Bajó a cenar hacia las siete de la noche, pero el comedor amarillo le desanimó, los ojos de los otros comensales parecían posarse sobre él con sospecha y su cabeza permanecía arriba, con el baúl mundo. Cuando el camarero se le acercó para ofrecerle queso, tenía los nervios tan a flor de piel que dio un respingo, estuvo a punto de caer de la silla y derramó el medio litro de cerveza que le quedaba sobre el mantel de la mesa.

Cuando acabó la cena, el camarero le ofreció mostrarle el salón de fumar; y aunque hubiera preferido volver otra vez junto a su peligroso tesoro, no tuvo ánimos para negarse y fue conducido a un sótano negro, iluminado con lámparas de gas, que formaba, y posiblemente sigue formando, el salón de fumar del hotel Craven.

Dos hombres muy serios jugaban al billar, observados por un apuntador triste y consumido. Por un momento, Silas imaginó que aquéllos eran los únicos ocupantes del salón, pero al volver la cabeza sus ojos se posaron sobre una persona que fumaba, en el rincón opuesto, con los ojos mirando el suelo y un aspecto respetable y modesto. En el acto supo que había visto antes aquella cara y, a pesar de que había cambiado por completo de ropa, reconoció al hombre que estaba sentado en un poyo a la entrada de Box Court y que le había ayudado a subir y bajar el baúl del coche. Silas, sencillamente, dio media vuelta y echó a correr, y no se detuvo hasta que hubo cerrado con llave y atrancado la puerta de su habitación.

Allí pasó una noche interminable, presa de las más terribles fantasías, contemplando la caja fatal que guardaba el cuerpo muerto. La sugerencia del limpiabotas de que su baúl estaba lleno de oro le inspiraba todo tipo de nuevos temores, apenas osaba entornar los ojos; y la presencia del hombre de Box Court en el salón de fumar, y bajo un descarado disfraz, le convencía de que otra vez era el centro de oscuras maquinaciones.

Hacía un rato que había sonado la medianoche, cuando, impelido por sus sospechas, Silas abrió la puerta de su habitación y escudriñó el pasillo. Estaba escasamente alumbrado por una sola lámpara de gas y, a cierta distancia, vio a un hombre vestido con el uniforme del hotel durmiendo en el suelo. Silas se acercó al hombre de puntillas. Estaba tumbado medio de lado, medio de espaldas y el brazo derecho le cubría la cara impidiendo reconocerlo. De pronto, cuando el americano todavía estaba inclinado sobre él, el durmiente apartó el brazo y abrió los ojos, y Silas se encontró de nuevo cara a cara con el hombre de Box Court.

—Buenas noches, señor —saludó el hombre, gentilmente.

Pero Silas estaba demasiado emocionado para encontrar una respuesta, y volvió a su cuarto sin decir palabra.

Hacia la madrugada, agotado por sus aprensiones, cayó dormido en la silla, con la cabeza apoyada en el baúl. A pesar de aquella posición tan forzada y de aquella almohada tan siniestra, tuvo un sueño largo y profundo, y sólo le despertó, ya tarde, una aguda llamada a la puerta. Se apresuró a abrir y se encontró con el limpiabotas.

—¿Es usted el caballero que acudió ayer a Box Court? —preguntó. Silas, con un estremecimiento, admitió que era él.

—Entonces, esta nota es para usted —añadió el criado tendiéndole un sobre cerrado.

Silas lo rasgó y encontró dentro escritas las siguientes palabras: "A las doce".

Fue puntual a la hora. El baúl lo entraron delante de él varios fornidos sirvientes. Le condujeron a un salón donde un hombre estaba sentado, calentándose frente al fuego, de espaldas a la puerta. El ruido de tantas personas entrando y saliendo, y el retumbar del baúl cuando lo depositaron sobre las maderas del suelo era suficiente para llamar la atención del ocupante del salón, y Silas permaneció de pie, aguardando, en una agonía de terror, a que se dignara a reparar en su presencia.

Quizá transcurrieron cinco minutos antes de que el hombre se volviera y revelara los rasgos del príncipe Florizel de Bohemia.

—De manera, señor —dijo, con gran severidad—, que éste es el modo en que abusa usted de mi amabilidad. Se une a personas de elevada condición con el único propósito de evitar las consecuencias de sus crímenes; comprendo muy bien que se sintiera avergonzado cuando ayer hablé con usted.

—La verdad, señor —dijo Silas—, es que soy inocente de todo, excepto de mi mala suerte.

Y con voz atropellada narró al príncipe, en todos sus pormenores, la historia de sus calamidades.

—Veo que estaba equivocado —dijo Su Alteza cuando Silas concluyó su relato—. Es usted una víctima y, puesto que no debo castigarlo, he de ayudarle. Ahora —prosiguió—, vamos al asunto. Abra su baúl en seguida y déjeme ver qué contiene.

Silas cambió de color.

—Temo mirarlo —dijo.

—Bueno —dijo el príncipe—, ¿no lo ha visto usted ya? Eso es una forma de sentimentalismo que hay que resistir. La visión de un hombre enfermo, a quien todavía podemos socorrer, debería afectar más nuestros sentimientos que la de un hombre muerto, que está más allá de toda ayuda, daño, amor u odio. Serénese, señor Scuddamore —y, viendo que Silas titubeaba añadió—: No quiero dar otro nombre a mi petición.

El joven americano se reanimó como si despertara de un sueño y, con un estremecimiento de repugnancia, se dispuso a desatar las correas y abrir los cerrojos del baúl mundo. El príncipe permanecía a su lado, observando impasible, con las manos a la espalda. El cadáver estaba helado y Silas tuvo que hacer un gran esfuerzo, tanto físico como espiritual, para cambiarlo de postura y descubrir el rostro.

El príncipe Florizel retrocedió un paso y dejó escapar una exclamación de dolor y asombro.

—¡Ay! —exclamó—. Ignora usted, señor Scuddamore, qué regalo tan cruel me ha traído. Éste es un joven de mi propio séquito, el hermano de mi amigo de mayor confianza, y por servirme en unos asuntos ha perdido la vida a manos de un hombre violento y traidor. ¡Pobre, pobre Geraldine! —siguió hablando, como si fuera para sí mismo—. ¿Con qué palabras le explicaré a usted la suerte que ha corrido su hermano? ¿Cómo puedo excusarme a sus ojos, o a los ojos de Dios, por los planes tan soberbios que le llevaron a esta muerte sangrienta e inhumana? ¡Ah, Florizel, Florizel! ¿Cuándo aprenderás la discreción que requiere esta vida mortal, y dejarás de obnubilarte con la imagen del poder de que dispones? ¡Poder! —dijo a gritos—. ¿Quién tiene menos poder? Miro a este muchacho, a quien he sacrificado, señor Scuddamore, y siento qué poca cosa es ser príncipe.

Silas se sintió inmensamente emocionado. Intentó murmurar algunas palabras de consuelo, y estalló en lágrimas. El príncipe, agradecido por su intención, se acercó a él y le cogió la mano.

—Domínese —dijo—. Los dos tenemos mucho que aprender y ambos seremos hombres mejores desde nuestro encuentro de hoy.

Silas le dio las gracias en silencio con una mirada de afecto.

—Escríbame las señas del doctor Noel en este papel —dijo el príncipe llevándolo a la mesa—, y permítame recomendarle que cuando retorne a París evite la compañía de este peligroso hombre. En este caso ha actuado generosamente; debo creerlo así, pues si hubiera estado involucrado en el asesinato del joven Geraldine, no hubiera remitido el cadáver al propio asesino.

—¡El propio asesino! —repitió Silas, atónito.

—En efecto. Esta carta, que la Alta Providencia ha depositado de manera extraña en mis manos, estaba dirigida, ni más ni menos, que al mismo criminal, el infame presidente del Club de los Suicidas. No intente saber más de estos asuntos tan tenebrosos, sino que conténtese con su milagrosa huida y abandone esta casa al instante. Tengo cuestiones urgentes, y debo disponerlo todo en seguida respecto a este pobre muchacho, que fue un joven tan valiente y tan apuesto.

Silas se despidió con obediencia y agradecimiento del príncipe Florizel, pero se quedó cerca de Box Court hasta que lo vio salir, en un espléndido coche, a visitar al coronel Henderson, de la policía. Aunque republicano como era, el joven americano se quitó el sombrero ante el coche que pasaba, casi con devoción. Esa misma noche tomó el tren de regreso a París.

Aquí (observa mi autor árabe) finaliza la HISTORIA DEL MÉDICO Y EL BAÚL MUNDO. Después de omitir algunas referencias al poder de la Providencia, muy adecuadas en el original, pero poco indicadas para nuestro gusto occidental, debo añadir solamente que el señor Scuddamore ya ha empezado a ascender los peldaños de la fama en su carrera política, y, según los últimos informes, es ahora sheriff de su ciudad natal.

III. La aventura de los coches de punto

El teniente Brackenbury Rich había destacado en una de las varias guerras que su país había desarrollado en las montañas de la India. En una estas batallas, capturó con sus propias manos al jefe enemigo; se convirtió en un héroe reconocido por todos y, a su regreso a Inglaterra, herido por un grave sablazo y enfermo por una fiebre tropical, la sociedad entera se disponía a recibirle como a una celebridad. No obstante, el teniente era de natural sinceramente modesto; el amor a la aventura corría por sus venas y desdeñaba los halagos y la adulación. Por ese motivo pasó unas temporadas en algunos balnearios extranjeros y en Argel, aguardando a que la fama de sus triunfos se desvaneciera en su breve florecimiento y se olvidara. Llegó por fin a Londres, a comienzos de la temporada, y tan inadvertido como podía desear. Sólo tenía unos parientes lejanos que vivían en provincias y habían muerto, por lo que se instaló casi como un extranjero en la capital del país por el que había luchado y vertido su sangre.

El día siguiente a su llegada cenó en un club militar. Estrechó la mano de unos cuantos viejos camaradas, y recibió sus vehementes felicitaciones; pero estaban comprometidos aquella noche y el teniente pronto se vio solo y enfrentado a utilizar sus propios recursos. Se había vestido de etiqueta con la intención de ir a un teatro. Pero no conocía la gran ciudad. Había pasado de una escuela de provincias a la academia militar y luego directamente al Oriente, para servir al imperio; en consecuencia, imaginaba que le esperaban grandes placeres en aquel mundo por explorar y se echó a andar hacia el oeste enarbolando el bastón. Había oscurecido, y el ambiente era cálido aunque la lluvia amenazaba. Su imaginación se alteró al ver la procesión de rostros que pasaban bajo la luz de los faroles; le pareció que en la atmósfera excitante de aquella ciudad podía permanecer caminando eternamente, rodeado por el misterio de cuatro millones de vidas propias. Miraba las casas al pasar, maravillándose de lo que se vivía tras las ventanas tan bien iluminadas; ponía los ojos en las caras de la gente que cruzaba, y cada una le parecía mantener una expresión diferente, de interés desconocido, ya fuera vil o generoso.

"Siempre se habla de la guerra —pensó—, pero éste es el gran campo de batalla de la humanidad".

Más tarde, se admiró de que, habiendo recorrido tan grandes y diferentes escenarios, no se le hubiera presentado ni una posibilidad de aventura.

"Todo llegará —pensó—. Todavía soy un extranjero y debo de tener un aire extraño, pero la vorágine acabará por envolverme".

Había avanzado la noche cuando, súbitamente, se produjo un chaparrón helado que le sorprendió en la oscuridad. Se protegió debajo de unos árboles y entonces avistó un coche de punto. El cochero, sentado en el pescante, le indicó con un ademán que estaba libre. Era una buena ocasión para escapar a la lluvia y Brackenbury levantó el bastón para llamarlo y, un momento después, se acomodó en el asiento de un simón londinense.

—¿Adónde desea ir, señor? —preguntó el cochero.

—Adonde usted quiera —respondió Blackenbury.

De inmediato, el coche se introdujo con extraordinaria celeridad por entre la lluvia, y un laberinto de casas, todas prácticamente iguales, adornadas con un jardín delantero; a la luz de los faroles, recorrían innumerables calles y plazas, tan similares que Blackenbury se sintió desconcertado y perdió en seguida todo sentido de la orientación. Empezaba a pensar que el cochero le tomaba el pelo dándole vueltas y vueltas alrededor del mismo sitio, pero lo cierto era que avanzaban con velocidad tan delicada que se convenció de que no era así. El cochero seguía una dirección concreta, corriendo hacia un objetivo definido; y al teniente le maravilló la pericia con que localizaba el camino adecuado en el inmenso laberinto de calles. Paralelamente, sintió cierta preocupación por cuál podría ser la razón de tanta prisa. Había oído historias de extranjeros a quienes asaltaban y atacaban en Londres. ¿Acaso el cochero pertenecía a alguna banda malvada y traidora? Él mismo, ¿estaría volando en ese momento hacia el lugar donde iba a ser asesinado?

No bien había pensado esto cuando el coche dobló una esquina y se paró ante el jardín de una casa situada en una amplia calle. La casa estaba brillantemente iluminada. Otro coche de punto partía en ese momento y Brackenbury observó que un caballero entraba por la puerta principal y le recibían unos criados con librea. Le sorprendió que el cochero se hubiese detenido delante de una casa donde se estaba celebrando una fiesta. Una casualidad, sin duda, pensó, y siguió fumando su cigarrillo sin alterarse hasta que oyó abrirse la portezuela del coche sobre su cabeza.

—Ya hemos llegado, señor —dijo el cochero.

—¿Ya hemos llegado? —repitió Brackenbury—. ¿Dónde?

—Usted me dijo que lo condujese donde yo deseara, señor —respondió el cochero con una risa—, y aquí le he traído.

La voz era muy segura y cortés para un vulgar cochero, o eso, al menos, le pareció a Brackenbury. Le vino a la cabeza la velocidad con que habían venido, y sólo entonces reparó en que el coche era de mucho más lujo de los que se utilizaban para el servicio público.

—Haga el favor de explicarse —dijo el militar—. ¿Es que pretende que salga a mojarme a la lluvia? Me parece, amigo, que soy yo quien decide aquí.

—Por supuesto —contestó el cochero—. Cuando se lo haya contado todo, sé lo que decidirá un caballero como usted. En esta casa se celebra una reunión de señores. No sé si el dueño es un extranjero en Londres o es un hombre de ideas raras. Pero a mí me pagan para que traiga a la casa a caballeros solos, vestidos de etiqueta. Todos los que quiera; si puede ser, mejor oficiales del ejército. Lo único que ha de hacer es presentarse y decir que viene invitado por el señor Morris.

—¿Usted es el señor Morris? —preguntó Brackenbury.

—No, señor —respondió el cochero—. El señor Morris es el dueño de la casa.

—No es una manera muy habitual de reunir invitados —dijo Brackenbury

—, aunque un excéntrico puede permitirse algunos caprichos si no ofende a nadie. Pero imagine que yo no acepto la invitación del señor Morris. ¿Qué ocurre entonces?

—Mis instrucciones son llevarlo de vuelta al sitio donde lo recogí —explicó el cochero—, y seguir buscando caballeros hasta la medianoche. "A las personas a quienes no interese una aventura", dijo el señor Morris, "ya no las quiero como huéspedes".

El teniente se decidió en el acto al escuchar aquellas palabras.

"Al fin y al cabo —reflexionó mientras bajaba del coche—, tengo delante la aventura que esperaba".

En cuanto bajó del coche y se metió la mano en el bolsillo, el coche dio media vuelta y desapareció por donde había venido como alma que lleva el diablo. Brackenbury llamó al cochero, pero éste no le hizo caso y siguió su camino. Alguien debió oírlo en la casa, no obstante, pues la puerta volvió a abrirse, arrojando un haz de luz sobre el jardín, y un sirviente vino corriendo a su encuentro, con un paraguas abierto en la mano.

—El coche está pagado —le dijo con voz muy cortés y subió los escalones hasta la puerta de entrada, acompañando a Brackenbury.

Al entrar, varios sirvientes más se hicieron cargo de su sombrero, su bastón y un abrigo, le dieron a cambio una contraseña con un número y lo invitaron a subir por una escalera, adornada de plantas tropicales, que daba al primer piso. Allí, un grave mayordomo le preguntó su nombre y, anunciando: "El teniente Brackenbury Rich", lo hizo pasar al salón de la casa.

Un hombre joven, esbelto y bien parecido se acercó a saludarlo, con ademán a un tiempo cortés y afectuoso. El salón estaba iluminado por cientos de velas de la más fina cera y perfumado, como la escalera, por muchos arbustos raros y preciosos. A un lado se veía una mesa llena de viandas más tentadoras. Varios sirvientes iban y venían con bandejas de frutas y copas de champán. Había unos quince invitados, todos hombres, casi todos en la flor de la edad y de aspecto noble y desenvuelto. Se habían dividido en dos grupos, uno en torno a una ruleta, otro en una mesa en la que uno de ellos hacía de banca en una partida de bacará.

"Entiendo —pensó Brackenbury—; esto es una casa de juego privada y los clientes vienen traídos por el cochero".

No le había pasado por alto ningún detalle y se había formado ya una conclusión, mientras el dueño de la casa le estrechaba la mano, y volvió hacia él la vista de nuevo. El señor Morris le sorprendió más que la primera vez que le había visto. Tenía una distinción natural en el porte, una corrección, una cortesía y una valentía en sus rasgos que en absoluto eran los de alguien que el teniente imaginaba como el patrón de un garito y, por los matices de su conversación, le pareció un hombre de virtudes y de categoría. Brackenbury sintió por él una simpatía instintiva y, aún pensando que era debilidad, no se resistía a la atracción amistosa de la persona y la calidad del señor Morris.

—Me han llegado muchas de sus hazañas, teniente Rich —afirmó el señor Morris en voz baja—, y la verdad es que estoy contento de conocerle. Su fama, que le precede desde la India, se ve confirmada con su apariencia. Consideraré no un honor, sino un verdadero placer para mí que olvide usted el extraño modo en que ha conocido mi casa. Un hombre que ha vencido en buena lid a tantos enemigos bárbaros —añadió, riéndose—, no se asustará ante una falta de protocolo, aunque sea importante.

Entonces, le condujo a una mesa para que se sirviera algo de comer.

"Éste es uno de los hombres más simpáticos que he visto en mi vida —pensaba el teniente—, y esta reunión, sin la menor duda, es una de las más agradables de Londres".

Probó el champán, que encontró excelente y, viendo que muchos de los presentes fumaban, encendió uno de sus cigarros filipinos y se acercó a la ruleta, donde hizo unas cuantas apuestas y, sobre todo, asistió sonriendo a la buena suerte de otros. En ésas estaba cuando cayó en la cuenta de que los huéspedes eran sometidos a un examen detenido. El señor Morris iba de un lado a otro cumpliendo, al parecer, con los deberes de la hospitalidad, pero no había una sola persona en la reunión que escapase a sus miradas penetrantes; observaba el comportamiento de quienes habían perdido mucho dinero, tomaba nota del monto de las apuestas, se detenía junto a las parejas absortas en la conversación: en una palabra, no había detalle en el que no reparase. Todo se parecía tanto a una inquisición privada que Brackenbury empezó a preguntarse si en realidad no se hallaba en un garito. Siguió los movimientos del señor Morris y, aunque el hombre guardaba siempre la sonrisa en los labios, le pareció advertir, como tras de una máscara, un espíritu tenso, ansioso, preocupado. En torno suyo proseguían las risas y el juego, pero Brackenbury perdió interés en los demás invitados. "El señor Morris no está ocioso en la habitación —pensó—. Le anima algún profundo propósito y el mío va a ser averiguarlo".

De tanto en tanto, el señor Morris llamaba aparte a alguno de los visitantes y, tras un breve intercambio de palabras en la antesala, reaparecía solo y el visitante en cuestión no volvía a aparecer. Cuando el suceso se repitió varias veces, excitó la curiosidad de Brackenbury, quien decidió estar al corriente del más pequeño misterio en seguida. Se deslizó a la antesala, donde encontró un gran ventanal cubierto por unos cortinajes verdes y precipitadamente se ocultó tras ellos. No tuvo que esperar mucho hasta escuchar el sonido de unos pasos y unas voces que se aproximaban a él desde la sala contigua. Escrutando entre las cortinas, vio al señor Morris escoltando a un personaje rudo y rubicundo, con aspecto de agente de viajes, que había llamado la atención ya a Brackenbury por su risa ordinaria y por la vulgaridad de sus modales en la mesa. Los dos hombres se detuvieron delante de la ventana, por lo que Brackenbury no se perdió ni una palabra del siguiente parlamento:

—Le pido mil perdones —empezó el señor Morris, con las maneras más conciliadoras—, si le parezco rudo, pero estoy seguro de que me perdonará. En un lugar tan grande como Londres continuamente suceden accidentes y nuestra esperanza es remediarlos con la menor tardanza posible. Me temo que usted se ha equivocado y ha honrado mi pobre casa inadvertidamente. Planteemos el caso sin rodeos (entre caballeros honorables una palabra es suficiente), ¿bajo qué techo cree usted que se encuentra?

—Bajo el del señor Morris —respondió el otro, con muestras de una gran confusión, que había ido en aumento conforme oía las últimas palabras.

—¿El señor John o el señor James Morris? —inquirió el anfitrión.

—En verdad, no puedo decírselo —contestó el infortunado invitado—. No conozco en persona al caballero, como tampoco lo conozco a usted.

—Ya entiendo —dijo el señor Morris—. Un poco más abajo de la calle vive otra persona con el mismo nombre, y no tengo duda de que algún policía podrá indicarle el número. Crea que me felicito del malentendido que me ha procurado el placer de su compañía durante tanto rato, y permítame expresarle la esperanza de que volvamos a encontrarnos otra vez de manera más normal. Entre tanto, por nada del mundo le retendría más tiempo de estar con sus amigos. John —añadió, levantando la voz—, ¿quiere usted ayudar a este caballero a encontrar su abrigo?

Y con el ademán más gentil, el señor Morris escoltó a su visitante hasta la puerta de la antesala, donde le dejó en compañía de un mayordomo. Cuando pasó al lado de la ventana, al volver para el salón, Brackenbury le oyó lanzar un profundo suspiro, como si fuera preso de una gran ansiedad y tuviera los nervios agotados por la tarea a la que se dedicaba.

Durante casi una hora, los coches de alquiler continuaron llegando, con tal frecuencia que el señor Morris tenía que recibir a un invitado por cada uno al que despedía, y la reunión mantenía el número de sus asistentes invariable. Pero más entrada la noche las llegadas fueron espaciándose hasta que cesaron por completo, mientras el proceso de eliminación de invitados proseguía con imparable actividad. El salón empezó a parecer vacío; la partida de bacará se interrumpió por falta de banca y más de una persona se despidió voluntariamente y partió sin protesta alguna por parte del anfitrión. En el ínterin, el señor Morris redoblaba sus atenciones a los que quedaban dentro. Iba de grupo en grupo y de persona en persona repartiendo miradas de la más sincera simpatía y la más adecuada y agradable conversación; parecía más una anfitriona que un anfitrión, y en sus maneras había un punto de coquetería femenina y condescendencia que seducía todos los corazones.

Cuando los huéspedes habían descendido ya bastante, el teniente Rich se deslizó un momento al vestíbulo a tomar un poco de aire fresco. Pero en cuanto atravesó el umbral de la antecámara, se llevó un brusco sobresalto al descubrir algo en verdad sorprendente. Los arbustos de flores habían desaparecido de las escaleras; tres grandes camiones de mudanzas estaban aparcados delante de la entrada del jardín; los sirvientes estaban recogiendo las cosas y desmantelando la casa por todas partes y algunos se habían puesto ya sus abrigos y se preparaban para marchar.

Parecía el final de un baile de pueblo donde todo se había contratado.

Brackenbury tenía, en verdad, materia para pensar. En primer lugar, los invitados, que al final no eran verdaderos invitados, habían sido despedidos; y, ahora, los criados, que a lo mejor tampoco eran verdaderos criados, iban marchándose. "¿Era toda la casa una farsa? —se preguntó—. ¿Como los hongos de una sola noche, que desaparecen antes de que amanezca?".

Después, aprovechando una oportunidad, Brackenbury subió a los pisos superiores de la casa. Era lo que había supuesto. Recorrió habitación tras habitación y no vio en ninguna un solo mueble ni mucho menos un cuadro en las paredes. Aunque la casa había sido pintada y empapelada, no sólo no la habitaba nadie ahora, sino que estaba claro que nunca había sido habitada. El oficial recordó con asombro el ambiente tan hospitalario, lujoso y acogedor que había visto a su llegada. Sólo con un prodigioso coste se podía montar una impostura a tan gran escala.

¿Quién era, entonces, el señor Morris? ¿Qué intenciones le animaban para representar, por una sola noche, el papel de anfitrión en un apartado barrio del oeste de Londres? ¿Y por qué recogía a sus invitados al azar de las calles?

Brackenbury recordó que se estaba demorando y se apresuró a reunirse con el grupo. Algunas personas más se habían ido ya durante su ausencia y, contando al teniente y su anfitrión, no había más de cinco personas en el salón, hasta hacía poco tan concurrido. El señor Morris le saludó sonriendo al verlo regresar al salón y se puso de inmediato en pie.

—Ya es hora, caballeros —dijo a los presentes—, de que les explique mis propósitos al privarles de sus distracciones de costumbre. Confío en que no hayan encontrado la velada muy aburrida, pero mi objetivo no era entretener su ocio sino conseguir ayuda en un momento de apuro. Todos ustedes son caballeros —continuó—, su apariencia les hace justicia y no pido más garantía. Por eso, hablando sin rodeos, les pido que me presten un servicio delicado y peligroso; peligroso porque pueden ustedes arriesgar sus vidas y delicado porque debo solicitarles una absoluta discreción sobre todo lo que ustedes vean u oigan. La petición, por parte de un completo desconocido, es casi cómicamente extravagante. Soy perfectamente consciente de ello y por ello añado en seguida: si alguno de los presentes cree que ya ha escuchado demasiado, si entre los reunidos hay alguien a quien no interesan las confidencias peligrosas ni los actos quijotescos hacia una persona desconocida, aquí está mi mano dispuesta, y le deseo un buen descanso con toda la sinceridad del mundo.

Un hombre alto, moreno, un poco cargado de espaldas, respondió de inmediato a estas palabras:

—Le agradezco su franqueza, señor —dijo— y, por mi parte, me voy. No me hago ninguna pregunta, pero le confieso que me inspira usted sospechas. Como digo, me voy, y tal vez piense usted que no tengo derecho a añadir palabras a mi ejemplo.

—Por el contrario —replicó el señor Morris—. Le agradezco lo que quiera decirnos. Sería imposible exagerar la gravedad de mi propuesta.

—Ustedes, caballeros, ¿qué opinan? —dijo el hombre dirigiéndose a los demás—. Hemos pasado una noche agradable, ¿saldremos juntos para regresar a casa en completa tranquilidad? Mi sugerencia les parecerá acertada mañana por la mañana cuando vean salir el sol con inocencia y seguridad.

El conferenciante pronunció las últimas palabras con una entonación que les daba más fuerza y su rostro mostró una expresión singular, de gravedad y energía. Algunos del grupo se levantaron apresuradamente y, con cierto aire de susto, se prepararon para partir. Sólo dos se quedaron en su sitio, Brackenbury y un viejo mayor de caballería, que tenía la nariz muy roja. Los dos mantuvieron una actitud de aparente indiferencia respecto a lo que acababan de escuchar, como si fuera algo ajeno a ellos e intercambiaron una mirada de inteligencia.

El señor Morris acompañó a los desertores hasta la puerta, que cerró detrás de ellos. Después se volvió con un gesto de alivio y resolución, y se dirigió a los dos oficiales.

—He elegido a mis hombres, como Josué en la Biblia —dijo—. Y estoy seguro de que he recogido lo mejor de Londres. Su aspecto agradó a mis cocheros y me encantó a mí. He observado su comportamiento en compañía de extraños y en las circunstancias más inusuales: he estudiado cómo jugaban y cómo soportaban sus pérdidas; finalmente, les he hecho una prueba con un anuncio desconcertante, y ustedes lo han recibido como una invitación para comer. ¡No en vano —exclamó— he sido durante años el pupilo y el compañero del poderoso más valiente y sabio de Europa!

—En la batalla de Bunderchang pedí doce voluntarios —explicó el mayor— y todos los hombres de mis filas respondieron a mi llamada. Pero un salón de juego no es lo mismo que un regimiento en batalla. Creo que puede usted felicitarse de haber encontrado a dos, y a dos que no le dejaran en la estacada. En cuanto a los dos que han salido corriendo, los considero entre los más pobres diablos que me he encontrado nunca. Teniente Rich —añadió, dirigiéndose a Brackenbury—, últimamente he oído hablar mucho de usted y no tengo duda de que usted también habrá oído hablar de mí, soy el mayor O'Rooke.

El veterano militar tendió la mano, roja y temblorosa, al joven teniente.

—¿Quién no, en efecto? —dijo Brackenbury.

—Cuando acabe este asuntillo que nos ocupa —dijo el señor Morris—, pensarán que no he podido proporcionarles mayor favor que el de haberles facilitado el conocerse.

—Y, ahora —preguntó el mayor O'Rooke—, ¿se trata de un duelo?

—Un duelo en cierta forma —respondió el señor Morris—. Un duelo con enemigos desconocidos y peligrosos y, mucho me temo, que un duelo a muerte. Debo pedirles —continuó— que no me llamen más señor Morris, sino Hammersmith. Debo pedirles, también, que no traten de descubrir por su cuenta mi verdadero nombre ni el de la persona a quien pronto voy a presentarles. Hace tres días, la persona de quien les hablo desapareció repentinamente de su domicilio y, hasta esta mañana, no he tenido conocimiento de su situación. Se imaginarán mi alarma cuando les diga que está envuelta en un asunto de justicia particular. Sujeta a un juramento desafortunado, que aceptó con demasiada ligereza, cree imprescindible librar al mundo de un villano sanguinario e infame, sin la ayuda de la ley. Ya dos amigos nuestros, uno de ellos mi propio hermano, han fallecido en el intento. Mi amigo mismo, si por desgracia no estoy equivocado, ha caído en los mismos lazos fatales. Pero por lo menos está vivo y conserva la esperanza, como parece probar esta nota:

Mayor Hammersmith: El miércoles a las tres de la madrugada un hombre de mi absoluta confianza le hará pasar por los jardines de Rochester House, en Regent's Park. Le pido que no me falle ni en un segundo. Le ruego que traiga mi juego de espadas y, si los encuentra, a dos caballeros prudentes y discretos que no me conozcan. Mi nombre no debe aparecer en este asunto. T. GODALL.

—Sólo por su sabiduría y su buen criterio, si no tuviera otros títulos —dijo el coronel Geraldine, cuando los otros hubieron satisfecho su curiosidad—, habría que cumplir las instrucciones de mi amigo. No preciso decirles, por otra parte, que no he pasado nunca por los alrededores de Rochester House y que, como ustedes, no tengo idea del trance en que se halla mi amigo. Tan pronto recibí sus órdenes, me dirigí personalmente a una casa de alquiler de muebles y, en pocas horas, esta casa donde nos encontramos asumió todo este aire de fiesta. Cuando menos, mi plan era original y no me arrepiento nada pues me ha procurado los servicios del mayor O'Rooke y el teniente Brackenbury Rich. Pero los criados que están en la puerta van a tener un curioso despertar cuando por la mañana encuentren la casa, llena la noche anterior de luces e invitados, deshabitada y en alquiler. Hasta lo más grave tiene su parte cómica —acabó el coronel.

—Y pensemos que un final feliz —dijo Brackenbury. El coronel consultó su reloj.

—Son ya casi las dos de la madrugada —dijo—. Disponemos de una hora por delante y tenemos un buen coche a la puerta. Díganme, finalmente, si puedo contar con su ayuda.

—En toda mi vida he faltado a mi palabra —replicó el mayor O'Rooke— y ni siquiera he cubierto una apuesta con otra.

Brackenbury manifestó su disponibilidad en los términos más adecuados y, tras beber un vaso o dos de vino, el coronel les dio a cada uno un revólver cargado, los tres subieron al coche y se encaminaron a la dirección indicada.

Rochester House era una magnífica residencia situada al borde del canal. La gran extensión de sus jardines la aislaba de manera inusual de las molestias del vecindario. Semejaba el *parc aux cerfs* de un gran aristócrata o millonario. Hasta donde era posible ver desde la calle, no había el menor resplandor de luz en ninguna de las numerosas ventanas de la mansión. Y el lugar tenía un aspecto de abandono, como si hiciera tiempo que faltara el dueño de la casa.

Despidieron el coche y los tres hombres no tardaron en descubrir la pequeña puerta de acceso, que estaba en un callejón, entre dos tapias del jardín. Todavía faltaban diez o quince minutos para la hora señalada. Llovía a cántaros y los tres aventureros se refugiaron debajo de una hiedra frondosa, mientras hablaban en voz baja de la aventura que les aguardaba.

De súbito, Geraldine levantó el dedo en ademán de silencio y los tres escucharon con atención. A través del sonido continuado de la lluvia, se oyeron los pasos y voces de dos hombres al otro lado de la tapia. A medida que se aproximaban, Brackenbury, que tenía un oído muy fino, distinguió algunas partes de su conversación.

—¿Está cavada la tumba? —preguntó uno de los dos.

—Sí —contestó el otro—, detrás de los laureles. Al terminar, colocaremos encima un par de estacas.

El primero rio y sus risas sonaron siniestras a los que escuchaban al otro lado.

—Dentro de una hora —dijo.

Por el sonido de los pasos, dedujeron que se habían separado y se encaminaban en direcciones opuestas.

Casi inmediatamente, la puerta se abrió con gran sigilo, un rostro muy blanco se asomó al callejón y una mano indicó a los caballeros que avanzaran. Los tres pasaron la puerta en un silencio mortal, y ésta se cerró inmediatamente detrás de ellos. Siguieron a su guía por unos senderos del jardín hasta la puerta de la cocina de la casa. Una sola vela ardía en una gran cocina enlosada, desprovista de cualquier mueble. Cuando el grupo empezó a subir por una escalera de caracol, el ruido del correr de unas ratas certificó de la manera más clara el estado de abandono de la casa.

Su guía los precedía llevando una vela. Era un viejo delgado y muy encorvado, pero todavía ágil de movimientos. De tanto en tanto se volvía y les indicaba con un gesto que guardaran cautela y silencio. El coronel Geraldine le pisaba los talones, con la caja de espadas bajo el brazo y una pistola en la otra mano. A Brackenbury le latía el corazón con violencia. Comprendía que no habían llegado tarde y que, por el apresuramiento que demostraba el viejo, se acercaba el momento de la acción. Y las circunstancias de la aventura eran tan oscuras y amenazadoras, el lugar tan bien elegido para aquellos siniestros sucesos, que hasta a un hombre mayor como Brackenbury, que cerraba la marcha en la subida de la escalera de caracol, se le hubiera perdonado la inquietud.

Al final de la escalera, el guía abrió una puerta e hizo pasar a los tres hombres al interior de una pequeña habitación iluminada por una lámpara humeante y por el resplandor de una modesta chimenea. Al lado de la chimenea se sentaba un hombre en los mejores años de la madurez, de físico un poco grueso, pero de apariencia distinguida e imponente. Tenía una expresión de serenidad imperturbable, y fumaba un puro con deleite y placer. Sobre la mesa, junto a su codo, había una copa llena de alguna bebida efervescente, que despedía un agradable olor por toda la habitación.

—Bienvenido —saludó, tendiendo la mano al coronel Geraldine—. Estaba seguro de que podía contar con su puntualidad.

—Con mi fidelidad —repuso el coronel, haciendo una inclinación.

—Presénteme a sus amigos —pidió el hombre y, cuando lo hubieron hecho, añadió con la más exquisita cortesía—: Desearía, caballeros, poder ofrecerles un plan más divertido. No es precisamente cordial iniciar una relación con asuntos tan graves, pero la fuerza de los hechos es más poderosa que las obligaciones de la cortesía. Espero y creo que podrán ustedes perdonarme esta desagradable noche; y para hombres de su talante bastará saber que están realizando un gran favor en una importante empresa.

—Su Alteza —dijo el mayor—, perdone mi brusquedad, pero no puedo ocultar lo que sé. Desde hace bastante rato sospecho del señor Hammersmith, pero con el señor Godall ya no hay ninguna duda. Buscar en Londres a dos hombres que no conocieran al príncipe Florizel de Bohemia era pedir demasiado a la suerte.

—¡El príncipe Florizel! —exclamó Brackenbury, atónito.

Y miró con toda atención los rasgos del famoso personaje que tenía ante él.

—No lamentaré perder mi incógnito —señaló el príncipe—, porque me permite darles las gracias con más autoridad. Habrían hecho ustedes lo mismo por el señor Godall, estoy seguro de ello, que por el príncipe de Bohemia, pero éste quizá pueda hacer más por ustedes. Quien sale ganando soy yo —acabó con un ademán cortés.

A continuación, conversó con los dos oficiales sobre el ejército indio y las tropas del país, tema sobre el cual, como sobre muchos otros, poseía una gran información y una acertada opinión.

Había algo tan llamativo en la actitud de aquel hombre en un momento de tan mortal peligro que Brackenbury sintió la mayor admiración respetuosa. Tampoco dejaba de impresionarle el encanto de su conversación y la sorprendente afabilidad de sus modales. Todos los gestos, las entonaciones de la voz, no sólo eran nobles en sí mismos, sino que parecían ennoblecer al afortunado mortal a quien se dirigían. Y Brackenbury se dijo con entusiasmo que por aquel soberano cualquier hombre valiente daría con gusto la vida.

Habían transcurrido ya algunos minutos cuando el hombre que les había introducido en la casa, que había permanecido sentado hasta entonces en un rincón, se puso en pie y murmuró unas palabras al oído del príncipe.

—De acuerdo, doctor Noel —repuso Florizel en voz baja; después se dirigió a los otros—. Discúlpenme, señores, si debo dejarlos a oscuras. Se acerca el momento.

El doctor Noel apagó la lámpara. Una débil luz grisácea, anunciadora del amanecer, llegaba hasta la ventana sin iluminar la habitación. Cuando el príncipe se levantó, no se distinguían sus facciones ni podía advertirse la naturaleza de la emoción que obviamente le afectaba cuando habló. Se acercó a la puerta en una actitud de atención concentrada.

—Tengan la amabilidad —dijo— de mantener el más absoluto silencio y de ocultarse en la parte más oscura.

Los tres militares y el médico se apresuraron a obedecer y, durante casi diez minutos, sólo se oyó en Rochester House el ruido de las correrías de las ratas por los techos. Al cabo de ese tiempo, una puerta se abrió con un crujido y el ruido resonó con nitidez sorprendente en el silencio. En seguida oyeron que alguien subía las escaleras de la cocina con pasos lentos y cautelosos. En cada peldaño, el intruso parecía detenerse y escuchar, y en esas pausas, que les resultaban extraordinariamente largas, una profunda inquietud embargó el ánimo de quienes escuchaban. Incluso el doctor Noel quien estaba acostumbrado a las emociones del peligro, sufría un abatimiento físico que casi inspiraba compasión. Jadeaba débilmente, los dientes le rechinaban y las articulaciones de los huesos crujían cada vez que cambiaba, nerviosamente, de postura.

Por último, una mano se posó sobre la puerta y descorrió el cerrojo con débil ruido. Se produjo otra pausa, en la que Brackenbury vio al príncipe encogerse en silencio, como preparándose para un gran esfuerzo físico. Entonces la puerta se abrió, dejando entrar un poco más de la luz del amanecer y en el umbral apareció, inmóvil, la figura de un hombre. Era alto y llevaba un cuchillo en la mano. Tenía la boca abierta, como un mastín a punto de atacar, y los dientes le brillaban, incluso en medio de la tiniebla. Era evidente que acababa de salir del agua, apenas dos o tres minutos antes, pues se oía el ruido de las gotas cayendo de sus ropas al suelo.

A continuación, traspasó el umbral. Alguien saltó, se oyó un grito ahogado y el ruido de un forcejeo, y, antes de que el coronel Geraldine pudiera correr en su ayuda, el príncipe sujetaba ya al hombre por los hombros, desarmado e impotente.

—Doctor Noel —dijo el príncipe—, tenga la amabilidad de encender la lámpara.

El príncipe entregó a su prisionero a Geraldine y a Brackenbury, cruzó la habitación y se situó delante de la chimenea. En cuanto la lámpara alumbró, todos vieron una inusitada severidad en las facciones del príncipe. Había dejado de ser Florizel, el despreocupado y gentil caballero, para convertirse en el príncipe de Bohemia, lleno de una justa indignación e impulsado por un propósito mortal. Alzó la cabeza y se dirigió al presidente del Club de los Suicidas.

—Presidente —empezó—, ha tendido usted su última trampa y usted mismo ha sido su presa. Empieza el día y ésta es su última mañana. Ha nadado usted por el Regent's Canal, es su último baño en este mundo. Su antiguo cómplice, el doctor Noel, lejos de traicionarme, le ha puesto en mis manos para que se haga justicia. Y la tumba que cavó usted para mí esta tarde va a servir, con la ayuda de la Divina Providencia, para ocultar su justo destino de la curiosidad de los hombres. Arrodíllese y rece, señor, si cree usted en algo, pues le queda poco tiempo y Dios está hastiado de sus infamias.

El presidente no hizo el menor ademán ni pronunció palabra. Tenía la cabeza baja y miraba hoscamente el suelo, como recibiendo sobre sí la mirada austera y justiciera del príncipe.

—Caballeros —prosiguió por su parte el príncipe, con su tono de voz habitual—, éste es el hombre que durante mucho tiempo se me ha escapado, pero a quien ahora, gracias al doctor Noel, tengo en mi poder. Contar la historia de sus miserias y sus crímenes nos llevaría más tiempo del que tenemos, pero si por el canal corriera sólo la sangre de sus víctimas, este miserable estaría igual de empapado que como le ven. Pero hasta en un asunto de esta índole deseo conservar las formas del honor. Les nombro a ustedes jueces, caballeros, pues esto es más una ejecución que un duelo; y conceder a este canalla el derecho a elegir las armas sería llevar la educación demasiado lejos. No puedo permitirme el lujo de perder mi vida en un asunto así —continuó, abriendo la caja de las espadas—, la bala de una pistola acierta a veces por las alas del azar, y la pericia y el coraje pueden fallar ante el hombre más cobarde. He decidido, y estoy seguro de que aprobará mi determinación, resolver esta cuestión por la espada.

Cuando Brackenbury y el mayor O'Rooke, a quienes se dirigían estas palabras manifestaron su conformidad, el príncipe volvió a dirigirse al presidente:

—Rápido, señor, elija una hoja y no me haga esperar. Estoy impaciente por acabar con usted para siempre.

Por primera vez desde que había sido capturado y desarmado, el presidente levantó la cabeza y se vio claramente que recobraba el ánimo.

—¿Un duelo? —preguntó—. ¿Entre usted y yo?

—Pienso hacerle ese honor —replicó el príncipe.

—¡Oh, vamos! —dijo el presidente—. En un buen terreno, ¿quién sabe qué puede pasar? Debo decidir que me parece muy generoso por parte de Su Alteza y que, si me ocurre lo peor, habré muerto a manos del mejor caballero de Europa.

Liberado por los que le retenían, el presidente dio unos pasos hacia la mesa y empezó, con atención, a elegir la espada. Estaba muy contento, como si no albergara duda de salir victorioso del combate. Los asistentes se alarmaron ante aquella seguridad tan grande e instaron al príncipe Florizel a reconsiderar su propósito.

—Es sólo comedia —les respondió—, y creo poder prometerles, caballeros, que no será de larga duración.

—Su Alteza haría bien en no confiarse —aconsejó el coronel Geraldine.

—Geraldine —replicó el príncipe—, ¿sabe usted de alguna vez en que haya fallado en cuestiones de honor? Yo le debo a usted la muerte y la tendrá.

El presidente se declaró finalmente satisfecho con una de las espadas y manifestó que estaba dispuesto con un gesto no desprovisto de cierta dignidad. La cercanía del peligro y el sentimiento del valor conferían hombría y hasta algún donaire al criminal.

El príncipe tomó una de las espadas al azar.

—Coronel Geraldine y doctor Noel —dijo—, tengan la bondad de aguardarme en esta habitación. No deseo que ningún amigo mío participe en esta cuestión. Mayor O'Rooke, usted es un hombre de edad y de probada reputación, permítame recomendar al presidente a sus buenos oficios; teniente Rich, sea usted tan amable de encargarse de mí: un joven siempre tiene algo que aprender de estas cosas.

—Su Alteza —replicó Brackenbury—, es un honor que le agradeceré siempre.

—Muy bien —dijo el príncipe Florizel—, espero demostrarles mi amistad en circunstancias más importantes.

Y salió el primero de la habitación, seguido de los demás, y bajaron las escaleras.

Los dos hombres que quedaron solos abrieron la ventana e intentaron, con todos sus sentidos, captar algún indicio de los trágicos acontecimientos que iban a producirse fuera. La lluvia había cesado, era casi de día y los pájaros piaban en los arbustos y en los frondosos árboles del jardín. Vieron un momento al príncipe y sus dos acompañantes cuando caminaban por un sendero entre dos macizos de flores, pero en el primer recodo el follaje los ocultó otra vez. Fue todo lo que pudieron ver el coronel Geraldine y el médico, y como el jardín era tan grande y el lugar elegido para el duelo muy alejado de la casa, ni el ruido del entrechocar de las espadas les llegaba.

—Lo ha llevado a la tumba —dijo el doctor Noel estremeciéndose.

—¡Que Dios proteja al justo! —exclamó el coronel.

Y aguardaron los acontecimientos en silencio, el doctor temblando de miedo y el coronel bañado en sudor. Debía de haber pasado mucho rato, pues el día era más claro y los pájaros cantaban con más fuerza en el jardín, cuando el ruido de unos pasos que volvían les hizo clavar la vista en la puerta. Entró el príncipe seguido de los dos militares. Dios había protegido al justo.

—Me avergüenzo de mi emoción —dijo el príncipe—. Siento que es una debilidad impropia de mi posición, pero la existencia en el mundo de ese perro infernal había empezado a dañarme como una enfermedad y su muerte me ha descansado más que una noche de reposo. Mire, Geraldine —añadió, tirando la espada al suelo—, aquí está la sangre del hombre que mató a su hermano. Es una visión que le agradará. Y, sin embargo —siguió diciendo—, ¡qué extraños somos los hombres! No han pasado cinco minutos de mi venganza y empiezo a preguntarme si la venganza puede alcanzarse en esta vida precaria.

¿Quién podrá remediar el mal que hizo? En su carrera amasó una enorme fortuna, esta misma casa era suya, y ahora esa carrera forma parte del destino de la humanidad. Podría estar repartiendo estocadas hasta el día del Juicio

Final y el hermano de Geraldine no dejaría de estar muerto y otros mil inocentes corrompidos y deshonrados. ¡La existencia del hombre es tan poca cosa cuando se le da fin, y una cosa tan grande cuando se usa para algo! ¡Ay! —se lamentó—. ¿Hay algo peor en la vida que obtener lo que se quiere?

—Se ha cumplido la justicia divina —comentó el coronel—. Eso es lo que veo yo. Para mí, Alteza, la lección ha sido cruel y aguardo mi turno con temor.

—¿Qué estaba diciendo yo? —exclamó el príncipe—. He infligido un castigo y a nuestro lado está el hombre que me ha ayudado a hacerlo. ¡Ah, doctor Noel! Usted y yo tenemos por delante mucho tiempo de trabajo honorable y arduo; y quizá, antes de que hayamos terminado, pueda usted haber pagado sus anteriores errores.

—Entretanto —dijo el doctor—, permítame ir a dar sepultura a mi más viejo amigo.

Y éste (observa el sabio árabe) es el afortunado fin de la historia. El príncipe, huelga mencionarlo, no olvidó a ninguno de los que le habían ayudado en tan gran empresa y hasta el día cuentan con el apoyo y la influencia del príncipe, que les dispensa con la gracia de su amistad en sus vidas privadas. Reunir todos los extraños hechos en que el príncipe desempeñó el papel de la Providencia (sigue diciendo el autor) representaría llenar de libros el mundo entero.

EL DIABLO DE LA BOTELLA

Había un hombre en la isla de Hawaii al que llamaré Keawe; porque la verdad es que aún vive y que su nombre debe permanecer secreto, pero su lugar de nacimiento no estaba lejos de Honaunau, donde los huesos de Keawe el Grande yacen escondidos en una cueva. Este hombre era pobre, valiente y activo; leía y escribía tan bien como un maestro de escuela, además era un marinero de primera clase, que había trabajado durante algún tiempo en los vapores de la isla y pilotado un ballenero en la costa de Hamakua. Finalmente, a Keawe se le ocurrió que le gustaría ver el gran mundo y las ciudades extranjeras y se embarcó con rumbo a San Francisco.

San Francisco es una hermosa ciudad, con un excelente puerto y muchas personas adineradas; y, más en concreto, existe en esa ciudad una colina que está cubierta de palacios. Un día, Keawe se paseaba por esta colina con mucho dinero en el bolsillo, contemplando con evidente placer las elegantes casas que se alzaban a ambos lados de la calle. "¡Qué casas tan buenas!" iba pensando, "y ¡qué felices deben de ser las personas que viven en ellas, que no necesitan preocuparse del mañana!". Seguía aún reflexionando sobre esto cuando llegó a la altura de una casa más pequeña que algunas de las otras, pero muy bien acabada y tan bonita como un juguete, los escalones de la entrada brillaban como plata, los bordes del jardín florecían como guirnaldas y las ventanas resplandecían como diamantes. Keawe se detuvo maravillándose de la excelencia de todo. Al pararse se dio cuenta de que un hombre le estaba mirando a través de una ventana tan transparente que Keawe lo veía como se ve a un pez en una cala junto a los arrecifes. Era un hombre maduro, calvo y de barba negra; su rostro tenía una expresión pesarosa y suspiraba amargamente. Lo cierto es que mientras Keawe contemplaba al hombre y el hombre observaba a Keawe, cada uno de ellos envidiaba al otro.

De repente, el hombre sonrió moviendo la cabeza, hizo un gesto a Keawe para que entrara y se reunió con él en la puerta de la casa.

—Es muy hermosa esta casa mía—dijo el hombre, suspirando amargamente—. ¿No le gustaría ver las habitaciones?

Y así fue como Keawe recorrió con él la casa, desde el sótano hasta el tejado; todo lo que había en ella era perfecto en su estilo y Keawe manifestó gran admiración.

—Esta casa —dijo Keawe—es en verdad muy hermosa; si yo viviera en otra parecida, me pasaría el día riendo. ¿Cómo es posible, entonces, que no haga usted más que suspirar?

—No hay ninguna razón —dijo el hombre—para que no tenga una casa en todo semejante a ésta, y aún más hermosa, si así lo desea. Posee usted algún dinero, ¿no es cierto?

—Tengo cincuenta dólares —dijo Keawe—, pero una casa como ésta costará más de cincuenta dólares.

El hombre hizo un cálculo.

—Siento que no tenga más —dijo—, porque eso podría causarle problemas en el futuro, pero será suya por cincuenta dólares.

—¿La casa?—preguntó Keawe.

—No, la casa no —replicó el hombre—, la botella. Porque debo decirle que aunque le parezca una persona muy rica y afortunada, todo lo que poseo, y esta casa misma y el jardín, proceden de una botella en la que no cabe mucho más de una pinta. Aquí la tiene usted.

Y abriendo un mueble cerrado con llave, sacó una botella de panza redonda con un cuello muy largo, el cristal era de un color blanco como el de la leche, con cambiantes destellos irisados en su textura. En el interior había algo que se movía confusamente, algo así como una sombra y un fuego.

—Esta es la botella —dijo el hombre, y, cuando Keawe se echó a reír, añadió—: ¿No me cree? Pruebe usted mismo. Trate de romperla.

De manera que Keawe cogió la botella y la estuvo tirando contra el suelo hasta que se cansó; porque rebotaba como una pelota y nada le sucedía.

—Es una cosa bien extraña—dijo Keawe—, porque tanto por su aspecto como al tacto se diría que es de cristal.

—Es de cristal —replicó el hombre, suspirando más hondamente que nunca—, pero de un cristal templado en las llamas del infierno. Un diablo vive en ella y la sombra que vemos moverse es la suya; al menos eso creo yo. Cuando un hombre compra esta botella el diablo se pone a su servicio; todo lo que esa persona desee, amor, fama, dinero, casas como ésta o una ciudad como San Francisco, será suyo con sólo pedirlo. Napoleón tuvo esta botella, y gracias a su virtud llegó a ser el rey del mundo; pero la vendió al final y fracasó. El capitán Cook también la tuvo, y por ella descubrió tantas islas; pero también él la vendió, y por eso lo asesinaron en Hawaii. Porque al vender la botella desaparecen el poder y la protección; y a no ser que un hombre esté contento con lo que tiene, acaba por sucederle algo.

—Y sin embargo, ¿habla usted de venderla?—dijo Keawe.

—Tengo todo lo que quiero y me estoy haciendo viejo —respondió el hombre—. Hay una cosa que el diablo de la botella no puede hacer... y es prolongar la vida; y, no sería justo ocultárselo a usted, la botella tiene un inconveniente; porque si un hombre muere antes de venderla, arderá para siempre en el infierno.

—Sí que es un inconveniente, no cabe duda —exclamó Keawe—. Y no quisiera verme mezclado en ese asunto. No me importa demasiado tener una casa, gracias a Dios; pero hay una cosa que sí me importa muchísimo, y es condenarme.

—No vaya usted tan deprisa, amigo mío —contestó el hombre—. Todo lo que tiene que hacer es usar el poder de la botella con moderación, venderla después a alguna otra persona como estoy haciendo yo ahora y terminar su vida cómodamente.

—Pues yo observo dos cosas —dijo Keawe—. Una es que se pasa usted todo el tiempo suspirando como una doncella enamorada; y la otra que vende usted la botella demasiado barata.

—Ya le he explicado por qué suspiro —dijo el hombre—. Temo que mi salud está empeorando; y, como ha dicho usted mismo, morir e irse al infierno es una desgracia para cualquiera. En cuanto a venderla tan barata, tengo que explicarle una peculiaridad que tiene esta botella. Hace mucho tiempo, cuando Satanás la trajo a la tierra, era extraordinariamente cara, y fue el Preste Juan el primero que la compró por muchos millones de dólares; pero sólo puede venderse si se pierde dinero en la transacción. Si se vende por lo mismo que se ha pagado por ella, vuelve al anterior propietario como si se tratara de una paloma mensajera. De ahí se sigue que el precio haya ido disminuyendo con el paso de los siglos y que ahora la botella resulte francamente barata. Yo se la compré a uno de los ricos propietarios que viven en esta colina y sólo pagué noventa dólares. Podría venderla hasta por ochenta y nueve dólares y noventa centavos, pero ni un céntimo más; de lo contrario la botella volvería a mí. Ahora bien, esto trae consigo dos problemas. Primero, que cuando se ofrece una botella tan singular por ochenta dólares y pico, la gente supone que uno está bromeando. Y segundo..., pero como eso no corre prisa que lo sepa, no hace falta que se lo explique ahora. Recuerde tan sólo que tiene que venderla por moneda acuñada.

—¿Cómo sé que todo eso es verdad? —preguntó Keawe.

—Hay algo que puede usted comprobar inmediatamente —replicó el otro—. Deme sus cincuenta dólares, coja la botella y pida que los cincuenta dólares vuelvan a su bolsillo. Si no sucede así, le doy mi palabra de honor de que consideraré inválido el trato y le devolveré el dinero.

—¿No me está engañando? —dijo Keawe.

El hombre confirmó sus palabras con un solemne juramento.

—Bueno; me arriesgaré a eso —dijo Keawe—, porque no me puede pasar nada malo.

Acto seguido le dio su dinero al hombre y el hombre le pasó la botella.

—Diablo de la botella —dijo Keawe—, quiero recobrar mis cincuenta dólares.

Y, efectivamente, apenas había terminado la frase cuando su bolsillo pesaba ya lo mismo que antes.

—No hay duda de que es una botella maravillosa —dijo Keawe.

—Y ahora muy buenos días, mi querido amigo, ¡que el diablo le acompañe!—dijo el hombre.

—Un momento —dijo Keawe—, yo ya me he divertido bastante. Tenga su botella.

—La ha comprado usted por menos de lo que yo pagué —replicó el hombre, frotándose las manos—. La botella es completamente suya; y, por mi parte, lo único que deseo es perderlo de vista cuanto antes.

Con lo que llamó a su criado chino e hizo que acompañará a Keawe hasta la puerta.

Cuando Keawe se encontró en la calle con la botella bajo el brazo, empezó a pensar. "Si es verdad todo lo que me han dicho de esta botella, puede que haya hecho un pésimo negocio", se dijo a sí mismo. "Pero quizá ese hombre me haya engañado". Lo primero que hizo fue contar el dinero, la suma era exacta: cuarenta y nueve dólares en moneda americana y una pieza de Chile. "Parece que eso es verdad", se dijo Keawe. "Veamos otro punto".

Las calles de aquella parte de la ciudad estaban tan limpias como las cubiertas de un barco, y aunque era mediodía, tampoco se veía ningún pasajero. Keawe puso la botella en una alcantarilla y se alejó. Dos veces miró para atrás, y allí estaba la botella de color lechoso y panza redonda, en el sitio donde la había dejado. Miró por tercera vez y después dobló una esquina; pero apenas lo había hecho cuando algo le golpeó el codo, y ¡no era otra cosa que el largo cuello de la botella! En cuanto a la redonda panza, estaba bien encajada en el bolsillo de su chaqueta de piloto.

—Parece que también esto es verdad—dijo Keawe.

La siguiente cosa que hizo fue comprar un sacacorchos en una tienda y retirarse a un sitio oculto en medio del campo. Una vez allí intentó sacar el corcho, pero cada vez que lo intentaba la espiral salía otra vez y el corcho seguía tan entero como al empezar.

—Este corcho es distinto de todos los demás —dijo Keawe, e inmediatamente empezó a temblar y a sudar, porque la botella le daba miedo.

Camino del puerto vio una tienda donde un hombre vendía conchas y mazas de islas salvajes, viejas imágenes de dioses paganos, monedas antiguas, pinturas de China y Japón y todas esas cosas que los marineros llevan en sus baúles. En seguida se le ocurrió una idea. Entró y le ofreció la botella al dueño por cien dólares. El otro se rió de él al principio, y le ofreció cinco; pero, en realidad, la botella era muy curiosa: ninguna boca humana había soplado nunca un vidrio como aquél, ni cabía imaginar unos colores más bonitos que los que brillaban bajo su blanco lechoso, ni una sombra más extraña que la que daba vueltas en su centro; de manera que, después de regatear durante un rato a la manera de los de su profesión, el dueño de la tienda le compró la botella a Keawe por sesenta dólares y la colocó en un estante en el centro del escaparate.

—Ahora —dijo Keawe— he vendido por sesenta dólares lo que compré por cincuenta o, para ser más exactos, por un poco menos, porque uno de mis dólares venía de Chile. En seguida averiguaré la verdad sobre otro punto.

Así que volvió a su barco y, cuando abrió su baúl, allí estaba la botella, que había llegado antes que él.

En aquel barco Keawe tenía un compañero que se llamaba Lopaka.

—¿Qué te sucede —le preguntó Lopaka— que miras el baúl tan fijamente?

Estaban solos en el castillo de proa. Keawe le hizo prometer que guardaría el secreto y se lo contó todo.

—Es un asunto muy extraño —dijo Lopaka—, y me temo que vas a tener dificultades con esa botella. Pero una cosa está muy clara: puesto que tienes asegurados los problemas, será mejor que obtengas también los beneficios. Decide qué es lo que deseas; da la orden y si resulta tal como quieres, yo mismo te compraré la botella porque a mí me gustaría tener un velero y dedicarme a comerciar entre las islas.

—No es eso lo que me interesa —dijo Keawe—. Quiero una hermosa casa y un jardín en la costa de Kona donde nací; y quiero que brille el sol sobre la puerta, y que haya flores en el jardín, cristales en las ventanas, cuadros en las paredes, y adornos y tapetes de telas muy finas sobre las mesas, exactamente igual que la casa donde estuve hoy; sólo que un piso más alta y con balcones alrededor, como en el palacio del rey; y que pueda vivir allí sin preocupaciones de ninguna clase y divertirme con mis amigos y parientes.

—Bien —dijo Lopaka—, volvamos con la botella a Hawaii; y si todo resulta verdad, como tú supones, te compraré la botella, como ya he dicho, y pediré una goleta.

Quedaron de acuerdo en esto y antes de que pasara mucho tiempo el barco regresó a Honolulu, llevando consigo a Keawe, a Lopaka y a la botella. Apenas habían desembarcado cuando encontraron en la playa a un amigo que inmediatamente empezó a dar el pésame a Keawe.

—No sé por qué me estás dando el pésame —dijo Keawe.

—¿Es posible que no te hayas enterado —dijo el amigo— de que tu tío, aquel hombre tan bueno, ha muerto; y de que tu primo, aquel muchacho tan bien parecido, se ha ahogado en el mar?

Keawe lo sintió mucho y al ponerse a llorar y a lamentarse, se olvidó de la botella. Pero Lopaka estuvo reflexionando y cuando su amigo se calmó un poco, le habló así:

—¿No es cierto que tu tío tenía tierras en Hawaii, en el distrito de Kaü?

—No —dijo Keawe—; en Kaü no: están en la zona de las montañas, un poco al sur de Hookena.

—Esas tierras, ¿pasarán a ser tuyas? —preguntó Lopaka.

—Así es —dijo Keawe, y empezó otra vez a llorar la muerte de sus familiares.

—No —dijo Lopaka—; no te lamentes ahora. Se me ocurre una cosa. ¿Y si todo esto fuera obra de la botella? Porque ya tienes preparado el sitio para hacer la casa.

—Si es así —exclamó Keawe—, la botella me hace un flaco servicio matando a mis parientes. Pero puede que sea cierto, porque fue en un sitio así donde vi la casa con la imaginación.

—La casa, sin embargo, todavía no está construida —dijo Lopaka.

—¡Y probablemente no lo estará nunca! —dijo Keawe—, porque si bien mi tío tenía algo de café, ava y plátanos, no será más que lo justo para que yo viva cómodamente; y el resto de esa tierra es de lava negra.

—Vayamos al abogado —dijo Lopaka—. Porque yo sigo pensando lo mismo.

Al hablar con el abogado se enteraron de que el tío de Keawe se había hecho enormemente rico en los últimos días y que le dejaba dinero en abundancia.

—¡Ya tienes el dinero para la casa! —exclamó Lopaka.

—Si está usted pensando en construir una buena casa —dijo el abogado—, aquí está la tarjeta de un arquitecto nuevo del que me cuentan grandes cosas.

—¡Cada vez mejor! —exclamó Lopaka—. Está todo muy claro. Sigamos obedeciendo órdenes.

De manera que fueron a ver al arquitecto, que tenía diferentes proyectos de casas sobre la mesa.

—Usted desea algo fuera de lo corriente —dijo el arquitecto—. ¿Qué le parece esto? Y le pasó a Keawe uno de los dibujos.

Cuando Keawe lo vio, dejó escapar una exclamación, porque representaba exactamente lo que él había visto con la imaginación.

"Esta es la casa que quiero", pensó Keawe. "A pesar de lo poco que me gusta cómo viene a parar a mis manos, ésta es la casa, y más vale que acepte lo bueno junto con lo malo".

De manera que le dijo al arquitecto todo lo que quería, y cómo deseaba amueblar la casa, y los cuadros que había que poner en las paredes y las figuritas para las mesas; y luego le preguntó sin rodeos cuánto le llevaría por hacerlo todo.

El arquitecto le hizo muchas preguntas, cogió la pluma e hizo un cálculo; y al terminar pidió exactamente la suma que Keawe había heredado.

Lopaka y Keawe se miraron el uno al otro y asintieron con la cabeza.

"Está bien claro", pensó Keawe, "que voy a tener esta casa, tanto si quiero como si no. Viene del diablo y temo que nada bueno salga de ello; y si de algo estoy seguro es de que no voy a formular más deseos mientras siga teniendo esta botella. Pero de la casa ya no me puedo librar y más valdrá que acepte lo bueno junto con lo malo".

De manera que llegó a un acuerdo con el arquitecto y firmaron un documento. Keawe y Lopaka se embarcaron otra vez camino de Australia; porque habían decidido entre ellos que no intervendrían en absoluto, y dejarían que el arquitecto y el diablo de la botella construyeran y decoraran aquella casa como mejor les pareciese.

El viaje fue bueno, aunque Keawe estuvo todo el tiempo conteniendo la respiración, porque había jurado que no formularía más deseos, ni recibiría más favores del diablo. Se había cumplido ya el plazo cuando regresaron. El arquitecto les dijo que la casa estaba lista y Keawe y Lopaka tomaron pasaje en el Hall camino de Kona para ver la casa y comprobar si todo se había hecho exactamente de acuerdo con la idea que Keawe tenía en la cabeza.

La casa se alzaba en la falda del monte y era visible desde el mar. Por encima, el bosque seguía subiendo hasta las nubes que traían la lluvia; por debajo, la lava negra descendía en riscos donde estaban enterrados los reyes de antaño. Un jardín florecía alrededor de la casa con flores de todos los colores; había un huerto de papayas a un lado y otro de árboles del pan en el lado opuesto; por delante, mirando al mar, habían plantado el mástil de un barco con una bandera. En cuanto a la casa, era de tres pisos, con amplias habitaciones y balcones muy anchos en los tres. Las ventanas eran de excelente cristal, tan claro como el agua y tan brillante como un día soleado. Muebles de todas clases adornaban las habitaciones. De las paredes colgaban cuadros con marcos dorados: pinturas de barcos, de hombres luchando, de las mujeres más hermosas y de los sitios más singulares; no hay en ningún lugar del mundo pinturas con colores tan brillantes como las que Keawe encontró colgadas de las paredes de su casa. En cuanto a los otros objetos de adorno, eran de extraordinaria calidad, relojes con carillón y cajas de música, hombrecillos que movían la cabeza, libros llenos de ilustraciones, armas muy valiosas de todos los rincones del mundo, y los rompecabezas más elegantes para entretener los ocios de un hombre solitario. Y como nadie querría vivir en semejantes habitaciones, tan sólo pasar por ellas y contemplarlas, los balcones eran tan amplios que un pueblo entero hubiera podido vivir en ellos sin el menor agobio; y Keawe no sabía qué era lo que más le gustaba: si el porche de atrás, a donde llegaba la brisa procedente de la tierra y se podían ver los huertos y las flores, o el balcón delantero, donde se podía beber el viento del mar, contemplar la empinada ladera de la montaña y ver al Hall yendo una vez por semana aproximadamente entre Hookena y las colinas de Pele, o a las goletas siguiendo la costa para recoger cargamentos de madera, de ava y de plátanos.

Después de verlo todo, Keawe y Lopaka se sentaron en el porche.

—Bien —preguntó Lopaka—, ¿está todo tal como lo habías planeado?

—No hay palabras para expresarlo —contestó Keawe—. Es mejor de lo que había soñado y estoy que reviento de satisfacción.

—Sólo queda una cosa por considerar —dijo Lopaka—; todo esto puede haber sucedido de manera perfectamente natural, sin que el diablo de la botella haya tenido nada que ver. Si comprara la botella y me quedara sin la goleta, habría puesto la mano en el fuego para nada. Te di mi palabra, lo sé; pero creo que no deberías negarme una prueba más.

—He jurado que no aceptaré más favores —dijo Keawe—. Creo que ya estoy suficientemente comprometido.

—No pensaba en un favor —replicó Lopaka—. Quisiera ver yo mismo al diablo de la botella. No hay ninguna ventaja en ello y por tanto tampoco hay nada de qué avergonzarse; sin embargo, si llego a verlo una vez, quedaré convencido del todo. Así que accede a mi deseo y déjame ver al diablo; el dinero lo tengo aquí mismo y después de eso te compraré la botella.

—Sólo hay una cosa que me da miedo —dijo Keawe—. El diablo puede ser una cosa horrible de ver; y si le pones ojo encima quizá no tengas ya ninguna gana de quedarte con la botella.

—Soy una persona de palabra —dijo Lopaka—. Y aquí dejo el dinero, entre los dos.

—Muy bien —replicó Keawe—. Yo también siento curiosidad. De manera que, vamos a ver: déjenos mirarlo, señor Diablo.

Tan pronto como lo dijo, el diablo salió de la botella y volvió a meterse, tan rápido como un lagarto; Keawe y Lopaka quedaron petrificados. Se hizo completamente de noche antes de que a cualquiera de los dos se le ocurriera algo que decir o hallaran la voz para decirlo; luego Lopaka empujó el dinero hacia Keawe y recogió la botella.

—Soy hombre de palabra —dijo—, y bien puedes creerlo, porque de lo contrario no tocaría esta botella ni con el pie. Bien, conseguiré mi goleta y unos dólares para el bolsillo; luego me desharé de este demonio tan pronto como pueda. Porque, si tengo que decirte la verdad, verlo me ha dejado muy abatido.

—Lopaka —dijo Keawe—, procura no pensar demasiado mal de mí; sé que es de noche, que los caminos están mal y que el desfiladero junto a las tumbas no es un buen sitio para cruzarlo tan tarde, pero confieso que desde que he visto el rostro de ese diablo, no podré comer ni dormir ni rezar hasta que te lo hayas llevado. Voy a darte una linterna, una cesta para poner la botella y cualquier cuadro o adorno de casa que te guste; después quiero que marches inmediatamente y vayas a dormir a Hookena con Nahinu.

—Keawe —dijo Lopaka—, muchos hombres se enfadarían por una cosa así; sobre todo después de hacerte un favor tan grande como es mantener la palabra y comprar la botella, y en cuanto a ser de noche, a la oscuridad y al camino junto a las tumbas, todas esas circunstancias tienen que ser diez veces más peligrosas para un hombre con semejante pecado sobre su conciencia y una botella como ésta bajo el brazo. Pero como yo también estoy muy asustado, no me siento capaz de acusarte. Me iré ahora mismo; y le pido a Dios que seas feliz en tu casa y yo afortunado con mi goleta, y que los dos vayamos al cielo al final a pesar del demonio y de su botella.

De manera que Lopaka bajó de la montaña; Keawe, por su parte, salió al balcón delantero; estuvo escuchando el ruido de las herraduras y vio la luz de la linterna cuando Lopaka pasaba junto al risco donde están las tumbas de otras épocas; durante todo el tiempo Keawe temblaba, se retorcía las manos y rezaba por su amigo, dando gracias a Dios por haber escapado él mismo de aquel peligro.

Pero al día siguiente hizo un tiempo muy hermoso y la casa nueva era tan agradable que Keawe se olvidó de sus terrores. Fueron pasando los días y Keawe vivía allí en perpetua alegría. Le gustaba sentarse en el porche de atrás; allí comía, reposaba y leía las historias que contaban los periódicos de Honolulu; pero cuando llegaba alguien a verle, entraba en la casa para enseñarle las habitaciones y los cuadros. Y la fama de la casa se extendió por todas partes; la llamaban Ka—Hale Nui— la Casa Grande—en todo Kona; y a veces la Casa Resplandeciente, porque Keawe tenía a su servicio a un chino que se pasaba todo el día limpiando el polvo y bruñendo los metales; y el cristal, y los dorados, y las telas finas y los cuadros brillaban tanto como una mañana soleada. En cuanto a Keawe mismo, se le ensanchaba tanto el corazón con la casa que no podía pasear por las habitaciones sin ponerse a cantar; y cuando aparecía algún barco en el mar, izaba su estandarte en el mástil.

Así iba pasando el tiempo, hasta que un día Keawe fue a Kailua para visitar a uno de sus amigos. Le hicieron un gran agasajo, pero él se marchó lo antes que pudo a la mañana siguiente y cabalgó muy deprisa, porque estaba impaciente por ver de nuevo su hermosa casa; y, además, la noche de aquel día era la noche en que los muertos de antaño salen por los alrededores de Kona; y el haber tenido ya tratos con el demonio hacía que Keawe tuviera muy pocos deseos de tropezarse con los muertos. Un poco más allá de Honaunau, al mirar a lo lejos, advirtió la presencia de una mujer que se bañaba a la orilla del mar; parecía una muchacha bien desarrollada, pero Keawe no pensó mucho en ello. Luego vio ondear su camisa blanca mientras se la ponía, y después su holoku rojo; cuando Keawe llegó a su altura la joven había terminado de arreglarse y, alejándose del mar, se había colocado junto al camino con su holoku rojo; el baño la había revigorizado y los ojos le brillaban, llenos de amabilidad. Nada más verla Keawe tiró de las riendas a su caballo.

—Creía conocer a todo el mundo en esta zona —dijo él—. ¿Cómo es que a ti no te conozco?

—Soy Kokua, hija de Kiano —respondió la muchacha—, y acabo de regresar de Oahu. ¿Quién es usted?

—Te lo diré dentro de un poco —dijo Keawe, desmontando del caballo—, pero no ahora mismo. Porque tengo una idea y si te dijera quién soy, como es posible que hayas oído hablar de mí, quizá al preguntarte no me dieras una respuesta sincera. Pero antes de nada dime una cosa: ¿estás casada?

Al oír esto Kokua se echó a reír.

—Parece que es usted quien hace todas las preguntas —dijo ella—. Y usted, ¿está casado?

—No, Kokua, desde luego que no —replicó Keawe—, y nunca he pensado en casarme hasta este momento. Pero voy a decirte la verdad. Te he encontrado aquí junto al camino y al ver tus ojos que son como estrellas mi corazón se ha ido tras de ti tan veloz como un pájaro. De manera que si ahora no quieres saber nada de mí, dilo, y me iré a mi casa; pero si no te parezco peor que cualquier otro joven, dilo también, y me desviaré para pasar la noche en casa de tu padre y mañana hablaré con él.

Kokua no dijo una palabra, pero miró hacia el mar y se echó a reír.

—Kokua —dijo Keawe—, si no dices nada, consideraré que tu silencio es una respuesta favorable; así que pongámonos en camino hacia la casa de tu padre.

Ella fue delante de él sin decir nada; sólo de vez en cuando miraba para atrás y luego volvía a apartar la vista; y todo el tiempo llevaba en la boca las cintas del sombrero.

Cuando llegaron a la puerta, Kiano salió a la veranda y dio la bienvenida a Keawe llamándolo por su nombre. Al oírlo la muchacha se lo quedó mirando, porque la fama de la gran casa había llegado a sus oídos; y no hace falta decir que era una gran tentación. Pasaron todos juntos la velada muy alegremente; y la muchacha se mostró muy descarada en presencia de sus padres y estuvo burlándose de Keawe porque tenía un ingenio muy vivo. Al día siguiente Keawe habló con Kiano y después tuvo ocasión de quedarse a solas con la muchacha.

—Kokua —dijo él—, ayer estuviste burlándote de mí durante toda la velada; y todavía estás a tiempo de despedirme. No quise decirte quién era porque tengo una casa muy hermosa y temía que pensaras demasiado en la casa y muy poco en el hombre que te ama. Ahora ya lo sabes todo, y si no quieres volver a verme, dilo cuanto antes.

—No —dijo Kokua; pero esta vez no se echó a reír ni Keawe le preguntó nada más.

Así fue el noviazgo de Keawe; las cosas sucedieron deprisa; pero aunque una flecha vaya muy veloz y la bala de un rifle todavía más rápida, las dos pueden dar en el blanco. Las cosas habían ido deprisa pero también habían ido lejos y el recuerdo de Keawe llenaba la imaginación de la muchacha; Kokua escuchaba su voz al romperse las olas contra la lava de la playa, y por aquel joven que sólo había visto dos veces hubiera dejado padre y madre y sus islas nativas. En cuanto a Keawe, su caballo voló por el camino de la montaña bajo el risco donde estaban las tumbas, y el sonido de los cascos y la voz de Keawe cantando, lleno de alegría, despertaban al eco en las cavernas de los muertos. Cuando llegó a la Casa Resplandeciente todavía seguía cantando. Se sentó y comió en el amplio balcón y el chino se admiró de que su amo continuara cantando entre bocado y bocado. El sol se ocultó tras el mar y llegó la noche; y Keawe estuvo paseándose por los balcones a la luz de las lámparas en lo alto de la montaña y sus cantos sobresaltaban a las tripulaciones de los barcos que cruzaban por el mar.

"Aquí estoy ahora, en este sitio mío tan elevado", se dijo a sí mismo. "La vida no puede irme mejor; me hallo en lo alto de la montaña; a mi alrededor, todo lo demás desciende. Por primera vez iluminaré todas las habitaciones, usaré mi bañera con agua caliente y fría y dormiré solo en el lecho de la cámara nupcial".

De manera que el criado chino tuvo que levantarse y encender las calderas; y mientras trabajaba en el sótano oía a su amo cantando alegremente en las habitaciones iluminadas. Cuando el agua empezó a estar caliente el criado chino se lo advirtió a Keawe con un grito; Keawe entró en el cuarto de baño; y el criado chino le oyó cantar mientras la bañera de mármol se llenaba de agua; y le oyó cantar también mientras se desnudaba; hasta que, de repente, el canto cesó. El criado chino estuvo escuchando largo rato, luego alzó la voz para preguntarle a Keawe si toda iba bien, y Keawe le respondió "Sí", y le mandó que se fuera a la cama, pero ya no se oyó cantar más en la Casa Resplandeciente; y durante toda la noche, el criado chino estuvo oyendo a su amo pasear sin descanso por los balcones.

Lo que había ocurrido era esto: mientras Keawe se desnudaba para bañarse, descubrió en su cuerpo una mancha semejante a la sombra del líquen sobre una roca, y fue entonces cuando dejó de cantar. Porque había visto otras manchas parecidas y supo que estaba atacado del Mal Chino: la lepra.

Es bien triste para cualquiera padecer esa enfermedad. Y también sería muy triste para cualquiera abandonar una casa tan hermosa y tan cómoda y separarse de todos sus amigos para ir a la costa norte de Molokai, entre enormes farallones y rompientes. Pero ¿qué es eso comparado con la situación de Keawe, que había encontrado su amor un día antes y lo había conquistado aquella misma mañana, y que veía ahora quebrantarse todas sus esperanzas en un momento, como se quiebra un trozo de cristal?

Estuvo un rato sentado en el borde de la bañera, luego se levantó de un salto dejando escapar un grito y corrió afuera; y empezó a andar por el balcón, de un lado a otro, como alguien que está desesperado.

"No me importaría dejar Hawaii, el hogar de mis antepasados", se decía Keawe.

"Sin gran pesar abandonaría mi casa, la de las muchas ventanas, situada tan en lo alto, aquí en las montañas. No me faltaría valor para ir a Molokai, a Kalaupapa junto a los farallones, para vivir con los leprosos y dormir allí, lejos de mis antepasados. Pero ¿qué agravio he cometido, qué pecado pesa sobre mi alma, para que haya tenido que encontrar a Kokua cuando salía del mar a la caída de la tarde? ¡Kokua, la que me ha robado el alma! ¡Kokua, la luz de mi vida! Quizá nunca llegue a casarme con ella, quizá nunca más vuelva a verla ni a acariciarla con mano amorosa, esa es la razón, Kokua, ¡por ti me lamento!".

Tienen ustedes que fijarse en la clase de hombre que era Keawe, ya que podría haber vivido durante años en la Casa Resplandeciente sin que nadie llegara a sospechar que estaba enfermo; pero a eso no le daba importancia si tenía que perder a Kokua. Hubiera podido incluso casarse con Kokua y muchos lo hubieran hecho, porque tienen alma de cerdo; pero Keawe amaba a la doncella con amor varonil, y no estaba dispuesto a causarle ningún daño ni a exponerla a ningún peligro.

Algo después de la media noche se acordó de la botella. Salió al porche y recordó el día en que el diablo se había mostrado ante sus ojos; y aquel pensamiento hizo que se le helara la sangre en las venas.

"Esa botella es una cosa horrible», pensó Keawe, «el diablo también es una cosa horrible y aún más horrible es la posibilidad de arder para siempre en las llamas del infierno. Pero ¿qué otra posibilidad tengo de llegar a curarme o de casarme con Kokua? ¡Cómo! ¿Fui capaz de desafiar al demonio para conseguir una casa y no voy a enfrentarme con él para recobrar a Kokua?".

Entonces recordó que al día siguiente el Hall iniciaba su viaje de regreso a Honolulu.

"Primero tengo que ir allí", pensó, "y ver a Lopaka. Porque lo mejor que me puede suceder ahora es que encuentre la botella que tantas ganas tenía de perder de vista".

No pudo dormir ni un solo momento; también la comida se le atragantaba; pero mandó una carta a Kiano, y cuando se acercaba la hora de la llegada del vapor, se puso en camino y cruzó por delante del risco donde estaban las tumbas. Llovía; su caballo avanzaba con dificultad; Keawe contempló las negras bocas de las cuevas y envidió a los muertos que dormían en su interior, libres ya de dificultades; y recordó cómo había pasado por allí al galope el día anterior y se sintió lleno de asombro.

Finalmente llego a Hookena y, como de costumbre, todo el mundo se había reunido para esperar la llegada del vapor. En el cobertizo delante del almacén estaban todos sentados, bromeando y contándose las novedades; pero Keawe no sentía el menor deseo de hablar y permaneció en medio de ellos contemplando la lluvia que caía sobre las casas, y las olas que estallaban entre las rocas, mientras los suspiros se acumulaban en su garganta.

—Keawe, el de la Casa Resplandeciente, está muy abatido —se decían unos a otros. Así era, en efecto, y no tenía nada de extraordinario.

Luego llegó el Hall y la gasolinera lo llevó a bordo. La parte posterior del barco estaba llena de haoles (blancos) que habían ido a visitar el volcán como tienen por costumbre; en el centro se amontonaban los kanakas, y en la parte delantera viajaban toros de Hilo y caballos de Kaü; pero Keawe se sentó lejos de todos, hundido en su dolor, con la esperanza de ver desde el barco la casa de Kiano.

Finalmente la divisó, junto a la orilla, sobre las rocas negras, a la sombra de las palmeras; cerca de la puerta se veía un holoku rojo no mayor que una mosca y que revoloteaba tan atareado como una mosca. "¡Ah, reina de mi corazón", exclamó Keawe para sí, "arriesgaré mi alma para recobrarte!".

Poco después, al caer la noche, se encendieron las luces de las cabinas y los haoles se reunieron para jugar a las cartas y beber whisky como tienen por costumbre; pero Keawe estuvo paseando por cubierta toda la noche. Y todo el día siguiente, mientras navegaban a sotavento de Maui y de Molokai, Keawe seguía dando vueltas de un lado para otro como un animal salvaje dentro de una jaula.

Al caer la tarde pasaron Diamond Head y llegaron al muelle de Honolulu. Keawe bajó en seguida a tierra y empezó a preguntar por Lopaka. Al parecer se había convertido en propietario de una goleta —no había otra mejor en las islas— y se había marchado muy lejos en busca de aventuras, quizá hasta Pola—Pola, de manera que no cabía esperar ayuda por ese lado. Keawe se acordó de un amigo de Lopaka, un abogado que vivía en la ciudad (no debo decir su nombre), y preguntó por él. Le dijeron que se había hecho rico de repente y que tenía una casa nueva y muy hermosa en la orilla de Waikiki; esto dio que pensar a Keawe, e inmediatamente alquiló un coche y se dirigió a casa del abogado.

La casa era muy nueva y los árboles del jardín apenas mayores que bastones; el abogado, cuando salió a recibirle, parecía un hombre satisfecho de la vida.

—¿Qué puedo hacer por usted? —dijo el abogado.

—Usted es amigo de Lopaka —replicó Keawe—, y Lopaka me compró un objeto que quizá usted pueda ayudarme a localizar.

El rostro del abogado se ensombreció.

—No voy a fingir que ignoro de qué me habla, míster Keawe —dijo—, aunque se trata de un asunto muy desagradable que no conviene remover. No puedo darle ninguna seguridad, pero me imagino que si va usted a cierto barrio quizá consiga averiguar algo.

A continuación le dio el nombre de una persona que también en este caso será mejor no repetirlo. Esto sucedió durante varios días, y Keawe fue conociendo a diferentes personas y encontrando en todas partes ropas y coches recién estrenados, y casas nuevas muy hermosas y hombres muy satisfechos aunque, claro está, cuando alguien aludía al motivo de su visita, sus rostros se ensombrecían.

"No hay duda de que estoy en el buen camino", pensaba Keawe. "Esos trajes nuevos y esos coches son otros tantos regalos del demonio de la botella, y esos rostros satisfechos son los rostros de personas que han conseguido lo que deseaban y han podido librarse después de ese maldito recipiente. Cuando vea mejillas sin color y oiga suspiros, sabré que estoy cerca de la botella".

Sucedió que finalmente le recomendaron que fuera a ver a un haole en Beritania Street. Cuando llegó a la puerta, alrededor de la hora de la cena, Keawe se encontró con los típicos indicios: nueva casa, jardín recién plantado y luz eléctrica tras las ventanas; y cuando apareció el dueño un escalofrío de esperanza y de miedo recorrió el cuerpo de Keawe, porque tenía delante de él a un hombre joven tan pálido como un cadáver, con marcadísimas ojeras, prematuramente calvo y con la expresión de un hombre en capilla.

"Tiene que estar aquí, no hay duda", pensó Keawe, y a aquel hombre no le ocultó en absoluto cuál era su verdadero propósito.

—He venido a comprar la botella —dijo.

Al oír aquellas palabras el joven haole de Beritania Street tuvo que apoyarse contra la pared.

—¡La botella! —susurró—. ¡Comprar la botella!

Dio la impresión de que estaba a punto de desmayarse y, cogiendo a Keawe por el brazo, lo llevó a una habitación y escanció dos vasos de vino.

—A su salud —dijo Keawe, que había pasado mucho tiempo con haoles en su época de marinero—. Sí —añadió—, he venido a comprar la botella. ¿Cuál es el precio que tiene ahora?

Al oír esto al joven se le escapó el vaso de entre los dedos y miró a Keawe como si fuera un fantasma.

—El precio —dijo—. ¡El precio! ¿No sabe usted cuál es el precio?

—Por eso se lo pregunto —replicó Keawe—. Pero ¿qué es lo que tanto le preocupa? ¿Qué sucede con el precio?

—La botella ha disminuido mucho de valor desde que usted la compró, Mr. Keawe —dijo el joven tartamudeando.

—Bien, bien; así tendré que pagar menos por ella —dijo Keawe—. ¿Cuánto le costó a usted?

El joven estaba tan blanco como el papel.

—Dos centavos —dijo.

—¿Cómo? —exclamó Keawe—, ¿dos centavos? Entonces, usted sólo puede venderla por uno. Y el que la compre... —Keawe no pudo terminar la frase; el que comprara la botella no podría venderla nunca y la botella y el diablo de la botella se quedarían con él hasta su muerte, y cuando muriera se encargarían de llevarlo a las llamas del infierno

El joven de Beritania Street se puso de rodillas.

—¡Cómprela, por el amor de Dios! —exclamó—. Puede quedarse también con toda mi fortuna. Estaba loco cuando la compré a ese precio. Había malversado fondos en el almacén donde trabajaba; si no lo hacía estaba perdido; hubiera acabado en la cárcel.

—Pobre criatura —dijo Keawe—; fue usted capaz de arriesgar su alma en una aventura tan desesperada, para evitar el castigo por su deshonra, ¿y cree que yo voy a dudar cuando es el amor lo que tengo delante de mí? Tráigame la botella y el cambio que sin duda tiene ya preparado. Es preciso que me dé la vuelta de estos cinco centavos.

Keawe no se había equivocado; el joven tenía las cuatro monedas en un cajón; la botella cambió de manos y tan pronto como los dedos de Keawe rodearon su cuello le susurró que deseaba quedar limpio de la enfermedad Y, efectivamente, cuando se desnudó delante de un espejo en la habitación del hotel, su piel estaba tan sonrosada como la de un niño. Pero lo más extraño fue que inmediatamente se operó una transformación dentro de él y el Mal Chino le importaba muy poco y tampoco sentía interés por Kokua; no pensaba más que en una cosa: que estaba ligado al diablo de la botella para toda la eternidad y no le quedaba otra esperanza que la de ser para siempre una pavesa en las llamas del infierno. En cualquier caso, las veía ya brillar delante de él con los ojos de la imaginación; su alma se encogió y la luz se convirtió en tinieblas.

Cuando Keawe se recuperó un poco, se dio cuenta de que era la noche en que tocaba una orquesta en el hotel. Bajó a oírla porque temía quedarse solo; y allí, entre caras alegres, paseó de un lado para otro, escuchó las melodías y vio a Berger llevando el compás; pero todo el tiempo oía crepitar las llamas y veía un fuego muy vivo ardiendo en el pozo sin fondo del infierno. De repente la orquesta tocó Hiki—ao— ao, una canción que él había cantado con Kokua, y aquellos acordes le devolvieron el valor.

"Ya está hecho", pensó, "y una vez más tendré que aceptar lo bueno junto con lo malo".

Keawe regresó a Hawaii en el primer vapor y tan pronto como fue posible se casó con Kokua y la llevó a la Casa Resplandeciente en la ladera de la montaña.

Cuando los dos estaban juntos, el corazón de Keawe se tranquilizaba; pero tan pronto como se quedaba solo empezaba a cavilar sobre su horrible situación, y oía crepitar las llamas y veía el fuego abrasador en el pozo sin fondo. Era cierto que la muchacha se había entregado a él por completo; su corazón latía más deprisa al verlo, y su mano buscaba siempre la de Keawe, y estaba hecha de tal manera de la cabeza a los pies que nadie podía verla sin alegrarse. Kokua era afable por naturaleza. De sus labios salían siempre palabras cariñosas. Le gustaba mucho cantar y cuando recorría la Casa Resplandeciente gorjeando como los pájaros era ella el objeto más hermoso que había en los tres pisos. Keawe la contemplaba y la oía embelesado y luego iba a esconderse en un rincón y lloraba y gemía pensando en el precio que había pagado por ella; después tenía que secarse los ojos y lavarse la cara e ir a sentarse con ella en uno de los balcones, acompañándola en sus canciones y correspondiendo a sus sonrisas con el alma llena de angustia.

Pero llegó un día en que Kokua empezó a arrastrar los pies y sus canciones se hicieron menos frecuentes y ya no era sólo Keawe el que lloraba a solas, sino que los dos se retiraban a dos balcones situados en lados opuestos, con toda la anchura de la Casa Resplandeciente entre ellos. Keawe estaba tan hundido en la desesperación que apenas notó el cambio, alegrándose tan sólo de tener más horas de soledad durante las que cavilar sobre su destino y de no verse condenado con tanta frecuencia a ocultar un corazón enfermo bajo una cara sonriente Pero un día, andando por la casa sin hacer ruido, escuchó sollozos como de un niño y vio a Kokua moviendo la cabeza y llorando como los que están perdidos.

—Haces bien lamentándote en esta casa, Kokua —dijo Keawe—. Y, sin embargo, daría media vida para que pudieras ser feliz.

—¡Feliz! —exclamó ella—. Keawe, cuando vivías solo en la Casa Resplandeciente, toda la gente de la isla se hacía lenguas de tu felicidad; tu boca estaba siempre llena de risas y de canciones y tu rostro resplandecía como la aurora. Después te casaste con la pobre Kokua y el buen Dios sabrá qué es lo que le falta, pero desde aquel día no has vuelto a sonreír. ¿Qué es lo que me pasa? Creía ser bonita y sabía que amaba a mi marido. ¿Qué es lo que me pasa que arrojo esta nube sobre él?

—Pobre Kokua —dijo Keawe. Se sentó a su lado y trató de cogerle la mano; pero ella la apartó—. Pobre Kokua —dijo de nuevo—. ¡Pobre niñita mía! ¡Y yo que creía ahorrarte sufrimientos durante todo este tiempo! Pero lo sabrás todo. Así, al menos, te compadecerás del pobre Keawe; comprenderás lo mucho que te amaba cuando sepas que prefirió el infierno a perderte; y lo mucho que aún te ama, puesto que todavía es capaz de sonreír al contemplarte.

Y a continuación, le contó toda su historia desde el principio.

—¿Has hecho eso por mí? —exclamó Kokua—. Entonces, ¡qué me importa nada!— y, abrazándole, se echó a llorar.

—¡Querida mía! —dijo Keawe—, sin embargo, cuando pienso en el fuego del infierno, ¡a mí sí que me importa!

—No digas eso —respondió ella—; ningún hombre puede condenarse por amar a Kokua si no ha cometido ninguna otra falta. Desde ahora te digo, Keawe, que te salvaré con estas manos o pereceré contigo. ¿Has dado tu alma por mi amor y crees que yo no moriría por salvarte?

—¡Querida mía! Aunque murieras cien veces, ¿cuál sería la diferencia? —exclamó él—. Serviría únicamente para que tuviera que esperar a solas el día de mi condenación.

—Tú no sabes nada —dijo ella—. Yo me eduqué en un colegio de Honolulu; no soy una chica corriente. Y desde ahora te digo que salvaré a mi amante. ¿No me has hablado de un centavo? ¿Ignoras que no todos los países tienen dinero americano? En Inglaterra existe una moneda que vale alrededor de medio centavo. ¡Qué lástima! —exclamó de inmediato—; eso no lo hace mucho mejor, porque el que comprara la botella se condenaría y ¡no vamos a encontrar a nadie tan valiente como mi Keawe! Pero también está Francia; allí tienen una moneda a la que llaman céntimo y de ésos se necesitan aproximadamente cinco para poder cambiarlos por un centavo. No encontraremos nada mejor. Vámonos a las islas del Viento; salgamos para Tahití en el primer barco que zarpe. Allí tendremos cuatro céntimos, tres céntimos, dos céntimos y un céntimo: cuatro posibles ventas y nosotros dos para convencer a los compradores. ¡Vamos, Keawe mío! Bésame y no te preocupes más. Kokua te defenderá.

—¡Regalo de Dios! —exclamó Keawe—. ¡No creo que el Señor me castigue por desear algo tan bueno!

Sea como tú dices; llévame donde quieras: pongo mi vida y mi salvación en tus manos.

Muy de mañana al día siguiente Kokua estaba ya haciendo sus preparativos. Buscó el baúl de marinero de Keawe; primero puso la botella en una esquina; luego colocó sus mejores ropas y los adornos más bonitos que había en la casa.

—Porque —dijo—si no parecemos gente rica, ¿quién va a creer en la botella?

Durante todo el tiempo de los preparativos estuvo tan alegre como un pájaro; sólo cuando miraba en dirección a Keawe los ojos se le llenaban de lágrimas y tenía que ir a besarlo. En cuanto a Keawe, se le había quitado un gran peso de encima; ahora que alguien compartía su secreto y había vislumbrado una esperanza, parecía un hombre distinto: caminaba otra vez con paso ligero y respirar ya no era una obligación penosa. El terror sin embargo no andaba muy lejos; y de vez en cuando, de la misma manera que el viento apaga un cirio, la esperanza moría dentro de él y veía otra vez agitarse las llamas y el fuego abrasador del infierno.

Anunciaron que iban a hacer un viaje de placer por los Estados Unidos: a todo el mundo le pareció una cosa extraña, pero más extraña les hubiera parecido la verdad si hubieran podido adivinarla. De manera que se trasladaron a Honolulu en el Hall y de allí a San Francisco en el Umatilla con muchos haoles; y en San Francisco se embarcaron en el bergantín correo, el Tropic Bird, camino de Papeete, la ciudad francesa más importante de las islas del sur. Llegaron allí, después de un agradable viaje, cuando los vientos alisios soplaban suavemente, y vieron los arrecifes en los que van a estrellarse las olas, y Motuiti con sus palmeras, y cómo el bergantín se adentraba en el puerto, y las casas blancas de la ciudad a lo largo de la orilla entre árboles verdes, y, por encima, las montañas y las nubes de Tahití, la isla prudente.

Consideraron que lo más conveniente era alquilar una casa, y eligieron una situada frente a la del cónsul británico; se trataba de hacer gran ostentación de dinero y de que se les viera por todas partes bien provistos de coches y caballos. Todo esto resultaba fácil mientras tuvieran la botella en su poder, porque Kokua era más atrevida que Keawe y siempre que se le ocurría, llamaba al diablo para que le proporcionase veinte o cien dólares De esta forma pronto se hicieron notar en la ciudad; y los extranjeros procedentes de Hawaii, y sus paseos a caballo y en coche, y los elegantes holokus y los delicados encajes de Kokua fueron tema de muchas conversaciones.

Se acostumbraron a la lengua de Tahití, que es en realidad semejante a la de Hawaii, aunque con cambios en ciertas letras; y en cuanto estuvieron en condiciones de comunicarse, trataron de vender la botella.

Hay que tener en cuenta que no era un tema fácil de abordar; no era fácil convencer a la gente de que hablaban en serio cuando les ofrecían por cuatro céntimos una fuente de salud y de inagotables riquezas. Era necesario además explicar los peligros de la botella; y, o bien los posibles compradores no creían nada en absoluto y se echaban a reír, o se percataban sobre todo de los aspectos más sombríos y, adoptando un aire muy solemne, se alejaban de Keawe y de Kokua, considerándolos personas en trato con el demonio. De manera que en lugar de hacer progresos, los esposos descubrieron al cabo de poco tiempo que todo el mundo les evitaba; los niños se alejaban de ellos corriendo y chillando, cosa que a Kokua le resultaba insoportable; los católicos hacían la señal de la cruz al pasar a su lado y todos los habitantes de la isla parecían estar de acuerdo en rechazar sus proposiciones.

Con el paso de los días se fueron sintiendo cada vez más deprimidos. Por la noche, cuando se sentaban en su nueva casa después del día agotador, no intercambiaban una sola palabra y si se rompía el silencio era porque Kokua no podía reprimir más sus sollozos. Algunas veces rezaban juntos; otras colocaban la botella en el suelo y se pasaban la velada contemplando los movimientos de la sombra en su interior. En tales ocasiones tenían miedo de irse a descansar. Tardaba mucho en llegarles el sueño y si uno de ellos se adormilaba, al despertarse hallaba al otro llorando silenciosamente en la oscuridad o descubría que estaba solo, porque el otro había huido de la casa y de la proximidad de la botella para pasear bajo los bananos en el jardín o para vagar por la playa a la luz de la luna.

Así fue como Kokua se despertó una noche y encontró que Keawe se había marchado. Tocó la cama y el otro lado del lecho estaba frío. Entonces se asustó, incorporándose. Un poco de luz de luna se filtraba entre las persianas. Había suficiente claridad en la habitación para distinguir la botella sobre el suelo. Afuera soplaba el viento y hacía gemir los grandes árboles de la avenida mientras las hojas secas batían en la veranda. En medio de todo esto Kokua tomó conciencia de otro sonido; difícilmente hubiera podido decir si se trataba de un animal o de un hombre, pero sí que era tan triste como la muerte y que le desgarraba el alma. Kokua se levantó sin hacer ruido, entreabrió la puerta y contempló el jardín iluminado por la luna. Allí, bajo los bananos, yacía Keawe con la boca pegada a la tierra y eran sus labios los que dejaban escapar aquellos gemidos.

La primera idea de Kokua fue ir corriendo a consolarlo; pero en seguida comprendió que no debía hacerlo. Keawe se había comportado ante su esposa como un hombre valiente; no estaba bien que ella se inmiscuyera en aquel momento de debilidad.

Ante este pensamiento Kokua retrocedió, volviendo otra vez al interior de la casa.

"¡Qué negligente he sido, Dios mío!", pensó. "¡Qué débil! Es él, y no yo, quien se enfrenta con la condenación eterna; la maldición recayó sobre su alma y no sobre la mía. Su preocupación por mi bien y su amor por una criatura tan poco digna y tan incapaz de ayudarle son las causas de que ahora vea tan cerca de sí las llamas del infierno y hasta huela el humo mientras yace ahí fuera, iluminado por la luna y azotado por el viento. ¿Soy tan torpe que hasta ahora nunca se me ha ocurrido considerar cuál es mi deber, o quizá viéndolo he preferido ignorarlo? Pero ahora, por fin, alzo mi alma en manos de mi afecto; ahora digo adiós a la blanca escalinata del paraíso y a los rostros de mis amigos que están allí esperando. ¡Amor por amor y que el mío sea capaz de igualar al de Keawe! ¡Alma por alma y que la mía perezca!".

Kokua era una mujer con gran destreza manual y en seguida estuvo preparada. Cogió el cambio, los preciosos céntimos que siempre tenían al alcance de la mano, porque es una moneda muy poco usada, y habían ido a aprovisionarse a una oficina del Gobierno. Cuando Kokua avanzaba ya por la avenida, el viento trajo unas nubes que ocultaron la luna. La ciudad dormía y la muchacha no sabía hacia dónde dirigirse hasta que oyó una tos que salía de debajo de un árbol.

—Buen hombre —dijo Kokua—, ¿qué hace usted aquí solo en una noche tan fría?

El anciano apenas podía expresarse a causa de la tos, pero Kokua logró enterarse de que era viejo y pobre y un extranjero en la isla.

—¿Me haría usted un favor? —dijo Kokua—. De extranjero a extranjera y de anciano a muchacha, ¿no querrá usted ayudar a una hija de Hawaii?

—Ah —dijo el anciano—. Ya veo que eres la bruja de las Ocho Islas y que también quieres perder mi alma. Pero he oído hablar de ti y te aseguro que tu perversidad nada conseguirá contra mí.

—Siéntese aquí —le dijo Kokua—, y déjeme que le cuente una historia. Y le contó la historia de Keawe desde el principio hasta el fin.

—Y yo soy su esposa —dijo Kokua al terminar—; la esposa que Keawe compró a cambio de su alma. ¿Qué debo hacer? Si fuera yo misma a comprar la botella, no aceptaría. Pero si va usted, se la dará gustosísimo; me quedaré aquí esperándole: usted la comprará por cuatro céntimos y yo se la volveré a comprar por tres. ¡Y que el Señor dé fortaleza a una pobre muchacha!

—Si trataras de engañarme —dijo el anciano—, creo que Dios te mataría.

—¡Sí que lo haría! —exclamó Kokua—. No le quepa duda. No podría ser tan malvada. Dios no lo consentiría.

—Dame los cuatro céntimos y espérame aquí —dijo el anciano.

Ahora bien, cuando Kokua se quedó sola en la calle todo su valor desapareció. El viento rugía entre los árboles y a ella le parecía que las llamas del infierno estaban ya a punto de acometerla; las sombras se agitaban a la luz del farol, y le parecían las manos engarfiadas de los mensajeros del maligno. Si hubiera tenido fuerzas, habría echado a correr y de no faltarle el aliento habría gritado; pero fue incapaz de hacer nada y se quedó temblando en la avenida como una niñita muy asustada.

Luego vio al anciano que regresaba trayendo la botella.

—He hecho lo que me pediste —dijo al llegar junto a ella—. Tu marido se ha quedado llorando como un niño; dormirá en paz el resto de la noche.

Y extendió la mano ofreciéndole la botella a Kokua.

—Antes de dármela —jadeó Kokua— aprovéchese también de lo bueno: pida verse libre de su tos.

—Soy muy viejo —replicó el otro—, y estoy demasiado cerca de la tumba para aceptar favores del demonio. Pero ¿qué sucede? ¿Por qué no coges la botella? ¿Acaso dudas?

—¡No, no dudo! —exclamó Kokua—. Pero me faltan las fuerzas. Espere un momento. Es mi mano la que se resiste y mi carne la que se encoge en presencia de ese objeto maldito. ¡Un momento tan sólo!

El anciano miró a Kokua afectuosamente.

—¡Pobre niña! —dijo—; tienes miedo; tu alma te hace dudar. Bueno, me quedaré yo con ella. Soy viejo y nunca más conoceré la felicidad en este mundo, y, en cuanto al otro...

—¡Démela! —jadeó Kokua—. Aquí tiene su dinero. ¿Cree que soy tan vil como para eso? Deme la botella.

—Que Dios te bendiga, hija mía —dijo el anciano.

Kokua ocultó la botella bajo su holoku, se despidió del anciano y echó a andar por la avenida sin preocuparse de saber en qué dirección. Porque ahora todos los caminos le daban lo mismo; todos la llevaban igualmente al infierno. Unas veces iba andando y otras corría; unas veces gritaba y otras se tumbaba en el polvo junto al camino y lloraba. Todo lo que había oído sobre el infierno le volvía ahora a la imaginación, contemplaba el brillo de las llamas, se asfixiaba con el acre olor del humo y sentía deshacerse su carne sobre los carbones encendidos.

Poco antes del amanecer consiguió serenarse y volver a casa. Keawe dormía igual que un niño, tal como el anciano le había asegurado. Kokua se detuvo a contemplar su rostro.

—Ahora, esposo mío —dijo—, te toca a ti dormir. Cuando despiertes podrás cantar y reír. Pero la pobre Kokua, que nunca quiso hacer mal a nadie, no volverá a dormir tranquila, ni a cantar ni a divertirse.

Después Kokua se tumbó en la cama al lado de Keawe y su dolor era tan grande que cayó al instante en un sopor profundísimo.

Su esposo se despertó ya avanzada la mañana y le dio la buena noticia. Era como si la alegría lo hubiera trastornado, porque no se dio cuenta de la aflicción de Kokua, a pesar de lo mal que ella la disimulaba. Aunque las palabras se le atragantaran, no tenía importancia; Keawe se encargaba de decirlo todo. A la hora de comer no probó bocado, pero ¿quién iba a darse cuenta?, porque Keawe no dejó nada en su plato.

Kokua lo veía y le oía como si se tratara de un mal sueño; había veces en que se olvidaba o dudaba y se llevaba las manos a la frente; porque saberse condenada y escuchar a su marido hablando sin parar de aquella manera le resultaba demasiado monstruoso.

Mientras tanto Keawe comía y charlaba, hacía planes para su regreso a Hawaii, le daba las gracias a Kokua por haberlo salvado, la acariciaba y le decía que en realidad el milagro era obra suya. Luego Keawe empezó a reírse del viejo que había sido lo suficientemente estúpido como para comprar la botella.

—Parecía un anciano respetable —dijo Keawe—. Pero no se puede juzgar por las apariencias, porque ¿para qué necesitaría la botella ese viejo réprobo?

—Esposo mío —dijo Kokua humildemente—, su intención puede haber sido buena. Keawe se echó a reír muy enfadado.

—¡Tonterías! —exclamó acto seguido—. Un viejo pícaro, te lo digo yo; y estúpido por añadidura. Ya era bien difícil vender la botella por cuatro céntimos, pero por tres será completamente imposible. Apenas queda margen y todo el asunto empieza a oler a chamusquina... —dijo Keawe, estremeciéndose—. Es cierto que yo la compré por un centavo cuando no sabía que hubiera monedas de menos valor. Pero es absurdo hacer una cosa así; nunca aparecerá otro que haga lo mismo, y la persona que tenga ahora esa botella se la llevará consigo a la tumba.

—¿No es una cosa terrible, esposo mío dijo Kokua—, que la salvación propia signifique la condenación eterna de otra persona? Creo que yo no podría tomarlo a broma. Creo que me sentiría abatido y lleno de melancolía. Rezaría por el nuevo dueño de la botella.

Keawe se enfadó aún más al darse cuenta de la verdad que encerraban las palabras de Kokua.

—¡Tonterías! —exclamó—. Puedes sentirte llena de melancolía si así lo deseas. Pero no me parece que sea ésa la actitud lógica de una buena esposa. Si pensaras un poco en mí, tendría que darte vergüenza.

Luego salió y Kokua se quedó sola.

¿Qué posibilidades tenía ella de vender la botella por dos céntimos? Kokua se daba cuenta de que no tenía ninguna. Y en el caso de que tuviera alguna, ahí estaba su marido empeñado en devolverla a toda prisa a un país donde no había ninguna moneda inferior al centavo. Y ahí estaba su marido abandonándola y recriminándola a la mañana siguiente después de su sacrificio.

Ni siquiera trató de aprovechar el tiempo que pudiera quedarle: se limitó a quedarse en casa, y unas veces sacaba la botella y la contemplaba con indecible horror y otras volvía a esconderla llena de aborrecimiento.

A la larga Keawe terminó por volver y la invitó a dar un paseo en coche.

—Estoy enferma, esposo mío —dijo ella—. No tengo ganas de nada. Perdóname, pero no me divertiría.

Esto hizo que Keawe se enfadara todavía más con ella, porque creía que le entristecía el destino del anciano, y consigo mismo, porque pensaba que Kokua tenía razón y se avergonzaba de ser tan feliz.

—¡Eso es lo que piensas de verdad —exclamó—, y ése es el afecto que me tienes! Tu marido acaba de verse a salvo de la condenación eterna a la que se arriesgó por tu amor y ¡tú no tienes ganas de nada! Kokua, tu corazón es un corazón desleal.

Keawe volvió a marcharse muy furioso y estuvo vagabundeando todo el día por la ciudad. Se encontró con unos amigos y estuvieron bebiendo juntos; luego alquilaron un coche para ir al campo y allí siguieron bebiendo.

Uno de los que bebían con Keawe era un brutal haole ya viejo que había sido contramaestre de un ballenero y también prófugo, buscador de oro y presidiario en varias cárceles. Era un hombre rastrero; le gustaba beber y ver borrachos a los demás; y se empeñaba en que Keawe tomara una copa tras otra. Muy pronto, a ninguno de ellos le quedaba más dinero.

—¡Eh, tú! —dijo el contramaestre—, siempre estás diciendo que eres rico. Que tienes una botella o alguna tontería parecida.

—Si —dijo Keawe—, soy rico; volveré a la ciudad y le pediré algo de dinero a mi mujer, que es la que lo guarda.

—Ese no es un buen sistema, compañero —señaló el contramaestre—. Nunca confíes tu dinero a una mujer. Son todas tan falsas como Judas; no la pierdas de vista.

Aquellas palabras impresionaron mucho a Keawe porque la bebida le había enturbiado el cerebro.

"No me extrañaría que fuera falsa", pensó. «¿Por qué tendría que entristecerle tanto mi liberación? Pero voy a demostrarle que a mí no se me engaña tan fácilmente. La pillaré in fraganti.

De manera que cuando regresaron a la ciudad, Keawe le pidió al contramaestre que le esperara en la esquina junto a la cárcel vieja, y él siguió solo por la avenida hasta la puerta de su casa. Era otra vez de noche; dentro había una luz, pero no se oía ningún ruido. Keawe dio la vuelta a la casa, abrió con mucho cuidado la puerta de atrás y miró dentro.

Kokua estaba sentada en el suelo con la lámpara a su lado; delante había una botella de color lechoso, con una panza muy redonda y un cuello muy largo; y mientras la contemplaba, Kokua se retorcía las manos.

Keawe se quedó mucho tiempo en la puerta, mirando. Al principio fue incapaz de reaccionar; luego tuvo miedo de que la venta no hubiera sido válida y de que la botella hubiera vuelto a sus manos como le sucediera en San Francisco; y al pensar en esto notó que se le doblaban las rodillas y los vapores del vino se esfumaron de su cabeza como la neblina desaparece de un río con los primeros rayos del sol.

Después se le ocurrió otra idea. Era una idea muy extraña e hizo que le ardieran las mejillas.

"Tengo que asegurarme de esto", pensó.

De manera que cerró la puerta, dio la vuelta a la casa y entró de nuevo haciendo mucho ruido, como si acabara de llegar. Pero cuando abrió la puerta principal ya no se veía la botella por ninguna parte; y Kokua estaba sentada en una silla y se sobresaltó como alguien que se despierta.

—He estado bebiendo y divirtiéndome todo el día —dijo Keawe—. He encontrado unos camaradas muy simpáticos y vengo sólo a por más dinero para seguir bebiendo y corriéndonos la gran juerga.

Tanto su rostro como su voz eran tan severos como los de un juez, pero Kokua estaba demasiado preocupada para darse cuenta.

—Haces muy bien en usar de tu dinero, esposo mío —dijo ella con voz temblorosa.

—Ya sé que hago bien en todo —dijo Keawe, yendo directamente hacia el baúl y cogiendo el dinero. Pero también miró detrás, en el rincón donde guardaba la botella, pero la botella no estaba allí.

Entonces el baúl empezó a moverse como un alga marina y la casa a dilatarse como una espiral de humo, porque Keawe comprendió que estaba perdido, y que no le quedaba ninguna escapatoria. "Es lo que me temía", pensó; "es ella la que ha comprado la botella".

Luego se recobró un poco, alzándose de nuevo; pero el sudor le corría por la cara tan abundante como si se tratara de gotas de lluvia y tan frío como si fuera agua de pozo.

—Kokua —dijo Keawe—, esta mañana me he enfadado contigo sin razón alguna. Ahora voy otra vez a divertirme con mis compañeros —añadió, riendo sin mucho entusiasmo—. Pero sé que lo pasaré mejor si me perdonas antes de marcharme.

Un momento después Kokua estaba agarrada a sus rodillas y se las besaba mientras ríos de lágrimas corrían por sus mejillas.

—¡Sólo quería que me dijeras una palabra amable! exclamó ella.

—Ojalá que nunca volvamos a pensar mal el uno del otro —dijo Keawe; acto seguido volvió a marcharse.

Keawe no había cogido más dinero que parte de la provisión de monedas de un céntimo que consiguieran nada más llegar. Sabía muy bien que no tenía ningún deseo de seguir bebiendo. Puesto que su mujer había dado su alma por él, Keawe tenía ahora que dar la suya por Kokua; no era posible pensar en otra cosa.

En la esquina, junto a la cárcel vieja, le esperaba el contramaestre.

—Mi mujer tiene la botella —dijo Keawe—, y si no me ayudas a recuperarla, se habrán acabado el dinero y la bebida por esta noche.

—¿No querrás decirme que esa historia de la botella va en serio? —exclamó el contramaestre.

—Pongámonos bajo el farol —dijo Keawe—. ¿Tengo aspecto de estar bromeando?

—Debe de ser cierto —dijo el contramaestre—, porque estás tan serio como si vinieras de un entierro.

—Escúchame, entonces —dijo Keawe—; aquí tienes dos céntimos; entra en la casa y ofréceselos a mi mujer por la botella, y (si no estoy equivocado) te la entregará inmediatamente. Tráemela aquí y yo te la volveré a comprar por un céntimo; porque tal es la ley con esa botella: es preciso venderla por una suma inferior a la de la compra. Pero en cualquier caso no le digas una palabra de que soy yo quien te envía.

—Compañero, ¿no te estarás burlando de mí? —quiso saber el contramaestre.

—Nada malo te sucedería aunque fuera así —respondió Keawe.

—Tienes razón, compañero —dijo el contramaestre.

—Y si dudas de mí —añadió Keawe— puedes hacer la prueba. Tan pronto como salgas de la casa, no tienes más que desear que se te llene el bolsillo de dinero, o una botella del mejor ron o cualquier otra cosa que se te ocurra y comprobarás en seguida el poder de la botella.

—Muy bien, kanaka —dijo el contramaestre—. Haré la prueba; pero si te estás divirtiendo a costa mía, te aseguro que yo me divertiré después a la tuya con una barra de hierro.

De manera que el ballenero se alejó por la avenida; y Keawe se quedó esperándolo. Era muy cerca del sitio donde Kokua había esperado la noche anterior; pero Keawe estaba más decidido y no tuvo un solo momento de vacilación; sólo su alma estaba llena del amargor de la desesperación.

Le pareció que llevaba ya mucho rato esperando cuando oyó que alguien se acercaba, cantando por la avenida todavía a oscuras. Reconoció en seguida la voz del contramaestre; pero era extraño que repentinamente diera la impresión de estar mucho más borracho que antes.

El contramaestre en persona apareció poco después, tambaleándose, bajo la luz del farol. Llevaba la botella del diablo dentro de la chaqueta y otra botella en la mano; y aún tuvo tiempo de llevársela a la boca y echar un trago mientras cruzaba el círculo iluminado.

—Ya veo que la has conseguido —dijo Keawe.

—¡Quietas las manos! —gritó el contramaestre, dando un salto hacia atrás—. Si te acercas un paso más te parto la boca. Creías que ibas a poder utilizarme, ¿no es cierto?

—¿Qué significa esto? —exclamó Keawe.

—¿Qué significa? —repitió el contramaestre—. Que esta botella es una cosa extraordinaria, ya lo creo que sí; eso es lo que significa. Cómo la he conseguido por dos céntimos es algo que no sabría explicar; pero sí estoy seguro de que no te la voy a dar por uno.

—¿Quieres decir que no la vendes? —jadeó Keawe.

—¡Claro que no! —exclamó el contramaestre—. Pero te dejaré echar un trago de ron, si quieres.

—Has de saber —dijo Keawe— que el hombre que tiene esa botella terminará en el infierno.

—Calculo que voy a ir a parar allí de todas formas —replicó el marinero—; y esta botella es la mejor compañía que he encontrado para ese viaje. ¡No, señor! —exclamó de nuevo—; esta botella es mía ahora y ya puedes ir buscándote otra.

—¿Es posible que sea verdad todo esto? —exclamó Keawe—. ¡Por tu propio bien, te lo ruego, véndemela!

—No me importa nada lo que digas—replicó el contramaestre—. Me tomaste por tonto y ya ves que no lo soy; eso es todo. Si no quieres un trago de ron me lo tomaré yo. ¡A tu salud y que pases buena noche!

Y acto seguido continuó andando, camino de la ciudad; y con él también la botella desaparece de esta historia.

Pero Keawe corrió a reunirse con Kokua con la velocidad del viento; y grande fue su alegría aquella noche; y grande, desde entonces, ha sido la paz que colma todos sus días en la Casa Resplandeciente.

HISTORIA DEL ÁNGEL EXTERMINADOR

Mi padre, hijo segundo de una rancia y noble familia que no poseía títulos, era oriundo de Inglaterra. Debido a un azar, o bien una desgracia, se vio obligado a ocultar su verdadero nombre. Se encaminó a los Estados Unidos y en lugar de permanecer en ciudades tranquilas se internó en el Oeste en compañía de unos exploradores. No se trataba de un emigrado ordinario, pues, además de su carácter impetuoso y tenaz, poseía profundos conocimientos en varias ciencias, sobre todo en botánica, de la que era un ferviente apasionado. Todo ello hizo que Fremont, el jefe de la partida, solicitase, al cabo de algún tiempo, sus opiniones, e incluso algunas veces siguiese sus consejos.

Como ya he dicho, se internaron en las desconocidas regiones del Oeste, siguiendo, en sus comienzos, las huellas de las caravanas de los mormones, guiándose, en aquel enorme y triste desierto, por los esqueletos de hombres y de animales que hallaban a su paso. Más tarde torcieron un poco su camino hacia el Norte y, perdiendo de vista los tristes despojos, acabaron por internarse en una árida tierra. En muchas ocasiones he oído a mi padre referir los incidentes que les sucedieron durante aquella excursión; hallaron rocas, peñascos, pantanos; las fuentes eran tan escasas que no se veía un pájaro ni por casualidad. A los cuarenta días les escaseaban los víveres y se juzgó conveniente hacer un alto en el camino para tener tiempo de cazar y explorar el terreno en todas direcciones. Se encendió una gran hoguera con objeto de que su humo les sirviera de orientación caso de que alguna se apartara demasiado, y casi todos los hombres montaron a caballo y se dispusieron a lanzarse a la aventura en el desierto terreno que les rodeaba.

Mi padre anduvo durante varias horas por un camino en uno de cuyos lados se alzaban rocas oscuras y horribles mientras que por el otro se veía una especie de prado lleno de grandes piedras de distintos tamaños, lo cual le daba aspecto de algo así como una ciudad destruida. Mi padre andaba para dar con las huellas de un gran animal. Por las señas de las garras y por los pelos del animal que acertó a encontrar llegó a la conclusión de que se trataba de un oso de enorme tamaño. Apresuró el paso y, tras de su presa, llegó hasta un lugar donde el camino se bifurcaba... A la derecha se extendía un camino dificultoso en extremo, lleno de piedras, con algún pino de cuando en cuando, lo cual hacía pensar en que el agua no debía estar muy lejos. Picó espuelas a su caballo y, rifle en mano, se internó completamente solo por aquel camino desconocido.

En medio de un gran silencio de pronto se oyó el ruido de una corriente de agua. El viajero siguió caminando, siendo sorprendido por una gran escena: corriente se precipitaba en un estrecho y sinuoso lugar, de orillas rocosas, inaccesibles al hombre durante unas millas. Cuando la corriente fuera aumentada por la lluvia el agua se extendería de orilla a orilla. Los rayos solares no llegaban hasta allí más que durante las horas del mediodía; el viento, en cambio, soplaba continuamente con furia en aquel estrecho embudo. Pero, a pesar de todo ello, mi padre pudo ver en el fondo de este antro a unas cincuenta personas, entre hombres, mujeres y niños, que se hallaban diseminados entre las incómodas rocas. Todos estaban tumbados y ninguno se movía. Sus rostros eran pálidos y demacrados y, de cuando en cuando, a pesar del ruido de la corriente, se escuchaba un débil quejido.

Mi padre, que seguía contemplando este espectáculo, vio de pronto que un vacilante viejo se aproximaba a una muchacha, a la que incorporó ligeramente, apoyándola contra la roca. Luego la cubrió con su propio manto. La muchacha parecía no darse cuenta de nada. El viejo, tras de mirarla con compasión, volvió a su primitivo lecho, tumbándose sin abrigo en el suelo. Pero, en aquel campo de hambrientos, la escena no había pasado inadvertida. Otro hombre, de barba blanca y de venerable aspecto, se dirigió a su vez hacia la muchacha. Júzguese la indignación de mi padre cuando vio que aquel miserable despojaba a la joven de la manta que le habían cedido tan generosamente. El viejo volvió a su punto de partida, ocultó sus despojos y se fingió dormido. Al cabo de algún tiempo se movió de nuevo, apoyándose sobre los codos y mirando recelosamente a sus compañeros. Luego se llevó la mano sobre el pecho y luego a la boca. La quijada se le movía; así, pues, debía estar comiendo. En aquel campo de hambre él se había reservado algunas provisiones y mientras los demás se abandonaban al estupor de una muerte evidentemente próxima, él recuperaba en secreto sus fuerzas.

Mi padre se airó al ver esto y echó mano al fusil. De no haber sucedido algo inesperado —él mismo me lo ha confesado en muchas ocasiones— hubiera dejado en el sitio a aquel miserable. En ese caso ¡qué diferente hubiera sido mi historia! Pero todo estaba escrito. Cuando mi padre preparaba su escopeta acertó a distinguir a un oso, que se hallaba a su espalda. Mi padre, cediendo a su instinto de cazador, descargó sobre el bruto y no sobre el hombre. El oso dio un salto y cayó sobre un remanso del río. El ruido del disparo resonó fuertemente y, en un momento, el campamento estuvo en pie. Dando gritos que no parecían humanos, cayendo unos sobre otros, aquellos seres hambrientos se precipitaron sobre la presa. Y antes de que mi padre tuviera tiempo de llegar a orillas del río, eran ya muchos los que habían alcanzado una parte del animal, parte que iban a asar en una hoguera que, para hacer su bocado más exquisito, habían encendido.

La presencia del intruso pasó inadvertida. Mi padre permaneció en medio de los danzantes fantoches, los cuales gritaban y ponían toda su atención en el oso muerto. Mi padre, en medio de tal algazara, fue presa del deseo de llorar. Alguien le tocó en el hombro; volteó a ver y se encontró con el anciano a quien había estado a punto de matar. Pero ahora, al verle de cerca, comprendió que no se trataba de un anciano, sino de un hombre en la plenitud de sus fuerzas, en cuyo inteligente rostro se marcaban las huellas del hambre y del cansancio. El desconocido condujo a mi padre hasta cerca de la roca y, una vez allí, le pidió aguardiente en voz baja. Mi padre le miró con desdén.

—Usted me recuerda un deber, ¿no es verdad? —le contestó—. Aquí tiene mi botella. Creo que hay en ella suficiente aguardiente para reanimar a las mujeres de su tribu, empezando por la que ha sido víctima de su rapiña.

Y sin querer oír más a aquel egoísta, mi padre le volvió la espalda.

La muchacha seguía reclinada sobre la roca. Parecía que estuviera agonizando, ya que no se daba cuenta del bullicio que la rodeaba. Pero cuando mi padre le levantó la cabeza, tratando de que tomara algunos sorbetes, la joven abrió sus lánguidos ojos, mirándole con timidez. Nunca había visto otros ojos más dulces, jamás otros ojos azules le habían mostrado con tanta elocuencia un alma transparente. Hablo con conocimiento de causa, ya que aquellos ojos fueron los que me sonrieron en la cuna. Tras haber atendido a la joven, mi padre, siempre espiado por el hombre de la barba canosa, prestó sus cuidados a todas las demás mujeres de la tribu, así como a los hombres que más lo necesitaban.

—¿Y no queda ni una gota para mí?—preguntaba el hombre de la barba canosa.

—Ni una sola. Usted no tiene necesidad —respondió mi padre—. Permítame que le aconseje que rebusque usted por el bolsillo de su chaqueta.

—Me juzga usted mal —replicó el otro—. Usted cree que yo vivo interesadamente de los demás. Déjeme que le diga que si esta caravana pereciera la cosa sería un beneficio para el mundo. Estos son como insectos humanos que pululan, como si fueran moscas, entre las ínfimas capas sociales de las ciudades europeas, insectos a los que yo mismo he sacado de su desgracia y miseria. ¡Cómo va usted a comparar sus vidas con la mía!

—Por lo visto, es usted un misionero mormón, ¿no es así?

—¡Ah! —repuso el otro con extraña sonrisa—. Si usted lo quiere... El nombre es lo de menos. Pero si solamente fuera un misionero mormón habría perecido sin exhalar una queja. Pero soy médico y en mi cerebro se encierran grandes conocimientos acerca de los secretos y del porvenir de la humanidad. Cuando, queriendo acortar, perdimos el resto de la caravana y nos quedamos presos en esta hondonada, sentí tal sufrimiento que, en solamente cinco días, mi barba, que era negra, se ha vuelto de plata.

—Y usted, médico, obligado por juramento a socorrer al género humano en sus infortunios... —empezó a decir mi padre.

—Señor —replicó el mormón—, mi nombre es Grierson. Alguna vez oirá usted este nombre y entonces comprenderá que mis deberes no se circunscriben a esta caravana de pobres, sino que se extienden por todo el género humano.

Mi padre se volvió a los demás que formaban la caravana, los cuales escuchaban muy atentos y les expresó que, en breve, les traería más socorro, agregando :

—Si tan necesitados se encuentran, miren a su alrededor y verán que la tierra se halla llena de productos. Aquí mismo, entre las grietas de estas rocas hay una especie de musgo amarillento. Pueden comerlo: es nutritivo y muy sabroso.

—¡Ah! —exclamó el doctor Grierson—. ¿Es usted doctor en botánica?

—Y no soy yo sólo el que conoce la botánica, pues veo que alguien ha cortado ya esas hierbas—y, bajando la voz, mi padre añadió—: ¿Ese era todo el secreto de usted?

Cuando mi padre volvió al lugar donde sus compañeros mantenían encendida la hoguera, se encontró con que poseían abundante caza, lo cual les permitiría socorrer largamente a los individuos de la caravana mormónica. Al día siguiente, ambos grupos se encaminaron hacia la frontera de Utah. La distancia que se había de recorrer no era muy grande, pero lo escarpado del país y la dificultad de procurarse alimento les hizo emplear cerca de tres semanas en el camino. De esta manera, mi padre tuvo ocasión de trabar amistad con la muchacha a quien había socorrido, a la que tomó mucho aprecio. Llamaré a mi madre Lucía, pues no me es posible revelar su verdadero nombre. ¿Por qué serie de calamidades se había visto obligada aquella inocente flor, educada con refinamiento y de gustos exquisitos, a sufrir los horrores de una caravana mormónica? No me es posible decirlo. Baste saber que, en sus desgraciadas circunstancias, tuvo la dicha de hallar un corazón digno del suyo. El ardoroso afecto que unió a mis padres fue debido, tal vez, a la forma extraña de conocerse. Mi padre, empujado por el amor, resolvió renunciar a todos los proyectos acariciados hasta entonces y abrazó la fe mormónica, uniéndose a la caravana. Cuando ésta llegó al Lago Sagrado, le fue prometida la mano de mi madre.

El matrimonio se consumó y yo fui su único fruto. Mi padre fue muy afortunado en sus negocios y, aunque usted se asombre, le diré que el hogar en que vi la luz era, sin duda, uno de los más felices de la tierra. Pero mi padre fue arrebatado muy pronto por la muerte, esa gran tirana, que por lo visto veía con malos ojos la felicidad de que disfrutaba. Pero no quiero hablar de esto. El caso es que yo viví en la ley mormónica llena de inocencia y de fe. Cierto que algunos de nuestros vecinos poseían varias esposas, pero esto, ¿cómo podía extrañarme?

A veces fallecía alguno de nuestros conocidos y la familia había de resignarse a que las mujeres y las cosas del muerto se repartieran entre los dignatarios de la iglesia. En cuanto al fallecido, no se evocaba su recuerdo más que con ligeros suspiros y movimientos de cabeza.

Yo permanecía tranquila y nadie se acordaba que yo estuviera presente, por lo que pude observar con detenimiento todo lo que hacían con los cadáveres. Le miraban con ojos espantados. Yo me daba cuenta con claridad de que uno que pocas semanas antes me había tenido sobre sus rodillas había volado de su casa, apartándose del lado de sus familiares cual la imagen se aparta de un espejo, o sea, sin dejar huellas tras sí. Aquello era algo terrible, aquello era la muerte, es decir, una ley universal. Y aun cuando luego continuaban la conversación en voz alta y oía nombrar al Ángel Exterminador, ¿cómo podía una muchacha comprender el misterio? Yo oía nombrar el Ángel Exterminador como si se tratase de un obispo o de un cura, pero no sentía el menor interés por averiguar quién era. Yo pensaba sólo en las caricias y las ternuras que me prodigaban mis padres y por lo tanto, ¿qué podían importarme los misterios que me rodeaban y cómo iba yo a penetrar en sus profundidades?

Al principio vivíamos en la ciudad, pero al poco tiempo nos trasladamos a otra casa, una casa muy bonita, con un jardín y una cascada cristalina. En derredor, a veinte millas, se alzaba una cordillera de rocas oscuras. La ciudad distaba otras tantas, aproximadamente, y sólo existía un camino que pasaba no lejos de la casa de mi padre. Los demás senderos resultaban intransitables en invierno. Por lo tanto, vivíamos en una soledad no conocida por el europeo.

Nuestro único vecino era el doctor Grierson, el cual, a pesar de su grasienta cabellera y de lo poco simpáticas que eran las rechonchas mujeres de su harem, parecía agradable a mis pocos años, con su fina y rizada barba y sus penetrantes ojos. Sin embargo, no podía yo dejar de sentir cierto temor al encontrarme en su presencia; sus ocupaciones se hallaban envueltas en cierto misterio.

La casa del doctor se hallaba a una milla aproximadamente de la nuestra, pero la situación de la misma era muy diferente de la nuestra. Se hallaba emplazada en lo alto de una colina a cuyos pies se abría un profundo precipicio, oculta entre rústicos peñascos. Parecía como si la Naturaleza hubiera tratado de imitar a las construcciones de la mano del hombre» ya que aquello semejaba un verdadero fuerte emplazado allí para defender a una ciudad entera. La desolada escena de aquel paraje no cambiaba ni en primavera. Las ventanas que miraban al norte daban a una hilera de montañas nevadas. Recuerdo haber pasado en dos o tres ocasiones ante aquella misteriosa vivienda, la cual permanecía siempre cerrada a piedra y lodo. Sus chimeneas no echaban nunca humo. Cierto día dije a mi padre que la casa en cuestión podía ser asaltada por los ladrones.

—¡Oh, no! —contestó mi padre—. Nunca la asaltarán. Y en el tono de su respuesta había una firme convicción.

Un día, poco antes de que la desgracia se cebase en mi familia, pude darme cuenta de que en la casa del doctor se había producido un cambio. Mi padre estaba enfermo y mi madre no se apartaba de la cabecera de su lecho. Yo, acompañada de nuestro mayoral, tenía que dirigirme a cierta casa, situada a veinte millas de distancia, adonde llevaban las provisiones y los útiles que necesitábamos. Pero, durante el camino, nuestro caballo perdió una herradura y la noche nos sorprendió a mitad de la jornada. Eran las tres de la madrugada cuando el cochero y yo, que iba sola en el interior del coche, emprendimos la marcha en dirección de la casa del doctor, único edificio de los contornos. La noche estaba clara y las rocas y las montañas se alzaban imponentes a la luz de la luna. Cuando nos aproximamos a la casa, observé asombrada que todas sus ventanas se hallaban iluminadas. Sus chimeneas, de ordinario inactivas, echaban humo en abundancia. Seguimos avanzando y, de pronto, oímos a nuestra espalda una especie de resoplido. Al principio parecía algo así como el latido de un gran corazón. Luego me pareció el sollozo de algún gigante que se ahogaba entre las montañas y trataba de tomar aliento. Más tarde me pareció oír una locomotora, aunque, naturalmente, no la veía. Me volví para preguntar al cochero qué opinaba de todo aquello.

Pero al darme cuenta de su palidez y de su extraña mirada, medrosa evidentemente, no despegué los labios. Continuamos avanzando en silencio hacia la casa iluminada y, de repente, sin previo aviso, se oyó una detonación tan fuerte que pensé que la tierra se desgajaba. El eco de la detonación repercutía de montaña en montaña. Un montón de llamas, que se desparramaron en infinitas chispas, salió de las chimeneas de la casa al mismo tiempo que la iluminación de las ventanas subía de color, llegando hasta el rojo intenso. Luego todo quedó en la oscuridad. El cochero detuvo instintivamente al caballo. Todavía retumbaba lejano el trueno cuando la puerta de la casa se abrió, dando paso a una figura vestida de blanco que no se podía precisar si era hombre o mujer. La figura corría a la luz de la luna hacia el borde del precipicio, sin dejar de dar saltos. Súbitamente se desplomó en el suelo. Yo lancé un grito. El cochero dejó caer el látigo sobre el lomo del caballo y partimos de allí a todo correr hasta llegar, con peligro de nuestras vidas, a casa de mi padre. Los verdes jardines que rodeaban la casita dormían en paz.

Ésta es la única aventura de mi vida hasta que llegué a la edad de diez y siete años, fecha en que mi padre llegó al colmo de su prosperidad. Yo era todavía tan inocente y alegre como una chiquilla. Cuidaba mis flores y corría por el jardín. Carecía del menor asomo de coquetería y de la más pequeña preocupación material. Si me miraba al espejo era solamente para encontrar en mi rostro las facciones de mis padres. Pero los sinsabores no tardaron en presentarse en mi vida. Una cálida tarde de verano me hallaba reclinada en un sofá. La ventana estaba abierta y daba sobre la galería en que mi madre bordaba. Mi padre se presentó, sentándose al lado de mi madre y entablando ambos una conversación que llegó perceptiblemente a mis oídos.

—Ya nos ha llegado el golpe —decía mi padre.

Mi madre se estremeció y cambió de color, pero no respondió la menor palabra.

—Sí — continuó mi padre—. Hoy he recibido la nota de cuanto poseo, de todo, de lo que he prestado en secreto a hombres cuyos labios parecían sellados por el terror, de lo que enterré por mis propias manos en la cima de la montaña, donde ni siquiera había pájaros. ¿Es que el viento propaga los secretos? ¿Es que las colinas son de hielo y transparentan lo que se hace tras ellas? ¿Es que las rocas que pisamos guardan nuestras huellas para delatarnos? ¡Oh, Lucía! ¿Para qué habremos venido a este país?

—Pero este caso no es amenazador—respondió mi madre—. Se te acusa solamente de una ocultación. Te marcarán un impuesto más elevado y, todo lo más, te multarán. Claro que es desagradable que se espíen nuestros actos y que se sepan nuestros asuntos par-ticulares. Pero esto no es nada nuevo para nosotros. ¿No hemos vivido siempre temerosos y sospechando de todo?

—¡Ah, sombras siniestras que nos persiguen! —exclamó mi padre—. Pero todo esto no representa nada. Aquí tienes la carta que acompañaba a la nota.

Oí que mi madre volvía las páginas en silencio. Al fin se puso a leer en alta voz:

"La iglesia espera una prueba de bondad de un creyente a quien la Providencia ha favorecido tan pródigamente con los bienes de este mundo".

Mi madre, una vez terminada la lectura, dijo:

—¿Estas son las palabras que te amedrentan? ¿Es de aquí de donde nace tu ansiedad?

—Lucía—respondió mi padre—. ¿Te acuerdas de Pirestley? Dos días antes de desaparecer, me llevó a un lugar aislado desde el que se dominaban grandes extensiones de tierra. Aquel lugar era a propósito para estar seguro de quedar libre de espías. Pirestley, lleno de terror, me refirió su historia. Había recibido una carta parecida a esta que yo he recibido ahora y me consultaba sobre el particular. Pensaba ofrecer el tercio de su fortuna, pero yo le aconsejé que, si tenía aprecio a la vida, ofreciera más. Estuvo de acuerdo en doblar la suma. Dos días después, salió de su casa una noche y nunca más volvió a ella. ¡Dios mío!... ¿Cómo diantre pueden desaparecer los cuerpos sólidos? ¿Qué muerte es esta muerte que no deja rastro? ¿Cómo pueden hacer desaparecer esqueletos que resisten en la sepultura durante siglos? Pensar en ello resulta más horroroso que la misma muerte.

—¿No podría ayudarte Grierson? —preguntó mi madre.

—Ni pensarlo —respondió mi padre—. Ahora sabe tanto como yo y no hará nada para salvarme. Además, su poder es muy reducido y acaso corre un peligro mayor que el mío. Vive aislado, tiene abandonadas a sus mujeres, a las que no vigila, y se le acusa de incrédulo. Y aun cuando ofreciera una crecida fianza... Pero no, no creo que lo hiciera.

—¿No crees? ¿En qué?—preguntó mi madre. Luego, cambiando de tono, añadió:

—¿Para qué preocuparnos? Aún queda una esperanza: huyamos.

—No, no —contestó mi padre—. No quiero envolverte en mi suerte. No hay esperanza de que pudiéramos abandonar estas tierras; nos hallamos encerrados en ellas, somos como enterrados en vida, y no hay otra salida que la muerte.

—Moriremos juntos. Quiero que nos dejen morir juntos. No pienso sobrevivirte.

Mi padre no pudo resistir la ternura de su mujer y aunque no abrigaba la menor esperanza, accedió a abandonar toda su hacienda, excepto un centenar de dólares que llevaba encima, y huir aquella misma noche, que prometía ser oscura y lóbrega. En cuanto se durmieran los criados tomaríamos dos mulas para que llevaran las provisiones y otras dos para que nos llevaran a mi madre y a mí, y nos lanzaríamos, por sendas no frecuentadas, a través de los montes en busca de la libertad. Cuando hubieron decidido todo esto, yo me asomé a la ventana y confesándoles que lo había oído, les aseguré que podían fiar en mi prudencia y en mi cariño. Tenía mucho miedo, pero ansiaba mostrarme digna de mi raza. Mi vida era de mis padres. Mi padre se abrazó a mi cuello llorando y bendiciendo al cielo por el valor que éste había concedido a su hija. Aquel era un sentimiento de orgullo y se me contagió, de suerte que, como el guerrero al oír el son de las trompetas, así miraba yo los peligros que nuestra huida pudieran entrañar.

Antes de llegar a la medianoche, bajo un cielo oscuro y sin estrellas, dejábamos tras de nosotros las plantaciones del valle, ascendiendo, a través de un estrecho desfiladero, hacia la cumbre. El camino era penoso, escarpado. El eco de un tumultuoso torrente resonaba como un trueno. El camino que seguíamos se hallaba bordeado de un profundo precipicio. Torcimos a la derecha y, de pronto, quedamos profundamente desalentados. Nos hallamos frente a una imponente roca ante la que ardía una gran hoguera. En la roca, labrado de una manera rudimentaria, se hallaba el Gran Ojo, emblema de la fe mormónica. Sin decir palabra, nos miramos aterrorizados. Hicimos recular a las mulas. No podíamos ir adelante, ya que el único paso se hallaba vigilado por el Gran Ojo. Antes de romper el día nos hallábamos de nuevo en casa. Teníamos que demorar nuestro propósito.

Ignoro la respuesta que daría mi padre. Mas dos días después, antes de la puesta del sol, vi que por el llano, en medio de una gran polvareda, aparecía un hombre. Llevaba un sencillo traje, un gran sombrero de paja y barba patriarcal; ofrecía el aspecto de un rústico labrador. Se trataba, indudablemente, de un mormón piadoso y honrado. Se hizo anunciar como un tal Aspinwall y se introdujo en la habitación donde mi familia permanecía reunida. A mi madre y a mí nos indicó, sin miramiento alguno, que saliéramos. Al quedarse a solas con mi padre puso ante los ojos de éste un documento del presidente en el que se le conminaba a que eligiese marchar como misionero adonde se encontraban las tribus cercanas al Mar Blanco, o bien unirse a una partida de Ángeles Exterminadores que había de matar a sesenta inmigrantes alemanes. Lo último repugnaba, desde luego, a mi padre, pero lo primero le parecía un pretexto. Si consentía en dejar abandonada a su esposa era seguro que no volvería nunca más. Mi padre rechazó, pues, las dos propuestas. Aspinwall, con sincera emoción, emoción religiosa en parte al ver la desobediencia al mandato divino, pero también nacida de la compasión que sentía hacia mi padre y hacia mi familia, suplicó al reo que meditara su decisión. Al fin, viendo que no podía convencerle, le otorgó una tregua, que duraría hasta la salida de la luna. Luego se despidió de todos nosotros, pero no lo hizo de mi padre.

—Porque usted —dijo a éste— acabará montando a caballo y marchándose a mi lado.

No hablaré de las horas que transcurrieron a continuación. Corrían veloces y no tardó la luna en asomar por encima de la cordillera. Efectivamente, mi padre y Aspinwall partieron juntos y nosotras les vimos alejarse, alejarse, sorteando pendiente tras pendiente.

Mi madre, aunque aparentaba serenidad, se apresuró a encerrarse en su habitación, solitaria desde entonces. Y yo quedé casi sola en aquella tétrica mansión, consumida por la pena y el miedo. No tardé en resolverme a coger mi caballo y, montada en él, ascendí a la cumbre de una cercana montaña, desde donde quise dar el último adiós a mi padre, que iba ya perdiéndose de vista. Los dos hombres caminaban con tranquilidad. Yo abarcaba con mis ojos todo el panorama. Resultaba desolador no ver moverse a ningún ser viviente en aquel paisaje. La luna, como ya he dicho antes, iluminaba todo y, no obstante, bajo la bóveda del cielo no había la más pequeña huella del hombre. Desde la cumbre en que yo me encontraba no me era dable contemplar la casa del doctor, pues me la tapaba una cadena de montañas, más por detrás de éstas se alzaba una tenue columna de humo. ¿Qué combustible producía aquel vapor tan tenue? Las partículas se desparramaban por la atmósfera y yo deducía que aquel humo procedía de la casa del doctor. Vi desaparecer a mi padre y, sin saber por qué, relacioné en mi pensamiento la pérdida de mi querido padre con aquella columna de humo.

Pasaron algunos días. Mi madre seguía esperando noticias de su esposo. Transcurrió una semana, luego otra. No venían noticias. Como humo que se disipa en el espacio, como una imagen que se borra en un espejo, así desapareció todo rastro de aquel hombre bueno y valiente. La esperanza iba debilitándose mientras pasaban las horas. Mi padre estaba perdido y triste sería el porvenir de su indefensa familia. Pero la viuda y la huérfana esperábamos con calma los acontecimientos. Al terminar la tercera semana, nos levantamos un día muy temprano, encontrándonos solas en la casa. Todos los criados, de común acuerdo, se habían marchado. Nosotras sabíamos que nos apreciaban, por lo que dedujimos de alguna secreta intimidación que les obligó a despejar el campo. Pasaron más días. Cierta tarde, sorprendidas por el ruido que producía el galope de un caballo, nos asomamos al balcón.

El doctor en persona, montado en una yegua, se nos metió en el jardín, echó pie a tierra y nos saludó. Estaba más encorvado y más canoso que antes, pero su porte era correcto y afable.

—Señora —empezó a decir—, vengo con una penosa misión. En ella verá usted la bondad de nuestro presidente, que me envía como embajador, ya que soy el único vecino y el amigo más antiguo del marido de usted.

—Caballero —respondió mi madre—, sólo estoy preocupada por una cosa y usted se lo figura probablemente. Dígame cómo está mi marido.

—Señora —contestó el doctor tomando asiento—, si fuera usted una joven ignorante mi posición sería sumamente embarazosa, pero como usted es una mujer de gran inteligencia y entereza... Yo ya las he concedido a ustedes tres semanas para que acepten lo inevitable y tomen el partido que tengan que tomar. Creo que no es necesario decir más.

Mi madre, muy pálida, temblaba como una hoja. Yo la di la mano y ella la guardó entre las suyas, estrujándomela hasta hacerme daño. Al cabo dijo:

—Si ello es así, no nos queda más que morir.

—¡Vamos! —dijo el doctor—. Se ha de calmar usted. No piense más en su marido y medite sobre su porvenir y el de su hija.

—Me dice usted que olvide; entonces es que afirma usted.

—Claro que afirmo. Estoy enterado de lo que ha sucedido.

—¡Usted!—exclamó mi madre fuera de sí—. Entonces es que usted mismo le ha ejecutado. A través de su careta le veo a usted tal cual es y me causa repugnancia. Es usted la pesadilla que persigue en sueños al desgraciado fugitivo. ¡Es usted el Ángel Exterminador!

—Bien, señora, ¿y qué? Mi suerte y la de ustedes es completamente igual. ¿No estamos todos presos en esta prisión de Utah? ¿No trataron ustedes de huir y tropezaron con el Gran Ojo? ¿Quién puede escapar a la vigilancia del Gran Ojo? A mí, por lo menos, no me es posible. Aunque yo me hubiera negado a ejecutar a su marido, ¿se habría salvado éste? Sabe usted muy bien que no. Y yo, a mi vez, habría perecido. Y en este caso ni hubiera podido aliviar sus últimos momentos ni estaría hoy aquí para pedir la mano de su hija.

—¡Ah! —exclamé yo—, ¿pretende usted comprar mi vida?

—Señorita —me dijo el doctor—, no sólo lo pretendo, sino que lo llevo a cabo. ¡Ah, y deme usted las gracias por ello! Asenath, tiene usted un alma animosa que me complazco en reconocer. Pero vayamos al grano. Los bienes de míster Fonblanque pasan a la iglesia, pero una parte queda reservada para el que se case con su hija. Esta persona voy a ser yo.

Ante aquella monstruosa proposición, mi madre y yo, dando un grito, nos abrazamos.

—Ya me lo figuraba yo —exclamó el doctor—. No están ustedes conformes ante este arreglo. Bien, las convenceré. Ya saben ustedes que yo he seguido con mis mujeres las prácticas mormonas. He estado absorbido en arduos estudios y mis mujeres no han cesado de reñir entre sí. Ni de mí ni de mi bolsillo han obtenido la menor cosa ya que esa no era la unión que yo deseaba aunque por capricho la haya seguido. Pero usted, amiga mía, no tema mis impertinencias. Al contrario, estoy contento al ver que es usted un espíritu romano. Si me veo obligado a rogarla que me siga no es siguiendo mi capricho, sino obedeciendo órdenes recibidas. Creo que ahora estará usted conforme.

A continuación nos indicó que nos vistiéramos para ponernos en marcha. Luego tomó una luz y se dirigió al establo para preparar los caballos.

—¿Qué es esto? ¿Qué va a ser de nosotras? —me lamentaba yo.

—Nada, nada—repuso mi madre, haciendo un esfuerzo para serenarse—, hemos de creerle. Me parece ver en sus palabras ciertos visos de verdad. Asenath, hija mía, si te dejo, si muero, no te olvides nunca de tus desgraciados padres.

Yo la rogué que me explicara sus palabras. Mi madre se libró de mis brazos y me dijo que el doctor parecía un buen amigo.

—¡Cómo!—exclamé yo—. ¡ El hombre que mató a mi padre!

—Vamos, seamos justas —dijo mi madre—; creo que su amistad es sincera. Sólo él te puede defender en esta tierra de muerte, Asenath.

En estas volvió el doctor con dos caballos. Una vez montadas en ellos, el doctor me rogó que yo echara delante, pues él tenía que hablar con mi madre. Yo le obedecí y ellos me seguían a unos pasos. Iban conversando animadamente, aunque en voz baja. Aparecía la luna. Ambos me miraron entonces atentamente. Mi madre apoyaba su brazo en el del doctor y éste, contra su costumbre, hacía vigorosos ademanes de afirmación o de protesta.

Al pie de la montaña donde empezaba la senda que conducía a la morada del doctor, éste me indicó que debíamos dar un paseo a pie.

—Aquí nos apearemos y como su madre prefiere ir sola, nosotros iremos juntos. ¿Está conforme?

—Pero ella vendrá detrás, ¿no es así?

—Le doy a usted mi palabra—me dijo. Luego me ayudó a bajar.

—Dejaremos los caballos aquí—añadió—. En estas montañas no hay ladrones y no hay peligro de que los roben.

Lentamente empezamos a subir la cuesta. Pronto divisamos perfectamente la casa del doctor. Las ventanas se hallaban más iluminadas que nunca. La chimenea lanzaba un denso humo. Pero en los alrededores reinaba el más absoluto silencio y en mil leguas a la redonda no se veía alma humana, a excepción de mi madre, que nos seguía a cierta distancia. El doctor iba a mi lado y se mostraba grave. Yo, tras de observar la chimenea de su casa, que parecía la de una fábrica, le miré.

—¿Qué diablos hace usted en esta soledad?—no pude por menos de preguntarle. Me miró sonriendo y me contestó evasivamente.

—No es la primera vez que ha visto mis hornos encendidos. Cierta madrugada pasó usted ante mi casa. Yo la vi pasar. Un experimento me había salido mal y yo asusté terriblemente a su cochero y a usted.

—¿Cómo? ¿Era usted? — pregunté recordando aquella ridícula figura.

—Sí, era yo. Pero no se figure usted que estaba loco. Era que me había quemado horrorosamente.

Estábamos ya muy cerca de la casa. Ésta, al contrario de las del país, se hallaba construida en sólida piedra, tanto sus cimientos como todo lo demás. Entre las grietas de las paredes no asomaba ni una sola mata de hierba. Sus ventanas no se hallaban adornadas de una sola flor. Sobre la puerta, a guisa de adorno, se veía toscamente esculpido, el Ojo Mormón al que yo estaba acostumbrada a ver desde la niñez, pero que desde que lo encontré en la montaña cerrándome el paso tenía para mí cierto significado que me producía temor. El humo, rojizo, salía por la boca de la chimenea, desvaneciéndose a la luz de la luna.

El doctor abrió la puerta de su casa y se detuvo en el umbral.

—Me pregunta usted qué es lo que hago aquí —dijo—. Pues bien, la contestaré: Hago dos cosas, vida y muerte.

Y me invitó a que pasara.

—Esperaremos a mi madre —contesté yo.

—Ea, míreme —añadió el doctor—. ¿No le parezco a usted viejo y decrépito? ¿Quién de los dos es el más fuerte, el hombre canoso o bien la mujer en pleno vigor?

Me incliné y penetré en una especie de vestíbulo u hogar, alumbrado por la luz de una lámpara de mano. La habitación se hallaba amueblada por un aparador, una mesa y algunas banquetas de madera. El doctor me invitó a que tomara asiento en una de ellas. Luego, atravesando una puerta que comunicaba con el interior, me dejó sola. Se percibía el chocar de aceros y un monorrítmico ruido idéntico al que me sorprendió cierta madrugada. Pero ahora sonaba tan cercano que parecía que el edificio iba a venirse abajo. Yo procuré dominar mi alarma. El doctor volvió precisamente al mismo tiempo que mi madre aparecía en el umbral. Mas ¿cómo describir la tranquilidad y el encanto que irradiaba el rostro de mi madre? Parecía como si en aquel corto espacio de tiempo la hubieran quitado años de encima; estaba más joven y más bella. El brillo de su mirada y su encantadora sonrisa me llegaron al corazón. No parecía una mujer, sino un ángel. Corrí hacia mi madre, mas ella se hizo atrás, colocó un dedo en los labios y me señaló al doctor como a un amigo y protector. La escena me pareció extraña en extremo.

—Lucía —dijo el doctor—, todo está ya preparado. ¿Quiere usted ir sola o acompañada de su hija?

—Desearía que Asenath estuviera presente —respondió mi madre—. Ahora me hallo purificada del cielo y de la tristeza y deseo su presencia más por ella que por mí. Si la encerrásemos aquí juzgaría mal su bondad de usted.

—Madre— exclamé aterrada—, madre, ¿qué significa esto? Pero ella, mostrando un radiante rostro, me contestó:

—¡Silencio!

Por lo visto me trataba como a una chiquilla. El doctor, a su vez, me rogó que callara.

—Ha hecho usted una elección —dijo dirigiéndose a mi madre— idéntica a la que yo habría hecho. Yo también soy así: O todo o nada.

Y, al decir esto, miraba fijamente a mi madre con tal admiración que parecía como si la tuviera envidia. Luego, tras de lanzar un suspiro, entró en el cuarto interior.

Esta pieza era muy amplia y estaba alumbrada por varias lámparas de variados colores que, dada su fijeza, debían ser eléctricas. Al fondo de la pieza había una puerta que permanecía abierta, de la que brotaba un gran resplandor. Las paredes mostraban, a todo lo largo, una estantería llena de libros; las mesas se hallaban repletas de aparatos de química y de grandes acumuladores de cristal. De parte a parte, la habitación era atravesada por una especie de recia correa que daba vueltas sobre unas poleas de acero, produciendo, con su actividad, notables sonidos vibratorios. En un rincón se alzaba una silla de pies de cristal rodeada completamente de extraños alambres. Mi madre avanzó hacia ella preguntando:

—¿Es ésta?

El doctor se inclinó sin responder.

—Asenath —dijo mi madre—, al final de mi vida he hallado un protector. Míralo, aquí le tienes: es el doctor Grierson. No seas ingrata con él, hija mía: es un amigo.

Se sentó en la silla, oprimió con sus manos los globos que había en los extremos de los brazos de aquélla y miró al doctor, el cual se apresuró a agacharse, apoyándose contra la pared y oprimiendo un resorte. Mi madre experimentó una sacudida, sus facciones se contrajeron y, como rendida por la fatiga, se reclinó sobre el respaldo de la silla. Me eché a sus pies, pero sus manos cayeron pesadamente sobre mí. Su rostro, todavía sonriente, se desplomó sobre su pecho. El alma de mi madre había volado para siempre. No sé cuánto tiempo pasó después. Levanté el rostro lleno de lágrimas y me encontré con los ojos del doctor. Me contemplaba piadoso e interesado y la cosa, a pesar de mi pena, no dejó de llamarle la atención.

—Basta de lamentaciones —dijo—. Su madre ha ido a la muerte como si fuera a sus bodas, muriendo de la misma forma que murió su esposo. Ya es hora, Asenath, de pensar en los que sobreviven. Sígame.

Le seguí con paso de sonámbula. Me sentó junto a la lumbre y me ofreció vino. Luego, paseando por la habitación, me dijo:

—Está usted sola en el mundo, hija mía, y no la espera otra suerte que llegar a ser la esposa de algún anciano o, todo lo más, encontrar el favor del Presidente. Este destino es peor que la muerte para una joven como usted. Es mejor morir como ha muerto su madre que verse degradada. A esto no hay salida posible. Su padre la mostró a usted que un simple emblema fue capaz de hacerle desistir de sus ansias de libertad. Y si a su padre le salió mal el plan, ¿se cree usted más afortunada que él?

Yo seguía sus palabras con emoción; empezaba a comprender.

—Veo que me juzga usted rectamente —contesté—. Creo que debo seguir el camino que han seguido mis padres.

—No —siguió el doctor—, la muerte para usted, no. El navío estropeado puede hundirse, pero no se hunde el navío nuevo y flamante. El proyecto que acarició su madre era que se casara usted conmigo. Pero yo tenía horror al matrimonio, que cambiaría completamente mi vida. Sin embargo, no he olvidado todavía los tumultuosos días de mi juventud, no he olvidado lo que sienten los jóvenes. La vejez pide tan sólo que se le perdonen penas. La juventud, en cambio, pide alegrías. Y tenga usted presente que se encuentra sin apoyo. No le queda a usted nadie, a excepción de este anciano investigador, que si es viejo por la experiencia, en cambio es joven en los sentimientos. Una pregunta: ¿Se halla usted libre de eso que la gente llama amor? ¿Es usted dueña de su corazón y de sus actos? ¿Ha caído usted en el lazo oculto y traicionero de algún enamoramiento?

Yo respondí con frase entrecortada:

—Mi corazón ha muerto con mis padres.

—Bien, eso me basta —respondió el doctor—. He tenido la suerte de ser requerido con frecuencia para los servicios de que las hablé esta noche. No hay en Utah quien pudiera desempeñar mejor estos encargos. Ello me ha valido cierta influencia que ahora pongo a su disposición, por la amistad que me unió a sus padres y por el interés que usted me inspira. La enviaré a Inglaterra, Londres, donde la espera el novio que la destino, un hijo mío, cuya edad y belleza cuadran perfectamente con lo que usted se merece. Puesto que su corazón es libre, prométame usted que acogerá a su novio con la delicadeza de una esposa. Esta petición se la hago a cambio de los gustos y de los peligros que usted me origina.

Quedé suspensa un rato. Recordaba haber oído decir que el doctor no tenía ningún hijo, pero no sabía qué pensar. Pero la idea de huir, la idea de un matrimonio ventajoso tuvieron fuerza bastante para decidirme. Sentí cierta esperanza de que no había acabado todo para mí y acabé por aceptar la proposición aunque ignoro de las palabras que me valí para ello.

Me pareció que mi consentimiento le conmovía.

—Voy a enseñarle a usted algo, para que juzgue usted por sí misma —añadió el doctor. Y, entrando en la habitación vecina volvió a poco con un pequeño retrato pintado al óleo. El retrato representaba a un hombre vestido a la moda de algunos años atrás. En el rostro del retratado conocí al doctor, que parecía mucho más joven que en la actualidad.

—¿La gusta? —me preguntó—. Soy yo cuando era joven. Pero mi hijo la parecerá más digno y la gustará más. Disfruta de una salud de hierro y es un hombre inteligente, de una inteligencia superior. En suma, un hombre cabal. En cada mil hombres hay solamente uno como mi hijo. Sabe imponerse a todas las pasiones juveniles y abarca todas las ramas del saber. Un hombre, en fin, en toda la extensión de la palabra. Dígame, Asenath, ¿no satisfará mi hijo todas las aspiraciones de una muchacha? ¿No será bastante para usted?.

Y mientras me decía esto y me mostraba el cuadro, sus manos temblaban.

Yo murmuré algunas palabras sin sentido. Aquella prueba de amor paternal me había llegado al corazón. Pero pronto se rebeló mi sangre y le miré con horror, tanto a él como al retrato. Creo que si me hubieran dado a elegir entre un matrimonio mormón o la muerte, habría elegido la segunda sin dudar lo más mínimo.

—Está bien —contestó—. Confiaba en el valor de usted. Ahora coma tranquilamente, pues ha de irse muy lejos.

Diciendo esto colocó ante mí un poco de carne. Yo, obediente, comí. El doctor, saliendo luego de la habitación, volvió a poco con un paquete de ropa usada.

—He aquí su disfraz —me dijo—. La dejo sola para que se vista.

Las ropas parecían haber pertenecido a un muchacho de quince años. Me estaban estrechas, impidiéndome todo movimiento. Pero lo que más me intrigaba era la suerte que habría corrido su dueño. En cuanto acabé de vestirme volvió el doctor, el cual abrió una ventana trasera y ayudándome a trepar el estrecho pasillo que formaba la pared y las sobresalientes peñas que se alzaban hasta mucho más arriba que el tejado de la casa, me mostró una escalera de hierro adosada a las mismas.

—Suba de prisa—me dijo—. Cuando esté usted arriba camine todo lo más rápidamente que le sea posible, a la sombra del humo. Llegará usted a un callejón. Al final de ese callejón encontrará usted a un hombre con dos caballos. Obedézcale sin hablar. Esta maquinaria que hago funcionar en su beneficio podría derrumbarse a la menor palabra. Adiós. Que el cielo la proteja.

El ascenso me resultó fácil. Ante mí se extendía una pendiente larguísima, sin árboles, sin nada a propósito para ocultarse. Sabía que aquellas soledades se hallaban llenas de espías, así que procuraba esconderme en el humo lo mejor que podía. Cuando el aire lo elevaba, me echaba a tierra, esperando. En cambio, cuando el aire lo echaba hacia abajo, procuraba correr cuanto podía para ganar tiempo. Así llegué hasta el sitio en que estaba el hombre con los dos caballos.

Era un hombre sombrío y taciturno. En el acto empezamos a correr. Lo hicimos durante toda la noche. Antes del alba nos refugiamos en una húmeda y lóbrega cueva, situada en el fondo de una garganta. Allí permanecimos todo el día, esperando a que se hiciera de noche. A medianoche llegamos a un prado, no lejos del río. El guía me entregó entonces otro paquete, encargándome que me vistiera de nuevo. El paquete contenía peines, jabón, amén de ropas mía, cogidas en mi casa. Me peiné junto al espejo de un charco, encantada de ver de nuevo mi rostro. En esto resonó en las montañas un silbido que no parecía humano. Me quedé atónita. Luego vi que un huracán de fuego avanzaba amenazador. No pude por menos de ocultar el rostro con las manos y lanzar un grito. Aquel rugido provenía del ferrocarril que atravesaba la montaña, el ferrocarril que constituía mi salvación, las alas que me habían de llevar lejos de Utah.

En cuanto estuve vestida, el guía me entregó un maletín en que había dinero y papeles, diciéndome que me encontraba en el límite del territorio de Wyoming e indicándome que debía seguir el curso del río hasta encontrar la estación, que distaba de allí una media milla.

—Aquí tiene su billete hasta Council Bluffs. El expreso pasará dentro de algunas horas. Dicho esto volvió grupas, marchándose sin dedicarme el menor saludo.

Tres horas después me hallaba sentada ya en el tren, que se deslizaba veloz a través de las abruptas gargantas, trepidando en los túneles como un trueno. El cambio de escenario, la sensación de encontrarme libre, la impresión de terror que me había dominado durante todo el tiempo que duró la huida hicieron que se decantara en cierta melancolía, entregándome a múltiples reflexiones. Me había dirigido a casa del doctor dispuesta a morir, peor aún, preparada para algo peor que la muerte; pero todo lo que pasó, aunque era ciertamente terrible, no me parecía ya casi nada comparado con los temores sufridos durante la huida. Una vez transcurrida una noche de sueño en el vagón, desperté recordando tristemente la pérdida de mis padres y sintiéndome alarmada ante mi porvenir. Luego abrí el maletín.

Se hallaba bien provisto de dinero y, además, contenía billetes de ferrocarril y un itinerario completo hasta Liverpool. Encontré, además, una larga carta del doctor en la que me daba instrucciones acerca del falso nombre que me convenía adoptar, así como la historia que debía referir cuando me preguntaran que de dónde venía, recomendándome de paso suma discreción y rogándome que esperase llena de fe la llegada de su hijo. Por lo visto todo había sido arreglado de antemano, contando con mi consentimiento y, lo que era peor, con la voluntaria muerte de mi madre.

El horror que sentía hacia el doctor y hacia su hijo, mi rebelión ante las condiciones que se me imponían eran ahora completos. Me hallaba entregada a mi pena y al desaliento.

Pero, de pronto, con gran contento por mi parte, una amable señora que compartía mi departamento, entabló conversación conmigo. Me acogí a este consuelo y, con gran desenvoltura por mi parte, referí a la señora mi historia, es decir, la historia que el doctor me encargaba que diera como mía. Yo era Miss Glould, de la ciudad de Nevada, e iba a Inglaterra para reunirme con un tío mío. Le di detalles sobre mi familia, mi edad, etc. Pero la señora continuaba abrumándome con sus preguntas y yo acabé por incurrir en algunas contradicciones. En el rostro de la señora se dibujaba ya una mueca significativa cuando un caballero se acercó a nosotras.

—Miss Gould —me dijo—, ¿quiere usted hacer el favor de acompañarme? Y excusándose ante la señora, me llevó al exterior.

—Miss Gould —me expresó entonces en voz baja—, ¿es posible que se crea usted a salvo? Si comete usted la menor indiscreción volverá usted a Utah. Si esa mujer continúa molestándola, contéstela que no es a usted simpática y que tiene usted derecho a elegir sus amistades.

Obedecí y me libré groseramente de aquella señora, a pesar de que me era simpática. A partir de entonces, permanecí en silencio, mirando sombríamente las llanuras que atravesábamos y ahogando el llanto de mi pecho. Tenía que resignarme. Era la consigna. En el tren, en los hoteles, en el vapor no cruzaba nunca la palabra con mis compañeros de viaje. Sabía de sobras que me espiaban. En todas partes me parecía encontrar espías que me observaban. Así crucé los Estados, así pasé el océano, observada continuamente por el Ojo Mormón, hasta que llegué a esa casa de la que usted me vio salir tan violentamente. No podía resistir más. La esperanza ya no quería alojarse en mi corazón. El día que llegué a Londres, la dueña de la casa me estaba esperando. Tenía fuego encendido en mi cuarto, que daba a un jardín, libros sobre la mesa y vestidos en el ropero. En esta casa he vivido, resignada y casi contenta, varios meses. La patrona me acompañaba a veces a dar un paseo, pero nunca me dejaba sola.

Yo me daba cuenta de que también ella vivía aterrada bajo el terror mormón y la compadecía. El que nace en suelo mormón o el que acepta los compromisos de la secta no se ve libre jamás del Ojo Mormón. Me hallaba tan seguro de esto que casi me sentía agradecida a la tregua que me concedían. Mientras tanto, me preparaba, con la imaginación, para la boda. Llegaría el día en que el novio iría a visitarme. Y el miedo y la gratitud me obligarían a aceptar. El hijo del doctor Grierson debía ser joven y, probablemente, elegante. Y yo temía no gustarle. A medida que pasaba el tiempo me iba acostumbrando a la idea, esperando con impaciencia la hora de la entrevista. Por la noche, apenas podía dormir. Y el día me lo pasaba sentada junto al fuego, pensando en mi novio, preguntándome cómo sería su rostro y qué efectos produciría en mí el timbre de su voz y el contacto de su mano. Y, de pronto, me volvían a asaltar temores. ¿Qué ocurriría si yo no le gustara? ¿Qué ocurriría si aquel amante invisible me despreciaba? Y me pasaba horas enteras ante el espejo, cambiando de vestido, de peinado, estudiando y juzgando mis atractivos.

Cuando llegó el día fijado empleé largo tiempo en arreglarme. Por fin, desesperada, no quise mirarme más en el espejo y confié mi triunfo o mi derrota a mis dotes naturales. Cuando ya estaba a punto, la impaciencia empezó a consumirme. Prestaba oído al menor ruido que procedía de la calle, las mejillas se me colorearon varias veces, aunque sé que el amor no puede existir sin objeto conocido.

Cuando un coche paró en la puerta y oí que alguien subía la escalera, un tropel de esperanzas se acogieron a mi pecho. Pero se abrió la puerta y el doctor Grierson en persona hizo su aparición. No pude reprimir un grito y me desplomé desmayada en el suelo. Cuando volví en mí, el doctor Grierson estaba a mi lado tomándome el pulso.

—¿La he asustado? —preguntó—. Una imprevista dificultad, la dificultad de obtener cierta poción, me ha obligado a venir Londres apresuradamente. Lamento haberme visto obligado a presentarme ante usted sin los atractivos que seguramente representarán gran cosa para usted, pero que para mí representan menos que la lluvia que cae en el mar. La juventud es tan transitoria como el desmayo de que acaba usted de recobrarse. Por tal motivo, Asenath quiero ser franco con usted. Desde mi juventud he consagrado todas las horas y todos los actos de mi vida a un ambicioso proyecto, proyecto de cuyo éxito estoy completamente seguro. En los países en que he permanecido tanto tiempo reuní los ingredientes necesarios, asegurándome siempre contra la posibilidad de fracasar. Lo que ayer era un sueño es hoy una realidad. Cuando le ofrecía a usted mi hijo hablaba en sentido figurado. El marido a propósito para usted, soy yo, Asenath, pero no yo tal como usted me ve ahora sino rejuvenecido, reintegrado al vigor de la juventud. ¿Me toma usted por loco? Esa actitud es propia de la ignorancia. Cuando usted me vea vigorizado y renovado me podré reír de su natural incredulidad. Yo puedo concederla a usted lo que aspira, es decir, fama, riquezas, juventud. Desentráñese; en la actualidad solamente me aventaja usted en juventud. Cuando yo sea también joven reconocerá usted en mí a su dueño y señor.

Luego consultó su reloj y dijo que tenía que dejarme. Después me rogó que reflexionara con tranquilidad sin dejarme llevar por fantasías juveniles. No tuve valor para moverme y la noche me sorprendió en el mismo sillón, oculta la cara entre las manos. El doctor volvió entonces. Llevaba una vela encendida en la mano y se mostraba malhumorado. Me expresó su deseo de que me pusiera en pie para ir a cenar.

—¿Es posible que haya usted perdido su valor? —continuó—. Una muchacha cobarde no me cuadra para esposa.

Yo entonces me desplomé a sus pies, rogándole que me relevase de la palabra empeñada, ya que tanto en carácter como en inteligencia yo era a todas luces inferior a él.

—Cierto —dijo el doctor—. Te conozco mejor de lo que tú misma te puedes conocer. He hecho muchos estudios sobre la naturaleza humana. Esta escena la he motivado yo mismo, ya que mi aspecto no se halla transformado todavía. Pero no te preocupes. Deja que alcance el fin propuesto y no solamente tú sino todas las mujeres de la tierra serán mis esclavas.

Luego me obligó a ir a cenar, sentándose a mi lado y tratándome como a un invitado distinguido. Terminada la cena, se despidió de mí, dejándome entregada a mis sufrimientos.

No sabía qué deducir acerca de lo que me había dicho del elixir y de su recuperación de la juventud. Si sus esperanzas se basaban en un hecho cierto y alcanzaba el éxito que se proponía, no me quedaba otro camino que la muerte. Si por otro lado, sus sueños no llegaban a cumplirse, no dejaría por ello de ser aquel matrimonio una carga para mí, aún contando con el hecho de que no pudiera llegar a consumarse. El doctor volvió a presentarse en mi casa. Mostraba un rostro tranquilo y adivinó en el acto, por la expresión del mío, la inquietud de mi alma.

—Asenath —me dijo—, me debes más de lo que te figuras. Con un dedo mío tengo suspendida la muerte sobre tu cabeza. Por tu causa está llena mi vida de sufrimientos y ansiedad. Exijo que me recibas con cara risueña.

No tuvo necesidad de repetir aquella recomendación, pues, desde entonces, me hallo siempre con cara risueña. Él, en cambio, me hacía un rato de compañía contándome cosas confidenciales, cosa que me repugnaba extraordinariamente.

Había montado su laboratorio en la parte posterior de la casa, donde trabajaba día y noche para lograr su elixir. Cuando me visitaba, unas veces estaba radiante y de buen humor y otras descorazonado. Hablaba siempre de sus ambiciones, cosa que mostraba su fondo ruin y bajo. Yo no me daba cuenta de lo que respondía a todo esto, pero siempre respondía algo aunque me asqueaba escucharle.

Una semana después el doctor se presentó en mi cuarto una vez más. Estaba muy contento y se expresaba con dificultad.

—Asenath —me dijo—, he obtenido el ingrediente que me faltaba. Se acerca el peligroso momento de la prueba final. Usted presenció tiempo atrás un ensayo parecido. ¿Recuerda usted la terrible explosión que la asustó una madrugada en que usted pasaba frente a mi casa? Huelga decir que una experiencia así en una ciudad resulta bastante peligrosa. Desde ese punto de vista lamento no poder permanecer tan tranquilo como permanecía en aquel desierto. Pero, por otro lado, he comprobado que el poco éxito de la prueba se debió a lo incompleto de los ingredientes. Pero ahora he estudiado concienzudamente la composición y todo saldrá bien. De hoy en ocho habrá terminado el período de ensayos.

Al decir esto me miraba con sonrisa paternal. Yo no podía por menos de morderme los labios, dominada por el terror. ¿Qué pasaría si la prueba fallaba? ¿Qué sucedería si tenía éxito? ¿Qué hijo supuesto sería el que apareciera ante mí para pedir mi mano? Y, abatida, me preguntaba si habría algo de verdad en aquella historia del elixir. ¿Triunfaría al cabo sobre mi repugnancia? Demasiado me daba cuenta de que era mi amo y señor y de que mi vida dependía de una señal suya. Pensaba luego que quizás volvería a mí horriblemente transformado, como un vampiro de leyenda, y que debido a alguna diabólica fascinación... Mi cabeza se trastornaba y me veía asaltada por mil temores.

Pronto me tranquilicé. El doctor debía estar en Londres por motivos políticos del Gobierno mormón. A menudo, durante nuestras conversaciones, el doctor había ponderado la magnífica organización de su Gobierno, organización a la que no podía por menos de temer, a pesar de que era uno de los que la manejaban. En aquel laberinto de Londres, el Ojo Mormón nos observaba continuamente.

Los visitantes del doctor, desde el misionero al Ángel Exterminador, me miraban con una mezcla de repulsión y de alarma. De sobras sabía yo que si mi secreto se sabía estaba perdida, mas a pesar de ello ponía mi esperanza en aquellos mismos hombres. Un día me explayé con un misionero mormón, hombre perteneciente a la clase baja pero sumamente compasivo. En la escalera, le referí una historia inventada por mí para pretextar mi petición. Por mediación de este sujeto pude ponerme en comunicación con la familia de mi padre. Mis parientes me dieron ánimos, de suerte que mi huida quedó concertada para esta noche.

Durante toda la noche he estado esperando los resultados de los trabajos del doctor. En este tiempo las noches son cortas y yo, vestida, esperaba que viniese el nuevo día. El silencio de aquella casa y de sus alrededores estaba turbado tan sólo por los movimientos que el doctor efectuaba en su laboratorio. Yo, reloj en mano, aguardaba la hora de mi fuga. Me hallaba consumida por la ansiedad. ¿Cómo resultaría el experimento? Mas ahora que sabía que alguien me protegía, mis simpatías se ponían al lado del doctor y hasta le deseaba el triunfo. Cuando horas más tarde llegó a mis oídos un extraño grito que procedía del laboratorio, no pude reprimir mi impaciencia y marché hacia él.

Cuando abrí la puerta del laboratorio vi que el doctor permanecía en medio de la habitación. Tenía en la mano una probeta que contenía hasta tres cuartas partes de líquido de color de ámbar. El rostro del doctor reflejaba una extraordinaria alegría. Al verme, el doctor levantó el brazo hasta la altura del hombre.

—¡Victoria!—decía—. ¡Victoria!

En estas se escapó la probeta de sus dedos y se oyó una explosión. Yo fui lanzada contra la puerta y el doctor contra un rincón de la habitación. Sobrecogidos de espanto, echamos a correr instintivamente, huyendo de la explosión que le sorprendió a usted. Poco después no quedaba de todos aquellos trabajos en el que el doctor había invertido tantos años de su vida más que unos trocitos de vidrio y el desagradable olor que nos perseguía.

EL MONO CIENTÍFICO

En cierta Isla de las Antillas había una casa y una playa cerca de una arboleda. En esa casa habitaba un vivisector y, en los árboles, un clan de simios antropoides. Resultó que el vivisector atrapó a uno de ellos y lo encerró durante algún tiempo en una jaula del laboratorio. Allí quedó profundamente aterrado por lo que vio, muy interesado por todo lo que oyó; y como tuvo la fortuna de escapar en una fase temprana de su caso (que quedó clasificado con el número 701) y de regresar con su familia con tan solo una lesión insignificante en un pie, consideró que, en suma, había salido beneficiado.

En cuanto regresó se hizo llamar "doctor" y empezó a importunar a sus vecinos con esta pregunta: ¿Por qué los simios no son progresistas?

—No sé qué quiere decir progresista —dijo uno y le lanzó un coco a su abuela.

—Yo no lo sé ni me importa —dijo otro y se columpió en un árbol cercano.

—¡Ya cállate! —exclamó un tercero.

—¡Maldito progreso! —dijo el jefe, que era un viejo político conservador, a favor de la fuerza física—. Procuren portarse mejor como lo que son.

Pero cuando el mono científico lograba reunirse a solas con los machos jóvenes, estos lo escuchaban con más atención.

—El hombre es tan solo un simio que ha sido promovido -decía, colgando su cola desde una elevada rama-. Dado que el registro geológico está incompleto, es imposible afirmar cuánto tardó en ascender y cuánto podríamos tardar nosotros en seguir sus pasos. Pero si nos lanzamos de lleno in media res en mi propio sistema, creo que los dejaremos a todos atónitos. El hombre perdió siglos por culpa de la religión, la moral, la poesía y otros desvaríos; tardó siglos antes de alcanzar la ciencia y apenas ayer empezó a realizar vivisecciones. Nosotros recorreremos el camino en sentido inverso y empezaremos por la vivisección.

—¿Qué cocos es la vivisección? —preguntó un simio.

El doctor explicó con todo detalle lo que había visto en el laboratorio; y algunos de sus oyentes quedaron encantados, mas no todos.

—¡Nunca había escuchado semejante bestialidad! —exclamó un mono que había perdido una oreja en un pleito con su tía.

—¿Y para qué sirve eso? -inquirió otro.

—¿Qué no se dan cuenta? —dijo el doctor—. Al hacer vivisecciones en los hombres, descubriremos cómo están hechos los simios y así avanzaremos.

—Pero, ¿por qué no las hacemos en nosotros mismos? —preguntó uno de sus discípulos que era discutidor.

—¡Ay, qué vergüenza! —dijo el doctor—. No pienso quedarme aquí escuchando semejantes despropósitos; al menos, no en público.

—Pero, ¿y los criminales? —inquirió el discutidor.

—Es muy dudoso que exista algo que pueda considerarse bueno o malo; entonces, ¿cómo definirías a un criminal? —repuso el doctor—. Y además, el público no lo toleraría. Y los hombres nos serán igual de útiles; somos del mismo género.

—Me parece que sería brutal hacerles eso a los hombres —dijo el simio que solo tenía una oreja.

—Bueno, para empezar —dijo el doctor—, ellos afirman que nosotros no sufrimos y que somos, como dicen, unos "autómatas"; así que tengo todo el derecho de decir lo mismo de ellos.

—Ese es un disparate —dijo el discutidor—; y, además, es autodestructivo. Si ellos solo son unos autómatas, no pueden enseñarnos nada acerca de nosotros mismos; y si pueden hacerlo, ¡por todos los cocos!, entonces deben sufrir.

—Comparto bastante tu forma de pensar —dijo el doctor—, y, en efecto, ese argumento solo es válido para las revistas mensuales. Supongamos que sí sufren. Bueno, pues sufren en el interés de una raza inferior que necesita ayuda; no puede haber nada más justo que eso. Y además, sin duda haremos descubrimientos que también a ellos les serán de utilidad.

—Pero, ¿cómo descubriremos algo cuando no sabemos qué hay que investigar? —inquirió el discutidor.

—¡Bendita sea mi cola! —gritó el doctor, perdiendo los estribos y la dignidad—. ¡Tienes la mente menos científica de todos los monos de las Islas Windward! Saber qué investigar… ¡qué tontería! La verdadera ciencia no tiene nada que ver con eso. Tú solo debes realizar vivisecciónes cada vez que tengas la oportunidad; y, si realmente llegas a descubrir algo, ¿quién estará más sorprendido que tú?

—Tengo una objeción más —dijo el discutidor—, aunque aclaro que concuerdo en que sería una diversión mayúscula. Pero los hombres son muy fuertes y además tienen armas.

—Por eso mismo tomaremos a los bebés —concluyó el doctor.

Esa misma tarde, este regresó al jardín del científico; se robó una de sus navajas a través de la ventana del cuarto de vestir y, en una segunda incursión, sacó al bebé de su cuna.

Hubo gran algarabía en las copas de los árboles. El mono que solo tenía una oreja y que era de buenos sentimientos, acunó al niño en sus brazos; otro le metió nueces en la boca y se afligió porque no quiso comérselas.

—Carece de inteligencia —dijo.

—Pero cómo me gustaría que no llorara -dijo el simio que solo tenía una oreja—, ¡se ve tan feo como un mono!

—Esto es absurdo —dijo el doctor—. Denme la navaja.

Al oír esto, al mono que solo tenía una oreja se le encogió el corazón, le escupió al doctor y huyó con el niño a la copa del árbol vecino.

—¡Hey, tú! —gritó el simio que solo tenía una oreja—, ¡vivisecciónate tú mismo!

Ante este desafío, todo el equipo empezó a perseguirlo y a dar voces; y el ruido llamó la atención del jefe, que se encontraba en los alrededores, matando pulgas.

—¿Por qué tanto alboroto? —exclamó el jefe. Y cuando le explicaron lo sucedido, se llevó la mano a la frente—. ¡Santos cocos! —exclamó—, ¿es esta una pesadilla? ¿Pueden los simios caer hasta semejante barbaridad? Devuelvan a ese niño al lugar de donde lo sacaron.

—Usted no tiene una mente científica —dijo el doctor.

—No sé si tenga una mente científica o no —repuso el jefe—, pero sí tengo un palo muy grueso y si le pones una garra encima a ese bebé, te romperé la cabeza.

Así que llevaron al bebé al jardín que estaba frente a la casa. El científico (que era un estimable padre de familia) no cupo en sí de gozo y, ya con el corazón ligero, inició tres experimentos más en su laboratorio antes de que el día llegara a su fin.

MARKHEIM

—Sí —dijo el anticuario—, nuestras buenas oportunidades son de varias clases. Algunos clientes no saben lo que me traen, y en ese caso percibo un dividendo en razón de mis mayores conocimientos. Otros no son honrados —y aquí levantó la vela, de manera que su luz iluminó con más fuerza las facciones del visitante—, y en ese caso —continuó— recojo el beneficio debido a mi integridad.

Markheim acababa de entrar, procedente de las calles soleadas, y sus ojos no se habían acostumbrado aún a la mezcla de brillos y oscuridades del interior de la tienda. Aquellas palabras mordaces y la proximidad de la llama le obligaron a cerrar los ojos y a torcer la cabeza.

El anticuario rio entre dientes.

—Viene usted a verme el día de Navidad —continuó—, cuando sabe que estoy solo en mi casa, con los cierres echados y que tengo por norma no hacer negocios en esas circunstancias. Tendrá usted que pagar por ello; también tendría que pagar por el tiempo que pierda, puesto que yo debería estar cuadrando mis libros; y tendrá que pagar, además, por la extraña manera de comportarse que tiene usted hoy. Soy un modelo de discreción y no hago preguntas embarazosas; pero cuando un cliente no es capaz de mirarme a los ojos, tiene que pagar por ello.

El anticuario rio una vez más entre dientes; y luego, volviendo a su voz habitual para tratar de negocios, pero todavía con entonación irónica, continuó:

—¿Puede usted explicar, como de costumbre, de qué manera ha llegado a su poder el objeto en cuestión? ¿Procede también del gabinete de su tío? ¡Un coleccionista excepcional, desde luego!

Y el anticuario, un hombrecillo pequeño y de hombros caídos, se le quedó mirando, casi de puntillas, por encima de sus lentes de montura dorada, moviendo la cabeza con expresión de total incredulidad. Markheim le devolvió la mirada con otra de infinita compasión en la que no faltaba una sombra de horror.

—Esta vez —dijo— está usted equivocado. No vengo a vender sino a comprar. Ya no dispongo de ningún objeto: del gabinete de mi tío sólo queda el revestimiento de las paredes; pero aunque estuviera intacto, mi buena fortuna en la Bolsa me empujaría más bien a ampliarlo. El motivo de mi visita es bien sencillo. Busco un regalo de Navidad para una dama —continuó, creciendo en elocuencia al enlazar con la justificación que traía preparada—; y tengo que presentar mis excusas por molestarle para una cosa de tan poca importancia. Pero ayer me descuidé y esta noche debo hacer entrega de mi pequeño obsequio; y, como sabe usted perfectamente, el matrimonio con una mujer rica es algo que no debe despreciarse.

A esto siguió una pausa, durante la cual el anticuario pareció sopesar incrédulamente aquella afirmación. El tic—tac de muchos relojes entre los curiosos muebles de la tienda, y el rumor de los cabriolés en la cercana calle principal, llenaron el silencioso intervalo.

—De acuerdo, señor —dijo el anticuario—, como usted diga. Después de todo es usted un viejo cliente; y si, como dice, tiene la oportunidad de hacer un buen matrimonio, no seré yo quien le ponga obstáculos. Aquí hay algo muy adecuado para una dama —continuó—; este espejo de mano, del siglo XV, garantizado; también procede de una buena colección, pero me reservo el nombre por discreción hacia mi cliente, que como usted, mi querido señor, era el sobrino y único heredero de un notable coleccionista.

El anticuario, mientras seguía hablando con voz fría y sarcástica, se detuvo para coger un objeto; y, mientras lo hacía, Markheim sufrió un sobresalto, una repentina crispación de muchas pasiones tumultuosas que se abrieron camino hasta su rostro. Pero su turbación desapareció tan rápidamente como se había producido, sin dejar otro rastro que un leve temblor en la mano que recibía el espejo.

—Un espejo —dijo con voz ronca; luego hizo una pausa y repitió la palabra con más claridad—. ¿Un espejo? ¿Para Navidad? Usted bromea.

—¿Y por qué no? —exclamó el anticuario—. ¿Por qué un espejo no? Markheim lo contemplaba con una expresión indefinible.

—¿Y usted me pregunta por qué no? —dijo—. Basta con que mire aquí…, mírese en él… ¡Véase usted mismo! ¿Le gusta lo que ve? ¡No! A mí tampoco me gusta… ni a ningún hombre.

El hombrecillo se había echado para atrás cuando Markheim le puso el espejo delante de manera tan repentina; pero al descubrir que no había ningún otro motivo de alarma, rio de nuevo entre dientes.

—La madre naturaleza no debe de haber sido muy liberal con su futura esposa, señor —dijo el anticuario.

—Le pido —replicó Markheim— un regalo de Navidad y me da usted esto: un maldito recordatorio de años, de pecados, de locuras… ¡una conciencia de mano! ¿Era ésa su intención? ¿Pensaba usted en algo concreto? Dígamelo. Será mejor que lo haga. Vamos, hábleme de usted. Voy a arriesgarme a hacer la suposición de que en secreto es usted un hombre muy caritativo.

El anticuario examinó detenidamente a su interlocutor. Resultaba muy extraño, porque Markheim no daba la impresión de estar riéndose;

había en su rostro algo así como un ansioso chispazo de esperanza, pero ni el menor asomo de hilaridad.

—¿A qué se refiere? —preguntó el anticuario.

—¿No es caritativo? —replicó el otro sombríamente—. Sin caridad; impío; sin escrúpulos; no quiere a nadie y nadie le quiere; una mano para coger el dinero y una caja fuerte para guardarlo. ¿Es eso todo? ¡Santo cielo, buen hombre! ¿Es eso todo?

—Voy a decirle lo que es en realidad —empezó el anticuario, con voz cortante, que acabó de nuevo con una risa entre dientes—. Ya veo que se trata de un matrimonio de amor, y que ha estado usted bebiendo a la salud de su dama.

—¡Ah! —exclamó Markheim, con extraña curiosidad—. ¿Ha estado usted enamorado? Hábleme de ello.

—Yo —exclamó el anticuario—, ¿enamorado? Nunca he tenido tiempo ni lo tengo ahora para oír todas estas tonterías. ¿Va usted a llevarse el espejo?

—¿Por qué tanta prisa? —replicó Markheim—. Es muy agradable estar aquí hablando; y la vida es tan breve y tan insegura que no quisiera apresurarme a agotar ningún placer; no, ni siquiera uno con tan poca entidad como éste. Es mejor agarrarse, agarrarse a lo poco que esté a nuestro alcance, como un hombre al borde de un precipicio. Cada segundo es un precipicio, si se piensa en ello; un precipicio de una milla de altura; lo suficientemente alto para destruir, si caemos, hasta nuestra última traza de humanidad. Por eso es mejor que hablemos con calma. Hablemos de nosotros mismos: ¿por qué tenemos que llevar esta máscara? Hagámonos confidencias. ¡Quién sabe, hasta es posible que lleguemos a ser amigos !

—Sólo tengo una cosa que decirle —respondió el anticuario—. ¡Haga usted su compra o váyase de mi tienda!

—Es cierto, es cierto —dijo Markheim—. Ya está bien de bromas. Los negocios son los negocios. Enséñeme alguna otra cosa.

El anticuario se agachó de nuevo, esta vez para dejar el espejo en la estantería, y sus finos cabellos rubios le cubrieron los ojos mientras lo hacía. Markheim se acercó a él un poco más, con una mano en el bolsillo de su abrigo; se irguió, llenándose de aire los pulmones; al mismo tiempo muchas emociones diferentes aparecieron antes en su rostro: terror y decisión, fascinación y repulsión física; y mediante un extraño fruncimiento del labio superior, enseñó los dientes.

—Esto, quizá, resulte adecuado —hizo notar el anticuario; y mientras se incorporaba, Markheim saltó desde detrás sobre su víctima. La estrecha daga brilló un momento antes de caer. El anticuario forcejeó como una gallina, se dio un golpe en la sien con la repisa y luego se desplomó sobre el suelo como un rebaño de trapos.

El tiempo hablaba por un sinfín de voces apenas audibles en aquella tienda; había otras solemnes y lentas como correspondía a sus muchos años, y aun algunas parlanchinas y apresuradas. Todas marcaban los segundos en un intrincado coro de tic—tacs. Luego, el ruido de los pies de un muchacho, corriendo pesadamente sobre la acera, irrumpió entre el conjunto de voces, devolviendo a Markheim la conciencia de lo que tenía alrededor. Contempló la tienda lleno de pavor. La vela seguía sobre el mostrador, y su llama se agitaba solemnemente debido a una corriente de aire; y por aquel movimiento insignificante, la habitación entera se llenaba de silenciosa agitación, subiendo y bajando como las olas del mar; las sombras alargadas cabeceaban, las densas manchas de oscuridad se dilataban y contraían como si respirasen, los rostros de los retratos y los dioses de porcelana cambiaban y ondulaban como imágenes sobre el agua. La puerta interior seguía entreabierta y escudriñaba el confuso montón de sombras con una larga rendija de luz semejante a un índice extendido.

De aquellas aterrorizadas ondulaciones los ojos de Markheim se volvieron hacia el cuerpo de la víctima, que yacía encogido y desparramado al mismo tiempo; increíblemente pequeño y, cosa extraña, más mezquino aún que en vida. Con aquellas pobres ropas de avaro, en aquella desgarbada actitud, el anticuario yacía como si no fuera más que un montón de aserrín. Markheim había temido mirarlo y he aquí que no era nada. Y sin embargo mientras lo contemplaba, aquel montón de ropa vieja y aquel charco de sangre empezaron a expresarse con voces elocuentes. Allí tenía que quedarse; no había nadie que hiciera funcionar aquellas articulaciones o que pudiera dirigir el milagro de su locomoción: allí tenía que seguir hasta que lo encontraran. Y ¿cuándo lo encontraran? Entonces, su carne muerta lanzaría un grito que resonaría por toda Inglaterra y llenaría el mundo con los ecos de la persecución. Muerto o vivo aquello seguía siendo el enemigo. "El tiempo era el enemigo cuando faltaba la inteligencia", pensó; y la primera palabra se quedó grabada en su mente. El tiempo, ahora que el crimen había sido cometido; el tiempo, que había terminado para la víctima, se había convertido en perentorio y trascendental para el asesino.

Aún seguía pensando en esto cuando, primero uno y luego otro, con los ritmos y las voces más variadas —una tan profunda como la campana de una catedral, otra esbozando con sus notas agudas el preludio de un vals—, los relojes empezaron a dar las tres.

El repentino desatarse de tantas lenguas en aquella cámara silenciosa le desconcertó. Empezó a ir de un lado para otro con la vela, acosado por sombras en movimiento, sobresaltado en lo más vivo por reflejos casuales. En muchos lujosos espejos, algunos de estilo inglés, otros de Venecia o Ámsterdam, vio su cara repetida una y otra vez, como si se tratara de un ejército de espías; sus mismos ojos detectaban su presencia; y el sonido de sus propios pasos, aunque anduviera con cuidado, turbaba la calma circundante. Y todavía, mientras continuaba llenándose los bolsillos, su mente le hacía notar con odiosa insistencia los mil defectos de su plan. Tendría que haber elegido una hora más tranquila; haber preparado una coartada; no debería haber usado un cuchillo, tendría que haber sido más cuidadoso y atar y amordazar sólo al anticuario en lugar de matarlo; o, mejor, ser aún más atrevido y matar también a la criada; tendría que haberlo hecho todo de manera distinta; intensos remordimientos, vanos y tediosos esfuerzos de la mente para cambiar lo incambiable, para planear lo que ya no servía de nada, para ser el arquitecto del pasado irrevocable. Mientras tanto, y detrás de toda esta actividad, terrores primitivos, como un escabullirse de ratas en un ático desierto, llenaban de agitación las más remotas cámaras de su cerebro; la mano del policía caería pesadamente sobre su hombro y sus nervios se estremecerían como un pez cogido en el anzuelo; o presenciaba, en desfile galopante, el arresto, la prisión, la horca y el negro ataúd.

El terror a los habitantes de la calle bastaba para que su imaginación los percibiera como un ejército sitiador. Era imposible, pensó, que algún rumor del forcejeo no hubiera llegado a sus oídos, despertando su curiosidad; y ahora, en todas las casas vecinas, adivinaba a sus ocupantes inmóviles, al acecho de cualquier rumor: personas solitarias, condenadas a pasar la Navidad sin otra compañía que los recuerdos del pasado, y ahora forzadas a abandonar tan melancólica tarea; alegres grupos de familiares, repentinamente silenciosos alrededor de la mesa, la madre aún con un dedo levantado; personas de distintas categorías, edades y estados de ánimo, pero todos, dentro de su corazón, curioseando y prestando atención y tejiendo la soga que habría de ahorcarle. A veces le parecía que no era capaz de moverse con la suficiente suavidad; el tintineo de las altas copas de Bohemia parecía un redoblar de campanas; y, alarmado por la intensidad de los tic—tac, sentía la tentación de parar todos los relojes. Luego, con una rápida transformación de sus terrores, el mismo silencio de la tienda le parecía una fuente de peligro, algo capaz de sorprender y asustar a los que pasaran por la calle; y entonces andaba con más energía y se movía entre los objetos de la tienda imitando, jactanciosamente, los movimientos de un hombre ocupado, en el sosiego de su propia casa.

Pero estaba tan dividido entre sus diferentes miedos que, mientras una porción de su mente seguía alerta y haciendo planes, otra temblaba al borde de la locura. Una particular alucinación había conseguido tomar fuerte arraigo. El vecino escuchando con rostro lívido junto a la ventana, el viandante detenido en la acera por una horrible conjetura, podían sospechar pero no saber; a través de las paredes de ladrillo y de las ventanas cerradas sólo pasaban los sonidos. Pero allí, dentro de la casa, ¿estaba solo? Sabía que sí; había visto salir a la criada en busca de su novio, humildemente engalanada y con un «voy a pasar el día fuera» escrito en cada lazo y en cada sonrisa. Sí, estaba solo, por supuesto; y, sin embargo, en la casa vacía que se alzaba por encima de él, oía con toda claridad un leve ruido de pasos..., era consciente, inexplicablemente consciente de una presencia. Efectivamente; su imaginación era capaz de seguirla por cada habitación y cada rincón de la casa; a veces era una cosa sin rostro que tenía, sin embargo, ojos para ver; otras, una sombra de sí mismo; luego la presencia cambiaba, convirtiéndose en la imagen del anticuario muerto, revivificada por la astucia y el odio.

A veces, haciendo un gran esfuerzo, miraba hacia la puerta entreabierta que aún conservaba un extraño poder de repulsión. La casa era alta, la claraboya pequeña y cubierta de polvo, el día casi inexistente en razón de la niebla; y la luz que se filtraba hasta el piso bajo débil en extremo, capaz apenas de iluminar el umbral de la tienda. Y, sin embargo, en aquella franja de dudosa claridad, ¿no temblaba una sombra?

Repentinamente, desde la calle, un caballero muy jovial empezó a llamar con su bastón a la puerta de la tienda, acompañando los golpes con gritos y bromas en las que se hacían continuas referencias al anticuario llamándolo por su nombre de pila. Markheim, convertido en estatua de hielo, lanzó una mirada al muerto. Pero no había nada que temer: seguía tumbado, completamente inmóvil; había huido a un sitio donde ya no podía escuchar aquellos golpes y aquellos gritos; se había hundido bajo mares de silencio; y su nombre, que en otro tiempo fuera capaz de atraer su atención en medio del fragor de la tormenta, se había convertido en un sonido vacío. Y en seguida el jovial caballero renunció a llamar y se alejó calle adelante.

Aquello era una clara insinuación de que convenía apresurar lo que faltaba por hacer; que convenía marcharse de aquel barrio acusador, sumergirse en el baño de las multitudes londinenses y alcanzar, al final del día, aquel puerto de salvación y de aparente inocencia que era su cama. Había aparecido un visitante: en cualquier momento podía aparecer otro y ser más obstinado. Haber cometido el crimen y no recoger los frutos sería un fracaso demasiado atroz. La preocupación de Markheim en aquel momento era el dinero, y como medio para llegar hasta él, las llaves.

Miró por encima del hombro hacia la puerta entreabierta, donde aún permanecía la sombra temblorosa; y sin conciencia de ninguna repugnancia mental pero con un peso en el estómago, Markheim se acercó al cuerpo de su víctima. Los rasgos humanos característicos habían desaparecido completamente. Era como un traje relleno a medias de aserrín, con las extremidades desparramadas y el tronco doblado; y sin embargo conseguía provocar su repulsión. A pesar de su pequeñez y de su falta de lustre. Markheim temía que recobrara realidad al tocarlo. Cogió el cuerpo por los hombros para ponerlo boca arriba. Resultaba extrañamente ligero y flexible y las extremidades, como si estuvieran rotas, se colocaban en las más extrañas posturas. El rostro había quedado desprovisto de toda expresión, pero estaba tan pálido como la cera, y con una mancha de sangre en la sien. Esta circunstancia resultó muy desagradable para Markheim.

Le hizo volver al pasado de manera instantánea; a cierto día de feria en una aldea de pescadores, un día gris con una suave brisa; a una calle llena de gente, al sonido estridente de las trompetas, al redoblar de los tambores, y a la voz nasal de un cantante de baladas; y a un muchacho que iba y venía, sepultado bajo la multitud y dividido entre la curiosidad y el miedo, hasta que, alejándose de la zona más concurrida, se encontró con una caseta y un gran cartel con diferentes escenas, atrozmente dibujadas y peor coloreadas: Brownrigg y su aprendiz; los Mannig con su huésped asesinado; Weare en el momento de su muerte a manos de Thurtell; y una veintena más de crímenes famosos. Lo veía con tanta claridad como si fuera un espejismo; Markheim era de nuevo aquel niño; miraba una vez más, con la misma sensación física de náusea, aquellas horribles pinturas, todavía estaba atontado por el redoblar de los tambores. Un compás de la música de aquel día le vino a la memoria; y ante aquello, por primera vez, se sintió acometido de escrúpulos, experimentó una sensación de mareo y una repentina debilidad en las articulaciones, y tuvo que hacer un esfuerzo para resistir y vencerlas.

Juzgó más prudente enfrentarse con aquellas consideraciones que huir de ellas; contemplar con toda fijeza el rostro muerto y obligar la mente a darse cuenta de la naturaleza e importancia de su crimen. Hacía tan poco tiempo que aquel rostro había expresado los más variados sentimientos que aquella boca había hablado, que aquel cuerpo se había encendido con energías encaminadas hacia una meta; y ahora, y por obra suya aquel pedazo de vida se había detenido, como el relojero, interponiendo un dedo, detiene el latir del reloj. Así razonaba en vano; no conseguía sentir más remordimientos; el mismo corazón que se había encogido ante las pintadas efigies del crimen, contemplaba indiferente su realidad. En el mejor de los casos, sentía un poco de piedad por uno que había poseído en vano todas esas facultades que pueden hacer del mundo un jardín encantado; uno que nunca había vivido y que ahora estaba ya muerto. Pero de contrición, nada; ni el más leve rastro.

Con esto, después de apartar de sí aquellas consideraciones, encontró las llaves y se dirigió hacia la puerta entreabierta. En el exterior llovía con fuerza; y el ruido del agua sobre el tejado había roto el silencio. Al igual que una cueva con goteras, las habitaciones de la casa estaban llenas de un eco incesante que llenaba los oídos y se mezclaba con el tic—tac de los relojes. Y, a medida que Markheim se acercaba a la puerta, le pareció oír, en respuesta a su cauteloso caminar, los pasos de otros pies que se retiraban escaleras arriba. La sombra todavía palpitaba en el umbral. Markheim hizo un esfuerzo supremo para dar confianza a sus músculos y abrió la puerta de par en par.

La débil y neblinosa luz del día iluminaba apenas el suelo desnudo, las escaleras, la brillante armadura colocada, alabarda en mano, en un extremo del descansillo, y los relieves en madera oscura y los cuadros que colgaban de los paneles amarillos del revestimiento. Era tan fuerte el golpear de la lluvia por toda la casa que, en los oídos de Markheim, empezó a diferenciarse en muchos sonidos diversos. Pasos y suspiros, el ruido de un regimiento marchando a lo lejos, el tintineo de monedas al contarlas, el chirriar de puertas cautelosamente entreabiertas, parecía mezclarse con el repiqueteo de las gotas sobre la cúpula y con el gorgoteo de los desagües. La sensación de que no estaba solo creció dentro de él hasta llevarlo al borde de la locura. Por todos lados se veía acechado y cercado por aquellas presencias.

Las oía moverse en las habitaciones altas; oía levantarse en la tienda al anticuario; y cuando empezó, haciendo un gran esfuerzo, a subir las escaleras, sintió pasos que huían silenciosamente delante de él y otros que le seguían cautelosamente. Si estuviera sordo, pensó Markheim, ¡qué fácil le sería conservar la calma! Y en seguida, y escuchando con atención siempre renovada, se felicitó a sí mismo por aquel sentido infatigable que mantenía alerta a las avanzadillas y era un fiel centinela encargado de proteger su vida. Markheim giraba la cabeza continuamente, sus ojos, que parecían salírsele de las órbitas, exploraban por todas partes, y en todas partes se veían recompensados a medias con la cola de algún ser innominado que se desvanecía. Los veinticuatro escalones hasta el primer piso fueron otras tantas agonías.

En el primer piso las puertas estaban entornadas; tres puertas como tres emboscadas, haciéndole estremecerse como si fueran bocas de cañón. Nunca más, pensó podría sentirse suficientemente protegido contra los observadores ojos de los hombres; anhelaba estar en su casa, rodeado de paredes, hundido entre las ropas de la cama, e invisible a todos menos a Dios. Y ante aquel pensamiento se sorprendió un poco, recordando historias de otros criminales y del miedo que, según contaban, sentían ante la idea de un vengador celestial. No sucedía así, al menos, con él. Markheim temía las leyes de la naturaleza, no fuera que en su indiferente e inmutable proceder, conservaran alguna prueba concluyente de su crimen. Temía diez veces más, con un terror supersticioso y abyecto, algún corte en la continuidad de la experiencia humana, alguna caprichosa ilegalidad de la naturaleza. El suyo era un juego de habilidad, que dependía de reglas, que calculaba las consecuencias a partir de una causa; y ¿qué pasaría si la naturaleza, de la misma manera que el tirano derrotado volcó el tablero de ajedrez, rompiera el molde de su concatenación? Algo parecido le había sucedido a Napoleón (al menos eso decían los escritores) cuando el invierno cambió el momento de su aparición.

Lo mismo podía sucederle a Markheim; las sólidas paredes podían volverse transparentes y revelar sus acciones como las colmenas de cristal revelan las de las abejas; las recias tablas podían ceder bajo sus pies como arenas movedizas, reteniéndolo en su poder; y existían accidentes perfectamente posibles capaces de destruirlo; así, por ejemplo, la casa podía derrumbarse y aprisionarlo junto al cuerpo de su víctima; o podía arder la casa vecina y verse rodeado de bomberos por todas partes. Estas cosas le inspiraban miedo; y, en cierta manera, a esas cosas se las podía considerar como la mano de Dios extendida contra el pecado. Pero en cuanto a Dios mismo, Markheim se sentía tranquilo; la acción cometida por él era sin duda excepcional, pero también lo eran sus excusas, que Dios conocía; era en ese tribunal y no entre los hombres, donde estaba seguro de alcanzar justicia.

Después de llegar sano y salvo a la sala y de cerrar la puerta tras de sí, Markheim se dio cuenta de que iba a disfrutar de un descanso después de tantos motivos de alarma. La habitación estaba completamente desmantelada, sin alfombra por añadidura, con muebles descabalados y cajas de embalaje esparcidos aquí y allá; había varios espejos de cuerpo entero, en los que podía verse desde diferentes ángulos, como un actor sobre un escenario; muchos cuadros, enmarcados o sin enmarcar, de espaldas contra la pared; un elegante aparador Sheraton, un armario de marquetería, y una gran cama antigua, con dosel. Las ventanas se abrían hasta el suelo, pero afortunadamente la parte inferior de los postigos estaba cerrada, y esto le ocultaba de los vecinos. Markheim procedió entonces a colocar una de las cajas de embalaje delante del armario y empezó a buscar entre las llaves. Era una tarea larga, porque había muchas, y molesta por añadidura; después de todo, podía no haber nada en el armario y el tiempo pasaba volando. Pero el ocuparse de una tarea tan concreta sirvió para que se serenara. Con el rabillo del ojo veía la puerta: de cuando en cuando miraba hacia ella directamente, de la misma manera que al comandante de una plaza sitiada le gusta comprobar por sí mismo el buen estado de sus defensas. Pero en realidad estaba tranquilo.

El ruido de la lluvia que caía en la calle resultaba perfectamente normal y agradable En seguida, al otro lado, alguien empezó a arrancar notas de un piano hasta formar la música de un himno, y las voces de muchos niños se le unieron para cantar la letra. ¡Qué majestuosa y tranquilizadora era la melodía! ¡Qué agradables las voces juveniles! Markheim las escuchó sonriendo, mientras revisaba las llaves; y su mente se llenó de imágenes e ideas en correspondencia con aquella música; niños camino de la iglesia mientras resonaba el órgano; niños en el campo, unos bañándose en el río otros vagabundeando por el prado o haciendo volar sus cometas por un cielo cubierto de nubes empujadas por el viento; y después, al cambiar el ritmo de la música, otra vez en la iglesia, con la somnolencia de los domingos de verano, la voz aguda y un tanto afectada del párroco (que le hizo sonreír al recordarla), las tumbas del período jacobino, y el texto de los Diez Mandamientos grabado en el presbiterio con caracteres ya apenas visibles.

Y mientras estaba así sentado, distraído y ocupado al mismo tiempo, algo le sobresaltó, haciéndole ponerse en pie. Tuvo una sensación como de hielo, y luego un calor insoportable, le pareció que el corazón iba estallarle dentro del pecho y finalmente se quedó inmóvil, temblando de horror. Alguien subía la escalera con pasos lentos pero firmes; en seguida una mano se posó sobre el picaporte, la cerradura emitió un suave chasquido y la puerta se abrió.

El miedo tenía a Markheim atenazado. No sabía qué esperar: si al muerto redivivo, a los enviados oficiales de la justicia humana, o a algún testigo casual que, sin saberlo, estaba a punto de entregarlo a la horca. Pero cuando el rostro que apareció en la abertura recorrió la habitación con la vista, lo miró, hizo una inclinación de cabeza, sonrió como si reconociera en él a un amigo, retrocedió de nuevo y cerró la puerta tras de sí, Markheim fue incapaz de controlar su miedo y dejó escapar un grito ahogado. Al oírlo, el visitante volvió a entrar.

—¿Me llamaba? —preguntó con gesto cordial; y con esto, introdujo todo el cuerpo en la habitación y cerró de nuevo la puerta.

Markheim lo contempló con la mayor atención imaginable. Quizá su vista tropezaba con algún obstáculo, porque la silueta del recién llegado parecía modificarse y ondular como la de los ídolos de la tienda bajo la luz vacilante de la vela; a veces le parecía reconocerlo; a veces le daba la impresión de parecerse a él; y a cada momento, como un peso intolerable, crecía en su pecho la convicción de que aquel ser no procedía ni de la tierra ni de Dios.

Y sin embargo aquella criatura tenía un extraño aire de persona corriente mientras miraba a Markheim sin dejar de sonreír; y después, cuando añadió: "¿Está usted buscando el dinero, no es cierto?", lo hizo con un tono cortés que nada tenía de extraordinario.

Markheim no contestó.

—Debo advertirle —continuó el otro— que la criada se ha separado de su novio antes de lo habitual y que no tardará mucho en estar de vuelta. Si el señor Markheim fuera encontrado en esta casa, no necesito describirle las consecuencias.

—¿Me conoce usted? —exclamó el asesino.

El visitante sonrió.

—Hace mucho que es usted uno de mis preferidos —dijo—; le he venido observando durante todo este tiempo y he deseado ayudarle con frecuencia.

—¿Quién es usted? —exclamó Markheim—: ¿el Demonio?

—Lo que yo pueda ser —replicó el otro— no afecta para nada al servicio que me propongo prestarle.

—¡Sí que lo afecta! —exclamó Markheim—, ¡claro que sí! ¿Ser ayudado por usted? ¡No, nunca, no por usted! ¡Todavía no me conoce, gracias a Dios, todavía no!

—Le conozco —replicó el visitante, con tono severo o más bien firme—. Conozco hasta sus más íntimos pensamientos.

—¡Me conoce! —exclamó Markheim—. ¿Quién puede conocerme? Mi vida no es más que una parodia y una calumnia contra mí mismo. He vivido para contradecir mi naturaleza. Todos los hombres lo hacen; todos son mejores que este disfraz que va creciendo y acaba asfixiándolos. La vida se los lleva a todos a rastras, como si un grupo de malhechores se hubiera apoderado de ellos y acallara sus gritos a la fuerza. Si no hubieran perdido el control…, si se les pudiera ver la cara, serían completamente diferentes, ¡resplandecerían como héroes y como santos!

Yo soy peor que la mayoría; mi ser auténtico está más oculto; mis razones sólo las conocemos Dios y yo. Pero, si tuviera tiempo, podría mostrarme tal como soy.

—¿Ante mí? —preguntó el visitante.

—Sobre todo ante usted —replicó el asesino—. Le suponía inteligente. Pensaba, puesto que existe, que resultaría capaz de leer los corazones. Y, sin embargo, ¡se propone juzgarme por mis actos! Piense en ello; ¡mis actos! Nací y he vivido en una tierra de gigantes; gigantes que me arrastran, cogido por las muñecas, desde que salí del vientre de mi madre: los gigantes de las circunstancias. ¡Y usted va a juzgarme por mis actos! ¿No es capaz de mirar en mi interior? ¿No comprende que el mal me resulta odioso? ¿No ve usted cómo la conciencia escribe dentro de mí con caracteres muy precisos, nunca borrados por sofismas caprichosos, pero sí frecuentemente desobedecidos? ¿No me reconoce usted como algo seguramente tan común como la misma humanidad: el pecador que no quiere serlo?

—Se expresa usted con mucho sentimiento —fue la respuesta—, pero todo eso no me concierne. Esas razones quedan fuera de mi competencia, y no me interesan en absoluto los apremios por los que se ha visto usted arrastrado; tan sólo que le han llevado en la dirección correcta. Pero el tiempo pasa; la criada se retrasa mirando las gentes que pasan y los dibujos de las carteleras, pero está cada vez más cerca; y recuerde, ¡es como si la horca misma caminara hacia usted por las calles en este día de Navidad! ¿No debería ayudarle, yo que lo sé todo? ¿No debería decirle dónde está el dinero?

—¿A qué precio? —preguntó Markheim.

—Le ofrezco este servicio como regalo de Navidad —contestó el otro.

Markheim no pudo evitar la triste sonrisa de quien alcanza una amarga victoria.

—No —dijo—; no quiero nada que venga de sus manos; si estuviera muriéndome de sed, y fuera su mano quien acercara una jarra a mis labios, tendría el valor de rechazarla. Puede que sea excesivamente crédulo, pero no haré nada que me ligue voluntariamente al mal.

—No tengo nada en contra de un arrepentimiento en el lecho de muerte—hizo notar el visitante.

—¡Porque no cree usted en su eficacia! —exclamó Markheim.

—No diría yo eso —respondió el otro—; en realidad miro estas cosas desde otra perspectiva, y cuando la vida llega a su fin, mi interés decae. El hombre en cuestión ha vivido sirviéndome, extendiendo el odio disfrazado de religión, o sembrando cizaña en los trigales, como hace usted, a lo largo de una vida caracterizada por la debilidad frente a los deseos. Cuando el fin se acerca, sólo puede hacerme un servicio más: arrepentirse, morir sonriendo, aumentando así la confianza y la esperanza de los más tímidos entre mis seguidores. No soy un amo demasiado severo. Haga la prueba. Acepte mi ayuda. Disfrute de la vida como lo ha hecho hasta ahora; disfrute con mayor amplitud, ponga los codos sobre la mesa; y cuando empiece a anochecer y se cierren las cortinas, le digo, para su tranquilidad, que hasta le resultará fácil llegar a un acuerdo con su conciencia y hacer las paces con Dios. Regreso ahora mismo de estar junto al lecho de muerte de un hombre así, y la habitación estaba llena de personas sinceramente apesadumbradas escuchando sus últimas palabras: y cuando le he mirado a la cara, una cara que reaccionaba contra la compasión con la dureza del pedernal, he encontrado en ella una sonrisa de esperanza.

—Entonces, ¿me cree usted una criatura como ésas? —preguntó Markheim—. ¿Cree usted que no tengo aspiraciones más generosas que pecar y pecar y pecar, para, en el último instante, colarme de rondón en el cielo? Mi corazón se rebela ante semejante idea. ¿Es ésa toda la experiencia que tiene usted de la humanidad? ¿O es que, como me sorprende usted con las manos en la masa, se imagina tanta bajeza? ¿O es que el asesinato es un crimen tan impío que seca por completo la fuente misma del bien?

—El asesinato no constituye para mí una categoría especial—replicó el otro—. Todos los pecados son asesinatos, igual que toda vida es guerra. Veo a su raza como un grupo de marineros hambrientos sobre una balsa, arrebatando las últimas migajas de las manos más necesitadas y alimentándose cada uno de las vidas de los demás. Sigo los pecados más allá del momento de su realización; descubro en todos que la última consecuencia es la muerte; y desde mi punto de vista, la hermosa doncella que con tan encantadores modales contraría a su madre con motivo de un baile, no está menos cubierta de sangre humana que un asesino como usted. ¿He dicho que sigo los pecados? También me interesan las virtudes; apenas se diferencian de ellos en el espesor de un cabello: unos y otras son las guadañas que utiliza el ángel de la Muerte para recoger su cosecha. El mal, para el cual yo vivo, no consiste en la acción sino en el carácter. El hombre malvado me es caro; no así el acto malo, cuyos frutos, si pudiéramos seguirlos suficientemente lejos, en su descenso por la catarata de las edades, quizá se revelaran como más beneficiosos que los de las virtudes más excepcionales. Y si yo me ofrezco a facilitar su huida, ello no se debe a que haya usted asesinado a un anticuario, sino a que es usted Markheim.

—Voy a abrirle mi corazón —contestó Markheim—. Este crimen en el que usted me ha sorprendido es el último. En mi camino hacia él he aprendido muchas lecciones; el crimen mismo es una lección, una lección de gran importancia. Hasta ahora me he rebelado por las cosas que no tenía; era un esclavo amarrado a la pobreza, empujado y fustigado por ella. Existen virtudes robustas capaces de resistir esas tentaciones; no era ése mi caso: yo tenía sed de placeres. Pero hoy, mediante este crimen, obtengo riquezas y una advertencia; la posibilidad y la firme decisión de ser yo mismo. Paso a ser en todo una voluntad libre; empiezo a verme completamente cambiado; a considerar estas manos agentes del bien y este corazón, una fuente de paz. Algo vuelve a mí desde el pasado; algo que soñaba los domingos por la tarde con un fondo de música de órgano; o que planeaba cuando derramaba lágrimas sobre libros llenos de nobles ideas, cuando hablaba con mi madre, aún niño inocente. En eso estriba el sentido de mi vida; he andado errante unos cuantos años, pero ahora veo una vez más cuál es mi destino.

—Va usted a usar el dinero en la Bolsa, ¿no es cierto? —observó el visitante—; y, si no estoy equivocado, ¿no ha perdido usted allí anteriormente varios miles?

—Sí —dijo Markheim—; pero esta vez se trata de una jugada segura.

—También perderá esta vez —replicó, calmosamente, el visitante.

—¡Me guardaré la mitad! —exclamó Markheim.

—También la perderá —dijo el otro.

La frente de Markheim empezó a llenarse de gotas de sudor.

—Bien; si es así, ¿qué importancia tiene? —exclamó—. Digamos que lo pierdo todo, que me hundo otra vez en la pobreza, ¿será posible que una parte de mí, la peor, continúe hasta el final pisoteando a la mejor? El mal y el bien tienen fuerza dentro de mí, empujándome en las dos direcciones. No quiero sólo una cosa, las quiero todas. Se me ocurren grandes hazañas, renunciaciones, martirios; y aunque haya incurrido en un delito como el asesinato, la compasión no es ajena a mis pensamientos. Siento piedad por los pobres; ¿quién conoce mejor que yo sus tribulaciones? Los compadezco y los ayudo; valoro el amor y me gusta reír alegremente; no hay nada bueno ni verdadero sobre la tierra que yo no ame con todo el corazón. Y ¿han de ser mis vicios quienes únicamente dirijan mi vida, mientras las virtudes carecen de todo efecto, como si fueran trastos viejos? No ha de ser así; también el bien es una fuente de actos.

Pero el visitante alzó un dedo.

—Durante los treinta y seis años que lleva usted vivo —dijo—, durante los cuales su fortuna ha cambiado muchas veces y también su estado de ánimo, le he visto caer cada vez más bajo. Hace quince años le hubiera asustado la idea del robo. Hace tres años la palabra asesinato le hubiera acobardado. ¿Existe aún algún crimen, alguna crueldad o bajeza ante la que todavía retroceda?... ¡Dentro de cinco años le sorprenderé haciéndolo! Su camino va siempre hacia abajo; tan sólo la muerte podrá detenerlo.

—Es verdad —dijo Markheim con voz ronca— que en cierta manera me he sometido al mal. Pero lo mismo les sucede a todos; los mismos santos, por el simple hecho de vivir, se hacen menos delicados, acomodándose a lo que les rodea.

—Voy a hacerle una pregunta muy simple —dijo el otro—, y de acuerdo con su respuesta le haré saber cuál es su horóscopo moral. Ha ido usted haciéndose más laxo en muchas cosas; posiblemente hace usted bien; y en cualquier caso, lo mismo les sucede a los demás hombres. Pero, aunque reconozca eso, ¿cree que en algún aspecto particular, por insignificante que sea, es usted más exigente en su conducta, o cree más bien que se ha dejado ir en todo?

—¿En algún aspecto particular? —repitió Markheim, sumido en angustiosa consideración—. No —añadió después, con desesperanza—, ¡en ninguno! Me he ido dejando arrastrar en todo.

—Entonces —dijo el visitante—, confórmese con lo que es, porque nunca cambiará; el papel que representa usted en esta obra ha sido ya irrevocablemente escrito.

Markheim permaneció callado un buen rato, y de hecho fue el visitante quien rompió primero el silencio.

—Siendo ésa la situación —dijo—, ¿debo mostrarle el dinero?

—¿Y la gracia? —exclamó Markheim.

—¿No lo ha intentado ya? —replicó el otro—. Hace dos o tres años, ¿no le vi en una reunión evangelista, y no era su voz la que cantaba los himnos con más fuerza?

—Es cierto —dijo Markheim—; y veo con claridad en qué consiste mi deber. Le agradezco estas lecciones con toda mi alma; se me han abierto los ojos y me veo por fin a mí mismo tal como soy.

En aquel momento, la nota aguda de la campanilla de la puerta resonó por toda la casa; y el visitante, como si se tratara de una señal que había estado esperando, cambió inmediatamente de actitud.

—¡La criada! —exclamó—. Ha regresado, como ya le había advertido, y ahora tendrá usted que dar otro paso difícil. Su señor, debe usted decirle, está enfermo, debe usted hacerla entrar, con expresión tranquila pero más bien seria: nada de sonrisas, no exagere su papel, ¡y yo le prometo que tendrá éxito! Una vez que la muchacha esté dentro, con la puerta cerrada la misma destreza que le ha permitido librarse del anticuario, le servirá para eliminar este último obstáculo en su camino. A partir de ese momento tendrá usted toda la tarde, la noche entera, si fuera necesario, para apoderarse de los tesoros de la casa y ponerse después a salvo. Se trata de algo que le beneficia aunque se presente con la máscara del peligro. ¡Levántese! —exclamó—; ¡levántese, amigo mío!; su vida está oscilando en la balanza: ¡levántese y actúe!

Markheim miró fijamente a su consejero.

—Si estoy condenado a hacer el mal —dijo—, todavía tengo una salida hacia la libertad…, puedo dejar de obrar. Si mi vida es una cosa nociva, puedo sacrificarla. Aunque me halle, como usted bien dice, a merced de la más pequeña tentación, todavía puedo, con un gesto decidido, ponerme fuera del alcance de todas. Mi amor al bien está condenado a la esterilidad; quizá sea así, de acuerdo. Pero todavía me queda el odio al mal; y de él, para decepción suya, verá cómo soy capaz de sacar energía y valor.

Los rasgos del visitante empezaron a sufrir una extraordinaria transformación; todo su rostro se iluminó y dulcificó con una suave expresión de triunfo, y, al mismo tiempo, sus facciones fueron palideciendo y desvaneciéndose. Pero Markheim no se detuvo a contemplar o a entender aquella transformación. Abrió la puerta y bajó las escaleras muy despacio, recapacitando consigo mismo. Su pasado fue desfilando ante él; lo fue viendo tal como era, desagradable y penoso como un mal sueño, tan desprovisto de sentido como un homicidio accidental… el escenario de una derrota. La vida, tal como estaba volviendo a verla, no le tentaba ya; pero en la orilla más lejana era capaz de distinguir un refugio tranquilo para su embarcación. Se detuvo en el pasillo y miró dentro de la tienda, donde la vela ardía aún junto al cadáver. Todo se había quedado extrañamente silencioso. Allí parado, empezó a pensar en el anticuario. Y una vez más la campanilla de la puerta estalló en impaciente clamor.

Markheim se enfrentó a la criada en el umbral de la puerta con algo que casi parecía una sonrisa.

—Será mejor que avise a la policía —dijo—: he matado a su señor.

EL RELOJERO

La garrafa estaba colocada sobre una mesa, en medio de la habitación. Hacía casi una semana que nadie entraba por la puerta; la sirvienta era descuidada y no había cambiado el agua desde hacía un mes. La raza dirigente de los animálculos había alcanzado así una gran antigüedad y ellos estaban muy avanzados en sus estudios científicos. Su principal deleite era la astronomía; los filósofos se pasaban los días contemplando los cuerpos celestes, la sociedad se complacía en comentar las distintas teorías. Dos ventanas, una que daba al este y otra al sur, les daban dos años solares de distinta duración; el segundo se mezclaba con el primero y el primero volvía a suceder al segundo después de un intervalo de oscuridad. Muchas generaciones nacían y perecían durante la noche; la tradición de un sol se vio debilitada, de modo que los pesimistas abandonaron la esperanza de que volviera a salir; y la luna, que entonces estaba llena, engañó a algunos de los más sabios. No fue sino hasta el sexto año solar largo que apareció un animálculo de intelecto inigualable; él destronó la ciencia anterior y dejó un legado de discusión.

Su hipótesis puede llamarse La Teoría del Cuarto. Era errónea en partes. El cuarto no estaba lleno de agua potable; tampoco estaban hechas sus paredes de la misma sustancia que el mantel. Pero, en la mayor parte de los puntos, la teoría concordaba burdamente con los hechos; y su autor había calculado la posición relativa de la garrafa, la mesa, las paredes, los adornos de la repisa de la chimenea y el reloj de ocho días hasta el millonésimo lugar de los decimales, pues sus métodos e instrumentos eran exquisitamente finos. Hasta ahora, los más escépticos reconocían sus méritos. Pero el filósofo era un hombre de mente devota y obediente; y había decidido aceptar y basarse en una leyenda de su raza. En la antigüedad, antes del surgimiento de la ciencia, se decía que el espacio amarillo y oblongo, situado en la pared que daba al norte, se había abierto y un objeto, cuyo tamaño descomunal superaba la imaginación, había aparecido y, durante algunas generaciones, se había movido visiblemente en el espacio. Una luz, a decir de algunos más brillante que el sol, según otros apenas más brillante que la luna, acompañó al meteoro en su órbita.

Mientras tanto, la garrafa fue sacudida por tronidos e inexplicables convulsiones; los costados del universo se oyeron crepitar; una detonación final señaló el momento de su desaparición; y, cuando los animálculos se recobraron del susto, vieron que el espacio amarillo y oblongo de la pared que daba al norte había retomado su aspecto natural.

Tal fue el informe de los historiadores serios y críticos; en boca de los incultos, la versión era otra. "En la antigua era del canibalismo", decían ellos, "un animálculo asombrosamente enorme atravesó el muro; tenía el sol en una garra; el movimiento de su nado sacudió la garrafa entera; y antes de volver a salir, le hizo algo al reloj". Para asombro de la sociedad, esta versión popular fue la que el filósofo aceptó. Un coloso que llevaba una luz, parecido al que había sido observado, caminaba conforme a periodos establecidos cerca de las paredes exteriores de la habitación; y el hecho de que pasara, primero frente a una ventana y luego frente a la otra, explicaba los años solares. Pero el filósofo fue aún más lejos. En el Cosmos animalcular existía un elemento de anormalidad superlativa: el reloj, con su péndulo, su esfera y sus manecillas.

Varias generaciones de observadores habían demostrado, de modo irrefutable, que el péndulo se balanceaba, que las manecillas reptaban por la esfera, que el fenómeno de las campanadas ocurría a intervalos aproximadamente iguales y que al menos era posible concebir una relación entre estos intervalos y la procesión de las manecillas. Pronto, la atención se fijó en el reloj; las pruebas de la existencia de algún propósito en la creación se centraron allí; el creador, que hablaba con oscuras palabras en sus demás obras, parecía emitir una voz auténtica en el reloj; y el teísmo y el ateísmo trabaron combate en torno a la cuestión del Relojero. El Newton animalcular era relojerista; y se arriesgó a hacer la osada conjetura de que el coloso que llevaba una lámpara alrededor de la habitación se vería obligado a regular sus movimientos de acuerdo con el tiempo del reloj.

Entre los piadosos, las interrogantes del filósofo pronto se erigieron en doctrinas de la iglesia. El coloso de la leyenda fue identificado con el sol, junto con el creador del reloj. El culto al relojero reemplazó las religiones anteriores, la veneración del agua, la veneración de los ancestros y la adoración bárbara de la repisa de la chimenea; a él le fueron atribuidas todas las virtudes; y todo el comportamiento animalcular de buen tono quedó reunido bajo la rúbrica de Comportamiento Relojeroso. Mientras tanto, el otro bando clamaba a favor del animalculomorfismo. El filósofo había declarado que todo el espacio estaba ocupado por el agua; no había nada menos comprobado, nada menos comprobable; más allá de la piel interna de la botella, el agua dejaba de existir; y, si éste era el caso, ¿en dónde quedaba el relojero? La vida implicaba agua, el pensamiento implicaba agua.

Nadie que no viviera en el agua podía concebir la idea del tiempo, ¡mucho menos la de un reloj! Examinen su hipótesis (decían los relojeristas) y todo se reduce a esto: una criatura que vive en el agua

¡viviendo fuera del agua! ¿Pueden acaso los animálculos razonables entretenerse con semejante absurdo? Y admitiendo lo imposible, admitiendo (únicamente con el propósito de aclarar la cuestión) que la vida y el pensamiento existen más allá de las paredes de la garrafa, ¿por qué no se manifiesta el Relojero? Sería sencillo para él comunicarse con los animálculos; cuando creó el reloj, le habría sido fácil colocar sobre la esfera señales inteligibles (por ejemplo, la proposición cuadragésima séptima) o incluso (si acaso le hubiera importado) algún medidor del paso fugaz del tiempo; y en vez de eso, a distancias que más o menos se aproximan a la igualdad, tienen lugar esas marcas sin sentido, que probablemente son el resultado del ebullicionismo. Entonces, si acaso existe un relojero, hay que figurárselo como un frívolo y maligno sinvergüenza, que creó la garrafa, la mesa y la habitación con el único objeto de regodearse con las tribulaciones de los animálculos. Semejantes opiniones hallaron una expresión más violenta en boca de los poetas contemporáneos; la infame "Oda a un Relojero", que estremeció a la sociedad, empezaba más o menos así:

Enormes son tus pecados,
Enormes como una garrafa entera.
Relojero, yo te reto.
Tu crueldad es mayor que la de un jarrón sobre la repisa de la chimenea,
Y redonda como la esfera del reloj.
Eres fuerte, te jactas de ello;
Eres astuto e inventas cronómetros;
¡Vanas son tu fuerza y astucia!
Basta con que un solo animálculo honrado te mire a los ojos,
Y quedas vencido en medio de tus instrumentos.
Palideces y te ocultas en la trastienda.

El sentir universal fue que el poeta había llegado demasiado lejos. Si en efecto existía un relojero, cabía suponer que no toleraría que esas declaraciones quedaran impunes; cabía temer que toda la garrafa se vería implicada en su venganza. Después de un juicio en donde él se vanaglorió de sus horrendos sentimientos, el poeta fue condenado y públicamente destruido; y, durante algunas generaciones, este acto de rigor frenó el espíritu del libre pensamiento.

Todos esperaban con ansia el amanecer del séptimo año solar doble. Al acercarse el momento, todos los telescopios que había en la botella se dirigieron hacia la ventana que daba al este o hacia el reloj; y una vez que el acontecimiento hubo tenido lugar y mientras se preparaban los cálculos, las muchedumbres esperaron afuera de las casas de los astrónomos, algunos rezando, otros haciendo irreverentes apuestas sobre el resultado. Éste no fue concluyente. El reloj y el sol no tenían ninguna relación precisa de concordancia; a los fieles más ardientes les fue imposible proclamar su triunfo. Mas la discrepancia era pequeña; y el más firme de los librepensadores fue consciente de la existencia de una duda íntima.

En El Relojero revelado en todas sus obras, El Relojero reivindicado y La verdadera ciencia relojerosa exhibida y justificada, los piadosos buscaron disimular su desilusión; en obras de distinta naturaleza, los librepensadores magnificaron su victoria. Conforme pasaban las horas y una generación sucedía a otra, todos percibieron que la fe había sido sacudida. La creencia en un Relojero decayó de forma estable; y pronto el reloj mismo, con sus movimientos disminuidos y su regularidad irregular, se convirtió en un tema de burla para los bromistas.

En medio de todo esto, se vio abrirse el espacio amarillo y oblongo de la pared que daba al norte y el relojero entró y procedió a darle cuerda al reloj.

El cambio fue total; los animálculos de todas las edades y condiciones sociales se apiñaron en los lugares de culto; la garrafa retumbó con salmos; y, de un extremo a otro de la botella, no hubo ninguna criatura consciente que no hubiese sacrificado todo lo que poseía con tal de prestarle un servicio al relojero.

Cuando acabó de darle cuerda al reloj, el relojero divisó la garrafa; y como tenía sed por haber tomado cerveza la noche anterior, la apuró hasta las heces. Después, por espacio de tres semanas, yació en cama, enfermo; y el médico que lo atendía mandó sanear todo el suministro de agua de esa parte de la ciudad.

JANET LA TORCIDA

El reverendo Murdoch Soulis fue durante mucho tiempo pastor de la parroquia del páramo de Balweary, en el valle de Dule. Anciano severo y de rostro sombrío para sus feligreses, vivió durante los últimos años de su vida sin familia ni criado ni compañía humana alguna, en la modesta y solitaria casa parroquial situada bajo el Hanging Shazv, un pequeño bosque de sauces. A pesar de lo férreo de sus facciones, sus ojos eran salvajes, asustadizos e inciertos. Y cuando en una amonestación privada se explayaba largamente sobre el futuro del impenitente, parecía que su visión atravesara las tormentas del tiempo hasta los terrores de la eternidad. Muchos jóvenes que venían a prepararse para la ceremonia de la Primera Comunión quedaban terriblemente afectados por sus palabras. Tenía un sermón sobre los versículos 1 y 8 de Pedro, "El diablo como un león rugiente", para el domingo después de cada diecisiete de agosto, y solía superarse sobre aquel texto, tanto por la naturaleza espantosa del tema como por el terror que infundía su comportamiento en el púlpito. Los niños estaban aterrorizados hasta el punto de sufrir ataques de histeria, y la gente mayor parecía más misteriosa de lo normal y repetía durante todo el día aquellas insinuaciones de las que Hamlet se lamentaba.

La misma casa parroquial, ubicada cerca del río Dule entre árboles gruesos, con el Shazv colgando sobre ella en un lado y, en el otro, numerosos páramos fríos que se elevaban hacia el cielo, había comenzado —ya muy al inicio del ministerio del señor Soulis— a ser evitada en las horas del anochecer por todos aquellos que se valoraban a sí mismos por su prudencia; y los hombres respetables que se sentaban en la taberna de la aldea movían la cabeza a la vez ante la sola idea de acercarse de noche a aquel tenebroso vecindario. Había un lugar, para ser más concretos, que se evitaba con especial temor. La casa parroquial estaba situada entre la carretera y el río Dule, con un aguilón dando a cada lado; la parte de atrás de la casa daba a la aldea de Balweary, situada a casi media milla de distancia; delante de la casa, un jardín seco rodeado de un seto de espinos ocupaba el terreno entre el río y la carretera. La casa era de dos plantas con dos habitaciones grandes en cada una.

La entrada no daba directamente al jardín, sino a un paseo que llevaba a la carretera por un lado y que por el otro quedaba cerrado por los altos sauces y saúcos que bordeaban el arroyo. Era este trecho de la calzada el que gozaba de tan nefasta reputación entre los parroquianos más jóvenes de Balweary. El reverendo paseaba por allí a menudo al anochecer, a veces gimiendo en voz alta por la fuerza de sus oraciones inarticuladas.

Cuando estaba fuera de casa y la puerta cerrada con llave, los escolares más atrevidos se lanzaban —con el corazón latiéndoles a pleno ritmo— a jugar a "seguir al jefe" y cruzar aquel punto legendario. Este ambiente de terror que rodeaba a un hombre de Dios de carácter y ortodoxia intachables era causa de común asombro y tema de curiosidad entre los pocos forasteros que se adentraban, por casualidad o por negocios, hasta aquel desconocido y alejado paraje. Pero mucha de la gente, incluso de la parroquia, ignoraba los acontecimientos que habían marcado el primer año de ministerio del señor Soulis. Incluso entre los que estaban mejor informados, unos no querían decir nada —por ser de naturaleza reservada— y otros temían hablar sobre aquel asunto en particular. De vez en cuando alguno de los mayores, envalentonado por su tercer trago, recordaba el origen de las extrañas miradas y la vida solitaria del reverendo.

Cincuenta años atrás, cuando el señor Soulis llegó por primera vez a Balweary, aún era un hombre joven —un mozo, decía la gente— lleno de sabiduría académica y muy grandilocuente, pero, como era natural en un hombre de su edad, tenía poca experiencia de la vida en lo referente a la religión. Los más jóvenes estaban muy impresionados por su talento y su facilidad de palabra; pero los hombres y las mujeres mayores —preocupados y serios— se conmovieron hasta el punto de rezar por el joven, al que consideraban un iluso, y por la parroquia, que seguramente estaría mal atendida. Era antes de los días de los moderados… malditos sean; pero las cosas malas son como las buenas: ambas vienen poco a poco y en pequeñas cantidades. Incluso entonces había gente que decía que el Señor había abandonado a los profesores de la universidad a sus propios recursos y que los jóvenes que fueron a estudiar con ellos habrían salido ganando sentados en una turbera, como sus antepasados durante la persecución, con una Biblia bajo el brazo y un espíritu de oración en el corazón. No cabía duda alguna de que el señor Soulis había estado en la universidad demasiado tiempo.

Era meticuloso y se preocupaba por muchas cosas, salvo por la más importante. Tenía una gran cantidad de libros —más de los que se habían visto jamás en todo aquel presbiterio—, y harto trabajo le costó al porteador, porque estuvieron a punto de ahogarse en el Pantano del Diablo, situado entre su destino y Kilmackerlie. Eran libros de teología, sin duda, o así los llamaban. Pero la gente seria era de la opinión de que no hacía falta tantos, sobre todo cuando toda la Palabra de Dios en su conjunto cabría en la punta de una manta escocesa. Además, el reverendo se pasaba la mitad del día y la mitad de la noche sentado, escribiendo nada menos, lo cual era poco decente. Al principio temían que leyera sus sermones; después resultó que estaba escribiendo un libro, lo que con toda seguridad no era conveniente para alguien tan joven y con escasa experiencia.

De todas formas, le convenía conseguir una mujer mayor y decente que cuidara de la casa parroquial y que se encargara de sus espartanas comidas. Le recomendaron a una vieja de mala reputación —Janet M'Clour, la llamaban— y le dejaron obrar por su cuenta hasta que se convenció por sí mismo. Muchos le aconsejaron lo contrario, porque la buena gente de Balweary tenía más que sospechas de Janet. Tiempo atrás había tenido un hijo con un soldado y se había apartado de la sociedad durante casi treinta años. Los niños la habían visto hablando sola en Key's Loan al atardecer, un lugar y una hora extraños para una mujer temerosa del Señor. Sin embargo, fue un terrateniente quien recomendó a Janet desde un principio y, en aquellos días, el reverendo habría hecho cualquier cosa para complacer al terrateniente. Cuando la gente le comentó que Janet estaba poseída por el demonio, le pareció un rumor sin fundamento; cuando le citaron la Biblia y la bruja de Endor, trató de convencerles enfáticamente de que aquellos días ya no existían y de que el demonio estaba misericordiosamente comedido.

Bien, cuando se supo en la aldea que Janet M'Clour iba a entrar a servir en la casa del párroco la gente se enfadó mucho con ambos. Algunas de aquellas buenas señoras no tenían nada mejor que hacer que reunirse a la puerta de su casa y acusarla de todo lo que sabían de ella, desde el hijo del soldado hasta las dos vacas de John Tamson. Ella no era una mujer muy elocuente; normalmente la gente le dejaba hacer su vida y ella hacía lo mismo, sin intercambiar ni buenas tardes ni buenos días, pero cuando se enfadaba tenía una lengua como para dejar sordo al molinero; cuando empezaba no había un viejo chisme que, aquel día, no hiciera saltar a alguien; no podían decir nada sin que ella les respondiera dos veces. Hasta que, al final, las amas de casa la cogieron, le rasgaron la ropa y la arrastraron desde la aldea hasta las aguas del río Dule, para comprobar si era bruja o no; total, o nadaba o se ahogaba. La vieja gritó tanto que se la oyó en el Hangirí Shaw y luchó como diez. Muchas señoras llevaban cardenales al día siguiente y durante muchos días después; y justo en el momento más violento del altercado, ¡quién apareció sino el nuevo reverendo!

—Mujeres —dijo él, que tenía una voz magnífica—, en nombre de Dios les ordeno que la suelten.

Janet corrió hacia él —estaba realmente aterrorizada—, se le abrazó y le rogó en nombre de Dios que la salvara de las chismosas; ellas, por su parte, le dijeron todo lo que sabían de ella y quizá más de lo que sabían.

—Mujer —le dijo a Janet—, ¿es eso verdad?

—Pongo a Dios por testigo —dijo ella— y como me hizo Dios que no es verdad ni una palabra. Aparte del hijo —dijo ella—, he sido una mujer decente toda mi vida.

—¿Renuncias —dijo el señor Soulis—, en nombre de Dios y ante mí, su indigno pastor, renuncias al diablo y a sus obras?

Bueno, parece ser que cuando preguntó eso ella sonrió de una forma que aterrorizó a quienes la vieron, y oyeron tamborilear los dientes en su boca. Pero no había más que una salida, y Janet levantó la mano y renunció al diablo delante de todos.

—Y ahora —dijo el señor Soulis a las señoras—, vayan a sus casas y pidan perdón a Dios.

Le dio el brazo a Janet, que llevaba encima poco más de una combinación, y la acompañó por la aldea hasta la puerta de su casa como a una gran señora. Los gritos y las risas de Janet eran escandalosos. Aquella noche mucha gente seria alargó sus oraciones más de lo normal; pero al amanecer se difundió tal miedo sobre todo Balweary que los niños se escondieron e incluso los hombres permanecieron en casa y, como mucho, se asomaban a la puerta.

Janet venía bajando por la aldea —ella o alguien que se le parecía, nadie podría decirlo con certeza— con el cuello torcido y la cabeza colgándole a un lado, como un cuerpo que ha sido ahorcado, y una sonrisa en el rostro como la de un cadáver sin enterrar. Poco a poco, se fueron acostumbrando e incluso le preguntaban burlonamente qué le pasaba; pero desde aquel día en adelante no pudo hablar como una mujer cristiana, sino que balbuceaba y castañeaba los dientes como si de unas podaderas se tratara. Desde aquel día el nombre de Dios jamás volvió a pasar por sus labios. A veces intentaba pronunciarlo, pero no lo conseguía. Los más listos no lo comentaban, pero jamás volvieron a llamar a esa "cosa" por el nombre de Janet M'Clour, pues para ellos la vieja ya estaba en el infierno desde ese día. No obstante, no había nada que detuviera al reverendo, que no hacía otra cosa que sermonear acerca de la crueldad de la gente que le había provocado una apoplejía, y pegaba a los niños que la molestaban. Aquella misma noche la invitó a su casa y permaneció allí a solas con ella bajo el Hanging Shaw.

Bien, el tiempo pasó. Los más indolentes empezaron a pensar menos en aquel negro asunto. El reverendo estaba bien considerado; siempre hacía tarde escribiendo. La gente veía su vela cerca del agua del río Dule después de las doce de la noche. Parecía tan satisfecho de sí mismo y tan arrogante como al principio, aunque cualquiera podía ver que estaba consumiéndose. En cuanto a Janet, ella iba y venía; si antes hablaba poco, lo razonable era que ahora hablara menos. No molestaba a nadie; tenía un aspecto horripilante y nadie discutía con ella sobre el trozo de tierra que se regalaba, según la costumbre, al reverendo de Balweary, además de su paga mensual.

A finales de julio hizo un tiempo tan malo como jamás se había visto por esas tierras; había una calma calurosa, despiadada. El ganado no podía subir a Black Hill a pastar; los niños estaban demasiado cansados para jugar. A la vez, estaba tormentoso, con ráfagas de viento caliente que retumbaban en los valles y escasas lluvias que apenas mojaban la tierra. Todos pensábamos que caería una tormenta por la mañana; pero llegaba la mañana y la siguiente y continuaba el mismo tiempo amenazante, duro para el hombre y las bestias. Por si eso fuera poco, nadie sufría tanto como el señor Soulis. No podía ni dormir ni comer y se lo comentó a sus superiores. Cuando no estaba escribiendo su interminable libro, vagabundeaba por el campo como un hombre obsesionado; otro en su lugar estaría feliz de permanecer fresco dentro de casa.

Encima del Hanging Shaw, en el refugio de Black Hill, hay una parcela de tierra vallada con una puerta de hierro. Al parecer, en los viejos tiempos fue el cementerio de Balweary, consagrado por los papistas antes de que se hiciera la luz bendita sobre el reino. Sea como fuere, era uno de los sitios preferidos del señor Soulis. Allí se sentaba y meditaba sus sermones; realmente era un sitio protegido. Bien; un día, cuando subía la colina de Black Hill por el lado oeste, vio primero dos, luego cuatro y finalmente siete cornejas negras volando en círculos sobre el viejo cementerio.

Volaban bajo, pesadamente, chillándose las unas a las otras. Al señor Soulis le pareció claro que algo las había apartado de su rutina cotidiana. No se asustaba fácilmente; se acercó directamente a las ruinas y qué se encontró allí sino a un hombre, o la apariencia de un hombre, sentado dentro del cementerio sobre una sepultura. Era de una estatura enorme, negro como el infierno, y sus ojos eran singulares. El señor Soulis había oído hablar de hombres negros muchas veces, pero en este había algo extraño que le intimidaba. Pese al calor que tenía, sintió una sensación de frío hasta el tuétano de los huesos, pero a pesar de todo se lanzó y le preguntó: "Amigo, ¿es usted forastero?".

El hombre negro no contestó ni una palabra; se puso de pie y empezó a caminar torpemente hacia la pared del otro lado, pero siempre mirando al reverendo. Este aguantó la mirada hasta que, de pronto, el hombre negro saltó la tapia y corrió al abrigo de los árboles. El señor Soulis, sin saber bien por qué, corrió detrás de él, pero se encontraba muy fatigado después del paseo a causa del tiempo caluroso y poco saludable. Por mucho que corrió, no consiguió más que un vistazo del hombre negro al cruzar el pequeño bosque de abedules, hasta que llegó al pie de la colina; allí le vio otra vez saltando rápidamente sobre las aguas del río Dule en dirección a la casa parroquial.

Al señor Soulis no le complacía mucho que este espantoso vagabundo se tomara tanta libertad con la casa parroquial de Balweary. Corrió más deprisa y, mojándose los zapatos, cruzó el arroyo y se acercó por el camino; pero no había ni sombra del hombre negro por allí. Salió al camino, pero no encontró a nadie. Buscó por todo el jardín, pero no apareció. Al final, y con un poco de miedo, como era natural, levantó el pasador y entró en la casa. Allí se encontró con Janet M'Clour delante de sus ojos, con su cuello torcido y no muy contenta de verle. En ese instante, recordó que cuando la vio por primera vez sintió la misma escalofriante sensación de terror.

—Janet —dijo—, ¿has visto a un hombre negro?

—¡Un hombre negro! —dijo ella— ¡Sálvanos a todos! Usted no se entera, reverendo. No hay ningún hombre negro en todo Balweary.

Pero ella no hablaba claramente, debe entenderse, sino que balbuceaba como un poni con el freno de la brida en la boca.

—Bueno —dijo él—. Janet, si no hay ningún hombre negro yo he hablado con el inquisidor de la Hermandad.

Y se sentó como alguien que tiene fiebre, y los dientes le castañearon en la boca.

—Caray —dijo ella—, debería darle vergüenza, reverendo —dijo dándole un poco de coñac que tenía siempre a mano.

Entonces el señor Soulis entró en su estudio, rodeado de todos sus libros. Era una habitación larga, baja y oscura, mortíferamente fría en invierno y no especialmente seca ni en la época más calurosa del verano, porque la casa está situada cerca del arroyo. Se sentó y pensó en todo lo que le había ocurrido desde su llegada a Balweary; y en su hogar, y en los días en que era un crío y correteaba alegremente por las colinas; y aquel hombre negro corría por su cabeza como el estribillo de una canción. Cuanto más pensaba más lo hacía en el hombre negro. Intentó rezar, pero las palabras no le venían; dicen que intentó escribir en su libro, pero tampoco lo consiguió. Había momentos en los que pensaba que el hombre negro estaba a su lado y un sudor frío le cubría como el agua recién sacada del pozo; en otros momentos, volvía en sí como un bebé recién bautizado y no pensaba en nada.

Como resultado, se fue a la ventana y miró con enfado el agua del río Dule. En la proximidad de la casa los árboles son muy espesos y el agua profunda y negra; allí estaba Janet, lavando la ropa con las enaguas remangadas; estaba de espaldas, y el reverendo, por su parte, apenas sabía lo que miraba. De pronto ella se dio la vuelta y le mostró el rostro. El señor Soulis sintió la misma sensación de terror que había sentido dos veces aquel mismo día y se acordó de lo que decía la gente: que Janet estaba muerta hacía tiempo y lo que veía era un fantasma de barro frío. Se apartó un poco y la miró detenidamente. Ella pisaba la ropa canturreando para sí misma; ¡caramba!, que Dios nos libre, la suya era una cara espantosa. A veces ella cantaba más fuerte, pero no había hombre ni mujer que pudiera entender la letra de su canción. A veces miraba hacia abajo con la cabeza torcida, pero donde ella miraba no había nada. Una sensación escalofriante recorrió el cuerpo del reverendo; fue un aviso del Cielo. El señor Soulis se culpó a sí mismo por pensar tan mal de una pobre mujer, vieja y afligida, sin amigos salvo él.

Entonó una corta oración por ambos, bebió un poco de agua fresca —porque el corazón le saltaba en el pecho— y, al atardecer, se fue a la cama.

Aquella fue una noche que jamás se olvidará en Balweary, la noche del diecisiete de agosto de 1712. Antes había hecho calor, como he dicho, pero aquella noche hizo más calor que nunca. El sol se puso entre nubes muy extrañas; oscureció como un pozo; ni una estrella ni una gota de aire. Uno no podía verse ni la mano delante de la cara, e incluso los más ancianos se quitaron las sábanas y jadeaban tratando de respirar. Con todo lo que tenía en la cabeza, era muy improbable que el señor Soulis consiguiera dormir mucho.

Daba vueltas en la cama, limpia y fresca cuando se acostó pero que ahora le quemaba hasta los huesos. A ratos dormía y a ratos se despertaba; unas veces oía al reloj dar las horas durante la noche y otras, a un perro aullar en el páramo como si hubiera muerto alguien; a veces le parecía oír fantasmas chismorreando en su oído y otras veía lucecillas en la habitación. Pensó, creyó estar enfermo; y enfermo estaba, pero… poco sospechaba de qué enfermedad.

Al final, se le despejó la cabeza, se sentó al borde de la cama en camisón y volvió a pensar en el hombre negro y en Janet. No sabía bien cómo —quizá por el frío que sentía en los pies—, pero se le ocurrió de repente que había una cierta conexión entre ellos y que uno de los dos o ambos eran fantasmas. Justo en aquel momento, en la habitación de Janet, que estaba al lado de la suya, se oyó un ruido de pisadas como si hubiese algunos hombres luchando, y a continuación, un golpe fuerte. Un remolino de viento se deslizó estrepitosamente por las cuatro esquinas de la casa; después todo volvió a estar silencioso como una tumba.

El señor Soulis no temía ni al hombre ni al diablo. Cogió las yescas y encendió una vela, avanzando tres pasos hacia la puerta de Janet. Estaba cerrada, la abrió de un empujón e inspeccionó la habitación atrevidamente. Era una habitación amplia, tan amplia como la del reverendo, amueblada con muebles grandes, viejos y sólidos, porque no tenía otra cosa. Había una cama de cuatro postes con colgantes viejos, un estupendo armario de roble lleno de libros de teología del reverendo que se habían puesto allí por falta de espacio y unas cuantas prendas de Janet esparcidas aquí y allá por el suelo. Pero el reverendo Soulis no vio a Janet, y tampoco había señal alguna de forcejeo. Entró —pocos le habrían seguido—, miró a su alrededor y escuchó. Pero no oyó nada, ni dentro de la casa ni en toda la parroquia de Balweary; tampoco se veía nada salvo las grandes sombras que giraban alrededor de la vela. De golpe, el corazón del reverendo latió rápidamente y se quedó paralizado; un viento frío revoloteó por sus cabellos.

¡Qué visión más deprimente para los ojos del pobre hombre! Vio a Janet colgada de un clavo al lado del viejo armario de roble; la cabeza aún reposaba sobre el hombro, tenía los ojos cerrados, la lengua le salía por la boca y los zapatos se encontraban a una altura de dos pies sobre el suelo.

"¡Que Dios nos perdone a todos!", pensó el señor Soulis, "la pobre Janet está muerta".

Dio un paso hacia el cuerpo y entonces el corazón le saltó de nuevo en el pecho. Qué hechizo haría pensar a un hombre que Janet podía estar colgada de un solo clavo y por un solo hilo de estambre de los que sirven para remendar medias. Era horrible estar solo por la noche con tales prodigios en la oscuridad, pero la fe del reverendo Soulis en el Señor era profunda. Dio la vuelta y salió de aquella habitación cerrando la puerta con llave tras él. Paso a paso, bajó las escaleras pesadamente, como el plomo, y puso la vela sobre la mesa que había al pie de la escalera. No podía rezar, no podía pensar, estaba empapado en un sudor frío y no oía nada salvo el pálpito de su propio corazón. Es posible que permaneciera allí una hora o quizá dos, no se dio cuenta, cuando, de pronto, escuchó una risa, una conmoción extraña arriba. Se oían pasos ir y venir por la habitación donde estaba el cuerpo colgado; entonces la puerta se abrió, aunque él recordaba claramente que la había cerrado con llave. Después sintió pisadas en el rellano y le pareció ver el cuerpo asomado a la barandilla mirando hacia abajo, donde él se encontraba.

Cogió la vela de nuevo (porque no podía prescindir de la luz) y, tan sigilosamente como pudo, salió directamente de la casa y fue hasta la otra punta del sendero. Aún estaba completamente oscuro; la llama de la vela ardía tranquila y transparente como en una habitación cuando la puso sobre la tierra; nada se movía salvo el agua del río Dule, susurrando y murmurando valle abajo, y aquellos atroces pasos que bajaban lentamente por las escaleras dentro de la casa. Él conocía los pasos perfectamente: eran de Janet, y, con cada paso que se le acercaba poco a poco, el frío aumentaba en sus entrañas.

Encomendó su alma al Creador: "Oh, Señor" —dijo—, "dame fuerza para luchar esta noche contra el poder del mal".

Para entonces los pasos avanzaban por el pasillo hacia la puerta. Podía oír la mano que rozaba la pared con sumo cuidado, como si la "cosa" espantosa palpara el camino. Los sauces se sacudían y gemían al unísono, y un largo susurro del viento atravesó las colinas; la llama de la vela bailaba. Y apareció el cuerpo de Janet «la torcida», con su vestido de lana y su capucha negra, con la cabeza colgando sobre el hombro y una mueca todavía visible en el rostro —viva, se podría decir… muerta, como bien sabía el reverendo Soulis—, en el umbral de la casa.

Es extraño que el alma del hombre dependa tanto de su perecedero cuerpo, pero el reverendo se dio cuenta y su corazón aguantó. Ella no permaneció allí mucho tiempo; empezó a moverse otra vez y se acercó lentamente hacia el señor Soulis, que se encontraba de pie bajo los sauces. Toda la vida corporal de él, toda la fuerza de su espíritu irradiaba en sus ojos. Pareció que ella iba a hablar, pero le faltaron palabras e hizo una señal con la mano izquierda. Hubo un golpe de viento como el siseo de un gato, la vela se apagó, los sauces chillaron como si fueran personas y el señor Soulis supo que, vivo o muerto, aquello era el final.

—¡Bruja, diablo! —gritó—, te ordeno en nombre de Dios que te vayas a la tumba si estás muerta o al Infierno si estás condenada.

Y en aquel instante la mano de Dios, desde el Cielo, fulminó a la "cosa" allí mismo. El cuerpo viejo, muerto y profanado de la mujer bruja, tanto tiempo apartado de la tumba y manipulado por los demonios, ardió como un fuego de azufre y se desmoronó en cenizas sobre el suelo; a continuación empezaron los truenos, más fuertes cada vez, seguidos por el estruendo de la lluvia. El reverendo Soulis saltó por encima del seto del jardín y corrió dando gritos hacia la aldea.

Aquella misma mañana, John Christie vio al Hombre Negro pasar el Gran Mojón cuando daban las seis de la mañana; antes de las ocho pasó por la posada de Knockdoiv; poco después, Sandy M'Llellan le vio cruzando los oteros de Kilmackerlie rápidamente. No hay ninguna duda de que él fue quien ocupó el cuerpo de Janet durante tanto tiempo; pero, por fin, se había marchado. Desde entonces, el diablo jamás ha vuelto a molestarnos en Balweary.

Sin embargo, fue un penoso honor para el reverendo; permaneció delirando en la cama durante mucho tiempo. Desde aquel día hasta hoy, no ha vuelto a ser el mismo.

TERCERA PARTE: EL DIABLO Y EL POSADERO Y OTRAS FÁBULAS

EL HUNDIMIENTO DEL BUQUE

—Señor —anunció el teniente primero, irrumpiendo en el camarote del Capitán—, el barco se hunde.

—Muy bien, señor Spoker —dijo el Capitán—, pero ésa no es razón para que vaya usted sin afeitar. Ejercite un momento su pensamiento, señor Spoker, y comprenderá que desde una perspectiva filosófica no hay nada nuevo en nuestra situación: el barco (si de verdad tiene que hundirse) podría decirse que se está hundiendo desde el momento de su botadura.

—Se está yendo a pique muy deprisa —informó el teniente primero, cuando regresó tras haberse afeitado.

—¿Muy deprisa, señor Spoker? —dijo el Capitán—. Es una expresión extraña, toda vez que el tiempo (si se detiene usted a pensarlo) es sólo relativo.

—Capitán —respondió el teniente—, no creo que valga la pena enzarzarse en semejante discusión cuando en menos de diez minutos estaremos todos en el fondo del armario de Davy Jones.

—Por ese mismo razonamiento —replicó con toda amabilidad el Capitán—, nunca valdría la pena iniciar ninguna investigación de cierta importancia. Las posibilidades de que hayamos muerto antes de haberla concluido son abrumadoras. No ha considerado usted, señor Spoker, la situación del ser humano —señaló el Capitán, sonriendo y sacudiendo la cabeza.

—Estoy mucho más ocupado en considerar la situación del barco —dijo el señor Spoker.

—Así habla un buen oficial —aprobó el Capitán, posando su mano en el hombro del teniente.

Al salir a cubierta comprobaron que la tripulación había irrumpido en la cantina y se aprestaba a emborracharse.

—Esto no tiene sentido —observó el Capitán—. Me dirán ustedes que el barco se habrá hundido en cuestión de diez minutos. Muy bien, ¿y entonces qué? Desde una perspectiva filosófica no hay nada nuevo en nuestra situación. En cualquier momento de nuestras vidas hemos estado expuestos a que se nos rompiera un vaso sanguíneo o a que nos cayera un rayo, no en cuestión de diez minutos, sino de diez segundos, y eso no nos ha impedido comer, no señor, ni guardar nuestro dinero en una cuenta de ahorro. Les aseguro, con la mano en el corazón, que no comprendo su actitud.

Los hombres estaban ya demasiado ebrios para prestar atención.

—Es una escena muy lamentable, señor Spoker —dijo el Capitán.

—Sin embargo, desde una perspectiva filosófica, o como quiera usted llamarla, podría decirse que están emborrachándose desde el momento en que subieron a bordo —repuso el teniente primero.

—No sé si sigue usted siempre mis reflexiones, señor Spoker —contestó el Capitán—. Pero, continuemos.

En el polvorín encontraron a un viejo lobo de mar fumando su pipa.

—¡Bendito sea Dios! —exclamó el Capitán—. ¿Qué está usted haciendo?

—Verá, Capitán —se disculpó el viejo marino—, me han dicho que nos estamos yendo a pique.

—¿Y si así fuera? —preguntó el Capitán—. Desde una perspectiva filosófica no habría nada nuevo en nuestra posición. La vida, mi querido camarada, la vida, en cualquier momento, en cualquier circunstancia, es tan peligrosa como un barco que se hunde. Y no obstante, el hombre tiene la grata costumbre de usar paraguas, de ponerse chanclas de caucho, de acometer grandes empresas y de conducirse en todos los sentidos como si confiara en vivir eternamente. Y en lo que a mi humilde persona se refiere, desprecio al hombre que, aun a bordo de un barco que se hunde, prescinde de tomarse una píldora o de dar cuerda a su reloj. Ésa, amigo mío, no es una actitud humana.

—Discúlpeme, señor —observó el teniente Spoker—, pero ¿cuál es la diferencia exacta entre afeitarse en un barco que se hunde y fumar en un polvorín?

—¿O de hacer cualquier cosa en cualesquiera circunstancias concebibles? —exclamó el Capitán—. ¡Una observación sin duda muy pertinente! ¡Deme un cigarro!

Dos minutos más tarde, el navío saltaba por los aires con una poderosa detonación.

LAS DOS CERILLAS

Cierto día, un viajero atravesaba los bosques de California en plena estación seca, cuando los vientos alisios soplaban con fuerza. Había cabalgado un buen trecho y, sintiéndose cansado y hambriento, desmontó para fumar una pipa. Pero resultó que al llevarse la mano al bolsillo sólo encontró dos cerillas. Rascó la primera, y no prendió.

—Bonita situación —dijo el viajero—. Me muero por fumar y no me queda más que una cerilla. ¡Y seguro que no prende! ¿Hubo alguna vez hombre más desdichado? Sin embargo —caviló—, supongamos que enciendo la cerilla, me fumo mi pipa y la vacío aquí, en la hierba: la hierba podría incendiarse, porque está seca como la yesca. Y mientras intento sofocar a manotazos las llamas de delante, escapan, me persiguen por detrás y prenden esas matas de zumaque. Habrían ardido por completo antes de que pudiera alcanzarlas. Más allá de las matas veo un pino cubierto de musgo: también el pino se incendiaría al instante, hasta su rama más alta. Y la llama de esa larga antorcha… ¡los alisios la arrastrarían, blandiendo con ella el bosque inflamable! Ya oigo el bronco rugido que componen las voces combinadas del viento y del fuego. Ya me veo escapando al galope para salvar mi alma, mientras el incendio surca el aire en pos de mí y me encierra entre los montes. Ya veo arder durante días este agradable bosque, y al ganado achicharrado, y las fuentes secas, y al granjero arruinado, y a sus hijos arrojados al mundo. ¡Todo un mundo depende de este momento!

Y tras esto, rascó la cerilla, que no prendió.

—Gracias a Dios —dijo el viajero, guardándose la pipa en el bolsillo.

EL ENFERMO Y EL BOMBERO

Había una vez un hombre enfermo en una casa en llamas, en cuya ayuda acudió un bombero.

—No me salve —dijo el enfermo—. Salve a los que son fuertes.

—¿Tendría la bondad de explicarme por qué? —preguntó el bombero, que era un hombre educado.

—Nada sería más justo —respondió el enfermo—. Debe preferirse a los fuertes en todos los casos, pues pueden prestar mayor servicio al mundo.

El bombero reflexionó unos instantes, pues era un hombre de cierta filosofía.

—Concedido —dijo al fin, mientras una parte del tejado se desplomaba—, pero, por seguir con nuestra conversación, ¿cuál sería en su opinión el servicio de los fuertes, propiamente dicho?

—Nada más fácil —respondió el enfermo—. El servicio de los fuertes propiamente dicho es ayudar a los débiles.

El bombero reflexionó una vez más, pues no había en este hombre extraordinario premura alguna.

—Podría perdonarle por estar enfermo —dijo entonces, mientras se derrumbaba una parte de la pared—, pero no puedo tolerar que sea usted tan idiota.

Dicho lo cual levantó su hacha, pues era un hombre eminentemente justo, y partió en dos al enfermo en su lecho.

EL DIABLO Y EL POSADERO

Cierto día, El Diablo se alojó en una posada donde nadie lo conocía, pues vivían allí personas que no habían recibido una educación esmerada. Era muy dado a hacer diabluras y tuvo a todo el mundo en vilo por espacio de algún tiempo, hasta que el posadero lo estuvo vigilando y lo sorprendió in fraganti.

El posadero cogió una cuerda.

—Ahora voy a azotarte —dijo.

—No tienes derecho a enfadarte conmigo —contestó El Diablo—. No soy más que el diablo y está en mi naturaleza hacer el mal.

—¿Es eso cierto? —inquirió el posadero.

—Muy cierto, te lo aseguro.

—¿De verdad no puedes evitar hacer daño? —preguntó el posadero.

—Ni por asomo —contestó El Diablo—. Sería inútil y cruel azotar a una cosa como yo.

—Tienes mucha razón —asintió el posadero.

Hizo un nudo con la cuerda, ahorcó al diablo y dijo:

—¡Listo!

EL PENITENTE

Un hombre se encontró con un muchacho que estaba llorando.

—¿Por qué lloras? —preguntó el hombre.

—Lloro por mis pecados —contestó el muchacho.

—Debes de tener muy poco que hacer —señaló el hombre.

Volvieron a encontrarse al día siguiente y, una vez más, el muchacho estaba llorando.

—¿Y ahora por qué lloras? —preguntó el hombre.

—Lloro porque no tengo nada que comer —respondió el muchacho.

—Ya sabía yo que acabarías así —señaló el hombre.

EL UNGÜENTO AMARILLO

En cierta ciudad vivía un boticario que vendía ungüento amarillo. Era éste un remedio tan singular que quienes se lo untaban de la cabeza a los pies quedaban libres para siempre de los peligros de la vida, del cautiverio del pecado y del miedo a la muerte. Así lo aseguraba el boticario en su prospecto, y lo mismo decían todos los ciudadanos, y no había en los corazones de los hombres asunto más urgente que aplicarse debidamente el ungüento, y nada les procuraba más deleite que ver a los demás embadurnados. Vivía en la misma ciudad un joven de muy buena familia, aunque de costumbres alocadas, que, si bien era ya un hombre hecho y derecho, no se le ocurría decir del ungüento nada más que: "Ya me lo daré mañana". Y llegado el día siguiente seguía aplazándolo para más adelante. Y así podría haber seguido hasta el día en que muriese, de no ser por lo que le sucedió a un amigo de su misma edad y parecidas costumbres. El amigo iba un día paseando por la calle, sin una sola gota de ungüento en el cuerpo, cuando de repente fue arrollado por un carro que segó su vida en la flor de la edad. El otro quedó conmovido en lo más hondo, tan es así que jamás había visto yo a un hombre más ansioso por aplicarse el ungüento. Esa misma noche, en presencia de toda su familia y al son de la oportuna música, mientras el joven se deshacía en llanto, le untaron tres capas de la pomada. El boticario, que estaba también muy afectado y al borde de las lágrimas, declaró que nunca había dispensado su remedio más a conciencia

Unos dos meses más tarde, llevaron al joven en parihuelas a casa del boticario.

—¿Qué significa esto? —vociferó el joven, nada más abrirse la puerta—. El ungüento debía librarme de todos los peligros de la vida, y aquí estoy, arrollado por el mismo carro y con una pierna rota.

—¡Ay, Dios! —exclamó el boticario—. Esto es una fatalidad. Comprendo que debo explicarle los efectos de mi ungüento. Un hueso roto es un asunto insignificante en el peor de los casos, y corresponde a una modalidad de accidente para la cual mi remedio carece de utilidad. El pecado, amigo mío, el pecado es la única calamidad que un hombre sabio ha de temer. Es del pecado de lo que mi ungüento le protege, y ya verá como cuando sienta la tentación me dará noticias de sus resultados.

—¡Vaya! —dijo el joven—. No lo había entendido así, y me resulta muy decepcionante. En todo caso, no me cabe duda de que será para bien. Entre tanto, le agradeceré que me componga la pierna.

—Eso no es asunto mío —dijo el boticario—, pero si lo llevan a casa del médico, a la vuelta de la esquina, seguro que él puede remediarlo.

Pasaron tres años y el joven regresó un día a casa del boticario, muy alterado.

—¿Qué significa esto? —vociferó—. ¿No estaba libre de la esclavitud del pecado? Acabo de incurrir en falsedad, en piromanía y en asesinato.

—¡Ay, Dios! —exclamó el boticario—. Eso sí que es grave. Desnúdese de inmediato. —Y en cuanto el joven se hubo desnudado, el boticario lo examinó de la cabeza a los pies—. No —anunció, con gran alivio—, no falta ni una sola escama. Alégrese, amigo mío, porque su ungüento está como nuevo.

—¡Qué disparate! —protestó el joven—. ¿Y eso de qué me sirve?

—Comprendo que debo explicarle los efectos de mi ungüento. No evita exactamente el pecado, sino que atenúa sus consecuencias más dolorosas. No vale tanto para este mundo como para el futuro. No actúa contra la vida. En resumidas cuentas, es para la muerte para lo que le he preparado. Y cuando vaya usted a morir, ya me dará noticias de sus efectos.

—¡Vaya! —dijo el joven—. No lo había entendido así y me resulta un tanto decepcionante. En todo caso, no me cabe duda de que será para bien. Entretanto, le agradeceré que me ayude a reparar el daño que he causado a personas inocentes.

—Eso no es asunto mío —dijo el boticario—, pero si va usted a la comisaría, que está a la vuelta de la esquina, podrá entregarse y encontrará alivio.

Al cabo de seis semanas se dio aviso al boticario para que acudiese a la prisión de la ciudad.

—¿Qué significa esto? —vociferó el joven—. Estoy literalmente embadurnado de su ungüento, me he roto una pierna, he cometido todos los delitos habidos y por haber y van a ahorcarme mañana. Y siento un pánico tan descomunal que no alcanzo a describirlo con palabras.

—¡Ay, Dios! —exclamó el boticario—. Esto es increíble. Bueno, es posible que, si no se hubiera aplicado el ungüento, estuviera aún más aterrado.

LA CASA DE ELD

En cuanto el niño empezó a hablar se remacharon los grilletes. Los pequeñines correteaban renqueando como presidiarios. Qué duda cabe de que las cadenas eran más lastimosas de ver y más dolorosas de llevar llegada la juventud. Hasta los adultos, además de moverse con torpeza, padecían frecuentes úlceras.

Cuando Jack tenía alrededor de diez años, el país comenzó a recibir la visita de muchos extranjeros. El muchachito los veía recorrer con ligereza los largos caminos, y esto le llenaba de asombro.

—No entiendo cómo todos esos extranjeros caminan tan deprisa, mientras que nosotros tenemos que arrastrar los grilletes —observó un día.

—Mi querido muchacho —dijo su tío, el catequista—, no te quejes de tus grilletes, pues es lo único por lo que merece la pena vivir la vida. Nadie es feliz, nadie es bueno, nadie es respetable, si no va encadenado como nosotros. Además, debo decirte que ésta es una conversación muy peligrosa. Si te quejas de los hierros, caerás en desgracia. Si alguna vez se te ocurre quitártelos, en ese mismo instante serás fulminado por un rayo.

—¿Y los rayos no afectan a los extranjeros? —quiso saber Jack.

—Júpiter se resigna con los ignorantes —respondió el catequista.

—¡Pues ya quisiera yo haber sido menos afortunado! —dijo Jack—. Si hubiera nacido ignorante, ahora podría andar con libertad, pues no se puede negar que los grilletes son incómodos y que las llagas duelen.

—¡Ah! —exclamó su tío—. ¡No envidies a los paganos! ¡El suyo es un destino muy triste! ¡Pobres hombres que no conocen la dicha de llevar las cadenas! Mi corazón padece por esos desgraciados. Aunque lo cierto es que son viles, detestables, insolentes, holgazanes, bestias apestosas, criaturas infrahumanas, pues ¿qué es un hombre sin grilletes? Cuídate mucho de acercarte a hablar con ellos.

Tras esta conversación, el muchacho no perdía la ocasión de escupir o de insultar a los que iban sin grilletes cada vez que se cruzaba con alguno, como tenían por costumbre los niños de aquel país.

Sucedió un día, cuando Jack tenía quince años, que se adentró en los bosques y la llaga empezó a dolerle. Era un día claro, de cielo azul, y todos los pájaros cantaban al unísono. Jack se detuvo para cuidar de su pie. Entonces oyó otro canto: parecía una voz humana, sólo que era mucho más alegre. A la par se oyó un golpe en el suelo. Jack retiró el follaje y vio a un muchacho de su mismo pueblo, saltando, bailando y cantando en una verde hondonada. Los grilletes del bailarín descansaban sobre la hierba.

—¡Ay! —exclamó—. ¡Te has quitado los grilletes!

—¡Por lo que más quieras, no se lo digas a tu tío! —suplicó el muchacho.

—Si temes a mi tío, ¿cómo es que no le temes al rayo?

—Eso son cuentos de viejas —dijo el otro—. Sólo se los cuentan a los niños. Muchos de nosotros venimos aquí por las noches y bailamos juntos en el bosque. Nunca nos ha pasado nada malo.

Estas palabras dieron mucho que pensar a Jack. Era un chico serio y no tenía intención de ponerse a bailar. Soportaba sus grilletes con hombría y cuidaba de sus llagas sin lamentaciones. Lo que le gustaba menos era que le engañasen o ver cómo engañaban a los demás. Empezó a esconderse entre las matas al caer la tarde, a la espera de que pasaran los paganos para poder hablar con ellos sin que nadie lo viese. Los viajeros se mostraban sumamente complacidos con las preguntas del muchacho agazapado al borde del camino y le ofrecían respuestas de mucha enjundia. Eso de llevar grilletes, le decían, no era una orden de Júpiter. Era una artimaña de una cosa de cara blanca, de un hechicero que vivía en ese país, en el bosque de Eld. Aquella criatura era, como Glauco, capaz de cambiar de forma, pero siempre se le reconocía, pues, cuando uno se cruzaba con él, glugluteaba como un pavo. Tenía tres vidas, si bien al tercer golpe se acababa con él definitivamente. Entonces, la casa donde practicaba sus conjuros se esfumaría, los grilletes caerían y los lugareños se cogerían de las manos y bailarían como niños.

—¿Y en tu país? —preguntaba Jack.

Sin embargo, todos los viajeros eludían de común acuerdo esta pregunta, y Jack comenzó a sospechar que no existía ningún país enteramente feliz. O, si lo había, la gente no salía de allí, lo cual era muy natural.

Pero el asunto de los grilletes le pesaba mucho. Le obsesionaba ver a los niños cojeando y oír sus gemidos cuando les curaban las llagas. Y terminó por convencerse de que había nacido para liberarlos.

Había en su pueblo una espada forjada en los cielos, fraguada en el yunque de Vulcano. Sólo se usaba en el templo, y únicamente con la parte plana de la hoja. Colgaba de un clavo sobre la chimenea. Una noche, Jack se levantó, cogió la espada y salió de la casa y del pueblo en la oscuridad.

Pasó toda la noche caminando a la aventura y, cuando llegó el día, se topó con unos desconocidos que iban camino de los campos. Les preguntó dónde estaba el bosque de Eld y la casa del hechicero. Uno dijo que al Norte y el otro dijo que al Sur, y Jack comprendió que mentían. En lo sucesivo, cada vez que se cruzaba con un hombre le mostraba la refulgente hoja de la espada, a lo cual los grilletes del otro tintineaban y respondían por él. Y la respuesta era siempre: "Todo derecho". No obstante, cuando los grilletes hablaban, el hombre escupía a Jack, lo empujaba y lo apedreaba al alejarse, de tal suerte que el chico terminó con la cabeza escalabrada.

Así llegó al mencionado bosque y en él se adentró, y vislumbró una casa en una hondonada donde crecían los hongos y los árboles se entrelazaban y los vapores de la ciénaga ascendían por el aire como el humo. La casa era bonita y muy laberíntica. Algunas partes eran tan antiguas como los montes, mientras que otras parecían de ayer mismo y estaban sin terminar. Todos los extremos de la construcción estaban abiertos y se podía entrar desde cualquier lado. En todo caso, la vivienda se hallaba en buen estado y salía humo de todas las chimeneas.

Jack entró por el tejado y fue encontrando una sucesión de habitaciones, todas vacías, aunque parcialmente amuebladas, de manera que resultasen habitables. En todas ellas ardía un fuego junto al que un hombre podía calentarse y en todas había una mesa dispuesta para que pudiese comer. Sin embargo, Jack no vio ni un alma: sólo algunos cadáveres disecados.

"Es una casa muy acogedora —pensó—, aunque parece construida sobre un lodazal, pues tiembla a cada paso".

Llevaba un rato en la casa cuando empezó a tener hambre. Se fijó en la comida y al principio tuvo miedo. Pero desenvainó la espada, y al fulgor del metal le pareció que la comida era de fiar. Así pues se armó de valor para sentarse y comer, y al instante se sintió renovado en cuerpo y alma.

"Es extraño —se dijo—, que en casa del hechicero haya comida tan saludable".

Seguía comiendo cuando vio entrar en la habitación a su tío en persona, y tuvo miedo, por haber cogido la espada. Pero el catequista se mostró más amable que nunca, se sentó a comer con él y lo elogió por haberse llevado la espada. Jamás habían pasado los dos un rato tan agradable juntos, y Jack se sentía rebosante de amor por su tío.

—Has hecho muy bien —dijo el catequista— en coger la espada y venir por tu propio pie a la casa de Eld. Un buen pensamiento y una acción valerosa. Ahora que ya estás satisfecho, podemos volver a casa a cenar cogidos del brazo.

—¡No, por favor! —dijo Jack—. Todavía no estoy satisfecho.

—¿Cómo? —protestó su tío—. ¿No te ha calentado este fuego? ¿No te han nutrido estos alimentos?

—Veo que esta comida es muy saludable —respondió el muchacho—, pero eso sigue sin demostrar que un hombre tenga que llevar grilletes en el pie derecho.

A lo cual, la aparición de su tío glugluteó como un pavo.

—¡Por Júpiter! —exclamó Jack—. ¿Es el hechicero?

La mano no le respondía y le faltaba el valor, por lo mucho que quería a su tío, pero al fin levantó la espada y le asestó un mandoble en la cabeza. La aparición aulló con la voz de su tío y cayó al suelo. Y una cosa blanca y sin vida escapó de la habitación.

El grito resonó en los oídos de Jack, que se hincó de rodillas, con gran remordimiento de conciencia. Sin embargo, se sentía fortalecido, y en lo más profundo de su ser despertó el apetito por la sangre del mago.

“Si han de caer los grilletes —pensó— debo acabar con esto y, cuando vuelva a casa me encontraré a mi tío bailando”.

Así, fue en pos de aquella cosa sin vida. Por el camino se encontró con su padre, que parecía muy indignado, le recriminó, le instó a cumplir con su deber y le rogó que volviera a casa mientras aún estuviera a tiempo.

—Aún puedes estar de vuelta antes de que caiga el sol —dijo—, y se te perdonará todo.

—Bien sabe Dios —contestó Jack— que temo tu ira, pero tu ira no demuestra que un hombre tenga que llevar grilletes en el pie derecho.

A lo cual la aparición de su padre glugluteó como un pavo.

—¡Ay, cielos! —exclamó Jack—. ¡Otra vez el hechicero!

Se le heló la sangre en las venas y sus articulaciones se rebelaron, por lo mucho que quería a su padre. Pero alzó la espada y se la hundió en el corazón. La aparición aulló con la voz de su padre y cayó al suelo. Y una cosa blanca, sin vida, escapó de la habitación.

El aullido resonó en los oídos de Jack, y se oscureció su alma. Y de pronto se llenó de cólera.

“He hecho algo que ni siquiera me atrevo a imaginar —se dijo—. Terminaré con esto o moriré en el intento. Y cuando vuelva a casa, le pido a Dios que todo esto sea un sueño y que me encuentre a mi padre bailando”.

Así, fue en pos de aquella cosa sin vida que había escapado, y en el camino se encontró con su madre, que estaba llorando.

—¿Qué has hecho? —le gritó—. ¿Qué es lo que has hecho? Vuelve a casa, donde deberías estar antes de que sea la hora de acostarse, y no me hagas más daño a mí y a los míos. Ya es suficiente con que hayas atacado a mi hermano y a tu padre.

—Querida madre —dijo Jack—, no es a ellos a quienes he atacado, sino al hechicero que ha adoptado su apariencia. Y, aun cuando así hubiera sido, eso no demuestra que un hombre tenga que llevar grilletes en el pie derecho.

A lo cual la aparición de su madre glugluteó como un pavo.

Jack nunca llegó a saber cómo lo hizo, pero blandió la espada y partió en dos a la aparición, que aulló con la voz de su madre y cayó al suelo. Y, al caer, la casa se desplomó sobre la cabeza de Jack, y el chico se vio solo en mitad del bosque, libre de sus grilletes.

"Bien —pensó—, el hechicero está muerto y han caído las cadenas". Pero los gritos seguían resonando en sus oídos y el día se tornó como la noche. "Ha sido una empresa muy ardua. Ahora saldré del bosque y comprobaré el bien que he hecho a los demás".

Pensó dejar los grilletes donde habían caído, pero cuando se disponía a marcharse cambió de opinión. Se agachó y se ciñó la cadena al pecho: el duro hierro se le clavaba al andar, y su pecho sangraba.

Cuando salió del bosque y se vio en el camino, se encontró con la gente que volvía de los campos, y vio que no llevaban grilletes en el pie derecho, pero ¡hete aquí que los llevaban en el izquierdo! Jack les preguntó qué significaba aquello. Y le dijeron: «Es la nueva costumbre, pues hemos sabido que la antigua era una superstición». Los examinó de cerca y vio que tenían una nueva úlcera en el tobillo izquierdo, mientras que la del derecho aún no se había curado.

—¡Que Dios me perdone! —exclamó Jack—. Ojalá no hubiera salido de casa.

Y al llegar a casa se encontró a su tío con la cabeza abierta y a su padre con el corazón perforado y a su madre partida por la mitad. Y se sentó en la casa solitaria a llorar junto a sus cadáveres.

MORALEJA

Viejo es el árbol y bueno el fruto. Muy antiguo y profundo es el bosque. Leñador, ¿es tu valor tenaz?

¡Cuidado! La raíz se ha enredado en torno al corazón de tu madre y los huesos de tu padre. Y, como la mandrágora, asoma entre gemidos.

LOS CUATRO REFORMISTAS

Cuatro reformistas se reunieron junto a una zarza. Todos coincidían en la necesidad de cambiar el mundo.

—Debemos abolir la propiedad —dijo el primero.

—Debemos abolir el matrimonio —dijo el segundo.

—Debemos abolir a Dios —dijo el tercero.

—A mí me gustaría abolir el trabajo —dijo el cuarto.

—No vayamos más allá de la política práctica —dijo el primero—. Lo principal es reducir a los hombres a un nivel común.

—Lo principal es otorgar libertad a ambos sexos —dijo el segundo.

—Lo principal es encontrar la manera de hacerlo —dijo el tercero.

—Lo primero es abolir la Biblia —dijo el primero.

—Lo principal es abolir las leyes —dijo el segundo.

—Lo principal es abolir la humanidad —dijo el tercero.

EL HOMBRE Y SU AMIGO

Un hombre discutió con su amigo.

—Me has decepcionado mucho —dijo. El amigo hizo una mueca y se fue.

Poco después, los dos murieron y comparecieron a la vez ante el gran Juez de Paz blanco. Las cosas empezaron a ponerse negras para el amigo, mientras que el hombre tenía la conciencia limpia y se iba poniendo de buen humor.

—Veo que hay antecedentes de una disputa —señaló el juez, consultando sus notas—. ¿Quién de los dos obró mal?

—Fue él —dijo el hombre—. Habló mal de mí a mis espaldas.

—¿Eso hizo? —preguntó el juez—. Y dígame, ¿cómo hablaba de sus vecinos?

—Siempre tuvo la lengua muy larga —dijo el hombre.

—¿Y lo eligió usted como amigo? —exclamó el juez—. Señor mío, aquí no tenemos tiempo para tontos.

De manera que arrojaron al hombre al pozo, mientras el amigo se carcajeaba y se asomaba a la oscuridad, a la espera de ser juzgado por otros delitos.

EL LECTOR

Es el libro más impío que he leído en la vida —dijo el lector, arrojando el volumen al suelo.

—Tampoco hace falta que me maltrates —dijo el libro—. Así te darán menos por mí cuando me vendas de segunda mano. Además, yo no me escribí.

—Eso es verdad —concedió el lector—. Es con tu autor con quien me enfado.

—Pues no compres sus peroratas —dijo el libro.

—Eso es verdad —concedió el lector—, pero es que lo tenía por un autor alegre.

—A mí me lo parece —dijo el libro.

—Debes de ser muy distinto de mí —dijo el lector.

—Deja que te cuente una fábula —dijo el libro—. Dos hombres naufragaron en una isla desierta. Uno de ellos fingió que estaban en casa, el otro lo aceptó y…

—Sí, ya conozco esa clase de fábula —dijo el lector—. Los dos murieron.

—Sí, murieron —dijo el libro—. De eso no cabe duda. Como todo el mundo.

—Eso es verdad —dijo el lector—. Vayamos un poco más allá por esta vez. ¿Qué pasó cuando todos hubieron muerto?

—Que quedaron en manos de Dios, igual que antes —dijo el libro.

—No hay mucho de lo que alegrarse, según tu fábula.

—¿Quién está siendo impío ahora? —dijo el libro. Y el lector lo arrojó al fuego.

El cobarde se arredra ante la vara.

Y no tolera el férreo semblante de Dios.

EL CIUDADANO Y EL VIAJERO

—Mira a tu alrededor —dijo el ciudadano—. Éste es el mercado más grande del mundo.

—Seguro que no —dijo el viajero.

—Bueno, puede que no sea el más grande, pero sí es el mejor —dijo el ciudadano.

—En eso te equivocas —dijo el viajero—. Te aseguro que…
Enterraron al extranjero al caer la tarde.

EL DISTINGUIDO EXTRANJERO

Una vez llegó a este mundo un visitante de un planeta vecino, y se encontró en el lugar de su descenso con un gran filósofo que iba a encargarse de enseñárselo todo.

Primero cruzaron un bosque, y el extranjero se fijó en los árboles.

—¿Quiénes son? —preguntó.

—Son sólo vegetales. Están vivos, pero carecen de cualquier interés.

—No sabría yo qué decirle. Parecen muy educados. ¿Nunca hablan?

—No tienen ese don —dijo el filósofo.

—Pues a mí me parece que los oigo cantar —dijo el otro.

—Es sólo el viento entre el follaje —señaló el filósofo—. Le explicaré la teoría de los vientos: es muy interesante.

—Bueno —dijo el extranjero—, me gustaría saber qué piensan.

—No pueden pensar —repuso el filósofo.

—No sabría yo qué decirle —respondió el extranjero. Posó una mano en un tronco y añadió—: Me gusta esta gente.

—No son gente —contestó el filósofo—. Sigamos.

A continuación llegaron a un prado, donde había vacas.

—Qué gente tan sucia —observó el extranjero.

—No son gente —respondió el filósofo. Y le explicó lo que era una vaca, en términos científicos que he olvidado.

—Eso me da lo mismo —dijo el extranjero—, pero ¿por qué no levantan la cabeza?

—Porque son herbívoros —explicó el filósofo—, y vivir de la hierba, que no es un alimento muy nutritivo, requiere tanta concentración que no tienen tiempo ni de pensar, ni de hablar ni de contemplar el paisaje o asearse.

—Bueno, supongo que es una forma de vida, aunque yo prefiero a la gente de cabezas verdes —dijo el extranjero.

Finalmente llegaron a una ciudad, llena de hombres y mujeres.

—Qué gente tan extraña —observó el extranjero.

—Son los habitantes de la nación más grande de este mundo —dijo el filósofo.

—¿De verdad? —preguntó el extranjero—. No lo parecen.

LOS CABALLOS DE TIRO Y EL CABALLO DE SILLA

Dos caballos de tiro, una yegua y un caballo castrado fueron llevados a Samoa. Los dejaron en un prado junto a un caballo de silla, para que pudieran correr libremente por la isla. Los recién llegados tenían mucho miedo de acercarse al otro, pues vieron que era un caballo de silla y pensaron que no se dignaría hablar con ellos. El caballo de silla nunca había visto animales tan grandes.

"Deben de ser jefes muy importantes", pensó. Y se acercó a ellos con mucha cortesía.

—Señora y caballero —dijo—, supongo que vienen ustedes de las colonias. Les presento mis respetos y les doy mi más cordial bienvenida a la isla.

Los caballos de las colonias lo miraron recelosos y consultaron el uno con el otro.

—¿Quién será? —preguntó el caballo castrado.

—Su cortesía es muy sospechosa —dijo la yegua.

—No creo que cuente gran cosa —dijo el caballo castrado.

—Eso depende de si no es más que un kanaka —dijo la yegua. Se volvieron hacia él.

—¡Vete al diablo! —le espetó el caballo castrado.

—¡Qué impertinencia, dirigirse a personas de nuestra categoría! — exclamó la yegua.

El caballo de tiro se alejó, pensando: "Tenía razón. Son jefes muy importantes".

ALGO HAY

Los nativos le contaron muchas historias. Le previnieron principalmente de la casa de juncos amarillos atados con una cuerda negra, pues quien la tocaba se convertía al punto en presa de Akaänga, y era llevado a su presencia por Miru la Roja, y embriagado con la raíz del kava, y asado en los hornos y devorado por los comedores de muertos.

—Eso no es cierto —dijo el misionero.

Había en la isla una bahía, una bahía muy hermosa, pero según los nativos el que allí se bañaba moría.

—Eso no es cierto —dijo el misionero. Y se fue a nadar en la bahía. De repente lo atrapó un remolino y lo llevó hacia los arrecifes.

"¡Ay! —pensó el misionero—. Al final va a ser verdad que algo hay". Y nadó con más fuerza, pero la corriente seguía arrastrándolo. "Me trae sin cuidado este remolino", dijo. Y no había terminado de decirlo cuando vio una casa construida sobre pilotes en el mar. Era una casa de juncos amarillos, unidos entre sí y atados todos por una cuerda negra. Una escalera conducía hasta la puerta y de todas las paredes colgaban calabazas. El misionero nunca había visto una casa parecida, ni calabazas parecidas, y el remolino lo llevó hasta la escalera. "Esto es muy singular, aunque no creo que haya nada aquí". Se sujetó a la escalera y trepó por ella. Era una casa muy bonita, pero estaba vacía. El misionero se volvió y no vio ninguna isla: sólo el mar en su vaivén.

"¡Qué raro lo de la isla! —se dijo el misionero—. Pero ¿quién tiene miedo? Mis historias sí que son ciertas". Echó mano de una calabaza, pues era un hombre curioso. No había hecho más que cogerla cuando la calabaza que tenía en la mano, junto con la casa que había visto y en la que se encontraba, estallaron como una pompa de jabón y se esfumaron. La noche se cerró sobre él, sobre las aguas y sobre las redes de pesca, y el misionero se revolcó como un pez.

"Pues sí parece que aquí hay algo —pensó el misionero—. Pero si esas historias son verdad, ¡qué no serán las mías!".

Entonces, la llama de la antorcha de Akaänga se aproximó en la noche, y unas manos deformes buscaron a tientas entre las redes, agarraron al misionero entre el índice y el pulgar y se lo llevaron, chorreando, en mitad de la noche y el silencio, hasta el lugar donde se encontraban los hornos de Miru. Y allí estaba Miru, enrojecida por el resplandor de los hornos; y cuatro de sus hijas, sentadas, preparando el kava de los muertos; y los llegados de las islas de los vivos, empapados y lamentando su suerte.

Era un lugar aterrador para los hijos de los hombres. Pero, de todos los que allí habían llegado, el misionero era el más afligido. Y para colmo, el que estaba a su lado era un indígena al que él mismo había evangelizado.

—¡Vaya! —dijo el converso—. ¿Con que estás aquí, igual que tus vecinos?

¿Y qué ha sido de todas tus historias?

—Me parece que no eran ciertas —respondió el misionero, rompiendo a llorar.

A esas alturas el kava de los muertos estaba listo y las hijas de Miru comenzaron a entonar sus cánticos según la antigua usanza.

"Se han marchado las verdes islas y el mar resplandeciente, y el sol y la luna y los cuarenta millones de estrellas, y la vida y el amor y la esperanza. Ya sólo puedes sentarte en mitad de la noche y del silencio a contemplar cómo son devorados tus amigos, porque la vida es un engaño y la venda ha caído de tus ojos".

Terminado el cántico, una de las hijas se acercó con el cuenco de kava. El misionero sintió cómo crecía en su pecho el deseo de probar aquel brebaje. Lo anhelaba como anhela la tierra el nadador o el novio a su prometida. Y tendió la mano, cogió el cuenco y bebió un trago. Entonces se acordó, y soltó el cuenco.

—¡Bebe! —dijo la hija de Miru—. No hay kava comparable al kava de los muertos, y beberlo una sola vez es la recompensa de los vivos.

—Te lo agradezco. Huele de maravilla —dijo el misionero—. Pero soy un hombre de prestigio, y aunque sé que existen diferencias de opinión, incluso dentro de nuestro propio credo, siempre he sostenido que no debía probarse el kava.

—¡Cómo! —protestó el converso—. ¿Vas a respetar un tabú en un momento como éste? ¡Tú, que tanto te oponías a los tabúes cuando estabas vivo!

—Sólo a los de los demás —dijo el misionero—. Nunca a los míos.

—Pero los tuyos han resultado ser falsos —replicó el converso.

—Eso parece —asintió el misionero—, y no puedo evitarlo. Pero no hay razón para que rompa mi promesa.

—¡En la vida he visto cosa igual! —exclamó la hija de Miru—. Dime, ¿qué esperas ganar?

—Ésa no es la cuestión —dijo el misionero—. Si he exigido a otros esa promesa, no voy a romperla ahora.

La hija de Miru estaba desconcertada. Fue a contárselo a su madre, y Miru se enfadó mucho. Juntas acudieron a Akaänga.

—No sé qué hacer —dijo Akaänga. Y fue a razonar con el misionero.

—Pero es que existen el bien y el mal —dijo el misionero—, y eso tus hornos no pueden cambiarlo.

—Dadles el kava a los demás —les dijo Akaänga a las hijas de Miru—.

Tengo que librarme de inmediato de este leguleyo, o tendremos problemas.

Al momento, el misionero aparecía en mitad del mar y frente a él se extendía la isla con sus palmeras. Nadó alegremente hasta la costa y salió del agua. Eran muchas las reflexiones que se agolpaban en su pensamiento.

"Debo de estar mal informado sobre algunos detalles —pensó—. Puede que no haya tanto de cierto en todo esto como yo suponía, pero al final resulta que algo hay. Es un motivo para alegrarse".

Y tocó la campana para llamar a misa.

MORALEJA: Los palos se quiebran y las rocas se desmoronan. Los altares eternos se derrumban.

Sanciones y leyendas se esfuman como niebla en torno al asombrado evangelista cuyo sostén ha sido de hora en hora un punto diminuto de verdad.

CREER, CREER A MEDIAS Y NO CREER EN NADA

Tres hombres emprendieron una peregrinación en tiempos antiguos. Uno era un sacerdote, el otro un hombre de virtud y el tercero un viejo trotamundos provisto de un hacha.

Mientras caminaban, el sacerdote habló de los cimientos de la fe.

—En las obras de la naturaleza hallamos pruebas de nuestra religión —dijo, dándose un golpe de pecho.

—Eso es cierto —dijo el hombre de virtud.

—El pavo real tiene una voz poderosa —dijo el sacerdote—, tal como se ha señalado siempre en nuestros libros. ¡Tan alentadora! —exclamó, como si llorase—. ¡Tan reconfortante!

—Yo no necesito de tales pruebas —dijo el hombre de virtud.

—En tal caso tu fe no es aceptable —dijo el sacerdote.

—¡Grande es el bien y ha de prevalecer! —entonó el hombre de virtud—. Hay lealtad en mi alma. Ten por seguro que hay lealtad en el espíritu de Odín.

—Eso son simples juegos de palabras —replicó el sacerdote—. Semejante montón de tonterías nada significa para el pavo real.

Pasaron entonces junto a una granja en la que había un pavo real posado en una cerca, que abrió la boca y cantó con la voz de un ruiseñor.

—¿Qué me dices ahora? —preguntó el hombre de virtud—. ¡Y sin embargo, esto a mí no me afecta! ¡Grande es la verdad y ha de prevalecer!

—¡El diablo acompaña a este pavo real! —dijo el sacerdote. Y a lo largo de varios kilómetros se mostró muy abatido.

Llegaron luego a un templo, donde un faquir obraba milagros.

—¡Ah! —dijo el sacerdote—. Aquí residen los verdaderos cimientos de la fe. El pavo real no es más que un pequeño complemento. Ésta es la base de nuestra religión. —Y se dio un golpe de pecho, gimiendo como si tuviera un cólico.

—En mi opinión —dijo el hombre de virtud— todo esto cuenta tan poco como el pavo real. Yo creo porque veo que el bien es grande y ha de prevalecer. Y este faquir bien podría ya continuar con sus trucos de magia hasta el Día del Juicio Final, que no podrá engañar a un hombre como yo por mucho que se empeñe.

Tanto se indignó el faquir que le tembló la mano, y hete aquí que las cartas se le cayeron de la manga en mitad de un milagro.

—¿Qué me dices ahora? —preguntó el hombre de virtud—. ¡Y sin embargo, esto a mí no me afecta!

—¡El diablo acompaña a este faquir! —dijo el sacerdote—. La verdad es que no veo el sentido de proseguir esta peregrinación.

—¡Anímate! —dijo el hombre de virtud—. ¡Grande es el bien y ha de prevalecer!

—¿Tan seguro estás de que ha de prevalecer? —preguntó el sacerdote.

—En ello empeño mi palabra —respondió el hombre de virtud. Y esto hizo que el sacerdote continuara de mejor ánimo.

Finalmente, un hombre se les acercó corriendo y les dijo que todo estaba perdido: los poderes de la oscuridad asediaban las Mansiones Celestiales, Odín iba a morir y el mal triunfaría.

—Esto es muy decepcionante —dijo el hombre de virtud.

—Todo está perdido —dijo el sacerdote.

—¿Será demasiado tarde para pactar con el diablo? —preguntó el hombre de virtud.

—Espero que no —contestó el sacerdote—. En todo caso, podemos intentarlo. Pero ¿qué haces con el hacha? —le preguntó al trotamundos.

—Me dispongo a morir con Odín —respondió el trotamundos.

LA PIEDRA DE TOQUE

El rey era un hombre que sabía mostrarse ante el mundo. Su sonrisa era dulce como el trébol, aunque su alma no era más grande que un guisante. Tenía dos hijos, por el menor de los cuales sentía un gran afecto, mientras que al mayor lo temía. Sucedió un día que los tambores redoblaron en la oscuridad, antes de rayar el alba, y el Rey partió a caballo con sus dos hijos y un séquito de valientes. Cabalgaron por espacio de dos horas y llegaron a los pies de una montaña marrón, muy empinada.

—¿Por dónde avanzamos? —preguntó el hijo mayor.

—Cruzaremos esa montaña marrón —dijo el Rey, sonriendo para sus adentros.

—Mi padre sabe lo que se hace —señaló el hijo menor.

Y cabalgaron otras dos horas hasta alcanzar las orillas de un río negro y asombrosamente profundo.

—¿Por dónde avanzamos?

—Atravesaremos ese río negro —dijo el Rey, sonriendo para sus adentros.

—Mi padre sabe lo que se hace —señaló el hijo menor.

Cabalgaron el día entero y, a eso del atardecer llegaron a orillas de un lago, donde se alzaba un castillo.

—Aquí es donde venimos —dijo el Rey—. A la casa de un Rey que es sacerdote, una casa en la que aprenderéis mucho.

A las puertas del castillo salió a recibirlos el Rey que era sacerdote y un hombre muy circunspecto, acompañado de su hija, que era rubia como el alba y sonreía sin levantar la vista del suelo.

—Éstos son mis dos hijos —dijo el Rey.

—Y ésta es mi hija —dijo el Rey que era sacerdote.

—Es una joven de extraordinaria belleza —dijo el primer Rey— y me agrada su manera de sonreír.

—Y sus hijos son jóvenes de excelente constitución, y me agrada su seriedad —dijo el segundo Rey.

A esto, los dos reyes se miraron el uno al otro y dijeron:

—Podría ser.

Y al mismo tiempo los dos jóvenes miraron a la muchacha, palideciendo el uno y sonrojándose el otro. Y la muchacha sonrió sin apartar la vista del suelo.

—Me casaré con esta muchacha —dijo el hermano mayor—, pues creo que me ha sonreído.

El menor tiró a su padre de la manga y dijo:

—Padre, permíteme una palabra al oído. Si gozo de tu favor, ¿podría casarme con esta joven, pues creo que me ha sonreído?

—Permíteme otra a mí —dijo su padre—. El buen cazador sabe esperar y en boca cerrada no entran moscas.

Pasaron al castillo para disfrutar de un banquete. Tan grande era la morada que los dos hermanos estaban impresionados. El Rey que era sacerdote se sentó a un extremo de la mesa y guardó silencio, de tal suerte que inspiró en los muchachos un hondo respeto. La muchacha sirvió la comida, sonriendo, con la mirada baja, y los hermanos sintieron cómo se ensanchaban sus corazones.

Antes de que saliera el sol, el mayor de los hijos se levantó y encontró a la muchacha ante su telar, pues era una joven muy diligente.

—Muchacha —dijo—, de buen grado me casaría contigo.

—Tendrás que hablar con mi padre —respondió ella, y bajó la vista, sonriendo, y se transformó en una rosa.

"Su corazón está conmigo", pensó el hijo mayor. Y bajó a orillas del lago y allí se puso a cantar.

Poco después llegó el hermano menor.

—Muchacha —dijo—, si nuestros padres dan su consentimiento, me gustaría casarme contigo.

—Puedes hablar con mi padre —dijo ella, y bajó la vista, sonriendo, y se convirtió en una rosa.

"Es una hija obediente —pensó el hermano menor—. Será una esposa obediente". Y acto seguido se preguntó: "¿Qué debo hacer?". Y recordó que el padre de la muchacha era un sacerdote, de manera que entró en el templo y allí sacrificó una comadreja y una liebre.

Se propagó la noticia, y los dos jóvenes, junto con su padre, fueron llamados a presencia del Rey que era sacerdote, a quien encontraron sentado en su trono.

—En poco estimo las riquezas —dijo el Rey que era sacerdote— y en poco el poder. Pues vivimos entre las sombras de las cosas y nuestro corazón se harta de verlas. Y nos quedamos a merced del viento como ropa tendida, y el corazón se cansa del viento. Pero hay una cosa que sí aprecio, y es la verdad. Y sólo a cambio de una cosa ofreceré a mi hija, y es la piedra que prueba la verdad. Pues a la luz de esa piedra, las apariencias se desvanecen y se revela el ser y todo lo demás carece de valor. Así pues, muchachos, si deseáis casaros con mi hija, salid y traedme la piedra de toque, pues ése es el precio que hay que pagar por ella.

—Permíteme una palabra —le dijo a su padre el hermano menor—. Yo creo que podemos pasarnos muy bien sin esa piedra.

—Permíteme otra a mí —dijo su padre—. Soy de tu misma opinión, pero en boca cerrada no entran moscas. —Dicho lo cual le sonrió al Rey que era sacerdote.

El hijo mayor se puso en pie y se dirigió al Rey que era sacerdote, llamándole padre.

—Pues tanto si llego a casarme con su hija como si no, así le llamaré, por el amor que me inspira su sabiduría. Y en este mismo instante me dispongo a partir y a recorrer el mundo en busca de la piedra de toque. —De esta manera se despidió y salió a cabalgar por el mundo.

—Creo que yo también iré, si tengo tu permiso —dijo el hermano menor—. Mi corazón suspira por esta muchacha.

—Tú vendrás a casa conmigo —dijo su padre.

Volvieron a casa, y una vez allí, el Rey le mostró a su hijo su tesoro.

—Ésta es la piedra de toque que confirma la verdad, pues no existe verdad sino la pura verdad. Y si miras en su interior, te verás tal como eres.

El hijo menor miró en el interior de la piedra, vio su rostro como el semblante de un joven imberbe y quedó más que complacido, pues la piedra era un trozo de espejo.

—No me parece que este objeto merezca tanto esfuerzo —pensó—, pero si con ello consigo a la muchacha, no habré de quejarme. ¡Mira que es tonto mi hermano, que ha salido a buscar por todo el mundo cuando la piedra ha estado siempre en casa!

Regresaron al otro castillo y le mostraron el espejo al Rey que era sacerdote. Y cuando éste hubo mirado en su interior y se hubo visto como un Rey, y su casa como la morada de un soberano y todas las cosas tal como eran, bendijo a Dios lleno de alegría.

—Pues ahora sé —dijo—, que no existe más verdad que la pura verdad, y en efecto soy un Rey, aunque mi corazón me hiciese dudar. —Dicho esto derribó su templo y construyó uno nuevo, y así el hermano menor se casó con la muchacha.

Entre tanto, el hermano mayor recorría el mundo en busca de la piedra de toque que daba prueba de la verdad. Y cada vez que llegaba a un lugar habitado, preguntaba a las gentes si habían oído hablar de ella. Y en todas partes le respondían: "No sólo hemos oído hablar de ella sino que somos sus únicos propietarios, y hasta hoy cuelga junto a la chimenea". El joven se alegraba mucho y rogaba que le permitiesen verla. Unas veces resultaba ser un espejo que mostraba la apariencia de las cosas, y el muchacho pensaba: "Esto no puede ser, pues debe de haber algo más allá de las apariencias". Y otras veces era un pedazo de carbón que nada revelaba. Y entonces se decía: "Esto no puede ser, pues al menos debería mostrar la apariencia". Y algunas veces era en verdad una piedra de toque, de un color muy hermoso y de gran lustre, en cuyo interior habitaba la luz. Y entonces suplicaba que le diesen la piedra y las gentes del lugar accedían, pues eran siempre muy generosas. Y al final llevaba una bolsa llena de piedras que tintineaban mientras cabalgaba, y, cuando se detenía a un lado del camino, las sacaba y las observaba hasta que la cabeza le daba vueltas como las aspas de un molino. "¡Qué tabarra! —se decía—. Esto no tiene fin. Tengo la roja, y la azul y la verde, y todas me parecen excelentes, pero también iguales. ¡Qué tabarra! Si no fuera por el Rey que es sacerdote y al que he llamado padre, y si no fuera por esa hermosa muchacha que me hace cantar y me ensancha el corazón, las arrojaría todas al mar, volvería a casa y sería un Rey como los demás".

Pero era como el cazador que ha avistado un ciervo en el monte, y aunque caiga la noche y se encienda el fuego y las luces iluminen su casa, no siente en su pecho más deseo que el de aquel venado.

Así, al cabo de muchos años, el hijo mayor llegó a orillas de la mar salada. Era de noche y se encontraba en un lugar salvaje y el mar rugía. Vio entonces una casa, en cuyo interior había un hombre sentado a la luz de una candela, pues no tenía fuego. El hijo mayor se acercó allí y el hombre le dio agua, pues no tenía pan. Y cuando se le hablaba, sacudía la cabeza, pues no tenía palabras.

—¿Tienes tú la piedra de toque? —preguntó el hijo mayor. Y el hombre asintió con la cabeza—. ¡Ya lo sabía yo! —exclamó el joven—. ¡Aquí llevo un saco lleno! —Y se echó a reír, a pesar del cansancio.

Y entonces el hombre también se echó a reír, y con el soplo de su risa apagó la vela.

—Duerme —dijo el hombre—, pues creo que ya has viajado lo suficiente.

Tu búsqueda ha concluido y mi vela se ha apagado.

Y a la mañana siguiente el hombre le tendió un guijarro de color claro, carente de belleza y de color, y el hijo mayor lo miró con desdén y sacudió la cabeza, y se marchó, pues le pareció un objeto insignificante.

Pasó todo el día cabalgando, con ánimo sereno, aplacado el deseo de la búsqueda. "¿Y si ese humilde guijarro fuese al final la piedra de toque?", se preguntó. Descabalgó y vació su bolsa a un lado del camino. Vio que todas las piedras perdían su color y su fuego, eclipsadas las unas por el brillo de las otras, y se apagaban como las estrellas al llegar la mañana. Sin embargo, conservaban su belleza a la luz del guijarro, sólo que éste brillaba más que ninguna. Y el hijo mayor se dio un golpe en la frente. "¿Y si ésta fuera la verdad? ¿Que todas encierran un poco de verdad?". Cogió el guijarro, dirigió su luz hacia los cielos y vio cómo éstos se ahondaban como un pozo. Lo volvió luego hacia los montes, que eran fríos y escarpados, si bien la vida corría por sus laderas, con lo cual saltaba también su propia vida. Lo volvió hacia la tierra y contempló la tierra con alegría y terror. Lo volvió hacia sí y se hincó de rodillas, y rezó.

Gracias a Dios —dijo el hijo mayor—, porque he encontrado la piedra de toque. Y ahora puedo volver a casa, junto al Rey y a la muchacha que me hace cantar y ensancha mi corazón.

Cuando llegó a las puertas del castillo vio a unos niños jugando en el lugar donde el Rey que era sacerdote salió a recibirlo hacía ya muchos años. Y su gozo se esfumó, al pensar en lo más hondo de su corazón: "Aquí es donde deberían jugar mis hijos". Y al entrar en el salón vio a su hermano en el trono y a la muchacha a su lado. Y se llenó de ira, al pensar en lo más hondo de su corazón: "Soy yo quien debería estar ahí sentado, y la muchacha a mi lado".

—¿Quién eres? —preguntó su hermano—. ¿Qué te trae a este castillo?

—Soy tu hermano mayor. Y he venido a casarme con la muchacha, pues traigo la piedra de toque.

El hermano menor soltó una carcajada.

—Yo encontré la piedra hace ya años, y me casé con la muchacha, y esos niños que juegan en la puerta son nuestros hijos.

A esto, el hermano mayor se volvió gris como el amanecer.

—Espero que hayas obrado con justicia —dijo—, pues veo que mi vida está arruinada.

—¿Con justicia? —dijo el hermano menor—. Mal puedes tú, que eres un hombre inquieto y un vagabundo, dudar de mi justicia o la del Rey, mi padre, que somos gente sedentaria y conocida en la comarca.

—Puesto que todo lo tienes, ten además paciencia, y permíteme decirte que el mundo está lleno de piedras de toque, y no es fácil distinguir cuál es la verdadera.

—Yo no me avergüenzo de la mía —respondió el otro—. Aquí la tienes.

Mira en su interior.

El hermano mayor miró en el espejo y se llevó una amarga sorpresa, pues era un hombre anciano y tenía el pelo blanco. Se sentó en la sala y lloró con fuerza.

—Ahora comprendes lo necio que has sido al recorrer el mundo en busca de algo que era parte del tesoro de nuestro padre, para regresar convertido en un viejo patán al que los perros ladran, y sin mujer ni hijos.

Mientras que yo, que fui obediente y sabio, estoy aquí sentado, coronado de virtudes y de placeres, y feliz con el fuego de mi hogar.

—A fe mía que tienes una lengua muy cruel —dijo el hermano mayor. Y sacó el guijarro y dirigió su luz hacia su hermano. Y vio que aquel hombre mentía, que su alma se había encogido hasta alcanzar el tamaño de un guisante, y que su corazón era un saco de temores semejantes a escorpiones y que el amor había muerto en su pecho. Y entonces el hermano mayor profirió un grito y dirigió la luz de su guijarro hacia la muchacha, y hete aquí que sólo era la máscara de una mujer y que por dentro estaba del todo muerta, y sonreía como el reloj hace tictac, sin saber por qué.

—Ahora sé que existen el Bien y el Mal. Vivid como mejor podáis en este castillo, que yo seguiré recorriendo el mundo con mi guijarro en el bolsillo.

EL POBRE INFELIZ

Había en las islas un hombre que pescaba para llenar su estómago vacío y arriesgaba la vida para hacerse a la mar con tan sólo cuatro maderos. A pesar de sus muchas tribulaciones, era de corazón alegre y las gaviotas le oían reír cuando la espuma de las olas le salpicaba. Y aun siendo su herencia muy escasa, gozaba de un ánimo bien sólido, y cuando los peces se acercaban a su anzuelo en mitad de las aguas, bendecía a Dios sin pensar en nada más. Era paupérrimo en bienes y feísimo de rostro, y no tenía esposa.

Sucedió a la hora de salir de pesca que el hombre se despertó en su casa a eso de la media tarde. El fuego ardía en el centro de la estancia, el humo ascendía y el sol entraba por la chimenea. Y el hombre vio a otro hombre que se calentaba las manos en el fuego de turba.

—Te saludo, en el nombre de Dios —dijo el pescador.

—También yo te saludo —contestó el hombre que se estaba calentando las manos—, aunque no en el nombre de Dios, pues no soy de los suyos. Y tampoco en el nombre del infierno, pues no soy del infierno. No soy más que una cosa sin vida, menos que el viento y más liviano que un sonido, y el viento pasa a través de mí como a través de una red, y el sonido me quiebra y el frío me hace temblar.

—Sé franco —dijo el pescador—. Dime tu nombre y háblame de tu naturaleza.

—Mi nombre —respondió el otro— aún no se ha nombrado, y mi naturaleza es todavía incierta. Pues soy parte de un hombre, y fui parte de tus antepasados, y salí a pescar y a pelear con ellos en épocas pasadas. Pero mi tiempo aún está por llegar: debo esperar hasta que tengas una esposa, y entonces seré tu hijo, y seré una parte valiente de él, y con viril regocijo lanzaré mi embarcación a las olas, y la gobernaré con destreza, y seré un hombre de valía allá donde el círculo se cierra y se dirigen los vientos.

—Esto es extraordinario —dijo el pescador—. Si de verdad vas a ser mi hijo, temo que no tengas suerte, pues soy paupérrimo en bienes y feísimo de rostro, y jamás tendré una esposa, aun cuando llegase a vivir hasta la edad de las águilas.

—Todo eso he venido a remediar, padre mío —respondió el pobre infeliz—. Esta noche iremos a la pequeña isla de los corderos, donde yacen nuestros antepasados en el túmulo de los muertos, y mañana a la casa del conde, donde con mi ayuda encontrarás esposa.

A lo cual el pescador se levantó y al caer el sol se hizo a la mar en su embarcación, con el pobre infeliz sentado en la proa. Y el rocío de las olas le atravesaba los huesos como la nieve, y el viento silbaba entre sus dientes, y la embarcación no se hundía con su peso.

—Te miro con temor, hijo mío —dijo el pescador—, pues no pareces una criatura de Dios.

—Es sólo el viento que silba entre mis dientes —respondió el pobre infeliz—, y no hay vida en mí que pueda contenerlo.

Así llegaron a la isla de los corderos, azotada por las olas en mitad del mar, rebosante de verdes helechos, perlada de rocío e iluminada por la luna. Atracaron el bote en una caleta y pusieron pie en tierra. Y mientras el pescador avanzaba fatigosamente entre las peñas, internándose en la espesura de los helechos, el pobre infeliz iba en cabeza como una voluta de humo a la luz de la luna. Y así llegaron al túmulo de los muertos y acercaron sus oídos a las piedras. Y oyeron los lamentos de los difuntos como un enjambre de abejas:

"Tiempo atrás tuvimos médula en los huesos y fuerza en los nervios, y se ataviaban nuestros pensamientos con los actos y las palabras de los hombres. Pero ahora estamos rotos en pedazos, se han soltado los ligamentos de nuestros huesos y nuestros pensamientos yacen enterrados".

Y el pobre infeliz dijo:

—Exígeles que te den la virtud que poseen. Y el hombre dijo:

—Huesos de mis antepasados, yo os saludo, pues soy el fruto de vuestras entrañas. Y ahora, mirad cómo retiro las piedras apiladas en vuestro túmulo para dejar que el mediodía penetre a través de vuestras costillas. Dadlo por bien hecho, pues así había de ser. Y ofrecedme lo que vengo a buscar, en nombre de la sangre y en el nombre de Dios.

Y los espíritus de los difuntos se agitaron como hormigas en el interior del túmulo. Y así hablaron:

—Has roto el tejado de nuestro túmulo y has dejado que el mediodía penetre a través de nuestras costillas. Y posees la fuerza de los vivos. Pero, ¿cuál es nuestra virtud? ¿Cuál nuestro poder? ¿Qué tesoro guardamos aquí, en la tierra, que un hombre vivo pueda codiciar o recibir? Pues nosotros somos menos que nada. Sin embargo, una cosa te diremos, hablando con muchas voces, como hablan las abejas. Y es que el camino está bien a la vista de todos, como los raíles de la botadura. Así pues, adéntrate en la vida y nada temas, como hicimos nosotros en épocas pasadas. —Y sus voces se alejaron como un remolino en la corriente.

—Te han enseñado una lección —dijo el pobre infeliz—, pero haz que te ofrezcan un don. Introduce la mano entre los huesos sin temor y hallarás su tesoro.

El hombre introdujo la mano, y los difuntos se arremolinaron sobre ella, livianos como hormigas. Pero el hombre los apartó, y hete aquí que sacó con la mano la herradura de un caballo, y estaba cubierta de herrumbre.

—Es un objeto sin valor —dijo—. Está oxidado.

—Eso ya lo veremos —replicó el pobre infeliz—, pues tengo para mí que es buena cosa hacer lo que hicieron nuestros antepasados y conservar lo que ellos conservaron sin dudarlo. Y mi razón me dice que una cosa vale tanto como la otra en este mundo. Y una herradura nos servirá.

Regresaron a la embarcación con la herradura, y al despuntar el día avistaron el humo de la ciudad del conde y oyeron el repique de las campanas de la iglesia. Desembarcaron, y el hombre se dirigió al mercado y se mezcló con los demás pescadores, entre el palacio y la iglesia. Era paupérrimo y feísimo, y no tenía ni un solo pez que vender. No llevaba en su nasa más que una herradura, y para colmo oxidada.

—Ahora —dijo el pobre infeliz—, haz lo que te digo y encontrarás esposa, y yo tendré una madre.

Sucedió que la hija del conde pasó por allí camino de la iglesia a la hora del rezo, y al ver al pobre hombre en el mercado con tan sólo una herradura oxidada, se le ocurrió que aquel debía de ser un objeto valioso.

—¿Qué es eso? —preguntó.

—Es la herradura de un caballo —dijo el hombre.

—¿Y para qué sirve? —quiso saber la hija del conde.

—No sirve para nada —respondió el hombre.

—No te creo. De ser así, ¿por qué la llevas? —preguntó ella.

—La llevo porque lo mismo hicieron mis antepasados en épocas pasadas.

No tengo otra razón, ni mejor ni peor.

La hija del conde no hallaba motivos para creerle.

—Véndemela, pues estoy segura de que es un objeto valioso —dijo.

—No —respondió el hombre—. No está en venta.

—¡Cómo! —protestó ella—. ¿Qué haces entonces aquí, en el mercado, con sólo esa herradura en la nasa?

—Estoy aquí sentado para encontrar esposa.

"Ninguna de sus respuestas tiene el menor sentido —pensó la hija del conde—. Y sin embargo, me dan ganas de llorar".

En ésas llegó el conde, y su hija lo llamó y se lo contó todo. Y cuando la hija hubo terminado, también el padre pensó que aquél debía de ser un objeto valioso. Conminó al hombre a ponerle precio, so pena de ser ahorcado en el patíbulo, que estaba allí mismo, tal como el hombre podía ver.

—El camino de la vida es recto como los raíles de la botadura —citó el hombre—. Y si he de ser ahorcado, que así sea.

—¡Cómo! —exclamó el conde—. ¿Estás dispuesto a dejar que te ahorquen por una simple herradura, y para colmo oxidada?

—Mi razón me dice que una cosa vale tanto como la otra en este mundo —dijo el hombre—. Y una herradura será suficiente.

"Esto no puede ser", pensó el conde. Y se quedó observando al hombre y mordiéndose las barbas.

Y el hombre lo miró, sonriendo:

—Así lo hicieron mis antepasados en épocas pasadas, y no tengo otra razón, ni mejor ni peor.

"Esto no tiene ningún sentido —caviló el conde—. Debo de estar haciéndome viejo". Se apartó con su hija, y le dijo:

—Has rechazado a muchos pretendientes, hija mía. Pero es muy extraño que un hombre se aferre tanto a una herradura de caballo, y para colmo oxidada. Que la ofrezca como un artículo que está en venta y al mismo tiempo no quiera venderla. Y que se siente ahí a la espera de encontrar una esposa. No descansaré hasta llegar al fondo de este asunto. Y no veo otra alternativa que ahorcarlo o que te cases con él.

—A fe mía que es horroroso —dijo la hija del conde—. ¿A qué casarme, cuando el patíbulo está tan cerca y dispuesto?

—No es así como obraron mis antepasados en épocas pasadas. Soy igual que este hombre, y no puedo ofrecerte otra razón, ni mejor ni peor. Hazme la merced de hablar con él de nuevo.

La hija del conde fue a hablar con el hombre.

—Si no fueras tan horroroso —dijo—, mi padre nos casaría.

—Soy feísimo —asintió el hombre—, mientras que tú eres hermosa como el mes de mayo. Soy feísimo, sí, ¿y eso qué importa? Mis antepasados…

—¡En el nombre de Dios —protestó ella—, deja en paz a tus antepasados!

—Si los hubiera dejado en paz —respondió el hombre—, ahora no estarías conversando conmigo en el mercado, ni estaría tu padre observando por el rabillo del ojo.

—Es muy extraño —dijo la muchacha— que pretendas casarte conmigo a cambio de una herradura, y para colmo oxidada.

—Mi razón me dice que una cosa vale tanto…

—Ahórrame eso, por favor, y dime por qué debería casarme contigo.

—Escucha y mira —respondió el hombre.

El viento atravesó entonces al pobre infeliz, simulando el llanto de un bebé, y el corazón de la hija del conde se llenó de ternura, y sus ojos se abrieron, y vio al pobre infeliz como si de un bebé huérfano se tratara, y lo cogió en sus brazos, y al hacerlo, el bebé se evaporó como el aire.

—Ahora te ofreceré una visión de nuestros hijos, del hogar encendido y de nuestras canas. Y espero que con eso baste, pues es todo cuanto Dios tiene a bien conceder.

—No me agrada —dijo ella, pero lanzó un suspiro.

—Los caminos de la vida son rectos como los raíles de la botadura —dijo el hombre, y tomó a la muchacha de la mano.

—¿Y qué haremos con la herradura? —preguntó ella.

—Se la daré a tu padre, para que con ella construya una iglesia y un molino para mí —dijo el hombre.

Sucedió, con el tiempo, que el pobre infeliz nació, mas no conservaba memoria viva de estos hechos, y nada sabía de haberlos propiciado. Sólo era una parte del hijo mayor, y con viril regocijo lanzaba su embarcación a las olas, y la gobernaba con destreza, y era un hombre de valía allá donde el círculo se cierra y se dirigen los vientos.

LA CANCIÓN DEL DÍA DE MAÑANA

El rey de Duntrine tuvo una hija cuando era anciano, que resultó ser la princesa más bella entre dos mares. Sus cabellos eran como el hilo de oro y sus ojos como las charcas de un río. Y el Rey le regaló un castillo a orillas del mar, con una terraza y un patio de piedra labrada, y cuatro torres en las cuatro esquinas. Allí vivió y creció la princesa, sin preocuparse por el día de mañana y sin poder alguno sobre la hora presente, a la manera de las gentes sencillas.

Cierto día salió a pasear por la playa, cuando era otoño y el viento soplaba desde el lugar de las lluvias. A un lado rompía el mar y al otro lado revoloteaban las hojas muertas. Era aquella la playa más solitaria entre dos mares y habían sucedido allí cosas extrañas en tiempos pasados. La princesa vio entonces a una bruja sentada en la arena. La espuma del mar le llegaba hasta los pies, las hojas muertas se arremolinaban en torno a ella y el viento sacudía los andrajos que llevaba.

—Vaya —dijo la princesa, pronunciando un nombre sagrado—. Ésta es la bruja más desdichada entre dos mares.

—Hija de un Rey —dijo la bruja—. Vives en una casa de piedra y tu pelo es como el oro, pero ¿de qué te sirve eso? La vida no es larga y tampoco es fuerte. Vives a la manera de las gentes sencillas, sin pensar en el día de mañana y sin poder alguno sobre la hora presente.

—En el día de mañana sí que pienso —respondió la princesa—, aunque carezco de poder sobre la hora presente. —Y se quedó pensativa.

La bruja batió las palmas de las manos flacas y se echó a reír como una gaviota.

—A casa —gritó—. Vuelve a tu casa de piedra, hija de un Rey, pues ahora has sentido el anhelo y ya no puedes seguir viviendo a la manera de las gentes sencillas. Vuelve a casa, y sufre y padece, hasta alcanzar el don que te deje desnuda, y hasta que aparezca el hombre que te ofrezca sus cuidados.

La princesa no quiso discutir y volvió a casa en silencio. Entró en su cámara y llamó a su doncella.

—Doncella —dijo—, me preocupa el día de mañana y no puedo seguir viviendo a la manera de las gentes sencillas. Dime qué debo hacer para tener poder sobre la hora presente.

La doncella gimió como un viento helado.

—¡Ay, qué desgracia! Pero si esa idea se te ha metido en los huesos, nada hay que pueda remediarlo. Sea pues tal como lo deseas. Y aunque el poder es menos que la debilidad, poder tendrás. Y aunque ese pensamiento es más frío que el infierno, habrás de estudiarlo hasta el final.

Y así la hija del Rey se sentó en su cámara abovedada, en la casa de piedra, y reflexionó sobre esta idea. Nueve años pasó sentada, mientras el mar rompía en la terraza y las gaviotas gritaban alrededor de las torres y el viento susurraba en las chimeneas del palacio. Nueve años pasó sin salir de allí, sin probar el aire puro ni ver el cielo de Dios. Nueve años pasó sentada, sin mirar a derecha ni a izquierda, ni oír la voz de nadie, sólo pensando en el día de mañana. Su doncella le llevaba la comida en silencio y ella la cogía con la mano izquierda y la comía sin ningunos modales.

Transcurridos los nueve años, anocheció un día de otoño y el viento trajo consigo un sonido semejante a una flauta. La doncella señaló con un dedo hacia la bóveda de la casa.

—Oigo un sonido en el viento, semejante al sonido de una flauta —dijo.

—Es un sonido insignificante —dijo la princesa—, pero a mí me basta.

Y con esto salieron a las puertas del palacio y llegaron hasta la orilla del mar en el crepúsculo. A un lado rompían las olas y al otro revoloteaban las hojas muertas. Y las nubes surcaban el cielo, veloces, y las gaviotas volaban en sentido contrario a las agujas del reloj. Y cuando se acercaron a esa zona de la playa donde habían sucedido cosas extrañas en tiempos pasados, hete aquí que vieron a la bruja, bailando en sentido contrario a las agujas del reloj.

—¿Por qué bailas en sentido contrario a las agujas del reloj? —preguntó la hija del Rey—. ¿Aquí, sobre la arena blanca, entre las olas y las hojas muertas?

—Oigo en el viento un sonido semejante a una flauta —dijo la bruja—. Y por eso bailo en sentido contrario a las agujas del reloj. Pues se aproxima el don que te dejará desnuda, y el hombre que te procurará cuidados. Mas para mí ha llegado el día de mañana sobre el que tanto he reflexionado, y la hora de mi poder.

—Y dime, bruja, ¿cómo es que tiemblas ante mis ojos como un jirón de tela y te veo pálida como una hoja muerta?

—Porque ha llegado el día de mañana sobre el que tanto he reflexionado, y la hora de mi poder —respondió la bruja, y cayó sobre la arena. Y se transformó en un tallo de alga, y en polvo de arena, y una pulga brincó en el lugar donde antes se encontraba la bruja.

—¡Esto es la cosa más extraña que ha ocurrido entre dos mares! —dijo la hija del rey de Duntrine.

Pero la doncella rugió como un temporal de otoño.

—Estoy cansada del viento —dijo. Y lamentó su día.

La princesa vio a un hombre en la playa, encapuchado y con el rostro oculto, que llevaba una flauta bajo un brazo. El sonido de su flauta era como el canto de las avispas y como el viento que silba entre la hierba. Y atraía los oídos de quienes lo escuchaban como los gritos de las gaviotas.

—¿Eres tú el que ha de venir? —preguntó la princesa.

—Yo soy —dijo él— y estas son las flautas que a un hombre le está permitido escuchar y tengo poder sobre la hora presente y ésta es la canción del día de mañana. —Y tocó la canción del día de mañana, que fue larga como años. Y la doncella lloró con ganas al oírla.

—Es cierto que has tocado la canción del día de mañana —dijo la hija del Rey—. Pero ¿cómo sé que tienes poder sobre la hora presente? Muéstrame algún prodigio en esta playa, entre las olas y las hojas muertas.

—¿Sobre quién? —dijo el hombre.

—Aquí está mi doncella. Está cansada del viento. Obra un prodigio con ella.

Y al punto la doncella cayó sobre la arena como un puñado de hojas muertas, y el viento las hizo girar en sentido contrario a las agujas del reloj, y una pulga brincó entre las hojas.

—Es cierto —dijo la princesa—. Eres el que había de llegar y tienes poder sobre la hora presente. Ven conmigo a mi casa de piedra.

Echaron a andar por la orilla del mar, mientras el hombre tocaba la canción del día de mañana y las hojas los acompañaban en su camino. Después se sentaron los dos juntos. El mar rompía en la terraza y las gaviotas gritaban alrededor de las torres y el viento susurraba en las chimeneas de la casa.

Nueve años pasaron sentados, y cada año, cuando llegaba el otoño, el hombre decía: "Ésta es la hora y tengo poder sobre ella". Y la hija del Rey contestaba: "No, pero tócame la canción del día de mañana". Y el hombre la tocaba, y era larga como años.

Transcurridos los nueve años, la hija del rey de Duntrine se puso en pie, como quien de pronto recuerda. Miró alrededor, en la casa de piedra, y vio que todos sus criados se habían marchado. Sólo el hombre que tocaba la flauta estaba sentado en la terraza, con una mano delante del rostro, y mientras tocaba, las hojas correteaban por la terraza y el mar rompía contra el muro. Ella le gritó con fuerza: "Es la hora. Muéstrame tu poder". Entonces, el viento apartó la mano del rostro del hombre, y resultó que allí no había hombre alguno: sólo sus vestiduras, y la mano y la flauta, que cayeron amontonadas en un rincón de la terraza y las hojas muertas pasaron revoloteando sobre ellas.

Y la hija del rey de Duntrine se acercó hasta esa zona de la playa donde habían sucedido cosas extrañas en tiempos pasados, y allá se sentó. La espuma del mar le rozaba los pies y las hojas muertas revoloteaban detrás de su espalda, y un golpe de viento levantó el velo que cubría su rostro. Alzó los ojos, y vio que la hija de un rey se acercaba caminando por la playa. Sus cabellos eran como el oro hilado, y sus ojos como las charcas de un río, y no pensaba en el día de mañana, ni tenía ningún poder sobre la hora presente, a la manera de las gentes sencillas.